1

»Homer, komm da raus!«

Ich erkannte seine Stimme nicht gleich. Als ich die Augen aufschlug, war nichts zu sehen, außerdem war es kalt, ein eisiger Wind wehte. Bevor ich wieder einschlief, konnte ich gerade noch denken, daß ich meine Hände nicht mehr spürte.

»Homer! Ich weiß, daß du das bist!«

Abermals schlug ich die Augen auf, immer noch war nichts zu sehen außer einem undeutlichen Strich irgendwo vor mir, eine Art Saum, ja, ein blasser Saum, aber wovon? Und dann ein Geruch, ein kräftiger Geruch nach etwas, das ich kannte, aber nicht zu fassen bekam, und meine Hände, ich wollte sie bewegen, fand sie endlich wieder, steif vor Kälte. Sie steckten in einer staubigen, leicht klebrigen Masse, die diesen ganz eigenen, pfeffrig-herben Geruch verströmte. Dann mengten sich andere Gerüche unter den ersten. Eine metallische Nuance von Eisen und Rost und, herübergetragen vom eiskalten Wind des frühen Morgens, der Duft des erwachenden Waldes, eine Mischung aus herbstlichem Laub, Harz und feuchter Erde, ein lebhaftes Aroma, so erfrischend wie Quellwasser.

»Homer! Du verdammter Hurensohn!«

Diesmal hielt ich meine Augen offen. Weniger wegen der Beschimpfung, denn ich kannte meine Mutter nicht, aber ich war oft genug im Bordell gewesen, um zu wissen, daß die Mädchen, wenn sie schwanger werden und nicht heimlich die Dienste eines Arztes in Anspruch nehmen, der sie noch vor der Geburt von ihrem Kind befreit, ihre Sprößlinge in aller Regel vor einer Haustür aussetzen; und genau dort hatte man anscheinend auch mich gefunden: auf der Schwelle eines Hauses.

Wiederholt habe ich mich gefragt, ob meine Mutter wohl Bescheid wußte, welchem Beruf Worth Bailey, der Eigentümer dieser alten Bruchbude, nachging, an der ich heute noch gelegentlich vorbeikomme, wenn ich zur Küste hinuntergehe. »W. Bailey, Taxidermist«. Bailey ist schon vor langer Zeit in Rente gegangen und lebt nun bei Monterey, aber das Schild hängt noch immer am Bretterzaun seines Vorgartens. Man kann mich ruhig einen Hurensohn nennen, denn genaugenommen ist es ja keine Beleidigung, sondern vielmehr eine Huldigung an jene Frau, die mich zur Welt gebracht, mich monatelang in ihrem Leib getragen und unter Schmerzen geboren hat.

Meine Mutter, denke ich manchmal, hat für mich gelitten wie alle Mütter. Das heißt also, daß ich geliebt wurde. Aber wenn ich meine Augen diesmal offenhielt, lag es vor allem daran, daß ich die Stimme endlich wiedererkannte.

»Elijah?«

»Komm da raus, du Mistkerl!«

In diesem Augenblick ging mir ein Licht auf, und ich wußte wieder, wo ich eingenickt war. Im allgemeinen weiß ich genau, wo ich mich befinde, das ist nicht der Punkt. Ich kenne die Hügel und Wälder hier besser als jeder andere, mein ganzes Leben habe ich hier verbracht, oder doch fast, und wenn ein Kind oder ein Fremder sich im Wald verirrt, dann ruft mich der Sheriff zu Hilfe, sofern er weiß, wo er mich finden kann. Ich lebe, nebenbei bemerkt, in der ständigen Hoffnung, ein Kind oder ein Fremder möge sich im Wald verirren. Von Zeit zu Zeit begehe ich nämlich Taten – meist unabsichtlich, manchmal aber auch ganz bewußt –, die der Sheriff als Verstoß gegen das Gesetz oder als Sabotage ansieht. Dann treibt mich eine Art böse Flamme, deren erstes Opfer ich selbst bin. Es ist, als gäbe es in irgendeinem Winkel meines Körpers einen Beutel voller Bosheit, eine Kammer, die sich über Wochen und Monate tröpfchenweise füllt und eines Tages überläuft.

Das Bild stammt nicht von mir, sondern von Reverend Poach, der es zu seinen Lebzeiten jeden Sonntag in der Predigt verwendete. Und wenn ich also ständig hoffe, daß jemand sich verirrt oder in den Wald flieht, dann deswegen, weil der Sheriff mich aufsuchen und gezwungen sein wird, über meine letzten Verfehlungen großzügig hinwegzusehen. Das einzige, was sich diesem wechselseitigen Geben und Nehmen in den Weg stellt, ist die Tatsache, daß ich aufgrund meiner Dummheiten meist selbst vom Sheriff gesucht werde und ihn daher meide.

In diesem Sinne ist meine Vertrautheit mit dem Wald, seinen Pfaden, Schluchten und Höhlen, seinen Wasserstellen und seinen alten, vergessenen Weilern Segen und Fluch in einem. Ich bin phänomenal im Jagen und ein Meister im Flüchten. Da ich nämlich über meine Delikte nicht genau Buch führe und sie nicht immer in Erinnerung behalte, habe ich es mir zur Gewohnheit gemacht, stets auf der Hut zu sein. Um den Gesuchten wiederzufinden, muß der Sheriff erst einmal mich finden. Darum höre ich mich zunächst aus sicherer Entfernung um, und kommt mir dabei zu Ohren, daß jemand ausgebrochen ist oder sich verirrt hat, mache ich mich selbst auf die Suche nach dem Sheriff, ein Kinderspiel, da in der ganzen Gemeinde niemand so leicht aufzuspüren ist wie der Sheriff.

Als Elijah mich einen Hurensohn nannte und mir klar wurde, daß die Stimme ihm gehörte, begriff ich sofort, daß ich in der Trommel der alten Industriewaschmaschine eingeschlafen war, die wir wenige Wochen zuvor auf dem Schrottplatz von Farrago in Einzelteile zerlegt hatten.

Mit dieser Waschtrommel erfüllte sich der Traum von einer Schmiede. Schon seit Jahren wollte Elijah in seinem Schuppen eine Schmiede einrichten. Allen erzählte er davon, und alle waren es allmählich leid, daß Elijah auf einem Hocker mitten im Hof vor seinem Schuppen saß und von dieser Schmiede sprach, die er eröffnen wollte und mit der er den Gebrüdern Flink Konkurrenz machen würde; je mehr Worte er darüber verlor, desto weniger nahmen ihn die Leute ernst, und so schrumpfte Elijahs Zuhörerschaft nach und nach auf eine kleine Schar von Auserwählten zusammen. Elijah nahm es den Leuten furchtbar übel, daß sie keine Lust mehr hatten, ihm zuzuhören, wenn er sich über sein Projekt ausließ, und ihn ganz unverhohlen auslachten; so war Elijahs Schmiede in der Gemeinde gewissermaßen zum Symbol geworden für jene Träume, die nie in Erfüllung gehen.

Jeder hatte sein Sprüchlein parat, selbst Reverend Poach, der eines Sonntags enormen Anklang fand mit seinem Einfall, die Geschichte von Elijahs Schmiede in seine Predigt einzubauen. Ich saß an jenem Morgen ganz hinten, in der letzten Reihe neben der Heizung. Ich nahm gewissermaßen zwangsläufig an dieser Messe teil, weil ich am Abend zuvor in der kleinen weißen Kirche eingeschlafen war, nachdem ich die Tür offen vorgefunden hatte. Reverend Poach mußte wohl einfach vergessen haben, sie abzuschließen. Wie vermutlich die meisten Angehörigen seines Berufsstandes ließ er keine Gelegenheit aus zu wiederholen, daß seine Kirche das Haus Gottes und das Haus Gottes ein Haus für alle sei, daß ihre Pforten den Bedürftigen und Kindern offenstünden und man sich dort heimisch fühlen solle, mehr als in den eigenen vier Wänden. Das alles hinderte ihn jedoch nicht daran, Abend für Abend den Schlüssel im Schloß umzudrehen.

Als ich Reverend Poach derartiges zum erstenmal hatte verkünden hören, wußte ich noch nichts über diese Gepflogenheit und war in tiefster Seele gerührt. Ich hatte den Eindruck, daß er sich direkt an mich wandte. Denn ich hatte meine Kindheit ohne Vater und Mutter zugebracht, und in keinem der Heime von Farrago und Umgebung, in die man mich gesteckt hatte, ohne zu fragen, wie ich darüber dachte, fühlte ich mich je zu Hause. Mit Sechzehn hatte ich schließlich genug und begann herumzustromern. Als ich mich wieder in der County blicken ließ, war ich bereits ein junger Mann. Zwar wusch mir der Sheriff gehörig den Kopf und sperrte mich eine Nacht in die Zelle, fortan aber scherte sich kein Mensch mehr darum, ein Heim für mich zu finden.

Ergriffen lauschte ich also der Predigt des Reverend über das Haus Gottes. Später habe ich feststellen müssen, daß zwischen den schönen Worten des Reverend und der Wirklichkeit ein ebenso großer Unterschied bestand wie zwischen Elijahs Traum und dessen Umsetzung, wobei Elijah ihn zu guter Letzt ja verwirklicht hat, egal, was man über ihn denken mag, die Kirchenpforte allerdings bis auf ein einmaliges Versehen bei Einbruch der Nacht stets verriegelt blieb. Reverend Poach war gegen Ende seines Lebens etwas vergeßlich geworden. Und das dürfte der Grund gewesen sein, weshalb ich an jenem Abend ungehindert in das Gotteshaus schlüpfen konnte.

Ich war ziemlich mitgenommen von dem halben Tag Arbeit bei Abigail Hatchett, die mich ab und zu bittet, Holz für sie zu hacken oder in ihrem Gemüsegarten Unkraut zu jäten, die aber vor allem derart geschwätzig und schwerhörig ist, daß die einzige Möglichkeit, sie zum Schweigen zu bringen, darin bestünde, sie zu erschlagen. Ich kam aus dem Lebensmittelladen, in dessen Hinterzimmer ich für meinen Lohn gegessen und getrunken und dabei Radio gehört hatte, während Fausto, der Inhaber des Geschäfts, seine Abrechnung machte. Ich habe den Nachrichten nie besonders viel Bedeutung beigemessen, doch erinnere ich mich, daß an diesem Abend von der erfolgreichen Mondlandung der Apollo 17 im Taurus-Littrow-Gebiet und vom Beginn der Operation »Linebacker II« in Nordvietnam die Rede war. Während Hanoi pausenlos von B-52-Bombern attackiert wurde, gingen Menschen auf dem Mond spazieren, was Fausto zu der Bemerkung veranlaßte, die Welt sei nun völlig durchgedreht: »Die sollten lieber den Mond bombardieren und die Leute in Ruhe lassen. Und wenn das Kennedy Space Center sein Astronautenteam nach Farrago schicken würde, anstatt es Millionen Meilen von der Erde entfernt Steinchen auflesen zu lassen, kostete das die Steuerzahler weniger, und die Wissenschaftler hätten endlich einen handfesten Beweis für die Existenz von Außerirdischen.«

Faustos Laden liegt genau gegenüber der Kirche. Als ich die Straße überquerte, sah ich hinter den Hügeln die Sonne untergehen. Vor der Kirche angekommen, drehte ich den Türknauf, und, o Wunder, die Tür sprang auf.

Seit ich nach meinen langen Streifzügen durchs Land in diese Gegend zurückgekehrt bin, gehe ich nie an der Kirche von Farrago vorbei, ohne mich zu vergewissern, daß die Tür verschlossen ist. Mit der Zeit ist es fast zum Ritual geworden. Ich versuche mir klarzumachen, wieviel Jahre seit dem Zeitpunkt meiner Rückkehr bis heute vergangen sind, aber so richtig blicke ich nicht mehr durch. Mit Sechzehn ging ich fort, trieb mich ein paar Monate herum, vielleicht auch länger, und als ich dann zurückkehrte und mich niemand mehr nach meinem Alter fragte, verlor ich das Interesse an dieser Frage. Im übrigen weiß ich nicht einmal mehr, ob ich an einem 4. Juli oder einem 12. Oktober geboren bin. Eine ganze Zeit war ich der Überzeugung, an einem dieser beiden Tage geboren zu sein. Aber seit der Sheriff mich darauf aufmerksam gemacht hat, daß die Unabhängigkeitserklärung an einem 4. Juli unterzeichnet und Amerika an einem 12. Oktober entdeckt worden ist, frage ich mich, ob mein Gedächtnis mir nicht einen Streich spielt. Es ist nämlich durchaus möglich, daß ich diese beiden Daten in der Schule gelernt habe, die ich vom zehnten Lebensjahr an besuchen mußte, bis ich abgehauen bin.

Einige Tage bevor ich Elijah helfen sollte, die alte Waschtrommel zu holen, begegnete ich Polly, einem der Mädchen aus dem Puff, das sich über meine grauen Barthaare lustig machte. Als ich daraufhin ein verdutztes Gesicht zeigte, hielt sie mir ihren Taschenspiegel hin, und tatsächlich waren meine Wangen übersät mit weißen Stoppeln, und auch meine Haare waren schon hier und da meliert. Im ersten Moment war ich verunsichert. Ich fragte mich, seit wieviel Jahren ich schon zurück war und mit dem Sheriff Versteck spielte, seit wieviel Jahren ich mich in Elijahs Gesellschaft betrank und in Abigail Hatcherts Gemüsegarten Unkraut jätete. Und wie oft ich nachts den Türknauf der Kirche gedreht hatte, um Reverend Poachs schöne Worte Lügen zu strafen und mich in dem Gedanken zu bestärken, daß das Haus Gottes entgegen seiner Behauptung den Kindern und Bedürftigen nicht offensteht, oder zumindest nur während des Gottesdienstes.

An besagtem Abend aber ging die Tür auf, und ich trat ein und legte mich auf eine Bank. Es tat gut, im Warmen zu liegen, ein Dach überm Kopf zu haben, vor allem aber, eine Nacht im Haus Gottes zu schlafen, eine ganze Nacht der Erholung auf Kosten Gottes und des Reverend zu verbringen. Leider schlief ich unruhig. Vielleicht lag es an der hohen Decke.

In jener Phase meines Lebens war ich, wenn ich nicht im Freien schlief, sehr anspruchsvoll bei der Wahl meiner Unterkunft, besonders in der warmen Jahreszeit. Im Winter hatte ich weniger Bedenken, in einem Schuppen Unterschlupf zu suchen oder, wenn ich mich an der Küste aufhielt, sogar in einem öffentlichen Schlafsaal, doch solange die Temperaturen nicht unter Null sanken, übernachtete ich nicht einfach irgendwo oder bei irgendwem. Zu meinen bevorzugten Schlafplätzen gehörten Hundehütten, gefolgt von Holzbaracken, kleinen Lauben und jenem schmalen, oft mit allerlei Abfall vollgestopften Zwischenraum, der die nackte Erde vom hölzernen Unterboden der Häuser trennt. Diese Liste würde ich zu gern mit Güterwaggons ergänzen. Die waren mir sogar noch lieber als Hundehütten. Doch nachdem ich eines Morgens an der Grenze von Nevada aufgewacht war, versuchte ich fortan dieser Verlockung möglichst zu widerstehen. Und wenn der Frühling kam, schlief ich, von Umständen einmal abgesehen, auf die ich keinen Einfluß hatte, stets unter freiem Himmel. In jener Nacht, die ich in der Kirche verbrachte, war es trotz des Windes, der von den Bergen her wehte, noch nicht sonderlich kalt. Ich glaube, es war Ende September, und dies mag der Grund gewesen sein, daß ich lange nicht einschlafen konnte. Von der hohen Decke war mir ganz schwindelig. Himmel, Sterne oder Äste haben mich nie gehindert, Schlaf zu finden, ganz im Gegenteil, aber diese Decke machte mich unruhig, sie hatte etwas Beklemmendes und Abstoßendes.

Als Reverend Poach bei Morgengrauen ins Kirchenschiff kam, schlief ich indes tief und fest. Mit der Spitze seines Gehstocks stupste er mich in die Rippen, woraufhin ich die Augen öffnete und mich mühsam aufsetzte. Ich erklärte dem Reverend, daß ich erst wenige Minuten zuvor eingetroffen sei, die Tür offen gefunden und mich hingesetzt habe, um ja nicht die Messe zu verpassen. »Heute ist doch Sonntag, oder?« fragte ich den Reverend, und glücklicherweise stimmte es. Ich weiß nicht, ob der Reverend mir meine Geschichte glaubte. Denn er sah mich eindringlich an, so als versuche er sich zu erinnern, wer ich sei, obwohl er mich sehr wohl kannte, sogar besser als jeder andere, da er es ja gewesen war, der mich aus dem Waisenhaus von Santa Cruz geholt und in Farrago bei einer Familie untergebracht hatte – der ersten in einer langen Reihe.

»Homer«, sagte der Reverend, »bist du wirklich gekommen, um an der Messe teilzunehmen?«

»Ja, Reverend.«

»Versprichst du mir, dich ruhig zu verhalten?«

»Ja, Reverend.«

»Was ist nur in dich gefahren?«

»Keine Ahnung, Reverend. Ich fühlte mich irgendwie verpflichtet.«

»Wegen des Sheriffs?«

»Nein, Reverend.«

»Was führst du im Schilde?«

»Nichts, Reverend.«

»Hör mal zu«, sagte der Reverend und kramte in den Taschen seiner Soutane. »Ich gebe dir fünf Dollar, wenn du deine Meinung änderst.«

Fünf Dollar! Nicht einmal die Hälfte hatte ich verdient, als ich am Tag zuvor für Abigail Hatchett gearbeitet hatte. Das Angebot war verlockend. Mein erster Gedanke war, den Schein, den mir der Reverend hinhielt, anzunehmen und Ophelia, die damals noch im Bordell arbeitete, vorzuschlagen, mit mir per Bus ans Meer zu fahren und einen Tag in Santa Cruz Wharf und am Strand zu verbringen. Ophelia ist ganz verrückt nach See-Elefanten, und ich war damals ganz verrückt nach Ophelias Brüsten. Ich bin immer noch verrückt nach Ophelias Brüsten.

Als sie mich zum erstenmal bei der Hand nahm und wir gemeinsam auf ihr Zimmer gingen, hatte ich nicht damit gerechnet, daß ich mich in ihre Brüste verlieben würde, ich dachte nicht einmal an ihre Brüste, sondern an ihr rotes Haar und an ihr Lispeln. Wie sie dann ihren BH aufhakte, war ich so ergriffen, daß ich auf einmal traurig wurde. Ja, ich hätte beinahe geweint. Nie zuvor hatte ich beim Anblick der Brüste eines anderen Mädchens etwas Vergleichbares empfunden. Ich betrachtete Ophelias Busen und dachte nicht einmal daran, ihn zu streicheln. Geschweige denn, etwas anderes mit ihr anzustellen.

Die darauffolgenden Male folgte ich Ophelia immer wieder aufs Zimmer und bat sie, sich einfach nur in den Sessel zu setzen und mich ihre Brüste ansehen zu lassen. Eines Abends kam mir ein merkwürdiger Einfall. Ophelia solle doch ihren BH abnehmen und das Licht ausknipsen. Ich erklärte ihr, daß ich mir ihre Brüste im Dunkeln vorstellen wolle. Sie wurde furchtbar wütend und erwiderte, dann brauche sie ja gar nicht dazusein, ihre Brüste könne ich mir schließlich überall vorstellen, dazu müßte ich nur die Augen zumachen, und sie begreife nicht, warum ich so grausam zu ihr sei. Ich versuchte sie zu trösten, fand aber nicht die richtigen Worte. Ich konnte Ophelia nicht erklären, warum sie sehr wohl dasein mußte, selbst wenn ich sie nicht sah. Woraufhin sie meinte, sie sei schon vielen Typen meines Schlages begegnet, aber keiner habe es bisher darauf angelegt, sie zu demütigen.

»Dich zu demütigen?« fragte ich.

»Weil du kein Mann bist.«

»Kein Mann?«

Ophelia spreizte die Beine und zog mich am Hemdkragen zu sich heran. Mein Kopf lag auf einmal zwischen ihren Brüsten, und ich glaubte ohnmächtig zu werden. Als ich wieder aufstand, flimmerte es mir vor den Augen, und Ophelia rief: »Siehst du!«

Ich verstand nicht. Ophelia schrie, daß ich, wenn ich ein Mann wäre, nicht so rumstehen würde, es hätte gar nichts mit ihr zu tun, und sie ginge jede Wette ein, daß ich außerstande sei, eine Frau zu befriedigen, egal, welche.

Da klopfte es an die Tür, und Polly trat ins Zimmer. Das Geschrei hatte sie herbeigelockt. Ophelia behauptete noch einmal, ich sei nicht in der Lage, Polly zu nehmen wie ein Mann. Polly versuchte zwar noch, ihr zu erklären, daß ich in dieser Hinsicht nichts zu beweisen hätte. Aber Ophelia war so aufgebracht, daß ihre Sommersprossen wie glühende Kohlen funkelten. Sie schubste uns beide zum Bett hinüber, und wir mußten ihr gehorchen. Mit geballten Fäusten lehnte sie sich an die Wand und sah uns zu. »Da siehst du's, da siehst du endlich!« sagte Polly, und nachdem sie das Zimmer wieder verlassen hatte, ging ich lächelnd auf Ophelia zu und sagte: »Na, hast du's gesehen!« Sie gab mir eine Ohrfeige und schmiß mich raus.

Doch während ich die Treppe hinabstieg und zu verstehen versuchte, was ich angestellt haben mochte, hörte ich hinter mir Schritte. Es war Ophelia. Sie streckte die Arme nach mir aus. Ich drehte mich um, sie fiel mir um den Hals, und wir gingen zurück auf ihr Zimmer. Dort legten wir uns aufs Bett und sahen uns einfach nur an, wie zwei brave Kinder. »Ruh dich aus«, sagte Ophelia jedesmal, wenn ich Anstalten machte aufzustehen, und ohne daß ich recht begriff, wie es dazu kam, liebten wir uns schließlich. Erst später fiel mir auf, daß Ophelias Verhalten irgendwie merkwürdig war und daß sie außerdem immer ein komisches Gesicht machte, wenn sie mich im Puff aufkreuzen sah.

Der Reverend beugte sich also über mich, einen Fünf-Dollar-Schein in der Hand, und ich sah mich bereits auf den Docks in Begleitung von Ophelia, die den See-Elefanten rohen Fisch zuwarf. Doch dann verjagte ein neuer Gedanke den ersten. Mir wurde auf einmal bewußt, daß der Reverend gerade versuchte mich zu bestechen und meine Ehre auf dem Spiel stand.

»Reverend«, sagte ich daher, »ich bin gekommen, um am Gottesdienst teilzunehmen, und ich werde mich von Ihnen nicht daran hindern lassen.«

»Du glaubst doch gar nicht an Gott«, wandte er ein.

»Na und?« erwiderte ich. »Wie soll ich an ihn glauben, wenn ich nicht zur Kirche gehe?«

»Aber du gehst doch sonst nie hin.«

»Eben!«

Der Reverend schüttelte ratlos den Kopf und steckte den Geldschein wieder in die Tasche, was mir einen kleinen Stich versetzte, aber nun konnte ich nicht mehr zurück.

»Wie du willst«, sagte er, »aber versprich mir beim Leben deiner ...«

Da dem Reverend kein Leben einfiel, bei dem ich hätte schwören können, kam ich ihm zur Hilfe:

»Beim Leben des Sheriffs«, sagte ich.

»Versprich mir, kein Aufsehen zu erregen.«

Ich erhob die Hand wie vor Gericht, verbesserte mich aber rasch und bekreuzigte mich. Der Reverend machte einen bekümmerten Eindruck. Als er sich wieder entfernte, wirkte er noch gebeugter als sonst.

Nach und nach trafen die Gemeindemitglieder in der Kirche ein. Obwohl die erste halbe Stunde mit ihren unzähligen Formeln und Ritualen ziemlich ermüdend war, muß ich zugeben, daß ich, als der Reverend mit der Predigt begann, sofort aufhörte zu gähnen und sogar mit dem Gedanken spielte, in der darauffolgenden Woche wiederzukommen.

Er sprach zunächst von den Samen, die man zu Hause aufbewahrt und die daher zu nichts nutze sind, und von anderen Samen, die man aussät und die Früchte tragen in Hülle und Fülle. Ein aufbewahrtes Samenkorn, zitierte der Reverend die Worte des Herrn, sei ein Samenkorn, das lebt, aber niemandem etwas bringe, wohingegen ein ausgesätes Samenkorn zwar sterbe, aber durch seinen Tod einer Frucht oder einer Ähre Leben schenke. Es lag auf der Hand, worauf der Herr hinauswollte, aber ich wollte mich nicht ganz einverstanden erklären. Ich war drauf und dran, das Wort zu ergreifen, um dem Reverend meine Ansicht darzulegen, doch er muß wohl gesehen haben, daß ich unruhig wurde. Denn ohne seine Predigt zu unterbrechen, starrte er mir geradewegs in die Augen, und ich erinnerte mich an mein Versprechen. Also sagte ich nichts, aber ich denke noch immer, daß der Herr sich irrt, wenn er behauptet, das Samenkorn sterbe in der Frucht. Das ist genau so, als würde man behaupten, der Fötus sterbe im Neugeborenen oder das Kind sterbe im Erwachsenen. Ich habe diesen Punkt nie mit Reverend Poach ausdiskutieren können; er segnete das Zeitliche, bevor ich die Gelegenheit dazu fand. Dabei bemühte ich mich mehrmals, ihn beim Verlassen der Kirche oder bei einer seiner Touren durch die Gemeinde darauf anzusprechen, doch er ging mir stets aus dem Weg, fast so, wie ich dem Sheriff aus dem Weg gehe.

Auf die Geschichte mit den Samen folgten noch einige Betrachtungen über Gläubige und Ungläubige, dann zog der

Reverend ohne Vorwarnung seinen Joker aus dem Ärmel, und ich spürte, wie ein Schauer durch die Zuhörerschaft fuhr, ein Gefühlsschauer, der durchaus Ähnlichkeit mit einem jener leichten Erdbeben hatte, wie es sie in dieser Gegend häufig gibt.

»Die einen besitzen den rechten Glauben, gehen in die Kirche und lobpreisen Gott«, sagte der Reverend, »die andern haben keinen Glauben, leben in Sünde und setzen nie einen Fuß in das Haus Gottes. Die einen beten Gott den Herrn an, und Gott der Herr bedenkt sie mit Wohltaten. Die andern wiegen sich fern vom Hause des Herrn in falschen Hoffnungen und beten vergeblich für etwas, das nie eintreten wird. Es gibt jene, die glauben, und solche, die träumen. Ihr wißt alle, an wen ich denke.« Die Zuhörerschaft antwortete mit leisem Gemurmel, und der Reverend fuhr fort: »Ihr alle kennt den armen Teufel, der seit Jahren seine Tage ausschließlich damit zubringt, in der Mitte seines Hofes zu sitzen, der ein Leben in Trägheit und Maßlosigkeit führt und von seiner Schmiede erzählt, als würde sie eines Tages von allein den Hügel heraufkommen und für ihn zu arbeiten beginnen, ohne daß er seinen Hocker verlassen müßte. Ein Träumer«, sagte Reverend Poach, »der fernab vom Hause Gottes lebt und glaubt, daß er nur lange genug zu träumen braucht, damit sein Traum schließlich in Erfüllung geht! Aber wer soll ihn denn erfüllen, wenn nicht der, den er verleugnet, wenn nicht der, der hier in seinem Hause auf ihn wartet und sein Blut und seine Tränen vergießt?«

Die letzten Worte reizten mich von neuem zum Widerspruch, noch heftiger als zuvor. Ich konnte und wollte nicht länger schweigen. Welchen Unterschied gab es zwischen Elijahs Situation in seinem Hof und der des Herrn in seinem Haus? Der Herr hoffte, Elijah möge Buße tun und zur Kirche kommen, genau wie Elijah hoffte, daß seine Schmiede zu ihm käme. Und da ich Elijah kannte, wußte ich, daß Gott sein ganzes Blut und all seine Tränen vergießen konnte, ohne daß

Elijah auch nur daran dächte, den Hintern von seinem Hokker zu schwingen und sich zur Kirche zu begeben. Gott konnte lange auf ihn warten, sein Traum war nichtig, er würde sich zweifellos mit Elijahs verdammter Seele nach dessen Tod begnügen müssen.

All diese Gedanken schossen mir auf einmal durch den Kopf, auch daß der Reverend seinerseits Einwände haben könnte: War ich, Homer, denn nicht heute morgen gekommen, um am Gottesdienst teilzunehmen? Und wenn ich nach all den Jahren der Abwesenheit und Verdammnis wider Erwarten an diesem Sonntag die Kirchenpforte durchschritten hatte, was sollte Elijah dann davon abhalten, das gleiche zu tun? Darum war ich bereit, alles zu verraten. Ich würde dem Reverend gestehen, daß ich die Tür der Kirche offen gefunden, die Nacht dort verbracht und nie die Absicht gehabt hatte, der Messe beizuwohnen. Ich würde es laut und deutlich sagen. Leider ging meine Stimme im Beifall und begeisterten Jubel der Menge unter. Türenknallend lief ich hinaus. Während ich mich entfernte, hörte ich den Reverend und seine Schäfchen ein Lied anstimmen.

»Elijah?«

»Komm da raus, du Mistkerl!«

Mir fiel alles wieder ein. Ich lag in der zerbeulten Trommel der Industriewaschmaschine, die wir, Elijah und ich, auf dem städtischen Schrottplatz auseinandergeschraubt hatten. Das Gelände liegt einige Meilen weiter unten, abseits der Straße, die den Wald durchquert und nach Santa Cruz führt. In Luftlinie erscheint es deutlich näher. In Luftlinie ist selbst der Ozean nicht sehr weit.

Ich habe mit Elijah oft über den Unterschied zwischen Straßen und Luftlinien gestritten, wenn wir die Militärkarte der Region studierten, die er bei einer Partie Poker mit Lieutenant McMarmonn von diesem gewonnen hatte. Der Lieutenant und seine von Geburt an blinde Tochter Lisa, die

Elijah lange umworben hatte, wohnen am Ende der Purple Lane, zu Fuß zehn Minuten entfernt von Elijahs Haus. Ich erinnere mich genau an Elijahs Gesichtsausdruck, als ich eines Abends die Bemerkung fallenließ, daß die Vögel, um von einem Ort zum anderen zu gelangen, keiner Straße zu folgen brauchen, sondern einfach geradeaus fliegen. Wir saßen bei ihm zu Hause auf der Terrasse, die Landkarte vor unseren Füßen ausgebreitet, und ich zeigte ihm, was für Zickzacklinien der Highway 217 vom Stadtzentrum bis zur Laurel Avenue, in der Elijah wohnte, auf seinem Weg durch den Wald beschrieb. Elijah verharrte eine ganze Weile in Schweigen. Mit starrem Blick, eine Hand auf dem Knie, die andere um die Flasche mit dem mexikanischen Bier geklammert, saß er völlig reglos da. Er war nicht mehr wirklich zugegen. Er atmete ganz ruhig neben mir und hielt seine Negro Modelo fest am Flaschenhals, aber er hätte genausogut in Half Moon Bay oder auf dem Mars sein können.

Als sich Elijah zum erstenmal in seinem Innern verirrt hatte, dachte ich zunächst, er sei tief in Gedanken versunken oder aber mitten in der Unterhaltung eingeschlafen. Tatsächlich hatte Elijah öfter solche Momente geistiger Abwesenheit. Ich hatte es mir angewöhnt zu zählen, sobald sein Blick sich vernebelte und er sich nicht mehr rührte. Im Schnitt dauerte seine Zerstreutheit ein bis drei Minuten. Ich wußte nicht, was dann in Elijahs Schädel vor sich ging. Und er selbst war erst recht nicht in der Lage, darüber zu sprechen. Er sagte, sein Denken »gefriere«, und nannte dieses Phänomen »Granny einen Besuch abstatten«. Ich bin Elijahs Großmutter nie begegnet, aber ich denke, daß auch sie solche Besuche abstattete und ihm diese Veranlagung vererbt hatte.

»Es ist, als ob ich in einem Auto sitze, das mit hoher Geschwindigkeit fährt, und plötzlich tritt der Fahrer hart aufs Bremspedal«, meinte Elijah über seine Bewußtseinstrübungen. Es gibt auch einen wissenschaftlichen Begriff für Elijahs

Besuche bei seiner Großmutter. Irgendwo unter seinen Papieren liegt ein Brief von seinem Arzt, in dem das Wort auftaucht, aber ich kann mich nicht mehr daran erinnern. Wegen dieses verfluchten Briefs jedenfalls wurden Elijah der Führerschein und sein Jagdgewehr abgenommen.

Während ich ihm also erklärte, daß die Vögel sich das Leben nicht unnötig schwermachen, indem sie etwa dem Verlauf eines Weges folgen, sondern lieber direkt von einem Ort zum anderen fliegen, ging Elijah auf halber Strecke verloren. Als er wieder zu sich kam, sagte er, er verstehe nicht, warum die Vögel den Menschen gegenüber im Vorteil sein sollten, und so könne das nicht funktionieren.

»Was kann so nicht funktionieren?« fragte ich.

»Die Dinge.«

Noch einmal zeigte ich ihm auf der Karte, daß die Straßen wegen der Hügel, Steigungen, Abhänge, Flüsse und allerlei anderer Hindernisse Umwege machten und die Vögel, aber auch Flugzeuge und Schmetterlinge, weil sie ja im Himmel wären, sich den kürzesten Weg aussuchen konnten und einfach über die Bäume, Schluchten und Hügel hinwegflogen. Doch es gelang mir nicht, ihn zu überzeugen. Elijah nahm einen kräftigen Schluck und versank einen Moment in der Betrachtung des Verschlags, der auf einer Seite des Hauses emporragt und in dem er seine Schmiede einzurichten beabsichtigte. Ich stellte mein Bier auf dem Holzboden ab und starrte, während Elijah von seiner Schmiede träumte, den Schatten an, den die Flasche auf die Landkarte warf. Wir erhoben uns schweigend.

Elijah ging ins Haus, und ich hörte, wie er den Deckel der alten Schuhcremedose öffnete, in der er das Geld für Gin und Bourbon aufbewahrte. Damals besaß Elijah verschiedene Blechdosen für seine Ersparnisse. In einer sammelte er Münzen, von denen er eine Hängematte kaufen wollte. In einem anderen Topf legte er die Cents zur Seite, die ihm, wie er sagte, eine komfortable Rente sichern sollten, wenn er eines

Tages nicht mehr würde arbeiten können. Einige Büchsen jedoch, wie die für die Steuern, und das Einmachglas, das für die Instandhaltung und die Reparaturen des Hauses im Falle eines Erdbebens vorgesehen war, blieben immer leer. Andere dagegen wurden bevorzugt: zum Beispiel diejenige, die aussah wie eine Miniatur-Wells-Fargo-Bank, in der er für seinen Tabak sparte, der Wollstrumpf, in dem er Geld fürs Poker einlagerte, und natürlich die rosa Bonbonniere, die ich Abigail Hatchett Jahre zuvor gestohlen hatte, um sie Elijah zu Weihnachten zu schenken. »Für deine Schmiede«, hatte ich gesagt, und um Platz zu schaffen, machten wir uns über Abigails Pralinen her. Bis zu dem Tag, an dem Elijah seinen Plan in die Tat umsetzte, war die Bonbonniere von allen Dosen, die er besaß, die einzige, die Geldscheine barg. Sie enthielt die sagenhafte Summe von 274,55 Dollar.

Die Taschen voller Münzen, trat Elijah wieder aus dem Haus, und wir beschlossen, ins Dorf hinunterzugehen. Nachdem wir die Hälfte des Weges zurückgelegt hatten, sagte ich zu Elijah, daß ich nach links auf einen Pfad biegen und durch den Wald laufen wolle. Er könne ja bis zu Faustos Laden auf der breiten Straße bleiben.

»Mach es so wie immer«, sagte ich. »Ich nehme eine Abkürzung. Mal sehen, wer zuerst ankommt.«

Ich hatte es noch nicht aufgegeben, ihm die Geschichte mit den Entfernungen zu Land und in der Luft verständlich machen zu wollen. Natürlich kam ich vor ihm an. Ich stand vor dem Schaufenster des Ladens und sah ihn von weitem die Straße entlangkommen. Ich war außer Puste, denn ich hatte befürchtet, Elijah könnte, nachdem ich in den Pfad eingebogen war, auf die Idee kommen zu schummeln, wie manchmal bei seinen Pokerpartien, und bis zum Dorfeingang einen Sprint einlegen. Elijah haßt es, zu verlieren, und da die Wahrheit auf dem Spiel stand, begann ich selbst durch den Wald zu rennen. Aber als ich ihn in der Ferne aus dem Dunkel auftauchen sah, bemerkte ich, daß er ohne Eile unterwegs war.

Er kam auf mich zu, zuckte mit der Schulter und trat verächtlich schnaubend in das Geschäft.

Fausto stand hinter dem Ladentisch und war in seine Abrechnung vertieft. Wenn Fausto seine Abrechnung macht, darf man ihn nicht stören. Wer ihn unterbricht, setzt sich den schlimmsten Sanktionen aus. Einmal hatte ich, während er in seinem großen Heft allerlei Zahlen addierte, eine Büchse mit Gummis aus dem Regal genommen und mir die Zeit damit vertrieben, auf die Fliegen zu zielen, die an der Schaufensterscheibe vor sich hin dösten. Fausto schlug sein Heft zu und schleuderte es mir ins Gesicht.

Dabei ist Fausto ein wirklich friedliebender Mensch. Vor allem aber ist er ein Weiser. Ich bin nicht der einzige, der das denkt. Jeder in Farrago und Umgebung weiß, daß Fausto kein Mensch ist wie andere, und die Leute kommen teils von weither, um ihm von ihrem Unglück zu erzählen und ihn um Rat zu bitten, so daß Reverend Poach ihn schließlich als Rivalen betrachtete.

Es hat mich immer erstaunt, daß die Kirche und Faustos Laden einander direkt gegenüberliegen. Man könnte sagen, daß zu Lebzeiten von Reverend Poach die Bewohner von Farrago zwei Clans bildeten, den Kirchen- und den Ladenclan, aber ganz so einfach ist es wiederum auch nicht. In beiden Clans gab es welche, die sowohl zum Beten in die Kirche gingen als auch Rat bei Fausto einholten. Nach dem Tod des Reverend änderte sich die Lage zwangsläufig. Ein neuer Pastor, Father Matthew, wurde berufen, und bis der akzeptiert wurde, empfing Fausto während einiger Monate unglaublich viele Leute in seinem Laden. Vom kaufmännischen Standpunkt her war das vielleicht ein Glücksfall, aber ich merkte, daß Fausto mit den Nerven am Ende war und allmählich die Geduld verlor.

Während er also seinen Umsatz ausrechnete, setzte sich Elijah in sicherem Abstand auf einen Hocker, und ich suchte mir in der Auslage ein paar Comics aus. Einige Minuten später klappte Fausto sein Heft zu und wandte sich an Elijah, der seine Münzen auf dem Ladentisch stapelte.

»Bourbon?« fragte Fausto.

»Und eine Büchse Corned beef«, fügte Elijah hinzu.

»Fausto«, sagte ich und legte die Comics zurück, »wir haben ein Problem. Elijah will nicht verstehen, daß eine Entfernung in Luftlinie viel geringer ist als auf dem Land, wo man einer Straße mit all ihren Windungen folgen muß.«

»So funktioniert das nicht«, sagte Elijah.

»Ich habe es ihm auf der Landkarte von Lieutenant McMarmonn gezeigt, und vorhin habe ich sogar eine Abkürzung genommen, um ihm zu beweisen, daß ich im Recht bin, aber er ist stur wie ein Esel.«

»Homer«, sagte Fausto, »du bist ein Idealist.«

Daß Fausto mich an diesem Abend als Idealisten bezeichnet hat, will mir noch immer nicht in den Kopf. Im ersten Moment dachte ich, wenn man den größten Idealisten in der County wählen wollte, so wie im Juli das hübscheste Mädchen von Farrago gewählt wird, hätte ich nicht die geringste Chance, den ersten Preis zu gewinnen. Elijah dagegen war allgemein bekannt als unverbesserlicher Idealist und wäre mit Sicherheit aufs Siegertreppchen gestiegen.

Niemand ist idealistischer als Elijah, dachte ich, schon gar nicht ich. Nur Reverend Poach ist ein ebenso großer Träumer wie Elijah, immer vorausgesetzt, er meint es ernst, wenn er von Gottes Blut und Tränen spricht, was nicht erwiesen ist. Und ich dachte auch daran, daß die Mädchen aus dem Puff von vornherein von der Wahl zur Miss Farrago ausgeschlossen waren, unter dem Vorwand, sie seien der Teilnahme an diesem Wettbewerb nicht würdig. In Wirklichkeit aber, glaube ich, müßten sich all die Mädchen aus guter Familie, die sich am Tag der Preisverleihung vor den Türen der Wettbewerbsorganisatoren drängeln, haushoch geschlagen geben, wenn Polly, Piquette oder Cecily, eine der letzten Neuerwerbungen der Chefin, auf der Bühne erscheinen würden.

Und genauso, wie man die Nutten von der Miss-Wahl ausschloß, sagte ich mir weiter, würde man auch Taugenichtse und Saftsäcke wie Elijah und mich davon abhalten, den Titel des größten Idealisten diesseits der Hügelkette anzustreben. Ich unterbrach meinen Gedankengang und rief Fausto zu: »Wenn ich ein Idealist bin, was ist dann Elijah? Wer verbringt denn seine Zeit damit, laut zu träumen? Er oder ich?«

»Elijah steht mit beiden Füßen auf der Erde«, antwortete Fausto. »Du kannst nicht von ihm verlangen, daß er die Welt von oben betrachtet.«

»Fausto«, erwiderte ich, »ich habe noch nie ein Flugzeug bestiegen und verbringe meine Tage damit, diese Gegend von oben bis unten und kreuz und quer abzuklappern; ich verstehe also nicht, warum er mehr mit den Füßen auf der Erde stehen sollte als ich. Man muß kein Pilot oder Vogel sein, um den Unterschied zu kapieren zwischen einem Weg, der ständig Kurven macht, und einem, der geradeaus führt.«

»Ich behaupte ja nicht das Gegenteil«, entgegnete Fausto, »ich sage nur, daß du die Karte von McMarmonn, wenn du sie betrachtest, als Abbildung der Region wahrnimmst, ganz so, als würdest du über der Landschaft schweben. Wenn Elijah dagegen die Karte anschaut, sieht er bloß ein kariertes Blatt mit Namen, Zahlen und Linien in verschiedenen Farben. Ein Stück Papier. Und daran kannst du nichts ändern.«

Weil ich immer noch nicht überzeugt war, zog Fausto einen Zettel unter dem Ladentisch hervor und zeichnete zwei Kreuze darauf. Dann verband er beide Kreuze mit einer Geraden und bat Elijah, der Bewegung des Stiftes vom einen Kreuz zum andern zu folgen.

»Elijah«, sagte Fausto, »hast du gesehen, was ich eben gemacht habe?«

»Was du eben gemacht hast?« fragte Elijah.

»Ich habe auf die einfachste Art und Weise gezeigt, was Homer dir zu erklären versucht.«

»Was denn?«

Und da sprach Fausto jenen denkwürdigen Satz, denkwürdiger als die Worte des Reverend Poach über das Haus Gottes, diese imaginäre Kirche, deren Pforten den Kindern und Bedürftigen stets offenstehen: »Die Gerade ist der kürzeste Weg zwischen zwei Punkten.«

Ich war wie vom Donner gerührt. Noch nie hatte ich so etwas gehört, so einfach und schön. Ich betrachtete das Blatt Papier und die Bleistiftlinie, die beide Kreuze verband, und war starr vor lauter Ergriffenheit. Achtung, dachte ich, wenn das so weitergeht, wirst auch du Elijahs Großmutter am Ende noch einen Besuch abstatten, aber nichts zu machen, ich konnte nicht mal mehr atmen. Ich weiß nicht, wie lange dieser Schockzustand anhielt, es war mir unmöglich, die Sekunden zu zählen, ich sah nur die Gerade, die zwischen den beiden Punkten gezogen war. Was für eine wunderbare Linie, dachte ich. Wenn man bedenkt, daß Fausto all die Jahre in Besitz eines solchen Satzes gewesen war und ich bis zum heutigen Abend hatte warten müssen, um ihn endlich aus seinem Mund zu vernehmen. Elijah zuckte mit keiner Wimper. Faustos Satz ließ ihn vollkommen gleichgültig. Dabei hatte Fausto einmal mehr seine große Weisheit bewiesen.

»Fausto«, sagte ich, als ich wieder Luft bekam, »brauchst du das Blatt noch?«

»Es gehört dir.«

Ich faltete das Papier zusammen und steckte es in die Innentasche meines Mantels, an mein Herz. Faustos Zettel hat mich seitdem überallhin begleitet. Er gehört zu den Dingen, die ich immer bei mir trage, wie mein Taschenmesser, mein Zippo, die Mundharmonika, die mir der Sheriff geschenkt hat, nachdem ich Sarah Connolly vor dem Ertrinken gerettet hatte, mein gezinkter Würfel aus Elfenbein, die Postkarte von den Niagarafällen, ein altes Paßfoto von Rachel Mildew (die mir, als ich noch ein Kind war, den ersten erwachsenen Kuß gab) und eine mit kleinen Stoffrosen verzierte Haarspange, die ich für Ophelia gekauft habe, ohne daß ich seitdem Gelegenheit gefunden hätte, sie ihr zu überreichen.

Daraufhin stellte Fausto eine Flasche Bourbon und eine Büchse Rindfleisch in Aspik auf den Tresen und ließ Elijahs Münzen im Schubfach seiner Registrierkasse verschwinden. Er schlug uns vor, mit ihm ein Bier zu trinken, öffnete drei Flaschen und wandte sich an Elijah, der sich eine Zigarette drehte. »Ich hab was, das dich interessieren könnte.«

Ich sah genau, daß Elijah mißtrauisch war. Sicher fürchtete er, Fausto könne sich erneut in Erklärungen über geographische Entfernungen ergehen.

»Elijah«, sagte Fausto, »wie weit bist du mit deinem Vorhaben?«

»Ich will nicht mehr darüber sprechen«, antwortete Elijah. »Je mehr ich darüber rede, desto mehr reden die Leute darüber, und sie verdrehen alles, was ich sage. Aber am Ende werden wir ja sehen. Vor allem die Gebrüder Flink. Ganz besonders die werden schon noch sehen, wenn ihre Kunden einer nach dem anderen ausbleiben, weil sie zu mir gehen. Ich habe alles geplant. Am Anfang werde ich mich auf Blechdosen konzentrieren. Und mit dem Geld, das ich damit verdiene, werde ich den Verschlag vergrößern und all das schmieden, was auch die Brüder Flink schmieden, nur billiger und in besserer Qualität.«

»Ich hab was, das dich interessieren könnte«, wiederholte Fausto.

Und er erzählte uns, daß er auf dem Schrottplatz von Farrago das Wrack einer Industriewaschmaschine entdeckt habe, deren Herzstück eine eiserne Trommel mit einem Durchmesser von vier Fuß sei, die seiner Ansicht nach Elijahs Vorstellungen genau entspreche. »Gerade richtig für die Herstellung von Gegenständen mittlerer Größe«, sagte Fausto.

»Wie meinen Dosen.«

»Wie deinen Dosen.«

Schweigend leerten wir unser Bier. Elijah nickte langsam. Ich wollte ihn in seinem Gedankengang nicht unterbrechen, obwohl ich mich in einem Rausch der Begeisterung befand.

»Und das ist noch nicht alles«, setzte Fausto nach. »Kennt ihr Abraham Burnet?«

»Den Zahnarzt?« fragte Elijah.

»In seinem Garten steht ein Amboß.«

»Ich weiß«, sagte Elijah, »der steht schon seit Jahrhunderten da. Aber er will ihn nicht verkaufen.«

»Er gehört mir«, sagte Fausto. »Er schuldete mir Geld, und im Gegenzug habe ich ihm seine Schulden erlassen. Er kostet dich dreißig Dollar. Wenn du willst, kannst du in Raten zahlen.«

Wieder schwiegen wir. Auf der Straße fuhr ein Auto vorbei. Das einzige, was man hörte, waren das Summen der Heizung und eine Fliege, die brummend gegen die Scheibe stieß. Ich hatte das Gefühl, einen bedeutenden historischen Moment zu erleben, besonders weil Fausto, Elijah und ich die einzigen waren, die es wußten und ihn erlebten. Wir saßen alle drei um den Ladentisch, am Vorabend eines Ereignisses, das das Antlitz von Farrago verändern würde, und im selben Augenblick beendeten seine ahnungslosen Bewohner ihr Abendessen, sahen fern, rauchten Pfeife oder stritten miteinander, ohne auch nur den leisesten Schimmer zu haben, was sich ereignen würde. Vor allem dachte ich an die Brüder Flink, die beide unverheiratet waren und um diese Zeit bereits in ihrem großen Bett lagen und nicht die geringste Ahnung hatten, was ihnen bevorstand. Ich blickte auf meine Hände, die flach auf dem Tresen lagen. Sie zitterten leicht.

»Was sagst du dazu?« fragte Fausto.

»Ich sage dazu, daß die sich noch alle wundern werden.« Darauf verließ er den Laden, ohne sich noch einmal umzudrehen. Ich gab Fausto die Hand und lief Elijah hinterher.

»Elijah, wann gehen wir hin?«

»Wohin?«

»Na, zum Schrottplatz!«

»Die werden sich noch alle wundern.«

Mehr wollte er nicht sagen. Zwei oder drei Wochen verstrichen, in denen jede Unterhaltung zwischen Elijah und mir mit der Frage begann, wann er denn zur Deponie gehen wolle, und jedesmal antwortete er: »Die werden sich noch alle wundern.« Doch eines Abends fand ich ihn, wie er in der Mitte des Hofs auf seinem Hocker saß. Er hatte seinen Sonntagsstaat an, und seine geputzten Schuhe glänzten im Dunkeln. Der Anzug war Elijahs ganzer Stolz. Sein Vater, sein Onkel Cooper und sein Cousin Willy hatten darin geheiratet. »Und keiner der drei hat seine Frau überlebt«, pflegte Elijah zu sagen, wenn er der Versuchung nicht widerstehen konnte, den Anzug aus dem Schrank zu holen, damit ich ihn bewunderte. Immer wenn Elijah ein Glas über den Durst trank, holte er seinen Anzug aus dem Schrank, und ich hatte keine andere Wahl, als ihn von allen Seiten unter die Lupe zu nehmen.

»Heiraten ist großer Quatsch. Ich werde nie heiraten. Lieber auf der Stelle krepieren.« Dabei schien Elijah, als er sich in Lisa, die Tochter von Lieutenant McMarmonn vernarrt hatte, dem Heiratsgedanken nicht mehr so abgeneigt zu sein. Und als er nach Monaten des Zögerns schließlich um Lisas Hand anhalten wollte, ging er zum Barbier und ließ sich die Haare schneiden, zog seinen Anzug an und machte sich mit einem riesigen Strauß Rhododendron in den Armen auf den Weg zur Purple Lane. Er wollte nicht, daß ich ihn begleitete, und bei seiner Rückkehr war er völlig außer sich.

»Was hat sie geantwortet?« fragte ich.

»Nichts.«

»Hast du um ihre Hand angehalten?«

»Nein.«

»Was ist denn passiert?«

»Sie sagte, ich würde gut riechen.«

»Hast du ihr den Strauß gegeben?«

»Ich habe ihn weggeworfen.«

»Du Idiot, warum hast du nichts gesagt?«

Elijah antwortete, daß er nicht die passenden Worte gefunden habe, seine Absichten aber wohl nicht so schwer zu erraten gewesen seien. Schließlich kreuze ein Mann ja wohl nicht im Sonntagsanzug und mit Blumenstrauß bei einer Frau auf, nur um ihr die Wollknäuel zu halten, während sie ein Paar Strümpfe für den Winter strickt.

»Aber Lisa ist blind«, sagte ich, »von Geburt an blind. Woher sollte sie denn deiner Meinung nach wissen, daß du deinen schönen Anzug anhast? Sie wird doch nicht ihr Augenlicht zurückgewinnen, nur weil irgendein Kerl sie heiraten will.«

»Ich weiß, ich weiß«, sagte Elijah. »Trotzdem, sie hat nichts gesehen.«

Ich fand ihn also, wie er im Sonntagsstaat auf seinem Hocker saß und seinen Verschlag betrachtete. Die Veränderung sprang mir sofort ins Auge: Das ganze Gerümpel, die Kisten, Bretter und Reifen waren verschwunden, und der Fußboden der Hütte war genauso sauber wie das Haus von Abigail Hatchett, einer perfekten Hausfrau.

»Wann gehen wir hin?« fragte ich Elijah allein um des Vergnügens willen, ihn sagen zu hören: »Morgen.«

2

Am Tag unserer großen Expedition wachten wir vor Tagesanbruch auf. Der Himmel war sternenklar. Elijah briet ein paar Würste, und wir tranken jeder mehrere Tassen Kaffee. Es war kurz vor Sonnenaufgang, als wir uns auf den Weg machten. Nebelschwaden hingen zwischen den Bäumen, und ich lauerte auf den Moment, wo der Morgentau anfangen würde zu glitzern. Elijah, der nun wieder seine Alltagskleidung trug, hatte Werkzeug in seinen Beutel gesteckt, während ich mich um den Proviant kümmerte (Brot, die restlichen Würste und sechs Flaschen Bier). Wir schritten durch das menschenleere Dorf. Der Laden hatte noch nicht geöffnet, und die Kirche war verschlossen, wie ich feststellte, als ich mich kurz von Elijah entfernte, um rasch am Türknauf zu drehen und einen alten Kaugummi, den ich vom Bürgersteig aufgehoben hatte, ins Schloß zu kleben. Gern hätte ich Elijah überredet, auf Fausto zu warten, um seinen Transporter auszuleihen, selbst wenn wir dafür Geld aus der Bonbonniere nehmen müßten, aber Elijah fand, wir dürften ihn nicht ausnutzen, Fausto habe schon sehr viel getan, es sei nun an uns, die restliche Arbeit zu erledigen.

»Ich ernenne dich hiermit zum Hilfsschmied«, sagte Elijah, als wir das Dorf verließen, und gab mir einen Dollar: »Als Vorschuß auf dein erstes Monatsgehalt.« Ich hatte nicht die geringste Absicht, Elijahs Gehilfe zu werden, aber ein Dollar ist ein Dollar, und außerdem wollte ich ihm nicht den Tag verderben, indem ich ihm offenbarte, daß meine Hilfe ganz uneigennützig sei und ich ihn aus reiner Freundschaft begleite.

Anderthalb Stunden später erreichten wir den Eingang zum Schrottplatz. Seit meiner Kindheit ist die Deponie von Farrago einer meiner Lieblingsplätze. Im Sommer übernachte ich häufig dort. Zwischen Autorücksitzen, Matratzen, ramponierten Sesseln und Schutthaufen habe ich die Qual der Wahl. Als einmal eine Frau vom Sozialamt Schritte einleitete, um mich endlich in den Besitz von Papieren zu bringen (wir haben uns seitdem nicht wiedergesehen, darum weiß ich nicht, ob sie erfolgreich war), nannte ich als Wohnsitz Highway 217, Nummer 3159, die Adresse der Müllkippe. Wenn es aber jemanden gibt, der mit Recht behaupten kann, dort zu wohnen, so bin das nicht ich, sondern Duke, der auf diesem Gelände bereits seine Zelte aufgeschlagen hat, als ich noch ein Säugling war und in der Nursery des Waisenhauses von Santa Cruz mit dem Fläschchen großgezogen wurde.

Duke, dessen Vorfahren sich bis zu ihrer Befreiung von der Sklaverei auf Baumwollfeldern abgeschunden hatten, um sich dann im kalifornischen Hinterland und in den Minen von Tuskegee Heights weiter abzuschinden, verbrachte den ersten Teil seines Lebens damit, Pferdeställe auszumisten und kreuz und quer über das Weidegelände der Ranch von Jack Simmons zu laufen, bis zu jenem Tag, an dem er seine Erleuchtung hatte.

Jeder, der Duke schon mal auf dem Schrottplatz oder anderswo begegnet ist, kennt die Geschichte dieser Erleuchtung auswendig. Die Einwohner von Farrago nennen ihn übrigens Saint Duke, und die Deponie, auf der er so lange gelebt hat, heißt heute – trotz der ständigen Ermahnungen des Reverend Poach – Saint Dump.

Dabei hatte Duke nichts von einem Heiligen. Nicht nur, daß er keinen Heiligenschein besaß und keine Wunder vollbrachte, sondern er fluchte und trank auch und ging noch seltener in die Kirche als Elijah und ich – nämlich nie. Außerdem hatte Duke ein Hinkebein und war auf einem Auge blind. Reverend Poach, der damals noch lebte, entging jedesmal knapp einem Nervenzusammenbruch, wenn ein Gemeindemitglied den Namen Saint Duke oder Saint Dump fallenließ, und sah sich genötigt, daran zu erinnern, daß es kein Beispiel für einen hinkenden oder einäugigen Heiligen gebe. Ich weiß nicht, ob der Reverend damit recht hatte oder nicht. Natürlich gibt es Berufe, die man nur ausüben kann, wenn man über bestimmte Fähigkeiten verfügt: Klavierstimmer zum Beispiel müssen blind sein wie Lisa McMarmonn, Nutten dürfen nicht so aussehen wie Harriet Daniels oder Dorothy Jones, zweifellos die häßlichsten unverheirateten Mädchen weit und breit, und Holzfäller sollten Bärte tragen. Daher ist es durchaus möglich, daß Heilige nur dann kirchlich anerkannt werden, wenn sie kein lahmes Bein haben oder nur auf einem Auge sehen. Aber was spielt das für eine Rolle, sage ich mir immer wieder, wo Duke ohnehin kein Heiliger ist, zumindest nicht nach Auffassung des Reverend. Sonst müßte ich ja auch einer sein und Elijah ein Erzengel.

Dukes Erleuchtung ereignete sich an einem Tag, da Jack Simmons, der Besitzer der Ranch, ihn auf eine der Wiesen schickte, um einen Zaun zu reparieren. Der Zaun war mehrere Meilen von der Farm entfernt. Unter bleierner Hitze machte Duke sich dorthin auf, eine Rolle Stacheldraht auf der Schulter. Als er ankam, spürte er, daß er allein auf der Welt war.

»Kein einziger Vogel, kein einziges Pferd, keine einzige Fliege«, erzählte Duke in der ersten Nacht, die ich in seiner Gesellschaft auf der Deponie verbrachte. »Kein einziges Tier, kein einziges Geräusch, selbst der Wind hatte sich gelegt. Ich war der einzige Mensch auf Erden und betrachtete den Zaun, der bis an den Horizont reichte und das Land in zwei Teile teilte. Ich legte die Rolle ins Gras, und gerade als ich die Zange ansetzen wollte, überfiel es mich. Ich sah ein Licht, das nirgends war und überall zugleich.«

»Vielleicht war das ein Sonnenstich«, sagte ich.

»Von wegen Sonnenstich. Wenn du einen Sonnenstich hast, brichst du zusammen, hast Fieber, manchmal gehst du sogar dabei drauf, aber das ist alles. Ich habe das Licht gesehen, und das einzige, was ich im Licht noch sah, war der Zaun, der schnurgerade Zaun, der in beiden Richtungen bis an den Horizont reichte. Und mir wurde klar, daß diese Linie mein Leben in zwei teilte, so wie ein Faden ein Stück Butter zerschneidet. Während ich über die Wiese zum Zaun lief, wurde mir klar, daß ich am Ende der ersten Hälfte meines Lebens angelangt war. Auf der anderen Seite des Stacheldrahts lag die zweite.

Und ich sah mein ganzes Leben vorüberziehen, die Kindheit, die früheren Zeiten auf der Ranch, all die Pferde, die ich gepflegt, all die Nächte, die ich durchgesoffen, all die Zäune, die ich geflickt hatte, das alles schoß mir in Windeseile durch den Kopf. Und plötzlich nichts mehr. Vor mir lag nur noch die Wiese auf der anderen Seite des Gatters, und ich begriff, daß ich abgeschlossen hatte mit Jack Simmons, mit dieser Drecksarbeit und mit diesem Drecksleben, halleluja.«

»Und das Licht?«

»Das Licht ist nie verschwunden.«

»Willst du damit sagen, daß du es auch jetzt noch siehst?«

»Nicht so wie damals«, antwortete Duke. »Zum Glück. Auf der Wiese sah ich nur das Licht und den Stacheldraht. Aber wenn ich mich konzentriere, ist es da. Ich brauche nur daran zu denken, und schon sehe ich es.«

»Schau doch ein bißchen, nur mal um zu sehen«, bat ich. »Ist es da?«

Duke wärmte seine Hände am Feuer und richtete sich auf. Dann runzelte er die Stirn und starrte mit dem unversehrten Auge in die Flammen. Für einen Moment wandte er den Kopf zu den giftigen Sumachbäumen, die überall auf dem Hügel wachsen, dann glitt sein Blick zurück zum Feuer.

»Dreh die Hamburger um«, sagte er.

»Hast du es gesehen?«

»Natürlich hab ich es gesehen.«

»Wo?«

»Nirgends und überall zugleich. Eines Tages wirst du es vielleicht auch sehen.«

Diese Worte habe ich nicht vergessen. Und als wir an jenem Abend, da Fausto die Gerade zwischen den beiden Kreuzen gezogen hatte, aus dem Laden kamen, dachte ich an das, was Duke mir gesagt hatte: Eines Tages würde ich vielleicht auch das Licht sehen. Und im selben Augenblick begriff ich, warum Dukes Worte mir wieder eingefallen waren. Die Geschichte seiner Erleuchtung und Faustos geometrische Beweisführung hatten etwas gemeinsam. Der Stacheldrahtzaun, der bis an den Horizont reichte und Dukes Leben in zwei Teile teilte, ähnelte der Geraden, die Fausto auf das Blatt Papier gezeichnet hatte. Ist das Leben der kürzeste Weg zwischen Geburt und Tod? fragte ich mich. Führt das Leben immer geradeaus, oder macht es Umwege? Kaum hatte mein Geist einen Zusammenhang zwischen Dukes Geschichte und Faustos Zeichnung hergestellt, spürte ich eine beginnende Migräne. Also beließ ich es dabei.

Nach anderthalb Stunden Fußmarsch erreichten wir den Schrottplatz, wo wir Duke auf dem Vordersitz eines Bentley Cabrio schlummern sahen. Wenn Duke schlief, schloß er stets das unversehrte Auge, während das blinde Auge offenblieb: Auf diese Weise konnte man nie wissen, ob er schlief oder nicht – es sei denn, man wußte genau, daß das Auge, mit dem er nichts mehr sah, das linke war (doch dessen war ich mir nie sicher). Sowie Elijah zwischen den rostigen Karosserien die Industriewaschmaschine erblickte, begann er zu rennen. Als er an dem Bentley vorbeikam, stieß er mit dem Werkzeugkasten gegen die Fahrertür, und Duke wachte auf.

»Homer?«

»Wir haben keine Zeit«, erwiderte ich. »Elijah ist gekommen, um seine Schmiede abzuholen. Und ich bin sein Hilfsschmied.«

»Was hast du da im Beutel?« fragte Duke, während er aufstand, und ich bot ihm eine Flasche Bier und ein Stück Brot zum Frühstück an.

Dann lief ich zu Elijah, um ihm beim Auseinanderschrauben der Maschine zu helfen. Das war keine einfache Angelegenheit. Elijah schnitt sich beim Versuch, eine Eisenplatte zu entfernen, in die Hand, und ich wäre um ein Haar in die Trommel gefallen, als Duke Elijah, der mich am Gürtel festhielt, einen zwölfjährigen Whisky anbot – eine seltene und sehr kostbare Sorte, die von Joseph Kirkley stammte, einem Kerl aus San Francisco, der sich auf dem verkohlten Chassis seines Luxus-Pontiac ausgeweint hatte. Duke und der Fremde, der bei dem Autounfall nicht die kleinste Schramme abbekommen hatte, hatten sich auf Anhieb gemocht und waren bei Einbruch der Nacht wie zwei alte Freunde auseinandergegangen: Der Fremde brauste in seinem neuen Pontiac davon, und Duke blieb zu Hause auf der Deponie.

Elijah wollte den Kopf nicht in die Trommel stecken, und so mußte ich den Großteil der Arbeit übernehmen. Elijah erträgt keine geschlossenen Räume. Fahrstühle, Telefonzellen, fensterlose Zimmer und Toiletten rufen bei ihm panische Angst hervor. Das ist ein wesentlicher Unterschied zwischen uns. Elijah betrachtet meine Vorliebe für Hundehütten und Holzschuppen als Verirrung, und es ist mir nie gelungen, ihn vom Gegenteil zu überzeugen. Bei sich zu Hause schläft Elijah im Wohnzimmer auf dem Sofa und betritt das Schlafzimmer nur, um es möglichst schnell wieder zu verlassen. Und als er sich weigerte, den Kopf in den Zylinder zu stecken, fragte ich mich, wie er eigentlich seinen Beruf als Schmied ausüben wollte.

»Elijah«, sagte ich, »ich bin zwar bereit, den Job hier für dich zu machen, aber du wirst dich an das Innere deiner Schmiede schon gewöhnen müssen.«

Er entgegnete, ich hätte keine Ahnung. »Schließlich schweißt man im Stehen mit der Schweißerbrille auf der Nase, und die Trommel, du Blödmann, steht aufrecht vor einem.«

Wir brauchten gut drei Stunden, um den Zylinder aus seinem Metallmantel zu befreien. Noch nie habe ich Elijah so schwitzen sehen. Er meckerte immerzu, schmiß wütend sein Werkzeug auf den Boden und kletterte von der Maschine runter, um es wieder aufzuheben – aber er war glücklich. Das war so offensichtlich, daß Duke und ich uns jedesmal zuzwinkerten, wenn er uns den Rücken zukehrte. Um ihn auf den Arm zu nehmen, erwähnte Duke eine Stellenanzeige, die am Rathaus aushing. Es handelte sich um einen Gemeindeposten, der gerade frei geworden war.

»Homer«, rief er, »suchst du einen Job?«

»Er hat schon einen Job«, zeterte Elijah, während er auf der Maschine herumkroch.

»Dunken junior geht nämlich bald in den Ruhestand, und das Rathaus sucht einen neuen Förster. Niemand kennt den Wald besser als du, Homer«, sagte Duke, »und außerdem könntest du endlich mit dem Sheriff Frieden schließen.«

»Keine schlechte Idee«, erwiderte ich.

»Du hast schon einen Job, du Idiot. Seit heute morgen hast du ihn.«

»Schon, aber Förster sein hat Vorteile«, sagte Duke. »Rente, bezahlter Urlaub und der ganze Schnickschnack. Es lohnt sich, darüber nachzudenken.«

»Ja, stimmt«, sagte ich zu Elijah, »wir haben noch gar nicht über Urlaub gesprochen.«

»Du bist im Urlaub, seit du auf der Welt bist!«

»Und die Rente? Was ist, wenn ich mir eine Verbrennung dritten Grades zuziehe? Und was machen wir, wenn ich irgendwann zu alt bin, um zu arbeiten?«

»Willst du mich verarschen?«

»Weißt du«, sagte Duke. »Als ich noch für diesen Menschenschinder Jack Simmons arbeitete, sprang Null Komma nichts für mich raus, dabei hätte ich aufhören und eine Rente erhalten können mit meinem Auge, aber damals hatte ich ja keine Ahnung, daß es so etwas wie Invaliditätsrenten überhaupt gibt. Für Simmons zu arbeiten war zwar bestimmt nicht so hart wie in den Minen von Tuskegee zu schuften, aber vor einem Arbeitsunfall ist man nirgends sicher. Die meisten meiner Vorfahren sind in einem Stollen erstickt. Aber glaubt ihr, man hätte ihre Frauen und Kinder entschädigt? Sie haben ein entsetzliches Elend durchgemacht: Um zu überleben, haben sie Baumrinde gefressen und Grassuppe getrunken. Seitdem haben wir Fortschritte gemacht. Wenn es aber nun heißt, daß man wieder wie damals arbeiten soll, wie die Sklaven …«

»Sagt mal, habt ihr 'ne Schraube locker oder was?« fragte Elijah. »Fangt erst mal damit an, zu heiraten und Kinder zu machen. Dann können wir über eure Entschädigungen reden. Reich mir die Zange!« rief er mir mit finsterem Blick zu.

Eigentlich war das einzige Ziel dieser Unterhaltung, ihn ein bißchen aufzuziehen, aber sie stimmte mich auch nachdenklich. Ich fragte mich, wie mein Leben wohl aussähe, wenn ich Arbeit, eine Frau, Kinder und Urlaub hätte. Ich stellte mir vor, wie ich gemeinsam mit Ophelia vor der Tür unseres kleinen, frisch getünchten Hauses stünde. Ophelia trug ein viel weniger aufreizendes Kleid als im Puff und hielt ein Baby auf dem Arm. Ich steckte in derselben Uniform und demselben Hut wie Dunken junior, der Förster. Es war Abend, ich kam von der Arbeit nach Hause. Diese Vision dauerte nur wenige Sekunden, aber sie hinterließ ein merkwürdiges Gefühl in mir. Es war das erstemal, daß ich solcherlei Gedanken hegte.

Gegen Mittag legten wir eine Pause ein. Die Trommel war nun vollständig von ihrer Ummantelung befreit, wir brauchten nur noch die letzten am Zylinder angeschraubten Eisenstäbe zu lösen. Dann setzten wir uns vor die Trommel, wie im Kino, jeder mit einem Bier in der Hand. Ich war so ausgelassen, daß ich nicht stillsitzen konnte und irrsinnige Lust hatte, irgendeinen Blödsinn anzustellen oder, wie der Sheriff sagen würde, einen Sabotageakt zu verüben. In der Hoffnung auf einen guten Einfall sah ich mich um, doch auf dem Schrottplatz war schon alles kaputt, und es war auch nicht der richtige Moment, um Elijah einen Streich zu spielen. Duke flößte mir ohnehin zuviel Respekt ein. Dieses Licht, das er ständig um sich sah, hielt mich stets davon ab, etwas auszuhecken. Also machte ich mich über die Würste her. Wir aßen, tranken unser Bier und leerten auch die Flasche zwölfjährigen Scotch. Danach schlief Duke ein, und ich hätte es ihm gern gleichgetan, wenn Elijah sich nicht eingemischt hätte. Er zerrte mich aus meinem Sessel, und wir gingen wieder an die Arbeit.

Nachdem die Eisenstäbe abgeschraubt waren, wischte sich Elijah mit dem Ärmel über die Stirn, kramte ein Geldstück aus der Tasche und warf die Münze in die Luft, um zu sehen, wer die Trommel als erster den Weg entlangrollen würde. Ich gewann.

»Nach dir«, sagte ich zu Elijah und fürchtete schon, er könnte wütend werden (wie gesagt, Elijah erträgt es nicht, zu verlieren, nicht einmal beim Münzenwerfen), aber an diesem Tag war er, wie Duke bei meinem darauffolgenden Besuch auf der Deponie bemerkte, über sich selbst hinausgewachsen. Am Morgen nach diesem glorreichen und unglückseligen Tag fragte ich mich, was wohl passiert wäre, wenn ich beim Münzenwerfen verloren hätte.

Schon nach einer halben Stunde hörte Elijah auf, seine zukünftige Schmiede vor sich her zu schieben, nahm den Werkzeugkasten wieder an sich und sagte schnaufend: »Du bist dran.«

Ab da begann der Ärger. Vor uns lag die geteerte Fahrbahn, die immer weiter anstieg und der man nur zu folgen brauchte, wenn man Farrago ohne Schwierigkeiten erreichen wollte. Ich aber kannte einen Weg, der hundert Meter weiter rechts abbog. Wenn man den einschlug, kam man auf der anderen Seite des Dorfes heraus, auf den Ländereien von Percy Tuddenham, der Weidegebiete, Obstbäume und eine Kürbisplantage besitzt. Percys Farm liegt nur eine halbe Meile von der Laurel Avenue entfernt, also gab es keinen Grund zu zögern.

»Elijah«, sagte ich, »laß uns eine Abkürzung nehmen.«

»Was?«

»Wir gehen durch den Wald.«

»Du kannst mich mal«, sagte Elijah und deutete auf die Fahrbahn vor uns, »wir gehen weiter geradeaus«, und er schlug mir auf den Rücken, damit ich ihn ablöste.

»Elijah, wieviel wolltest du mir zahlen, wenn ich dir beim Schmieden helfe?«

»Hundert Dollar im Monat plus Gewinnbeteiligung.«

»Ich will zwei Monate lang umsonst für dich arbeiten, wenn du mir erlaubst, die Abkürzung zu nehmen.«

»Hör auf mit dem Quatsch«, erwiderte er, aber ich merkte, daß sein Interesse geweckt war.

»Du sparst zweihundert Dollar.«

»Wir gehen weiter geradeaus.«

»Ganz genau«, sagte ich, »wenn wir die Abkürzung nehmen, gehen wir geradeaus, so gerade wie überhaupt nur möglich. Zweihundert Dollar.«

Elijah schwieg. Ich setzte meinen Fuß auf die Trommel und stieß sie ein paar Meter weiter. Eine Minute später befanden wir uns auf dem Pfad. Der Boden war trocken, die Trommel rollte geräuschlos, und wir waren nicht mehr gezwungen, jedesmal, wenn ein Auto oder ein Laster vorbeifuhr, zur Seite zu springen. Fliegen und Staub wirbelten durch die Sonnenstrahlen. Die Stämme der Mammutbäume bildeten hohe rote Schutzwälle rechts und links des Pfades, und ich fühlte mich mit mir und der Welt im Einklang. Mir waren Fliegenschwärme schon immer lieber gewesen als Abgasschwaden und Waldboden lieber als Asphalt. Selbst Elijah wirkte ausgeglichener. Er lief hinter mir und pfiff, eine Zigarette zwischen den Lippen, munter vor sich hin.

Nach einer Meile wurde das Gefälle stärker, so daß ich die Hände auf den Zylinder legen und gebückt weitergehen mußte. Da ereignete sich der erste Zwischenfall. Weil mich der Mantel störte, hielt ich an, um ihn auszuziehen und in den Rucksack zu stopfen. Ich hatte mich auf die Trommel gesetzt und war gerade dabei, die Ärmel meines Hemdes hochzukrempeln, als Elijah rief: »Homer! Guck mal, wer da ist!«

Ohne länger an die Trommel zu denken, stand ich auf und sah den Sheriff auf der Lichtung vor uns mit einer Angelrute in der Hand am Teich sitzen.

Die Trommel, die nun nicht mehr festgekeilt war, ergriff eilig die Flucht und holperte den Pfad wieder hinunter, wobei sie immer mehr an Fahrt gewann. Sie hüpfte wie ein Hase, rollte immer schneller, und da der Weg schnurgerade verlief, war es unwahrscheinlich, daß die Trommel von ihm abkommen und gegen einen Baumstamm prallen würde. Elijah stieß einen entsetzten Schrei aus, wobei ihm die Zigarette aus dem Mund fiel. Und eine Sekunde später war Elijahs Schmiede hinterm Gebüsch verschwunden.

Wir hefteten uns an ihre Fersen. Ich stellte mir bereits vor, wie die Trommel zur Hauptstraße zurückrollte und dann in die Tiefe stürzte, da der Highway 217 genau an dieser Stelle an einem Abgrund entlangführte. Aber Gott sei Dank war der Zylinder nicht sehr weit gekommen. Als wir ihn, von einem kleinen Erdbuckel aufgehalten, am Wegrand sichteten, ließ Elijah alle möglichen Schimpfwörter auf mich niederprasseln. Dann machten wir uns erneut an den Aufstieg, bis wir eine Viertelstunde später wieder auf der Höhe der Wiese und des Teiches angelangt waren. Elijahs Stimmung war auf dem Nullpunkt. Er hatte aufgehört zu pfeifen und knurrte unentwegt irgendwelche Beleidigungen.

»Hier lang«, sagte ich.

»Wieso hier lang?« brummte Elijah, als er sah, daß ich die Trommel zur Lichtung schob. Der Sheriff, der gerade damit beschäftigt war, einen Wurm auf den Angelhaken zu spießen, hob den Kopf und sah zu uns herüber. Ich ließ mich dadurch nicht aus der Fassung bringen. Ich wußte, daß er mir an diesem Tag nichts vorwerfen konnte, ich hatte sogar noch einen Verstoß gegen das Gesetz bei ihm gut, weil ich ihm in der Woche zuvor geholfen hatte, Carmen O'Connors Ziege einzufangen. Außerdem war ich sauer, daß die Schmiede den Hügel wieder hinuntergesaust war, und schenkte Elijahs Schimpftiraden daher nicht die geringste Aufmerksamkeit. Dem Sheriff schien ebenfalls eine Laus über die Leber gelaufen zu sein. Wahrscheinlich ist heute Sonntag, dachte ich, und ich bin sicherlich der letzte, dem der Sheriff an seinem freien Tag begegnen möchte.

»Was treibt ihr da?« fragte er, nachdem er den Wurm aufgespießt hatte.

»Na, beißen sie an?« fragte ich.

»Was wollt ihr mit dem Waschkessel?«

»Waschkessel!« wiederholte Elijah verächtlich.

»Irrtum, Sheriff, das ist kein Waschkessel, sondern Elijahs Schmiede.«

Der Sheriff sah uns beide scharf an. Ich spürte, daß er zwischen dem Wunsch, die Angelegenheit rasch aufzuklären, und dem, uns schnellstmöglich wieder von der Lichtung zu verjagen, hin und her gerissen war.

»Wo habt ihr das Ding geklaut?«

»Nirgends«, sagte ich. »Es lag auf dem Schrottplatz rum. Wir wollen es benutzen, um Blechdosen herzustellen.«

»Was für Blechdosen?«

»Meine Blechdosen«, antwortete Elijah. »Schmuckkästchen, Werkzeugkisten, Boxen, Safes, Bestattungsurnen, Überseekoffer, Briefkästen.«

»Streichholzschachteln«, fügte ich hinzu.

»Halt die Klappe«, zischte Elijah. »Ich habe alles genau geplant. Zuerst Blechdosen, dann den Rest. Und für die Gebrüder Flink zwei Eisensärge. Die werden sich noch wundern.«

»Schwört mir, daß ihr nicht schon wieder irgendeinen Unfug ausgebrütet habt«, sagte der Sheriff, und mir war, als hörte ich Reverend Poach, wie an jenem Morgen, als ich in der Kirche aufgewacht war und er versucht hatte, mich zu bestechen.

»Bei Ihrem Leben«, sagte ich.

»Gut, und jetzt zieht Leine, ihr verschreckt mir noch die Fische.«

Und schon ging es weiter. Die Trommel den Hang hinaufschiebend, führte ich Elijah bis zu dem Wäldchen, das den Gipfel des Hügels umkränzt. Von dort oben hat man einen herrlichen Ausblick: Der ganze Wald liegt vor einem ausgebreitet bis Rainbow Point. Ich dachte, nun sei der Moment gekommen, vor dem Abstieg eine letzte Rast einzulegen. Es waren noch zwei Bier übrig, eins davon reichte ich Elijah, doch er wies es zurück.

»Du hast die Trommel schon wieder losgelassen!« sagte er und ballte kampfbereit die Fäuste.

»Elijah, wir sind hier auf ebenem Boden, es besteht keine Gefahr. Trink dein Bier, und freu dich, daß wir auf der Zielgeraden sind.«

»Noch so eine Geschichte mit einer Geraden«, brachte Elijah mit zitternder Stimme vor, »und ich schlag dir die Zähne aus! Halt die Trommel fest, sag ich dir, leg sofort wieder die Hand drauf.«

»Niemals«, erwiderte ich, »du nervst mich mit deiner Trommel. Wenn du Angst hast, daß sie sich aus dem Staub macht, brauchst du dich bloß hineinzulegen. Du siehst doch, hier ist alles eben.«

»Eben was?«

»Der Boden ist flach.«

»Halt die Trommel fest.«

»Kommt nicht in Frage.«

Ich war kurz vorm Explodieren. Seit dem kleinen Mißgeschick auf der Lichtung machte Elijah mich rasend, ich war beleidigt, wie mies er mich behandelte. Zugegeben, seine Trommel war mir entwischt, aber schließlich heil geblieben, und Elijahs Haus lag nur noch eine halbe Meile entfernt; außerdem ging es nun sogar bergab. Ich hatte meine ganze Kenntnis der Gegend in den Dienst von Elijahs großem Projekt gestellt, und der Dank waren seine geballten Fäuste.

»In Wirklichkeit«, sagte ich zu ihm, »hast du doch bloß Schiß. Du regst dich über mich auf, damit ich glaube, du hättest keine Angst.«

»Angst? Wovor denn, du Blödmann?«

»Angst vor der Schmiede, Angst vor den Gebrüdern Flink, Angst, irgend etwas anzupacken. Du warst ja nicht einmal in der Lage, Lisa McMarmonn zu sagen, daß du sie heiraten möchtest. Reden, ja, das kannst du. Auf deinem Hocker sitzen und von morgens bis abends rumnörgeln, die Leute kritisieren, weil sie ihr Leben nicht auf einem Hocker verbringen und wie du gegen den Rest der ganzen Welt wettern, darin bist du der König von Dänemark.«

Ich weiß nicht, wo ich plötzlich dieses Bild mit dem König von Dänemark herhatte, ich weiß nicht einmal, ob Dänemark einen König besitzt, aber der Vergleich hat gesessen.

»Dein König von Dänemark kann mir mal den Buckel runterrutschen«, sagte Elijah. »Und du hältst endlich die Klappe, sonst bist du gefeuert!«

»Du glaubst wohl, daß ich mich für dich abrackern werde, während du Däumchen drehst und zwölfjährigen Scotch trinkst, wie eben auf dem Schrottplatz? Du alter Hosenscheißer!«

Bevor Elijah zuschlagen konnte, machte ich einen Satz hinter die Trommel. Er kam näher, doch ich rannte um die Trommel herum und blieb außer Reichweite.

»Komm her, du Memme!« schrie er.

»Du traust dich ja nicht einmal, den Kopf in einen Zylinder von vier Fuß Durchmesser zu stecken, und ich bin nicht der einzige, der das weiß, Duke kann es bezeugen. Nenn mich, wie du willst, es kratzt mich nicht die Bohne.«

»Soso, ich traue mich also nicht!«

»Ganz genau.«

»Du wirst dich noch wundern!« sagte Elijah und kniete sich vor die Trommel. Ich glaubte, er würde es nicht schaffen, den Kopf hineinzustecken. Ich hockte mich hinter ihn, um ein wenig nachzuhelfen, aber ich brauchte keine Gewalt anzuwenden, wie der Sheriff sagen würde. »Soso, ich traue mich also nicht! Na, dann sieh mal gut hin! Der Kopf ist schon drin. Und jetzt die Schultern, der Rücken, siehst du!« sagte Elijah und kroch in die Trommel. Als seine Füße ebenfalls darin verschwunden waren, stemmte ich mich mit aller Macht gegen den Zylinder. Elijah brüllte wie am Spieß, als die Trommel den Abhang hinunterstürzte, nur knapp einen Baumstamm verfehlte, dann einen zweiten, bevor sie die Lichtung erreichte und sich ins Gras wälzte.

Beide – die Trommel und Elijah – machten einen Höllenlärm, wie sie so den Hügel hinunterholperten. Ich sah, wie der Sheriff sich am Ufer umwandte und entsetzt die Augen aufriß, bevor er seine Angelrute fallen ließ und einen Satz zur Seite machte. Elijah und seine Trommel flogen im hohen Bogen am Sheriff vorbei durch die Luft und platschten in den Tümpel, aus dem eine riesige Fontäne aufschoß. Die Trommel ging sofort unter. Daß die Dinge diesen Lauf nehmen würden, hatte ich nicht vorhergesehen. In meiner Vorstellung hätte die Trommel wie ein Faß an der Oberfläche schwimmen müssen. Wie von Sinnen rannte ich los und kam erst wieder zum Stehen, als Percys Grundstück schon weit hinter mir lag. Ich setzte mich am Rand einer Viehweide auf einen Holzstapel, versuchte mich zu erinnern, ob Elijah schwimmen konnte, und muß dann eingenickt sein.

3

»Komm da raus, du Mistkerl!«

»Elijah, bist du es?«

Seit unserer Expedition zum Schrottplatz waren mehrere Wochen vergangen, Wochen, in denen ich das Dorf, eine Begegnung mit dem Sheriff und die unmittelbare Umgebung von Elijahs Haus tunlichst gemieden hatte. Wenn ich auch auf der Hut war, was in Anbetracht der Ereignisse das klügste schien, so hatte ich dennoch das Gefühl, mir sei Unrecht geschehen – selbst wenn an diesem Unrecht keiner schuld war.

Damals, als Abigail Hatchetts Schornstein infolge eines Erdbebens eingestürzt war, sagte mir Abigail, das sei ungerecht. Tatsächlich war in ganz Farrago ansonsten kein einziger Schornstein eingestürzt. »Warum ich?« fragte Abigail und wrang das Wischtuch, das sie in den Händen hielt. Ich versuchte ihr zu erklären, daß Erdbeben nicht von bösen Absichten getrieben seien, um einen Ausdruck von Reverend Poach zu gebrauchen, und man es der Erde nicht übelnehmen könne, wenn sie bebe. Doch davon wollte sie nichts hören. Wir saßen in ihrem Wohnzimmer, Abigail sah auf ihre mit rotem Staub überzogenen Möbel und den Ziegelhaufen im Kamin und wiederholte, sie habe nichts getan, womit sie das verdient hätte, und führe ein untadeliges Leben. »Das hat man nun davon«, sagte sie, »das ist nun der Lohn.«

Was mich betraf, so war ich seit der Geschichte am Teich ähnlich bekümmert wie Abigail. Fraglos war ich schuld an Elijahs Schiffbruch und am mangelnden Anglerglück des Sheriffs, doch jetzt, nachdem ich mich dem Dämon hingegeben hatte, um einen weiteren Ausdruck zu bemühen, der dem Reverend lieb und teuer ist, war mein Bosheitsbeutel geleert, diese Kammer, die sich dem Reverend zufolge über Wochen und Monate Tropfen um Tropfen füllt, bis sie eines Tages überläuft. Ich fühlte mich von meinen Sünden gereinigt, ja gewissermaßen getauft, als hätte ich mich von all dem Bösen befreit, das sich in meiner Kammer angesammelt hatte, und meine Unschuld wiedererlangt.

Seit diesem unglücklichen Zwischenfall war ich wieder sanft wie ein Lamm und hätte Elijah, den Sheriff und, warum nicht, auch den Reverend gern daran teilhaben lassen, damit sie sähen, wie aufrichtig, treu und umgänglich ich sein konnte, wenn ich erst meine Rechnung mit der Bosheit beglichen hatte. Leider war ich jedoch nicht mehr willkommen und wagte mich nur noch im Schutz der Dunkelheit ins Dorf.

Mit meiner Rache an Elijah hatte ich mich zwar nicht gerade würdig erwiesen, vom Bürgermeister einen Orden überreicht zu bekommen, was mir an dem Tag, als ich Sarah Connolly vor dem Ertrinken rettete, beinahe passiert wäre (wie mir der Sheriff anvertraute, hatte der Bürgermeister im letzten Augenblick einen Rückzieher gemacht und mir zum Trost eine Mundharmonika geschenkt), dennoch hatte ich das Gefühl, das Opfer eines schrecklichen Mißverständnisses, einer großen Ungerechtigkeit zu sein. Schließlich hatte Elijah die Sache unversehrt überstanden, wie ich noch am selben Abend feststellen konnte, als ich an seinem Haus vorüberkam und ihn am Küchenfenster erblickte. Und der Sheriff, worüber konnte der sich schon beklagen? Doch höchstens darüber, daß er ein paar arme Fische nicht gefangen hatte, die ihm nichts Böses wollten.

Wieder einmal war es Fausto, der mir die Augen öffnete. Eines Abends nach Sonnenuntergang stattete ich ihm, über den Hof schleichend, einen Besuch ab und erzählte ihm, welche Sorgen mich plagten. Er saß im Hinterzimmer. Das Radio lief, und auf der Herdplatte schmorte ein Lammcurry.

»Fausto«, platzte ich heraus, »bist du auch sauer auf mich?«

»Schalt den Herd aus«, sagte Fausto, »nimm zwei Teller aus der Spüle, und laß uns essen.«

Ich begriff, daß Fausto nicht in der Stimmung war, sich zu unterhalten, also bohrte ich nicht länger. Auf dem Tisch lag eine Zeitung, und da Fausto weiterhin schwieg, überflog ich die erste Seite. Dabei fiel mein Blick auf einen Artikel mit der Schlagzeile *Die Wiedergeburt von Tuskegee Heights*.

Die Minen von Tuskegee Heights sind berühmt in der County, sie gelten als eine Art regionales Denkmal, und die Einwohner hier sind darauf genauso stolz wie auf ihre Mammutbäume, die angeblich die höchsten der Welt sind. Miss Flann, meine Lehrerin, hatte uns damals ein ganzes Schuljahr lang von der Ankunft der ersten Siedler in unserer Region erzählt, von der Entdeckung eines Kupfervorkommens im Wald und der Sprengung des Felsgesteins mit Dynamit. Am besten erinnere ich mich an die Geschichte von der Schlacht bei Little Bighorn, wo Sitting Bull, der Anführer der Sioux, General Custer die Stirn bot. Die Minen von Tuskegee Heights wurden zu Beginn des Jahrhunderts geschlossen, nachdem sich dort ein schrecklicher Unfall ereignet hatte. Ein Stollen war auf seiner gesamten Länge eingestürzt, und an die dreißig Minenarbeiter hatten, in der Tiefe eingeschlossen, nach tagelangen Qualen den Tod gefunden. Man hörte sie schreien, doch der offiziellen Version zufolge konnte man nichts mehr für sie tun. Seitdem ist der Zugang zu den Minen gesperrt, und ein Schild weist darauf hin, wie gefährlich es wegen der Einsturzgefahr ist, in der näheren Umgebung spazierenzugehen.

Die Kinder zieht es jedoch nach wie vor zum Spielen dorthin, und kein Jahr vergeht, ohne daß nicht eines von ihnen sich verletzt oder vom Erdboden verschluckt wird. Damals, als ich noch zur Schule ging, trieb ich mich oft in der Gegend herum, allein oder zusammen mit einigen Schulkameraden; ich hatte sogar eine mit Buschwerk überwucherte

Felsspalte entdeckt, durch die man in eine kleine gemauerte Höhle gelangte. Im Innern hatten Barth Nemechek und ich, die einzigen beiden Jungen, die schmal genug waren, um hineinschlüpfen zu können, einen rostigen Karren, einen Schaufelstiel und eine schon halb vermoderte Mütze gefunden. Von der Höhle ging ein Stollen ab, in dem Trümmerteile verstreut lagen, doch da wir nur ein Feuerzeug besaßen, um hineinzuleuchten, kriegten wir Schiß.

In dem Zeitungsartikel, den ich nicht bis zu Ende las, war von der unmittelbar bevorstehenden Wiedereröffnung der Minen die Rede. Der Bürgermeister Morris Cuvelton wollte aus Tuskegee so was wie ein Museum machen, um Touristen anzulocken, und Jack Simmons, Dukes ehemaliger Arbeitgeber, hatte gleich sein Scheckheft gezückt, um einen Teil der Arbeiten zu finanzieren. Die zwei stecken doch immer unter einer Decke, dachte ich und erinnerte mich, daß unter den armen Minenarbeitern, die in dem Loch da unten verdurstet waren, mehrere Vorfahren von Duke gewesen waren. In dem Artikel wurde auch erwähnt, daß sich ein Mann in Farrago diesem Vorhaben entschlossen widersetzte: Reverend Poach.

Er betrachtete Tuskegee nämlich als Grabstätte und Ort der Erinnerung. Sein Großonkel, der erste Reverend Poach in Farrago, hatte den zum Tode Verurteilten Beistand geleistet und auf der anderen Seite des eingestürzten Stollens für sie gebetet. Er hatte mit angehört, wie sie wimmerten und nach und nach verstummten; am Ende war er auf die Knie gefallen und hatte Gott Tag und Nacht für all die armen Seelen um Gnade angefleht. Der jetzige Reverend Poach betrachtete es als »Frevel, die Minen zu lukrativen Zwecken wiederzueröffnen«, berichtete die Zeitung. Ich fragte mich, ob Duke wohl von der Sache wußte.

»Hast du das gelesen?« fragte ich Fausto. Er nickte bloß.

Nach dem Essen gingen wir hinaus auf den Hof, um zu rauchen und die Sterne anzusehen. Vor uns erhoben sich sanft die Hügel. Der Wind war lau, und irgendwo im Wald schrie ein Uhu. Fausto bot mir eine Zigarette an. Beim Ausatmen blies ich Rauchkringel, wie als Antwort auf das Rufen der Nachtvögel, und für einen Augenblick fühlte ich mich schrecklich einsam, obgleich Fausto neben mir saß und ebenfalls rauchte. Da er weiterhin schwieg und ich ihn auf keinen Fall stören wollte, ließ ich meinen Gedanken freien Lauf und kam zu dem Schluß, daß ich im Grunde nicht viel über Fausto wußte. Abgesehen von seinem Namen, seinem Beruf, der Tatsache, daß er nicht verheiratet war und auch nicht ins Bordell ging, kannte ich bloß ein paar seiner Angewohnheiten und natürlich seine erstaunliche Intelligenz.

Ich wußte nicht, woher Fausto stammte und was ihn nach Farrago verschlagen hatte, in dieses verlorene Nest, wo viele Einwohner noch immer kein Telefon haben. Seit Jahren versicherte Morris Cuvelton immer wieder, die Verträge seien bereits unterzeichnet und man warte nur noch auf die Masten, doch die Masten kamen nicht, und Cuvelton mußte allmählich um seine Wiederwahl bangen. Daher also sein Plan, Tuskegee Heights in einen Vergnügungspark umzuwandeln, dachte ich.

Oft, wenn ein Unbekannter den Laden betrat, weil er von Fausto gehört hatte und ihm von seinem Unglück berichten oder ihn nach seiner Meinung zu einem Problem befragen wollte, beobachtete Fausto, wie der Betreffende auf seinen Tresen zukam, und sprach ihn gleich an: »Wie ist deine Geschichte?« Tatsächlich erkannte Fausto sofort, ob jemand den Fuß in seinen Laden setzte, um ein Pfund Äpfel oder eine Büchse Bohnen zu kaufen, oder ob er Rat suchte. Mit dieser Frage umging er die unbeholfenen Versuche der Leute, mit ihm ein Gespräch anzufangen, denn die meisten »fühlen sich verpflichtet, eine Weile um den heißen Brei herumzureden und allerlei Anstalten zu machen, bevor sie endlich zur Sache kommen«.

Als ich an jenem Abend bei ihm saß, unter dem sternendurchlöcherten Himmel, mit Blick auf die Hügel, brannte es mir auf der Zunge: Ich wollte den Spieß umdrehen und Fausto nach seiner Geschichte fragen. Und weil ich dazu neige, schon beim geringsten Anlaß feierlich zu werden, stellte ich mir vor, ich befände mich in der Rolle eines Botschafters, entsandt von all jenen, die sich irgendwann einmal in ihrem Leben an Fausto gewandt hatten, damit er ihnen half, ihre Lage besser zu verstehen. Denn was mich am meisten erstaunte, war, daß Fausto mit seiner Klugheit, seinem Wissen und seinen Umgangsformen bloß Lebensmittelhändler geworden war, während Kerle wie Morris Cuvelton oder Jack Simmons, die Fausto zufolge in der Geschichte der Menschlichkeit einen Rückschritt darstellten, sowohl reich als auch angesehen waren: der eine als Notar und Bürgermeister von Farrago, der andere als Großgrundbesitzer. Das ist ungerecht, dachte ich, und dieses Gefühl mischte sich in die Wut und die Traurigkeit, die sich seit dem Vorfall am Teich in mir angestaut hatten.

Nach und nach tauchten weitere Gedanken an der Schwelle meines Bewußtseins auf, eine ganze Reihe halb vergessener Eindrücke und Erinnerungen, die sich drängelten und miteinander um meine Aufmerksamkeit rangen, ein wenig wie die Mädchen aus gutem Hause bei der Wahl zur Miss Farrago, wenn sie es nicht erwarten können, ihren Namen auf der Kandidatenliste stehen zu sehen. Ich erinnerte mich an die Nächte, in denen ich, ziellos durchs Dorf streifend, am Laden vorbeigekommen war und bemerkt hatte, daß in den Fenstern des oberen Stockwerks noch Licht brannte. Es mochte drei oder vier Uhr morgens sein, und Fausto schlief nicht. Bisher hatte ich mich darüber nicht gewundert. Schließlich war ich ja auch noch auf den Beinen. Doch wenn ich mich mitten in der Nacht auf der Straße herumtreibe, dann hat das nur einen Grund: Mein Schnarchen hat mich mal wieder verraten, was dazu führt, daß man mich unsanft aus meinem Nachtquartier verjagt. Fausto dagegen besaß ein eigenes Zimmer und ein eigenes Bett, wenn er also wach blieb, dachte ich, so war das allein seine Entscheidung. Möglicherweise leidet er an Schlaflosigkeit, sagte ich mir und griff abermals in die Zigarettenschachtel, die er auf die Bank gelegt hatte.

Ich hatte schon einige Jahre zuvor vom Phänomen der Schlaflosigkeit gehört, und zwar durch Jennifer Hatchett, einer Cousine von Abigail, die zu einer Schlafkur ins Krankenhaus von Santa Cruz eingeliefert worden war. Seit man ihre Siamkatzen Twiggy, Penny und Pearl vergiftet hatte und alle drei am selben Tag verschieden waren, schlief sie nie mehr als eine Stunde pro Nacht, und Abigail, die nicht recht wußte, wie sie ihr helfen sollte, hatte gehofft, ihre Cousine würde wieder gesund, wenn sie ihr drei neue Katzen schenkte. So steckte sie mir eines Tages, als ich wieder einmal in ihrem Gemüsegarten arbeitete, einen Fünf-Dollar-Schein zu und betraute mich mit der Angelegenheit. Ich verbrachte den ganzen Nachmittag damit, die Hügel nach einem Wurf Kätzchen abzusuchen, aber wie mir Percy Tuddenham erklärte, war es offenkundig nicht die richtige Jahreszeit, und so fiel meine Wahl schließlich auf einen fetten getigerten Kater, der sich vor der Tür des Bordells fläzte, auf eine junge läufige Katze mit verschiedenfarbigen Augen sowie auf eine schwarze Katze ohne Schwanz.

Ich brachte sie zu Jennifer Hatchett, die jedoch nicht sonderlich erfreut schien. Die Katzen nahmen keinerlei Notiz voneinander und versuchten mit allen Mitteln, wieder nach draußen zu gelangen, als sich mit einemmal der dicke Kater auf die schwanzlose Katze stürzte und sie biß. Unterdessen rieb sich die läufige Katze miauend die Wände entlang, und Jennifer Hatchett begann zu kreischen. Kaum hatte ich die Tür geöffnet, nahmen die Katzen Reißaus, und da Jennifer Hatchett noch immer mit geschlossenen Augen und weit aufgerissenem Mund dastand und jammerte, folgte ich ihnen auf dem Fuß.

Vielleicht leidet Fausto auch unter Schlaflosigkeit, dachte ich, während ich den Mond anschaute, der eben hinter dem

Hügel aufgegangen war, und ich erinnerte mich an ein paar merkwürdige Einzelheiten: Immer wenn Elijah eine Pokerpartie gegen Frances Primrose spielte, eine der Nachbarinnen, die in Los Angeles als Nachtclubsängerin Karriere gemacht hatte und sämtliche Kniffe beim Seven Cards Stud beherrschte, oder auch gegen Lieutenant McMarmonn, bat Fausto ihn hinterher, die Partien ausführlich zu schildern. Elijah schien großes Vergnügen daran zu finden, und lange Zeit nahm ich an, daß Fausto ihn nur deshalb danach fragte. Wenn Elijah sich seine Pokerpartien ins Gedächtnis ruft, wird er von einem glühenden Eifer gepackt, ganz im Gegensatz zu seinem üblichen Gemütszustand, und es ist eine wahre Freude, ihm zuzusehen, wie er unruhig auf seinem Hocker hin und her rutscht, die Karten auf dem Tresen ausbreitet und die Runde mit all ihren Wendungen ein zweites Mal für uns durchspielt.

Es ist übrigens erstaunlich, sagte ich mir, daß Elijah Poker spielen kann. Schließlich ist eine Karte eine Karte, und Spielkarten unterscheiden sich nicht wesentlich von Landkarten. Wenn Elijah nicht begreift, daß eine Militärkarte wie die von Lieutenant McMarmonn eine Landschaft abbildet, und sein Hirn sich dagegen sträubt, die Karte aus der Vogelperspektive zu betrachten, wie ist es ihm dann gelungen herausfinden, daß Spielkarten etwas anderes sind als Streifen aus Karton, die man mit Zahlen, Kleeblättern, Rauten, Knappen und Königinnen bemalt hat? Soviel ich weiß, hat Elijah auch noch nie wegen einer Pokerpartie seiner Großmutter einen Besuch abgestattet, und so schwor ich mir – sollte ich nach der Sache mit der Trommel seine Freundschaft jemals wiedergewinnen –, ihm anhand des Kartenspiels ein für allemal den Unterschied zwischen Entfernungen auf dem Land und in der Luft klarzumachen.

Fausto folgte Elijahs Ausführungen jedenfalls stets mit großer Aufmerksamkeit, so daß ich mich zwischenzeitlich fragte, ob nicht auch in ihm eine Spielernatur steckte. Aber nach längerem Grübeln sagte ich mir, daß das nicht sehr wahrscheinlich sei, ja gewiß sogar ganz falsch. Fausto hatte nichts von einem Spieler, dachte ich, und Elijah im Grunde auch nicht.

Echte Spieler waren mir nämlich schon mal untergekommen. Am Tahoe Lake an der Grenze zu Nevada hatte ich mich einer kleinen Gruppe von Herumtreibern angeschlossen, die mit dem Einverständnis des Besitzers, eines Professors aus Berkeley, eine Hütte renoviert und sich dort niedergelassen hatten. Zu ihnen gehörten Manuel Cuenca und Fanny Wells, die in den Kasinos von Reno alles verloren hatten und davon träumten, so schnell wie möglich wieder zu Reichtum zu gelangen. Sie redeten pausenlos von Blackjack und russischem Roulette, waren spindeldürr und erinnerten mich an eine andere Truppe ebenso magerer Leute, denen ich einige Monate zuvor in Frisco begegnet war und bei denen sich alles nur noch um die Frage nach dem nächsten Schuß drehte.

Manuel und Fanny, das waren echte Spieler, dachte ich. Elijah würde nie so weit gehen, seine vielen verschiedenen Büchsen zu leeren oder gar eine Hypothek auf sein Haus aufzunehmen, um eine Partie Poker zu spielen. Er setzte immer nur läppische Summen, die er aus seinem Wollstrumpf nahm, und war ausschließlich am Gewinnen interessiert. Fausto spielte überhaupt nicht und vermittelte auch nicht den Eindruck, dem Spiel bloß abgeschworen zu haben, sofern so was denn möglich ist. Ich erinnere mich nämlich, daß ich Fanny Wells diese Frage einmal gestellt hatte – ihr verdanke ich es übrigens, ein Mann geworden zu sein –, und sie versicherte mir, ein Spieler sei sein Leben lang zum Spieler verdammt, selbst wenn er seine Tage als Einsiedler beschließe.

Mir kam noch ein weiteres Detail aus Faustos Leben in den Sinn. Fünfzig Meter von seinem Laden entfernt, zwischen der Autowerkstatt und dem Waschsalon, befindet sich der Dorfbriefkasten. Fausto ging jede Woche mit einem großen Stapel Umschläge dorthin, die er nacheinander in den Schlitz steckte, wobei er sich viel Zeit ließ, so wie Reverend Poach, wenn er die Hostie auf die Zunge seiner Gemeindemitglieder legt. Ich habe nie gewagt, Fausto zu fragen, an wen all diese Briefe adressiert sind, genausowenig wie ich je auf die Idee gekommen wäre, ihn nach seinen langen, einsam durchwachten Nächten zu fragen. Aber an diesem Abend, da ich neben ihm im Hof saß, spürte ich, daß meine Neugier sich gegen mein Taktgefühl durchsetzen würde. Derart in meine Betrachtungen über Fausto, seine Gewohnheiten und seine geheimnisvolle Vergangenheit versunken, vergaß ich völlig meine eigenen Sorgen. Vielleicht gibt es einen Zusammenhang zwischen Faustos Schlaflosigkeit und seinem allwöchentlichen Gang zum Briefkasten, dachte ich, und plötzlich war ich sicher, einen entscheidenden Durchbruch erzielt zu haben, um eine Formulierung zu gebrauchen, die Lieutenant McMarmonn teuer ist. Meiner Eingebung vertrauend, drehte ich mich zu Fausto um und fragte: »Fausto, wie hat es dich eigentlich hierher verschlagen?«

Er antwortete nicht gleich. »Eine Sekunde«, sagte er und stand auf, um zwei Flaschen Bier aus dem Hinterzimmer zu holen. Als er zurückkam, setzte er sich wieder auf die Bank, nahm einen Schluck Corona und lächelte.

»Homer, ich sehe in dich hinein wie durch eine Lupe.«

Ich fand, das war ein schönes Bild. Unter dem Ladentisch bewahrte Fausto nämlich eine Lupe auf, mit der er prüfte, ob ihm jemand einen falschen Schein unterjubeln wollte. Ich selbst hatte auch mal eine, ein etwas kleineres Modell, aber die beschlagnahmte der Sheriff, nachdem ich einen Mülleimer in Brand gesetzt hatte.

»Wie meinst du das?« fragte ich.

»Seit vorhin wirfst du mir pausenlos verstohlene Blicke zu und denkst so laut, daß ich dein Gehirn rattern höre.«

»Du hörst mein Gehirn?«

»Homer, du hättest studieren sollen. Du verbringst dein Leben damit, deine Gedanken zu analysieren; dein Geist bräuchte mal gehaltvollere Nahrung.«

»Wie meinst du das?«

»Du stellst gern Zusammenhänge her.«

Mir fiel der Abend ein, an dem Fausto die Gerade zwischen den beiden Kreuzen gezogen hatte. Und ich sagte mir, daß Fausto auch jetzt wieder ins Schwarze traf. Es stimmt, dachte ich, ich stelle gern Zusammenhänge her, trotzdem ist es mir nie in den Sinn gekommen, ein Studium aufzunehmen.

»Was sollte ich denn studieren?« fragte ich.

»Das mußt du selbst herausfinden.«

»In der Schule war ich nicht gerade eine Leuchte. Außer beim Laufen und beim Frisbee. Darin war ich der Größte«, sagte ich und dachte an den Pausenhof und an die bewundernden Blicke meiner Kameraden, die vergeblich versuchten, meine Glanzleistungen zu überbieten.

»Was ist dir lieber, abstrakte Ideen oder Menschen?«

So eine Frage hatte mir noch keiner gestellt. An besagtem Abend, als Fausto uns, sprich Elijah und mir, gezeigt hatte, daß die Gerade der kürzeste Weg zwischen zwei Punkten ist, glaubte ich das Licht sehen zu können, genau wie Duke in seinem Feld. Dann hatte mich Fausto als Idealisten bezeichnet. Doch wenn ich die Wahl hätte zwischen einer Linie und einem Vogelflug, dann wäre mir der Vogelflug lieber, und müßte ich mich entscheiden zwischen dem Gedanken, daß die Gerade der kürzeste Weg zwischen Ophelias beiden Nippeln ist, und Ophelias Nippeln selbst, nähme ich selbstverständlich die Brüste.

»Ich glaube, mir sind die Menschen lieber«, antwortete ich Fausto, »und am liebsten sind mir die Frauen«.

»Das dachte ich mir. In diesem Fall solltest du dich für Humanwissenschaften entscheiden.«

»So was gibt es?« fragte ich verblüfft. Und sogleich vermutete ich, daß Fausto über einen humanwissenschaftlichen Abschluß verfügte, jahrelang über das Thema gearbeitet und vielleicht sogar den Beruf eines Universitätsprofessors ausgeübt hatte. Im letzten Punkt irrte ich mich jedoch.

»Und du, hast du studiert?«

»Ich soll dir erzählen, wie ich hier gelandet bin, stimmt's?«

»Das liegt ganz bei dir, Fausto«, sagte ich. »Aber wenn du mich schon fragst, ja, ich würde gern verstehen, was du hier machst.«

»Du willst es wirklich wissen?«

»Ja.«

»Hast du heute nacht nichts anderes vor?«

»Die Nacht ist doch lang, Fausto.«

Und Fausto legte los, erst langsam, dann immer schneller, wie Elijahs Waschtrommel, als sie den Hang hinunterrollte. Nicht, daß er sein Tempo gesteigert hätte, es war mehr eine Frage der Gangart, wie wenn man beschließt, einen Berggipfel zu besteigen, um einmal das umgekehrte Bild zu wählen: Zu Beginn des Aufstiegs hat man seinen Rhythmus noch nicht gefunden, man geht zu schnell oder zu langsam. Manchmal muß man eine Stunde oder zwei mit sich kämpfen, bis man endlich nicht mehr auf seine Beine, nicht mehr auf den Atem und den Herzschlag achtet. Erst dann kann man die Landschaft genießen und sich auf das Ziel freuen, das vor einem liegt.

Dieses Bild stammt nicht von mir, sondern von Duke, der, sobald der Sommer vor der Tür steht, den Drang verspürt, sich die Beine zu vertreten und die Berge der Coast Range zu erklimmen. Ich habe ihn oft auf seinen Expeditionen begleitet, und jedesmal wenn die warme Jahreszeit wieder näherrückt, hoffe ich, daß Duke mir anbietet, gemeinsam mit ihm einen neuen Gipfel zu erstürmen.

Fausto brauchte also eine Weile, bis er sich eingetaktet hatte. Er war es so sehr gewöhnt, anderen beim Erzählen zuzuhören, und so wenig, von sich selber zu erzählen, daß er zu Beginn durch seinen Bericht stolperte wie ein kleines Kind, das seine ersten Schritte macht. Ich glaube sogar, Fausto hatte seine Geschichte noch nie jemandem erzählt, und während er sich mir anvertraute, blähte ich mich vor Stolz wie die Schläuche, die Alvin, der Automechaniker des Dorfes, mit seiner Pumpe füllt.

Doch wenige Stunden später war ich nicht mehr in derselben Verfassung. Mein ganzer Stolz und Hochmut waren zusammengeschrumpelt wie die Schläuche, wenn sie ausgedient haben und im Staub vor sich hin rotten. Mir war danach zumute, mir die Augen aus dem Kopf zu weinen, auch wenn das nur so eine Redensart ist; ich hatte bis dahin nur einmal in meinem Leben geweint, und zwar in der Nacht, als ich in Fanny Wells Armen meine Unschuld verlor. Ich weinte nicht etwa, weil sie mich zum Mann gemacht hatte, es überkam mich erst später am Seeufer, als sie meinen Kopf auf ihren Bauch legte und mir sanft übers Haar strich. Seitdem habe ich nie wieder eine Träne vergossen, es sei denn wegen der Kälte draußen.

Faustos Geschichte ist traurig, aber sie steckt auch voller Lehren. An traurigen Geschichten mangelt es nicht, sagte ich mir, als wir am frühen Morgen auseinandergingen, doch all die anderen Geschichten, so traurig sie sein mögen, stimmen einen nicht so nachdenklich wie die von Fausto. Dukes Geschichte hat mich zwar auch nachdenklich gestimmt, aber es ist eine fröhliche Geschichte. Und weder Elijahs Leben noch das von Ophelia oder Sarah Connolly, dem Mädchen, das ich durch einen Sprung von der Barnaby Bridge vor dem Ertrinken gerettet habe, lösen bei mir irgendwelche außergewöhnlichen Denkprozesse aus. Dabei finden sich darin Ereignisse, die bestimmt ebenso tragisch sind wie das, was Fausto erlebt hat, bis er nach Farrago kam, aber der springende Punkt muß woanders liegen.

Als ich mich später im Fluß wusch, glaubte ich den Kern des Problems erfaßt zu haben: Nicht auf das Leben kommt es an, sondern darauf, wie man es erzählt.

Ophelia ist eine Waise genau wie ich. Mit Vierzehn schuftete sie wie ein Pferd in einer Wäscherei in Oakland. Dann verbrachte sie ein Jahr im Zuchthaus, bevor sie wieder auf der Straße landete. Ophelia hat viel gelitten und leidet gewiß immer noch, nur fehlen ihr die Worte, um es auszudrücken. Auch Elijah hat viel Elend kennengelernt. Als Kind war er wegen seiner Bewußtseinstrübungen dauernd dem Spott seiner Klassenkameraden ausgesetzt. Und nachdem er die Schule genau deshalb verlassen hatte, gelang es ihm nie, eine Stelle für längere Zeit zu behalten, und wenn er nicht das Haus seiner Großmutter geerbt hätte, weiß Gott, wo er heute wäre. Doch sowohl Ophelia als auch Elijah fehlen die Worte, um sich anderen mitzuteilen. Als sie mir ihre Vergangenheit erzählten, sagte ich mir, daß sie Schlimmes durchgemacht hatten, und ich bemitleidete sie, aber ich zog keine Lehre daraus.

Es ist doch unglaublich, dachte ich, während ich mich einseifte, die meisten Menschen erfahren großes Unglück und stecken einen Schicksalsschlag nach dem andern ein, sie schinden sich wie die Pferde und schleppen einen Haufen quälender Erinnerungen mit sich herum, aber wenn man ihnen beim Erzählen zuhört, merkt man, daß sie es nicht schaffen, sich in diesen Erinnerungen zurechtzufinden und Ordnung hineinzubringen, so als hätten sie immerzu in einer Art Nebel gelebt.

Ihr Unglück ist nebulös, dachte ich und hielt ganz plötzlich im Rubbeln inne. Die Seife rutschte mir aus der Hand und verschwand in der Strömung. In diesem Augenblick sah ich wieder Sarah Connolly vor mir. Wenn Sarah sich von der Brücke gestürzt hatte, sagte ich mir, dann lag das nicht allein an ihrem Unglück, sondern auch daran, daß sie es nicht in Worte fassen und eine Geschichte daraus formen konnte, aus der sich eine Lehre ziehen ließ. Es war wie eine Offenbarung: Das Elend ist doch, dachte ich, daß es den Leuten nicht gelingt, die Geschichte ihres Elends zu erzählen. Ja, im Grunde ist das ihr eigentliches Elend.

Ich wollte auf der Stelle aus dem Bach steigen, mich wieder anziehen und zum Laden rennen, um Fausto meine Eingebung kundzutun. Es kommt selten vor, daß mir ein solcher Einfall ganz von alleine kommt. Diesmal hatte ich mich weder durch ein Wort von Reverend Poach noch von Duke oder Fausto inspirieren lassen, auch wenn ich die ganze Nacht damit verbracht hatte, Fausto zuzuhören, wie er mir in aller Ausführlichkeit sein Leben schilderte, und ich vieles an meiner Entdeckung ihm verdanke. Ich wollte schleunigst zum Laden gehen, um meinen Einfall unterwegs ja nicht zu vergessen, und so wiederholte ich laut, während ich mir die Schnürsenkel zuband, das Elend des Lebens und das Elend, es nicht erzählen zu können, seien ein und dasselbe Elend. Eilig lief ich erst den Bach und dann die Straße entlang.

Während ich so rannte, fürchtete ich, auf einen Bekannten zu treffen. Der würde mich womöglich in ein Gespräch verwickeln, das nichts zu tun hätte mit dem, was mich gerade beschäftigte, und mich aus dem Konzept bringen. Ehrlich gesagt, hatte ich weniger die Sorge, meine Idee zu vergessen, als vielmehr mich vor Fausto zu verheddern und sie nicht mehr so wiedergeben zu können, wie sie mir gekommen war.

Beim Anblick der ersten Häuser fiel mir wieder ein, daß meine Anwesenheit im Dorf ja unerwünscht war und der Sheriff mich, falls er in der Gegend herumschlich, in die Zelle sperren und Richter Merrill vorführen würde. Also ließ ich meinen Plan fallen. Aber auf dem Rückweg dachte ich weiter über meine Idee nach und hatte so etwas wie eine zweite Offenbarung.

Das eigentliche Elend, sagte ich mir, ist doch, wenn es einem nicht gelingt, einem anderen sein Unglück zu erzählen. Man kann es sich selbst erzählen, man kann sein Unglück so klar wie durch eine Lupe erkennen, man kann sich seine Geschichte in jeder einzelnen Phase in Erinnerung rufen, wie Elijah, wenn er Fausto eine Partie Poker beschreibt, die er tags zuvor bestritten hat, aber das bedeutet noch lange nicht, daß man sie einem anderen mitteilen kann. Das ist die Ungerechtigkeit, dachte ich, die große Ungerechtigkeit, und schon war ich wieder am Flußufer angelangt.

Am andern Ufer, genau mir gegenüber, soff ein alter, verflohter Köter, und weil ich wütend war, daß ich mich nicht im Dorf blicken lassen konnte, ohne gleich festgenommen zu werden, rief ich dem Hund zu: »Das ist die große Ungerechtigkeit!« Er hob den Kopf und bellte artig. Sofort fühlte ich mich etwas besser. »Wenigstens du verstehst mich«, sagte ich, und er wedelte mit dem Schwanz.

Nur wer wie Fausto oder Duke in der Lage ist, seine Geschichte zu erzählen, ich meine aus dem Erlebten eine Geschichte zu spinnen, kann hoffen, sein Problem zu erkennen, dachte ich. Nur der erhebt sein Leben zum Schicksal, sagte ich mir, wobei ich mich der Worte bediente, die Fausto kurz zuvor benutzt hatte. Dem Rest bleibt nur diese maßlose Ungerechtigkeit. Der Rest, das sind ziemlich viele Menschen, fast alle Menschen, und wenn sie nicht das Glück haben, jemandem wie Fausto zu begegnen, der es versteht, ihnen zuzuhören und die richtigen Fragen zu stellen, sind sie dazu verdammt, in ihrem kleinen Winkel über ihrem Elend zu brüten, wie Sarah Connolly, von der ja keiner ahnen konnte, daß sie sich ins Wasser stürzen würde, so behaupteten die Leute nach dem Vorfall, und das war auch einleuchtend, denn Sarah war schon seit Wochen nicht mehr aus dem Haus gegangen und hatte nur noch mit Reverend Poach gesprochen.

Bei Sarah Connollys Selbstmordversuch trägt er eine schwere Mitverantwortung, fand ich. Reverend Poach konnte zwar hervorragend die Geschichte des Herrn von seiner Geburt in einer Höhle bis zu seiner Kreuzigung und darüber hinaus wiedergeben, aber wenn er einem Gemeindemitglied zuhörte, das ihm seine Sorgen anvertraute, erinnerte er einen beinahe an Elijah, wenn der geistesabwesend war, er saß stocksteif da, die Augen ins Leere gerichtet. In diesem Moment sah ich etwas im Schlamm glänzen und bückte mich danach. Es war mein Stück Seife.

»Die Geschäfte ziehen wieder an«, rief ich laut und schaute zu dem Hund hinüber, der mir humpelnd auf der anderen

Uferseite folgte. Wenige Minuten später durchquerte der Hund den Bach und lief auf mich zu. Wir legten uns ins Gras. Faustos Erzählung hatte mich die ganze Nacht über in Atem gehalten, und ich nahm mir vor, ein ausgedehntes Nickerchen zu halten. Kurz bevor ich einschlief, hallte in meinem Kopf Faustos Frage nach: »Du willst es wirklich wissen?«

»Ja.«

»Hast du heute nacht nichts anderes vor?«

»Die Nacht ist doch lang, Fausto.«

4

Seine Flasche Bier in der Hand, begann Fausto zu erzählen. »Ich stamme nicht aus dieser Gegend«, sagte er, »ich bin 1931 am anderen Ende des Landes geboren.«

»An der Grenze von Nevada?«

»In Philadelphia, das liegt im Bundesstaat Pennsylvania.«

Ich hatte den Eindruck, unbekanntes Territorium zu betreten, und weil ich auf keinen Fall in irgendein Fettnäpfchen treten wollte, schwor ich mir, Fausto nicht zu oft zu unterbrechen.

»Ich bin im Italienerviertel aufgewachsen«, fuhr er fort und beschrieb mir alsdann den Lebensmittelladen seiner Eltern, die Wohnung der Familie, die gleich darüber lag, die fröhlich lärmende Nachbarschaft, die Zusammenkünfte im Haus des Onkels Tomaso, der mit Wasserfilteranlagen viel Geld gemacht hatte, jedoch an einem Geschwür litt, er erzählte von der Liebe seiner Mutter zur Religion und der Liebe seines Vaters zu den Zahlen, von der Schönheit und Intelligenz seines älteren Bruders Leonardo, den er in allem nachzuahmen suchte und dem er in nichts nachstehen wollte.

»Leonardo war zwei Jahre älter als ich«, sagte Fausto, und da er in der Vergangenheitsform sprach, fragte ich mich, ob der Bruder tot war.

»Er war der Liebling meiner Eltern, der Erstgeborene, und mein Vater behandelte ihn wie einen Erwachsenen, einen ihm Ebenbürtigen, als sähe er bereits den Mann in ihm, der er selbst nicht geworden war.«

»Und dich liebte er nicht?«

»Er liebte mich, aber ich war nicht derjenige, in den er seine Hoffnungen setzte.«

»Was für Hoffnungen?«

»Er wollte einen reichen Mann aus Leonardo machen, einen Banker, ein Geschäftsgenie.«

Giuseppe – so hieß Faustos Vater – hatte sich schon sehr früh bemüht, sein Know-how in puncto Finanzen und Buchhaltung an Leonardo weiterzugeben. Gemeinsam analysierten sie die Wirtschaftsartikel der Zeitungen und diskutierten mit Onkel Tomaso über die Börse und den Handel. Giuseppe zufolge zog sich der Spürsinn für Geschäfte seit jeher durch die Familie, auch wenn er aufgrund ungünstiger Umstände noch keine Gelegenheit gehabt hatte, sich vollständig zu entfalten. Onkel Tomaso war Ingenieur und hatte sich seinen Entwurf für eine Wasserreinigungsanlage patentieren lassen, womit er einiges Geld scheffelte. Er brachte es als erster aus der Sippschaft zu Wohlstand, »aber er wird nicht der letzte sein«, wiederholte Faustos Vater ständig. Und Leonardo nun war von Geburt an dazu bestimmt, Onkel Tomaso zu übertreffen und der erste Multimillionär der Familie zu werden. Giuseppe meinte, sein Bruder Tomaso habe die Bresche geschlagen, in die sich Leonardo und alle zukünftigen Nachkommen der Guidellis – so heißt Fausto mit Nachnamen – nur noch hineinzudrängen brauchten. »Bald wird man von den Guidellis sprechen, wie man von den Rockefellers spricht«, pflegte Giuseppe Leonardo zu sagen, als dieser noch auf der Grundschule war. Gleich bei Leonardos Geburt hatte Giuseppe denn auch ein Bankkonto auf den Namen seines Sohnes eröffnet. »Obwohl unsere Mutter klagte, wie schwierig es für sie sei, uns vernünftig zu kleiden, und jammerte, daß wir nie Rindfleisch auf dem Teller hätten, zahlte Giuseppe, soviel er vermochte, auf Leonardos Konto ein. Er war nicht knauserig wie Onkel Tomaso, sondern hatte vor allem eines im Sinn: Leonardo ein Hochschulstudium zu ermöglichen. Er schwankte wohl zwischen Yale und Harvard, ständig hörte ich ihn diese beiden Namen murmeln, Yale oder Harvard, Yale oder Harvard.«

»Wer waren denn die zwei?«

»Die beiden Universitäten seiner Wahl.«

»Aha!« bemerkte ich und schwor mir aufs neue, Fausto nicht mehr zu unterbrechen.

Da Giuseppe mit der Zukunftsplanung seines ältesten Sohnes vollkommen ausgelastet war, wurde Fausto hauptsächlich von seiner Mutter großgezogen. »Sie war eine redliche und tüchtige Frau, ein bißchen dickköpfig dazu«, meinte Fausto, »und vergeudete ihre Zeit nicht mit unnützen Dingen, aber jeden Tag fand sie von neuem die Kraft, ihre Aufgaben zu bewältigen. Wenn sie ihrem Mann nicht im Lebensmittelladen half, saß sie über ein Stück Stoff gebeugt in einer Ecke des Wohnzimmers und nähte, während ihr Fuß mit dem Nähmaschinenpedal den Takt schlug. Wenn sie nicht nähte, bereitete sie das Essen vor oder machte die Wohnung sauber, und sobald sie eine freie Minute hatte, flitzte sie in die Kirche oder zum Friedhof und brachte die Gräber in Ordnung, warf die verwelkten Blumen fort und putzte den marmornen Grabstein. Im Wohnzimmer stand ein Sessel aus rotem Samt, den ihr eine Nachbarin vermacht hatte, und sie pflegte zu sagen, am Abend würde sie sich ein Viertelstündchen Ruhe gönnen, mit geschlossenen Augen im Sessel sitzen und Radio hören. Das sagte sie jeden Tag, aber sie fand nie die Zeit dafür. Ich habe meine Mutter tatsächlich nie in diesem Sessel sitzen sehen, und da es ihr persönlicher Sessel war, hat sich auch niemand sonst hineingesetzt.«

Und dann gab es da noch einen Ausdruck, den sie ständig benutzte, sagte Fausto, »die heiligen Dinge«. Während ihrer ganzen Kindheit haben Fausto und sein Bruder sie von diesen heiligen Dingen sprechen hören wie von einer rätselhaften Sache, wobei sie nicht recht wußten, was sich eigentlich dahinter verbarg. »Vor den heiligen Dingen muß man Ehrfurcht haben«, sagte Faustos Mutter immer, und wenn dem einen oder anderen Menschen im Viertel etwas zugestoßen war, dann lag es daran, daß sie sich nicht genug um die heiligen Dinge gekümmert hatten.

»So hatte ich es mir schon im zartesten Kindesalter angewöhnt, stets nach diesen sagenhaften heiligen Dingen Ausschau zu halten, die überall und nirgends zugleich waren.«

»Überall und nirgends zugleich«, sagte ich, meine guten Vorsätze erneut vergessend. »Wie das Licht, von dem Duke immer spricht.«

»So ist es. Und da sich die heiligen Dinge in der kleinsten Sache verbergen konnten, sah ich mich pausenlos um, in der Hoffnung, eins davon zu entdecken. Ich stellte mir die heiligen Dinge wie Geister oder Irrlichter vor, die gern in Gegenstände schlüpfen, aber auch in Sonnenstrahlen, in den Staub auf den Fensterscheiben oder sogar in Geräusche. Im Alter von sieben oder acht Jahren entwickelte sich meine Suche zu einem wahren Zwang«, sagte Fausto, ein Zwang, der bei ihm, wie bei Jennifer Hatchett nach dem Tod ihrer drei Katzen, bis zur Schlaflosigkeit führte. Seine Mutter wartete stets darauf, daß die heiligen Dinge ihr ein Zeichen gäben, und diese Obsession hatte sie auf Fausto übertragen. Außerdem sollte Fausto, sobald er volljährig wäre, das Priesterseminar besuchen und Pfarrer werden, was mich stark beeindruckte.

»Wie Reverend Poach?« fragte ich.

»Wenn du so willst«, antwortete Fausto, »nur daß wir zu Hause katholisch waren.«

Faustos Mutter war trotz allem nicht bigott. »Sie gehörte nicht zu jenen freudlosen und abergläubischen Frauen, die sich wegen nichts und wieder nichts bekreuzigen und den ganzen Tag nur jammern. Wenn sie betete, sah es aus, als säße sie noch immer an ihrer Nähmaschine, verstehst du, sie betrachtete das Beten sozusagen als Arbeit. Und da mein Vater Leonardo für sich mit Beschlag belegte, hat sie ihre ganze Ehrfurcht und ihre Liebe zur Kirche und zu den heiligen Dingen an mich weitergegeben. Papa wollte aus Leonardo einen großen Finanzmann machen, meine Mutter aus mir einen Heiligen.«

»Wie Duke?«, sagte ich.

»Wenn Duke eine Mutter wie meine gehabt hätte«, sagte Fausto, »hätte er nie das Licht gesehen. Man kann seine Kindheit nicht im göttlichen Scheinwerferlicht verbringen, ohne daß die Netzhaut in Mitleidenschaft gezogen wird. So lange wie ich in Gottes Licht gelebt habe, ist es ein Wunder, daß ich heute nicht völlig blind bin.«

»Wie Lisa McMarmonn.«

»Bloß, daß sie seit ihrer Geburt blind ist. Sie hat also noch Chancen. Mich hat man jedoch gezwungen, mit offenen Augen von morgens bis abends nach Gott zu suchen. Meine Mutter verlangte von mir, daß ich an allen Gottesdiensten teilnahm, den Religionsunterricht besuchte, jeden Abend vor dem Einschlafen die Bibel las und sonntags in mein Meßdienergewand schlüpfte. Nur am Rande bemerkt – aber du wirst sehen, es hat alles andere als anekdotischen Wert: Die Kirche lag genau gegenüber dem Laden meines Vaters.«

»Das ist ja unglaublich. Genau wie dein Laden.«

Fausto seufzte und schwieg ein paar Sekunden. Zu dem Zeitpunkt wußte ich noch nicht, wie sehr das, was ich eben gesagt hatte, auf Faustos Geschichte zutraf. Was er erlebt hat, ist wirklich unglaublich, sagte ich mir, als ich mich am Morgen von ihm verabschiedete, einfach unglaublich. Und ich fragte mich, ob auch mein Leben unglaublich sei, ob es auch so viele Zufälle barg, ob es auch unter einem so schlechten Stern stand und ob ich es als Schicksal bezeichnen könne.

»Vom Fenster meines Zimmers aus«, sagte Fausto, »sah ich die Kirche, und von den Fenstern der Kirche aus konnte ich in mein Zimmer sehen. Ich teilte dieses Zimmer mit meinem Bruder, und so brauchte ich während der Messe manchmal nur den Kopf zu drehen, um Leonardo zu erblicken, wie er in seine Wirtschaftsbücher vertieft war. Meine Mutter war übrigens verzweifelt, ihren ältesten Sohn in den Fängen dieser gottlosen Lektüre zu wissen, sie hatte kein Verständnis für die Pläne ihres Mannes, für diesen Durst nach Erfolg, den er Leonardo vererbt hatte. Sie haßte ihren Schwager Tomaso, weil er Giuseppe noch den Rücken stärkte und sich über Werte wie Mitgefühl und Großherzigkeit, die von der Kirche gepriesen wurden, unverhohlen lustig machte. Zwar ging er sonntags dennoch zur Messe, doch war die Kirche für ihn nichts weiter als ein Industriezweig wie jeder andere, ein florierendes Unternehmen, von Meisterhand gemanagt, das als einziges an die Großzügigkeit und das Mitgefühl der Menschen appellieren konnte, um die eigenen Kassen zu füllen und alljährlich seine Erträge zu steigern. Kein anderes Unternehmen könne so funktionieren, pflegte Onkel Tomaso nicht ohne einen Anflug von Neid zu sagen. Aber auch wenn meine Mutter ihn haßte und darüber klagte, daß Leonardo nicht mehr Zeit für sein Seelenheil aufwandte, so wagte sie es doch nicht, ihren Mann offen zu kritisieren. Für sie waren wir, was wir nun einmal waren: italienische Einwanderer, Katholiken und Angehörige der Arbeiterklasse. Daß wir versuchten, uns aus unseren Verhältnissen zu befreien, anstatt uns dem Willen Gottes zu fügen und ein redliches, arbeitsames Dasein zu fristen, war für sie unverständlich. Die Pforten zur ewigen Verdammnis standen weit offen. Und wie du sehen wirst, lag sie damit gar nicht mal so falsch. Meine Eltern führten heimlich Krieg gegeneinander, und zwar über die Kinder.«

»Und wer hat gewonnen?« fragte ich.

»Natürlich keiner. Man kann Randolph Hearst nicht gegen Gott antreten lassen. Meine Eltern spielten nicht in derselben Liga. Mein Vater rang um Leonardos Zukunft, während meine Mutter auf meine Seele setzte. Die Schlacht hat nie wirklich stattgefunden. Und während sich die beiden alle Mühe gaben, damit wir dem Bilde glichen, das sie sich von uns gemacht hatten, einem König der Handelskammer und einem barmherzigen Samariter, sahen sie nicht, daß sie dabei waren, uns zu verlieren. So begann ich mich mit zwei

Klassenkameraden, Fabrizio und Agnese Bini, herumzutreiben, deren Eltern Sozialisten und Gewerkschafter waren, und Leonardo fing an, mit den kleinen Ganoven des Viertels zu verkehren.«

»Die Mafia«, rief ich, wobei ich mich an einen Film erinnerte, den ich gemeinsam mit Ophelia im Nickelodeon, dem Kino von Santa Cruz, gesehen hatte. Fausto nickte. Er erklärte mir, er habe über Jahre hinweg seine Freizeit im wesentlichen damit verbracht, mit den Binis zu diskutieren und ein politisches Bewußtsein zu entwickeln, in dem Religion keine Rolle spielte, ganz im Gegenteil, weil Gott den Part des Feindes übernahm, den es zu bekämpfen galt. Seine Mutter bekam von alldem gar nichts mit, genauso wie Giuseppe nicht bemerkte, daß Leonardo immer öfter mit den Mitgliedern der Straßengang herumhing und das Haus heimlich über die Nottreppe verließ, um am Ende sogar ganze Nächte draußen zu verbringen.

»Meine Mutter ließ sich nicht beirren und betete weiter dafür, daß ich bei meiner Volljährigkeit in einen Orden einträte, und mein Vater wiederholte hartnäckig die Namen Yale und Harvard«, sagte Fausto, »sie erkannten nicht, daß ihre Kinder, die beiden Söhne, die sie jeden Morgen zur Schule gehen sahen, die sie liebten, ernährten, kleideten und großzogen, für die sie lebten, daß diese Kinder immer weniger jenen glichen, die sie sich erträumt hatten. Leider ist das die Geschichte sehr vieler Familien«, sagte Fausto, »unsere war da keine Ausnahme. Dabei hat dies schon bei unzähligen anderen zu derselben Katastrophe geführt.«

»Bei mir nicht«, murmelte ich unbewußt.

»Stimmt«, sagte Fausto, der mich gehört hatte. »Du bist vielleicht ein freier Mann.«

»Glaubst du?«

»Du hast deinen Weg ganz allein gefunden.«

»Das war keine Absicht«, sagte ich, während sich ungeahnte Perspektiven vor mir auftaten, wie immer, wenn ich mit Fausto diskutierte. Ich fragte mich, ob meine Mutter, der ich ja nie begegnet bin, sich von mir ein Bild gemacht hatte, einen idealen Homer, der all die Jahre in ihr lebte. Und bevor Fausto weitererzählte, konnte ich gerade noch an die Worte von Reverend Poach denken, der manchmal behauptet, wir seien zum Bilde Gottes geschaffen. Dann aber dachte ich, daß ich meine Mutter genausowenig kannte wie Gott, und weil ich nicht wußte, was die beiden für mich vorgesehen hatten, hatte ich ihre Erwartungen bestimmt schon enttäuscht.

Es war eine dieser merkwürdigen Überlegungen, die bei mir Kopfschmerzen hervorrufen. Das meint der Reverend also, dachte ich, wenn er behauptet, die Menschen lebten in Sünde. Was bleibt einem auch anderes übrig? Wenn wir nicht wissen, was für ein Bild Gott sich von uns gemacht hat, müssen wir ihn zwangsläufig verraten, jeder einzelne von uns. Ich merkte, daß meine Gedanken sich verwirrten, und ich wollte keinen Migräneanfall riskieren. Da fuhr Fausto glücklicherweise fort:

»Nur um dir mal zu zeigen, wie hartnäckig die Illusionen unserer Eltern waren: Eines Nachts, kurz vor Morgengrauen, kam Leonardo mit einem blauem Auge von einem seiner nächtlichen Ausflüge zurück. Er versuchte zwar, die Sache zu verbergen, aber wie hätte ihm das gelingen sollen? Als mein Vater und meine Mutter die geschwollenen Augenlider sahen, fragten sie, was ihm zugestoßen sei, und Leonardo erwiderte, ich hätte versehentlich die Tür unseres Zimmers zugeschlagen, gerade als er eintreten wollte. Ich wußte natürlich über seine Eskapaden Bescheid, und er wußte, daß ich die ganze Zeit mit den Binis zusammenhockte. Ein andermal fand meine Mutter ein ketzerisches Blättchen unter meiner Matratze. Es war eine Ausgabe einer marxistisch-leninistischen Zeitschrift, die von Freunden der Binis herausgegeben wurde.«

»Was hast du eben gesagt?«

»Marxistisch-leninistisch. Marx und Lenin, das erklär ich dir bei anderer Gelegenheit.«

Wieder mußte ich an einen alten Film denken, den ich mit Ophelia im Nick angesehen hatte. Der Titel des Films war *Monkey Business*, mit den Marx Brothers. Als wir aus dem Saal kamen, meinte Ophelia, die wie alle Mädchen aus dem Puff davon träumte, Schauspielerin zu werden (mit Ausnahme von Polly, die bloß einen berühmten Schauspieler heiraten wollte, ohne unbedingt selbst Karriere zu machen), sie habe in einem Magazin gelesen, wenn man berühmt werden wolle, solle man lieber mit dem Filmproduzenten ins Bett gehen als mit dem Regisseur, auch wenn viele Leute glaubten, man hätte bessere Chancen, eine Rolle zu kriegen, wenn man mit dem Regisseur anbandelt. Ich schloß daraus, daß Lenin der Produzent der Marx Brothers sein mußte, und sagte Fausto, er brauche mir die Sache nicht mehr zu erklären: »Nicht nötig«, meinte ich, »ich weiß Bescheid.«

»Um so besser«, sagte Fausto, »um so besser. Meine Mutter also fand diese Broschüre, blätterte in meinem Beisein darin herum und legte sie anschließend auf die Kommode, wobei sie bemerkte, es sei eine Schande zu sehen, wie all die Leute streikten und sich beklagten, obwohl sie doch Arbeit hätten, während so viele andere auf der Straße lebten und betteln müßten, um über die Runden zu kommen. Sie hat sich überhaupt keine Gedanken darüber gemacht, was diese Schrift unter meiner Matratze suchte.«

Die Illusion wurde jahrelang gewahrt, und Leonardo und Fausto führten weiter ihr Doppelleben. Eines Nachts kam Leonardo völlig blutüberströmt von einer Prügelei zurück und schwor, er hätte mit dieser Gang endgültig abgeschlossen und würde sich von nun an ausschließlich dem Lernen widmen und sich auf die Aufnahmeprüfung der Universität vorbereiten.

»Daraufhin war er einige Wochen eisern, und ich hielt es sogar für möglich, daß er seine schlechten Angewohnheiten abgelegt hatte und Giuseppes Traum in Erfüllung gehen könnte. Leonardo war nicht von Natur aus aggressiv, aber er befand sich in einem Alter, in dem man mit sich selbst kämpft. Er war von uns beiden sogar der Ruhigere, Fügsamere und darin meinem Vater ähnlich. Ich war viel aufbrausender. Die heiligen Dinge, von denen Mama sprach, haben ihn nie um den Schlaf gebracht. Er nahm Gott genauso hin, wie er die Gesetze des Marktes hinnahm. Möglich, daß er im christlichen Sinne des Wortes leidenschaftlicher war als ich. Unsere ganze Erziehung jedenfalls war ein einziger Irrtum. Ich hatte mich mit Leib und Seele dem Kampf für die Emanzipation der Arbeiter verschrieben, auch wenn ich nur einmal an einer Versammlung teilgenommen habe. Ich war gierig nach Konfrontationen und Erklärungen, ich löcherte Agnese und Fabrizio mit meinen Fragen. Leonardo dagegen war kein so hitziger Typ. Als er in jener Nacht schwor, diese Gang hinter sich zu lassen, glaubte ich ihm und sagte mir, daß nun alles wieder ins Lot käme. Zu Papas großer Freude begann er doppelt soviel zu lesen wie zuvor, und seine gelehrten Gespräche mit Onkel Tomaso häuften sich. Im übrigen hatte Papa just an dem Tag, bevor sich das Drama ereignete, sein jahrelanges Zaudern beendet und beim Abendessen ›Princeton!‹ ausgerufen. Noch heute überkommt mich ein Schauer, wenn ich daran denke.«

»Was ist denn passiert?« fragte ich, als ich sah, wie Fausto das Gesicht in den Händen vergrub. Lange rieb er sich die Augen und nahm dann eine Zigarette aus der Schachtel, ohne sie anzuzünden.

»In der Nacht hörte ich, wie Leonardo aus dem Bett stieg, sich anzog, durchs Fenster schlüpfte und zur Treppe schlich. Das Geräusch seiner Schritte auf den Metallstufen ist die letzte Erinnerung, die ich an meinen Bruder habe. Am darauffolgenden Morgen tauchten zwei Polizisten im Laden auf, sie wollten meine Eltern persönlich sprechen, und im Hinterzimmer teilten sie ihnen mit, Leonardo sei tot. Vor der Tür eines Clubs in West Philly war es zu einer Schlägerei gekommen. Offensichtlich hatte die Bande von Leonardo darauf gewartet, daß die Russen-Gang in den Club käme, um sie zu verprügeln. Ein junges Paar, das mit der ganzen Sache nichts zu tun hatte, verließ das Etablissement genau in dem Moment, als die Russen aufkreuzten, und geriet zwischen die Fronten. Russen wie Italiener begannen, die beiden zu drangsalieren und hin und her zu schubsen, um sich aufzuwärmen. Dann packte einer von den Russen das Mädchen an den Haaren, woraufhin eine allgemeine Rauferei entstand.«

Man konnte den Eltern nicht erklären, was wirklich passiert war. Offenbar hatte Leonardo plötzlich vor dem Anführer der Russen-Gang, Peter Wrangell, gestanden, und beide hielten ihr Messer gezückt. Den Polizisten zufolge hatte Leonardo seinen Gegner verletzt und war dann selbst von einem anderen Mitglied der Bande niedergestochen worden. »Er starb im Rettungswagen, der ihn ins Krankenhaus brachte«, sagte Fausto. »Auch Wrangell ist seinen Verletzungen erlegen, was Leonardo in den Augen der Bullen zu einem Mörder machte.«

»Und das Paar?« fragte ich und dachte an all die Male, wo der Sheriff gezwungen gewesen war, mich laufenzulassen, weil mich niemand bei meiner Untat beobachtet hatte. »Sie waren doch Zeugen. Hat man sie nicht befragt?«

»Das ist es ja«, erwiderte Fausto. »Für die Polizisten war alles sonnenklar: Leonardo war der Mörder von Peter Wrangell, und nun wollten sie nur noch den Kerl schnappen, der Leonardo erstochen hatte, um die Akte zu schließen. Aber für meine Eltern war das nicht akzeptabel. Ihr Sohn, ein Killer – das war unvorstellbar. Für mich im übrigen auch. Mein Bruder war nicht dazu fähig, einen Menschen zu töten. Und der Prozeß gab uns recht. Seit Leonardos Tod war mein Vater ein gebrochener Mann, aber bevor er sich der Verzweiflung überließ, wusch er Leonardos Ehre rein.«

Der Prozeß, den Giuseppe Guidelli gegen Peter Wrangell, einen toten Mann, anstrengte, um einen anderen Toten, nämlich seinen Sohn, zu entlasten, ist von allen Ereignissen in Faustos Leben vielleicht das, was mich am meisten beeindruckt hat, auch wenn ich nicht genau weiß, warum. »Ein Toter bleibt ein Toter«, hatte mir Duke eines Morgens gesagt, als wir in der Nähe des Friedhofs spazierengingen, wo gerade eine Beerdigung stattfand. »Es ist ihm ziemlich schnuppe, ob er einen gepolsterten Sarg mit Kupfergriffen hat. Hauptsache, man läßt ihn in Ruhe. Sonst muß man sich auf alles gefaßt machen. Ich will indisch bestattet werden. Sollte ich vor dir sterben, mußt du mich verbrennen.« Aber wie ich Fausto so reden hörte, sagte ich mir, daß die Sache so einfach nicht war. Die Lebenden lassen die Toten selten bloß sterben, sie versuchen, sie so lange wie möglich bei sich zu behalten, und manchmal lassen sie sie überhaupt nicht sterben. Faustos Vater beispielsweise hat Leonardo nicht erlaubt, nicht mehr dazusein. Sein Schmerz war zu groß, und natürlich litt die Mutter ebensosehr, wenngleich sie nicht die Besessenheit teilte, Leonardos Namen reinzuwaschen. Faustos Mutter war tief im Innern von der Unschuld ihres Sohnes überzeugt und sah nicht die Notwendigkeit, ein Verfahren einzuleiten, damit alle Welt als Tatsache anerkannte, was sie ohnehin schon wußte.

»Meine Mutter brauchte kein gerichtliches Urteil, um sich ihrem Schmerz zu überlassen und allmählich zu erlöschen«, sagte Fausto. »Mein Vater hingegen schon. Und alles Geld, das er für Leonardos Studium zur Seite gelegt hatte, ging für die Anwälte drauf. Im Verlauf des Prozesses stellte sich dann heraus, daß Leonardo tatsächlich in Notwehr gehandelt hatte, und so wurde er von jeglichem Verdacht freigesprochen. Allerdings legte man Leonardo zu Beginn der Verhandlung einen ganzen Haufen anderer Vergehen zur Last, und die Anwälte der Russen versuchten, ihm immer noch weitere Verbrechen anzuhängen. Erst an dem Tag, als Bess

Brown in den Zeugenstand trat und aussagte, daß Leonardo ihr zur Hilfe geeilt sei, was ihr Freund John Smith bestätigte, drehte sich der Wind.«

»Das junge Paar.«

»So habe ich ihre Bekanntschaft gemacht.«

»Aber dann ist dein Bruder ja ein Held«, sagte ich, während mir wieder meine eigene Großtat einfiel, damals, als ich Sarah Conolly vor dem Ertrinken rettete.

»Jedenfalls verkündete mein Vater den Ausgang des Prozesses in der ganzen Nachbarschaft, bevor er in eine schwere Depression versank, von der er sich nie wieder erholte. Ich war nun sein einziger Sohn. Von einem Tag auf den anderen hörte ich auf, sowohl mich mit den Binis herumzutreiben als auch zur Kirche zu gehen. Meine Mutter hatte nicht mehr die Kraft, dagegen aufzubegehren. Wie ein Verrückter stürzte ich mich auf Leonardos Studienbücher. Ich habe jedes Buch, das mein Vater ihm gekauft hatte, wieder und wieder gelesen, und als ich glaubte, das darin enthaltene Wissen erfaßt zu haben, meldete ich mich bei der Stadtbibliothek an und verschlang sämtliche Schriften, die in irgendeiner Weise mit Handel, Buchhaltung, internationalen Finanzmärkten und Spieltheorie zu tun hatten.«

»Und mit Poker«, warf ich ein, glücklich, herausgefunden zu haben, daß ich mich nicht geirrt hatte und Faustos Interesse für Elijahs Partien im direkten Zusammenhang mit seiner Vergangenheit stand.

»Gewissermaßen«, sagte Fausto. »Am merkwürdigsten aber war, daß ich in mir eine wahre Leidenschaft für Ökonomie entdeckte, die viel ausgeprägter war als bei meinem Bruder. Und ich sagte mir, daß mein Vater besser mich ermutigt hätte, diesen Weg einzuschlagen, und besser mich für Princeton vorgesehen hätte, aber auch, daß Leonardo nicht von irgendeinem Strolch in West Philly niedergestochen worden wäre, wenn er seine Nachmittage und Sonntage in der Kirche verbracht hätte.«

»Das ist ja ein Ding«, sagte ich und dachte, wenn Fausto als erster zur Welt gekommen wäre, wäre er heute ein wahnsinnig reicher Banker und Leonardo Priester, und ihre Eltern wären nicht depressiv geworden.

»Ich habe die Fackel weitergetragen«, sagte Fausto, »und schon nach kurzer Zeit wußte ich mehr über das Thema als Leonardo, mein Vater und Onkel Tomaso zusammen.«

Unterdessen hatte er sich mit Bess Brown und John Smith, den beiden Zeugen des Doppelmordes, angefreundet. Sie hatten es sich angewöhnt, regelmäßig gemeinsam zu essen, mal bei dem einen, mal bei dem andern. John und Bess waren verlobt, wollten jedoch nicht heiraten und einen gemeinsamen Haushalt gründen, bevor sie nicht ein bißchen besser verdienten.

Anfangs hatte Fausto geglaubt, er genieße das Zusammensein mit den beiden deshalb so sehr, weil in John Smith und Bess Brown die Erinnerung an seinen großen Bruder und dessen heldenhaften Tod weiterlebte. Doch mit der Zeit begann ihre Freundschaft sich davon freizuschwimmen, und Fausto fand, er hätte in John einen aufmerksameren Gesprächspartner und ein besseres Vorbild gefunden als in Onkel Tomaso, den er mittlerweile einmal pro Woche besuchte. John war nämlich Makler für die Firma Birks & Dewey und hoffte, noch vor seinem dreißigsten Lebensjahr Millionär zu werden. Damals war er vierundzwanzig Jahre alt und Bess drei Jahre jünger. Fausto hatte gerade seinen neunzehnten Geburtstag gefeiert, einen sehr einsamen Geburtstag, denn seine Eltern hatten beide vergessen, ihm zu gratulieren.

»John und ich wurden bald unzertrennlich. Wenn ich mich nicht in der Bibliothek oder im Laden aufhielt, wo ich oft meinen vor Kummer ganz stumpf gewordenen Vater vertreten mußte, verbrachte ich meine Stunden bei John mit Lernen und Diskutieren. Ihm verdanke ich es, daß ich mich für ein Ökonomie-Fernstudium eingeschrieben habe, und nach zwei Jahren beharrlicher Arbeit erhielt ich mein Diplom. Die Schule hatte kein besonderes Renommee, aber ich glaubte meinem Vater eine Freude zu bereiten, als ich ihm das Zeugnis zeigte. Er schien nicht zu begreifen. Mein Vater und meine Mutter waren nur noch die Schatten ihrer selbst. Einige Jahre später sind sie ganz still im Abstand von sechs Monaten dahingegangen.«

Du bist also der letzte, dachte ich, der um Leonardo trauert, und wenn du irgendwann auch tot bist, kann dein großer Bruder endlich ganz sterben. Ich spürte, daß mich ein Schauer überkam wie Fausto vorhin.

»Ich verdanke es John, daß ich einen Posten als kaufmännischer Angestellter bei Birks & Dewey bekam und endlich auf eigenen Füßen stand. Mein Gehalt war mickrig, aber ich ging erst auf die Zweiundzwanzig zu, ich hatte die ganze Zukunft vor mir und war verliebt.«

»In wen?«

»In Bess Brown natürlich.«

»Aber sie war doch die Verlobte von John Smith.«

»Ja.«

In diesem Augenblick hatte ich so was wie eine Vision. Ich erinnerte mich an jenen Abend, an dem Elijah von seinem erfolglosen Besuch bei Lisa McMarmonn zurückgekommen war, ohne Rhododendron, und ich sah alle beide schweigend vor der Haustür stehen, Lisa in ihrem weißen Sommerkleid und Elijah in seinem schönen Sonntagsanzug. Auf ihre Gesichter fiel das Licht des Wohnzimmers, in dem Lieutenant McMarmonn saß und ein Buch las oder seine Aufzeichnungen machte. Hinter ihnen raschelten die Bäume. Elijah nahm all seinen Mut zusammen, um sich Lisa zu erklären, doch die Worte blieben ihm im Halse stecken. Lisa wartete darauf, daß Elijah um ihre Hand anhielt, irgend etwas mußte sie ja ahnen, schließlich roch sie die Blumen und vielleicht sogar den Geruch des Waschmittels, den Elijahs sauberes, wenn auch zerknittertes Hemd ausströmte. Und mit Augen voller Hoffnung wie denen eines Hundes blickte Elijah in Lisas blinde Augen und sagte nichts.

Die Vision verflüchtigte sich. Am Himmel stieg der Mond zwischen den Sternen immer höher. Leicht vorgebeugt, zeichnete Fausto mit einem Zweig Linien in den Staub. Das Leben ist schlecht eingerichtet, sagte ich mir. Elijah liebte Lisa McMarmonn, und seine Liebe war sichtbar. Sie war nicht hörbar, aber man brauchte nur seinen Gesichtsausdruck zu sehen, wenn er vor ihr stand, um zu begreifen, daß er in die Tochter des Lieutenant vernarrt war. Wenn Lisa, anstatt blind zu sein, taub oder stumm gewesen wäre, wären Lisa und Elijah heute bereits Mann und Frau. Das Leben ist voll von derartigen Mißverständnissen, dachte ich. War ich nicht auch einem solchen Versehen zum Opfer gefallen? Seit ich meinen Bosheitsbeutel geleert hatte, war ich aus der menschlichen Gesellschaft ausgeschlossen, und niemand außer Fausto oder Duke konnte sich von meiner Freundlichkeit und Güte überzeugen.

»Ich habe dir noch nicht gesagt, wie Bess aussah«, fuhr Fausto fort.

»Nein«, sagte ich, obwohl ich mir ihr Gesicht vorgestellt hatte, während ich dem Bericht meines Freundes lauschte, genauso wie ich mir ein Bild von Giuseppe, von Faustos Mutter, von Leonardo sowie dem Gangster Peter Wrangell gemacht hatte, den ich mir mit den Zügen von Johnny Fizz vorstellte, dem kaltblütigen Helden einer Comicserie, die Fausto in seinem Laden verkaufte.

»Bess war von einer Schönheit, die sich einem nicht gleich offenbart. Auf den ersten Blick war sie ein hübsches Mädchen mit sehr dunklen Augen und feinem Gesicht, auch ihre Hände waren sehr schön. Doch war ich anfangs einer Illusion erlegen. Es schien mir, als seien John und sie aus demselben Holz geschnitzt und ihre Persönlichkeiten, genau wie ihr Aussehen, ideal aufeinander abgestimmt. Johns Auftreten und Benehmen waren stets bescheiden, voller Zurückhaltung. Er sprach langsam und bewegte sich langsam. Er war ein maßvoller Mann, unfähig, aus vollem Halse zu lachen oder aufzubrausen. Nicht, daß es ihm an Energie gemangelt hätte, ganz im Gegenteil, er war sogar ehrgeizig, er wußte, was er wollte, und bevor er bei Birks & Dewey anfing, hatte er es ziemlich schwer gehabt. Mir war nur ein Bruchteil dessen bekannt, was er mitgemacht hatte, um zu überleben und dabei auch noch sein Studium zu finanzieren. Er hatte sich ganz allein durchgeschlagen, anders als ich. Wenn ich abends aus der Bibliothek nach Hause kam, konnte ich sicher sein, daß ein Teller Nudeln oder eine Schüssel Minestrone auf mich wartete. Anfangs glaubte ich also, daß John und Bess vom selben Schlag wären. In Wirklichkeit hatte sich Bess jedoch, wie mir einige Monate später bewußt wurde, ihrem Verlobten angepaßt. Das ist wie beim Schneidern. Als meine Mutter ihre Kleidung für die Schneiderwerkstatt anfertigte, erklärte sie mir immer, welche Farben zueinander paßten und welche nicht. Um John heiraten zu können, mußte Bess ihre Farben verlieren. Doch unter der Oberfläche brodelte ein Vulkan.«

»Aber sie war nun mal mit John zusammen. Als du herausgefunden hast, daß du sie liebst, war das sicher nicht einfach für dich«, sagte ich und dachte an Ophelia, die bestimmt viel vulkanischer war als Bess. Das hatte ich an dem Abend, als ich mir ihre Brüste im Dunkeln vorstellen wollte und nicht durfte, am eigenen Leib zu spüren bekommen. Ophelia, dachte ich, ist ein aktiver Vulkan. Jeder Versuch, auf sie abzufärben, wäre vergebens.

»Ich weiß nicht, wie ich es dir erklären soll«, antwortete Fausto. »Ich war glücklich so. Und zum erstenmal verliebt. Bess war mit einem anderen verlobt, aber das störte mich nicht. Ich hatte bemerkt, daß ich nie zu John ging, ohne insgeheim zu hoffen, sie wäre da, und daß ich viel mehr auf ihren Beifall aus war als auf den von John, von meinem Vater oder Onkel Tomaso. Mit der Zeit begriff ich, daß ich mich wohl schon bei unserer ersten Begegnung in sie verliebt hatte. Aber es mußten mehrere Jahre vergehen, bis mir das schließlich klar wurde.«

Das stimmt, manchmal brauchen die Dinge Zeit, dachte ich. Gleich als erstes Beispiel fiel mir Ophelia ein. Früher, wenn ich mich auf den Weg zum Puff machte, was immer ein besonderer Moment war, schwankte ich zwischen mehreren Mädchen, und weil ich mich nicht entscheiden konnte, endete ich oft in Pollys Armen. Nicht, daß sie mich mehr angezogen hätte als die anderen, aber Polly ist impulsiver, und wenn ein Kunde zu lange zögert, packt sie ihn am Arm und nimmt ihm die Entscheidung ab.

Die Ausflüge ins Bordell waren für mich immer eine komplizierte Angelegenheit. Die meisten Männer haben lediglich das Problem, daß sie ihre Frau belügen und vorgeben müssen, bei einem Freund Karten zu spielen oder noch eine Besorgung zu machen. Ich dagegen mußte meinen Besuch schon Tage im voraus planen: Ich mußte mich waschen, bei Abigail Hatchett vorbeigehen und sie höflich um Erlaubnis bitten, ihre Waschmaschine benutzen zu dürfen, warten, bis meine Kleider trocken waren, mich rasieren, mich kämmen und wieder und wieder meine Groschen zählen, um sicher zu sein, daß ich auch wirklich die nötige Summe beisammmen hatte.

Das Tintenfäßchen, in dem ich für diesen Zweck sparte, hat mir Elijah geschenkt. Es war ein ganz kleines Faß, und als ich Elijah fragte, warum er nicht eine größere Büchse ausgesucht hatte, erwiderte er, das Fäßchen sei für meine Ersparnisse völlig ausreichend und er hätte sogar überlegt, ob er mir nicht lieber einen Fingerhut schenken sollte

»Dieses alte Fäßchen ist genau auf deine Bedürfnisse zugeschnitten«, sagte er mir. »Ich kenne mich aus mit Behältern, und dieses Fäßchen ist genau das, was du brauchst. Jedesmal, wenn es voll ist, weißt du, daß die Zeit gekommen ist, einen Schuß abzufeuern. Ich habe die Sache genau berechnet, du kannst mir vertrauen. Dieses Fäßchen läuft so präzise wie eine Sanduhr.«

Der Vergleich gefiel mir. Aber mir kam auch noch ein anderer in den Sinn. Das Tintenfäßchen ähnelte doch sehr meinem Bosheitsbeutel, selbst wenn es nicht dieselbe Funktion hatte. Irgendwann habe ich es übrigens weggeworfen, und zwar an dem Tag, als sich das Blatt wendete und ich reich wurde. Bis dahin stopfte ich meine Münzen und doppelt gefalteten Scheine in mein gläsernes Sparschwein, und wenn es voll war, traf ich die nötigen Vorbereitungen.

Bevor ich Ophelias Brüste zum erstenmal sah, war ich nicht allzu wählerisch. Mal ging ich mit Polly aufs Zimmer, mal mit Maud, mal mit Piquette, und einmal bin ich sogar mit Josephine Haggardy, kurz Jo, hinaufgegangen, der Chefin persönlich, denn wir hatten den 12. Oktober, und ich sagte: »Die Wahrscheinlichkeit, daß ich heute Geburtstag habe, steht eins zu zwei.« Doch seit dem Abend, an dem ich Ophelia gefolgt bin und sie ihren BH aufhakte, war alles anders. Ich war dem Zauber ihrer Brüste erlegen, wenn sich auch hinter meiner Leidenschaft für ihren Busen vielleicht von Anfang an schon tiefere Gefühle verbargen. Und da ich ständig wiederkam, spürte Ophelia allmählich, daß auch sie einem Zauber erlag, wie sie mir später gestand, lange nach jener Nacht, in der sie mich zwang, Polly wie ein Mann zu nehmen, und mich dann ohrfeigte und rausschmiß.

Wie ich so neben Fausto saß, fragte ich mich, ob meine Liebe zu Ophelia und ihre Liebe zu mir tatsächlich am ersten Abend entstanden waren, genau wie Faustos Liebe, ohne daß er es gleich wußte, bei seiner ersten Begegnung mit Bess Brown erwacht war.

»Und sie«, fragte ich, »empfand sie etwas für dich?«

»Zu unser aller Unglück, ja«, antwortete Fausto. »Wir hatten es nicht kommen sehen, weder Bess noch John, noch ich. Und eines Abends war John nicht da, als ich zu ihnen ging. Birks & Dewey hatten ihn geschäftlich nach Baltimore geschickt, und er hatte den Zug verpaßt. Wir aßen nur zu zweit, und als ich sah, daß Bess appetitlos in ihrem Essen herumstocherte, begriff ich, daß sie genauso nervös war wie ich. Wir wußten nicht, was wir sagen sollten, Bess legte eine Platte auf, um das Schweigen zu übertönen, und da ist es dann passiert.«

»Was?«

»Ich erhob mich vom Tisch, um meine Zigaretten zu holen, und stand plötzlich vor ihr. Wortlos nahm ich ihre Hand, legte die andere um ihre Taille, und wir fingen an zu tanzen. Wir drehten uns langsam durchs Wohnzimmer, so langsam wie nur irgend möglich, mit geschlossenen Augen, und ich spürte, wie Bess' Wange meinen Hals berührte. Ich zog sie an mich, und im selben Moment küßten wir uns auch schon. Wir konnten nicht mehr aufhören. Es war stärker als wir. Wir küßten uns, wir weinten, wir umarmten uns wie zwei Verurteilte, die schon im nächsten Augenblick auseinandergehen müssen. So begann unser Verhältnis. Wir trafen uns, so oft es ging, und je häufiger wir uns sahen, desto größer wurde unsere Liebe. Immer wieder sagten wir uns, es sei schlecht, John verdiene das nicht, wir müßten mit diesem Wahnsinn aufhören, doch es war vergebens. Weißt du, John war der beste Mensch der Welt. Er hatte ein solches Vertrauen in uns, daß wir uns beinahe vor seinen Augen hätten küssen können, ohne daß er irgend etwas geahnt hätte. Wenn er nicht so von dem Gedanken besessen gewesen wäre, reich zu werden, bevor er Bess heiratete, wäre vielleicht alles anders gekommen. Aber in seinem Kopf stand fest: Erst mußte er noch einige Sprossen der Karriereleiter erklimmen, die Hochzeit konnte warten; und Bess war das Warten vermutlich leid.«

Fausto verstummte. Er glich einem Bergsteiger, der anhält und Atem schöpft, bevor er sich an das letzte Stück des Aufstiegs macht. Ich dachte dabei an Duke und unsere letzte Expedition in die Berge, an diese endlose Folge von Hängen und Hochebenen, wo jeder Hang zu einer neuen Hochebene führte, die wiederum den Blick auf den nächsten Hang freigab, und so ging es weiter bis ganz oben. Im Gegensatz zu Fausto waren Duke und ich glücklich gewesen, immer wieder aufzubrechen und an Höhe zu gewinnen, und ich erinnerte mich daran, wie mein Wandergefährte Duke sich den Schweiß, der ihm in die Augen lief, von der Stirn wischte, während der Wind unsere Gesichter peitschte, und sagte: »Wenn wir nur nie ankämen. Stell dir vor, wir würden weiter und weiter klettern, du und ich, bis ans Ende aller Zeiten!« Und ich spürte eine solche Freude in mir, daß ich am liebsten gebrüllt hätte.

Fausto rang mit sich. Ich merkte sehr wohl, daß es ihm widerstrebte fortzufahren, doch es gab kein Zurück mehr. Alles mußte raus. Es war hart, ihn so leiden und mit geballten Fäusten dasitzen zu sehen wie Elijah auf dem Hügel, als ich ihn einen Hosenscheißer genannt hatte. Fausto würde sich auch gern schlagen, dachte ich, er würde seinen Erinnerungen gern eine reinhauen, ihnen eine reinhauen und sie ein für allemal zu Boden strecken, aber dafür müßte er sie herauslocken, sie aus ihrem Bau vertreiben wie die armen Füchse, wenn man sie ausräuchert.

»Das Schlimmste sollte erst noch kommen«, sagte Fausto mit matter Stimme. »Zunächst war da die Sache mit meiner Beförderung.« Und er erzählte mir, wie er eines Morgens zusammen mit seinen beiden Chefs, Birks und Dewey, im Fahrstuhl festsaß. Der Aufzug war zwischen dem neunten und zehnten Stockwerk steckengeblieben, und die Techniker hatten eine Stunde gebraucht, um ihn wieder in Gang zu setzen. »Birks und Dewey bewahrten die Ruhe. Als der Fahrstuhl stockte, zog Birks ein paar Dokumente aus seiner Aktentasche hervor, und schon machten die beiden Männer sich an die Arbeit. Sie versuchten herauszufinden, ob sie sich für oder gegen den Einstieg in das Kapital einer oder mehrerer Immobiliengesellschaften entscheiden sollten, und schwankten zwischen verschiedenen Strategien. Eine ziemlich knifflige Angelegenheit, wie eine Pokerpartie, wo jeder Spieler ein möglicher Bluffer ist und man Einfallsreichtum, List und eine gute Portion Wagemut braucht.«

»Verstehe«, sagte ich, auch wenn ich mich in Wirklichkeit nie sonderlich für das Pokerspiel mit seinen Klügeleien und krummen Touren interessiert habe.

»Birks und Dewey beachteten mich gar nicht. Sie wußten nicht einmal, daß ich für sie arbeitete. Ich war nur ein kleiner Angestellter unter anderen und stand zum erstenmal vor ihnen. Doch ihre Diskussion fesselte mich. Endlich erlebte ich hautnah mit, was Sache war, und stellte voller Genugtuung fest, daß ich begriff, worum es ging und was auf dem Spiel stand. Ich hatte ein klares Bild von dem Problem, mit dem die beiden konfrontiert waren. Es erging mir wie jemandem, der durch das Studium verschiedener Lehrbücher eine Fremdsprache erlernt hat und sich plötzlich in Gegenwart von Leuten befindet, die sie fließend sprechen. Und ich merkte, daß ich diese Sprache ebenfalls fließend sprach.«

Fausto hatte nicht gewagt, sich in das Gespräch einzuklinken, bis auf einmal das Licht zu flackern begann und schließlich ausging, so daß es im Fahrstuhl stockduster wurde. »Da löste sich meine Zunge, und Dewey und Birks waren derart erstaunt, daß sie mich nicht mal fragten, wer ich sei. Sie hörten mir zu, Dewey stellte mir eine Frage, Birks knüpfte daran an, und der Dialog verwandelte sich in eine Diskussion zu dritt. Dank der Dunkelheit hatte ich alle Hemmungen verloren. Wir waren nur mehr drei körperlose, gleichberechtigte Stimmen. Als das Licht wieder anging, musterten Dewey und Birks mich verwundert. Ich sagte ihnen, daß ich für sie arbeite und kaufmännischer Angestellter in der und der Abteilung sei, und eine Woche später kam Birks' Sekretärin mich abholen. Sie führte mich in ein Büro, wo die beiden Chefs mich erwarteten. Sie schüttelten mir die Hand, und Dewey sagte, sie hätten meinen Rat befolgt, und das Geschäft sei erfolgreich verlaufen. Dann teilte Birks mir mit, daß wir in diesem Augenblick in meinem Büro stünden und ich ab sofort zum Finanzberater ernannt sei. Ich hatte allem Anschein nach ein unerhörtes Glück, aber in Wirklichkeit wurde die Katastrophe dadurch nur beschleunigt. Um diesen Posten hatte sich John seit Jahren bemüht. Und von einem Tag auf den anderen war ich sein Vorgesetzter geworden. Bess war in mich verliebt, und ich war zum Günstling der Geschäftsführung aufgestiegen. Als ich ihm von meiner Beförderung erzählte, machte John gute Miene zum bösen Spiel, aber innerlich war es für ihn ein furchtbarer Schock, von dem er sich nicht erholt hat. Er fiel in eine tiefe Depression. Seit Jahren rackerte sich John in dem Unternehmen ab, verstehst du, und bei mir brauchte nur der Fahrstuhl steckenzubleiben, damit ich den Posten bekam, auf den eigentlich er gehörte.«

Am selben Abend speisten Fausto, John und Bess miteinander, um das Ereignis zu feiern. Ich versuchte mir die Szene vorzustellen, doch ich geriet ins Schleudern. Ich dachte an Fausto, der zwischen seiner Liebe, der Freude, ein eigenes Büro und das Vertrauen der Geschäftsführer zu besitzen, und seinen Schuldgefühlen schwankte. Ich dachte an Bess, die aus denselben Gründen zerrissen war, und ich dachte an John, der offensichtlich ein guter Kerl war, an seine Enttäuschung, an die Freundschaft, die er für Fausto empfand, an seine Liebe, die nicht mehr rund lief. In meinem Kopf vervielfachten sich John, Bess und Fausto. Um den Tisch herum saßen nicht mehr drei Leute, sondern neun oder mehr.

Drei Personen, die mit sich selbst hadern und widersprüchliche Gefühle hegen, das ergibt eine Menge Leute, dachte ich. Ich fand, daß ich ziemliches Glück hatte, noch nie in einer so verzwickten Lage gewesen zu sein. Aber gleichzeitig regte sich in mir eine merkwürdige Mischung aus Ungeduld, Traurigkeit und Neid. Und ich begriff, daß ich eifersüchtig war. Selbstverständlich war ich nicht auf Faustos Unglück eifersüchtig, auf den Tod seines Bruders, auf seine unmögliche Liebe und den ganzen Rest, aber mir wurde zum erstenmal bewußt, daß ich nichts Vergleichbares erlebt hatte, nichts, was mein Leben zu einer Geschichte gemacht oder ein Schicksal geformt hätte.

Das Wort Schicksal ließ Fausto einige Minuten später fallen, als er mir seine Ankunft in Farrago schilderte, diesen Namen hatte er beim Essen an jenem Abend zum erstenmal gehört. »Es war ein bedrückender Abend, auch wenn sich jeder bemühte, ein fröhliches Gesicht aufzusetzen. Nachher beim Kaffee erzählte uns John, sein Vater sei koffeinsüchtig gewesen und er selber froh, dieses Laster nicht geerbt zu haben. Ich fragte John, wo er aufgewachsen sei. ›In Nordkalifornien, in einem Kaff im Hinterland. Farrago. Das Reich der Holzfäller und Stiefkinder von der Küste. Ihr könnt es nicht kennen. Ich wurde von meinem Vater großgezogen. Er war streng. Ich bin Einzelkind, und meine Mutter ist sehr früh gestorben. Mir wurde sehr schnell klar, daß es in diesem verlorenen Nest mitten im Wald keinerlei Hoffnung gab, irgend etwas zu erreichen. Der Ehrgeiz meines Vaters richtete sich allein darauf, daß ich nach seinem Tod das Geschäft übernehmen würde. Dieses kleine Geschäft war alles, was er besaß, seine einzige Sicherheit, und die Außenwelt machte ihm angst. Er hat mich in jeder Hinsicht gehindert, selbständig zu denken, mich zu entfalten, Selbstvertrauen zu entwickeln. Aus denselben Gründen hat er auch diesen Vornamen für mich ausgewählt, ich sollte anonym bleiben, ohne Konturen. Er meinte es gut. Heute bin ich ihm nicht mehr böse deswegen. Aus lauter Sorge, ich könnte den Ort verlassen, versuchte er mir eine Leine anzulegen. Trotzdem bin ich fortgegangen. Eines Morgens bin ich ohne Ankündigung und ohne Abschied verschwunden. Das hat ihn sicher umgebracht. Seitdem habe ich nie zurückgeschaut. Ich habe ihm weder geschrieben, noch habe ich angerufen. Keine Ahnung, ob er noch lebt, was aus ihm geworden ist. Ein verbitterter Greis, der sich hinter seiner Bosheit und seinem Groll verschanzt hat, das wird aus ihm geworden sein, wenn er noch lebt. Aber heute abend, komisch, da fehlt er mir. Ich bin ohne Bedauern fortgegangen, ja, ich war sogar froh, meine Zelte abzubrechen, ich war frei. Farrago, die Bäume, der Nebel, mein Vater, das alles konnte mir gestohlen bleiben. Aber heute abend muß ich an ihn denken. Vielleicht sollte ich ihm doch ein Lebenszeichen von mir geben. Ich weiß nicht.‹ Auf diese Weise erfuhr ich, daß in Amerika ein Ort namens Farrago existierte«, sagte Fausto.

»Hast du John hierher begleitet?« fragte ich und versuchte mich an einen Ladeninhaber namens Smith zu erinnern.

»Die Geschichte ist noch nicht zu Ende«, sagte Fausto. »Einige Wochen später geschah das Unausweichliche. John überraschte uns, Bess und mich, Arm in Arm auf der Straße. Wie erstarrt stand er auf dem Bürgersteig gegenüber, er sah nicht mich an, er sah Bess an, er sah nur sie an, und sein Blick war unerträglich. In seinen Augen lag aller Schmerz der Welt. Kein bestimmter Schmerz, man hätte genausogut sagen können, daß da gar nichts war, seine Augen waren ausdruckslos, gaben nichts mehr zu erkennen außer Schmerz, Schmerz und noch mal Schmerz, das war alles. Ich sehe seinen Blick jede Nacht wieder vor mir. Bess ließ meinen Arm los, sie wollte die Straße überqueren und zu ihm laufen, doch die Straße war voller Autos, die in beide Richtungen sausten, dann kam ein Bus und hätte sie um ein Haar überfahren. John war inzwischen verschwunden. Als habe er sich in Luft aufgelöst. Nur einen Moment vorher hatte er noch gegenüber auf dem Bürgersteig gestanden. Und plötzlich war er nicht mehr da. Wir haben ihn nie wiedergesehen. Von seinen Nachbarn erfuhr ich, er hätte die Wohnung verlassen, nur mit einem Koffer in der Hand, nichts weiter. Das passierte alles noch am selben Tag. Er hat nicht bei Birks & Dewey gekündigt, er hat seine Wohnungsschlüssel nicht zurückgegeben, er hat niemanden benachrichtigt. Er ist gegangen, ohne zurückzuschauen, wie Jahre zuvor, als er aus Farrago geflohen war.«

»Ohne zurückzuschauen …«

»Ich hatte ihm sein Leben gestohlen. Ich hatte ihm alles genommen.«

»Das kannst du so nicht sagen, Fausto«, versuchte ich ihn zu trösten. »Du hast es doch nicht absichtlich getan. Es war schließlich nicht deine Schuld, daß er da war, als dein Bruder sich geschlagen hat, es war nicht deine Schuld, daß ihr euch ineinander verliebt habt, Bess und du, und es war auch nicht deine Schuld, daß der Fahrstuhl steckengeblieben ist.«

»Nein«, sagte Fausto, »es war nicht meine Schuld. Es hätte nicht anders kommen können. Das ist Schicksal. Meinst du nicht?« fügte er hinzu, als er sah, wie ich den Kopf schüttelte, während ich versuchte mich zu erinnern, wer in der County dieser Händler sein mochte, dessen Sohn John Smith war. Henry Smith, der Werkzeug und Rasenmäher verkaufte? Ben Smith, der einen kleinen Laden besaß, in dem er Wabenhonig verkaufte? Sam Smith, der Elektromechaniker?

»Meinst du nicht?« wiederholte Fausto. »Hör dir an, wie es weiterging. Innerhalb weniger Tage nach Johns Verschwinden wich alle Lebensfreude aus Bess. Anfangs fielen wir noch übereinander her wie zwei hungrige Tiere, als wollten wir John vergessen, als könnten wir, indem wir uns wie wild liebten, ein Loch in den Körper des anderen graben und darin verschwinden. Es ist schwer zu beschreiben, aber so ist es gewesen. Ich betrachtete Bess' nackte Haut, und sie erschien mir wie eine Barriere, die ich überwinden mußte, ich wollte in Bess hineinschlüpfen, ich wollte sie beißen, sie in Stücke reißen und mich in ihrem Bauch verstecken. Aber das war keine einfache Sache, dazu hätte man sich gegenseitig verschlingen müssen.«

»Sicher«, sagte ich, ohne ihn wirklich zu verstehen, aber ich fühlte mich geschmeichelt, daß Fausto sich mir so offen anvertraute.

»Bald ließ dieser krankhafte Wahn nach, wir waren erschöpft. Bess wurde zum Schatten ihrer selbst. Wenn ich sie anschaute, sah ich meine Eltern. Sie war erloschen, so wie meine Mutter und mein Vater nach Leonardos Tod erloschen waren. Sie nahm kaum noch etwas zu sich, sie schlief nicht mehr, sie wollte nicht mehr ausgehen. Und in meinem Zustand konnte ich ihr nicht helfen. Eines Tages überraschte ich sie dann beim Kofferpacken. Wir stritten uns, und sie ging fort.«

»Wohin?«

»Zu ihrer Schwester nach New Jersey. Mir fehlte die Kraft, sie zurückzuhalten. Ich glaube sogar, am Ende habe ich sie gehaßt.«

»Du hast also auch sie nicht wiedergesehen?«

»Nie wieder. Sie hat mich verlassen, daraufhin habe ich meine Arbeit gekündigt. Mit dem Geld, das ich zur Seite gelegt hatte, habe ich einen gebrauchten Ford gekauft und bin losgefahren. Ich wußte nicht, was ich tat, hatte keine Ahnung, wohin ich fuhr, und wollte nur eins: mich totfahren. Aber selbst dazu war ich nicht in der Lage. Mein Leben zerrann mir zwischen den Fingern. Seit jenem Abend, an dem ich mit Bess im Wohnzimmer getanzt hatte, hatte ich nichts mehr im Griff. Ich fuhr achthundert Meilen an einem Stück, dann ließ mich das Auto im Stich, und während der Automechaniker eifrig unter der Motorhaube herumwerkelte, wußte ich, wohin meine Reise ging. Ich saß auf einer kleinen Mauer am Straßenrand. Der Abend brach herein. Am Ende der Straße verschwand die Sonne langsam hinter dem Horizont. Und plötzlich wußte ich es.«

»Du warst auf dem Weg nach Farrago, oder? Um John wiederzufinden.«

»Er sollte mir vergeben«, sagte Fausto. »Ich mußte ihn sprechen, das war alles, was zählte, mit ihm sprechen und ihn sagen hören, daß er mir verzieh. Die Reise dauerte mehrere Wochen. Mein Auto hatte dauernd eine Panne, irgendwann ließ ich es einfach auf einem Parkplatz in der Wüste stehen. Ich erreichte Santa Cruz mit dem Zug und nahm von dort den Bus nach Farrago. Im Dorf traf ich auf den Sheriff und Reverend Poach, die sich vor dem Kirchenportal unterhielten. Ich fragte sie, ob sie einen John Smith kannten, den Sohn des Händlers, er sei vor sieben oder acht Jahren fortgegangen. Wie du dir vorstellen kannst, haben sie versucht herauszufinden, was ich in Farrago trieb und warum ich mich für diesen John Smith interessierte, von dem seit Ewigkeiten niemand mehr was gehört hatte. Ich gab ihnen zu verstehen, daß es sich um eine Privatangelegenheit handelte. Und als der Sheriff begriff, daß er mir die Würmer nicht aus der Nase ziehen würde, deutete er auf den Lebensmittelladen, der sich genau gegenüber der Kirche befand.«

»Fennimore Smith!« rief ich. »Fennimore Smith, der damalige Inhaber! Das war Johns Vater? Wir nannten ihn früher immer nur Fennimore, deshalb bin ich nicht gleich darauf gekommen! Aber stimmt, er war vor dir da.«

Fennimore Smith, nicht möglich! Der griesgrämige Alte war der Alptraum meiner Kindheit gewesen, lange bevor der Sheriff anfing, mir nachzujagen. Alle Kinder im Dorf fürchteten sich vor Fennimore, darum auch habe ich seit seinem Tod wohl nicht mehr an ihn gedacht, sondern ihn lieber in den Tiefen meines Gedächtnisses begraben. Ich erinnere mich allerdings noch gut daran, daß man seinen ganzen Mut zusammennehmen mußte, um den Lebensmittelladen zu betreten und Bonbons zu kaufen, und wenn Fennimore mal einen kleinen Dieb auf frischer Tat ertappte, packte er ihn am Schlafittchen, zerrte ihn ins Hinterzimmer und sperrte ihn dort für ein, zwei Stunden in eine dunkle Kammer. Diese Kammer gibt es übrigens immer noch. Fausto hat sie inzwischen zu einer Toilette umgebaut. Ich mußte damals so manche Stunde darin zubringen. Sie war sozusagen der Vorgänger der Zelle im Headquarter des Sheriffs, wo ich mir später zahlreiche Nächte um die Ohren schlug.

John hatte sich nicht geirrt, als er Fausto und Bess sagte, wenn sein Vater noch lebte, hätte er sich gewiß hinter seiner

Bosheit verschanzt. John selbst habe ich nie kennengelernt, er war schon weg, als mich der Reverend in Farrago unterbrachte. Und auch die Begegnung zwischen Fausto und Fennimore fand in meiner Abwesenheit statt, damals war ich auf meiner großen Reise durchs Land.

»Ich überquerte die Straße«, sagte Fausto, »stieß die Tür zu dem Laden auf und blieb im Eingang stehen. Ich konnte keinen Schritt weitergehen. Ich hatte das Gefühl, jeden Moment wie ein Trottel in Tränen auszubrechen. Das muß der Geruch gewesen sein, eine Mischung aus Gewürzen, Obst und Gemüse, gekochtem Kaffee und Zeitungspapier. Ich nehme an, daß es gegen zehn Uhr war, der Nebel hatte sich verzogen, der Laden war von Licht durchflutet. Fennimore räumte gerade Konservenbüchsen in ein Regal. Er drehte sich um und sah mich im Gegenlicht in der Tür stehen. Ob er wohl für einen Augenblick geglaubt hat, ich sei sein Sohn? Ich weiß es nicht. Jedenfalls habe ich selbst mich eine Sekunde lang für John gehalten, so als würde ich in seinem Körper stecken.«

»Wie Bess, die ihre Farben verlor, um ihm zu ähneln«, warf ich ein, doch Fausto fuhr fort, ohne meine Bemerkung zu kommentieren.

»Ich ging auf ihn zu. Er sah mich schweigend näher kommen. Ich begriff sofort, daß Fennimore ein kranker Mann war, der nicht mehr lange zu leben hatte. Seine Haut war gelb, und er atmete schwer. Er musterte mich mit harten Augen, so daß ich annahm, er gäbe mir an allem, was geschehen war, die Schuld. Ich sagte ihm, daß ich nach John suche. Als er den Namen seines Sohnes hörte, senkte er den Kopf und vergrub das Gesicht in den Händen. Ich habe dieses Bild nie vergessen. Ihm schien die ganze Zeit die Sonne in die Augen, aber erst als ich den Namen John aussprach, schützte er seinen Blick. Dann entfernte er sich hinter den Tresen, schnappte nach einem Wischtuch und tat, als würde er die Kaffeemaschine säubern. Während des gesamten Gesprächs kehrte er mir den Rücken zu. Ich sagte, ich sei ein Freund seines Sohnes, wir hätten gemeinsam im selben Unternehmen in Philly gearbeitet, nun sei John aber verschwunden, und ich wolle ihn wiederfinden. Doch Fennimore hatte auch nichts von ihm gehört. John sei für ihn schon lange tot, behauptete er, er wolle von alledem nichts mehr wissen. Seine Hand ging hin und her auf der Kaffeemaschine. Wir schwiegen. Da erinnerte ich mich an Johns Worte. ›John ist Ihnen nicht böse. Sie meinten es ja nur gut. Das hat er mir jedenfalls gesagt.‹ Fennimore hörte auf, die Kaffeemaschine zu putzen, spülte das Wischtuch aus und hielt dann inne, die Hände auf den Rand des Spülbeckens gestützt.

›Das hat er gesagt?‹

›Ja.‹

›Wann?‹

›Vor wenigen Wochen.‹

›Was hat er noch gesagt?‹

›Daß Sie Angst vor der Außenwelt hätten. Daß er nichts erreicht hätte, wenn er in Farrago geblieben wäre. Er fragte sich, ob Sie noch am Leben seien. Und er hat gesagt, daß Sie ihm fehlen.‹

›Von wegen‹, sagte Fennimore. Aber er war trotzdem bewegt, seine Stimme verriet ihn. Immer noch mit dem Rükken zu mir, fragte er, ob ich vorhätte, einige Tage in der Gegend zu bleiben.

›Keine Ahnung‹, antwortete ich.

›Wo wohnst du?‹

›Nirgends.‹

›Komm heute abend wieder.‹

Nach Ladenschluß ging ich wieder zu Fennimore. Wir aßen im Hinterzimmer gemeinsam zu Abend. Er zeigte sich nicht sehr gesprächig, was mir durchaus recht war, da ich selbst niedergeschlagen war. Ich hatte so darauf gesetzt, John bei seinem Vater anzutreffen. Nun war jede Hoffnung dahin. Das Leben widerte mich an, und der Gedanke, mir eine Kugel in den Kopf zu jagen, ließ mich nicht mehr los. Schließlich stand

Fennimore auf und schlug mir vor, im Hof ein Bier zu trinken. Wir setzen uns auf die Bank, wie du und ich heute nacht. Und Fennimore sagte, wenn ich Lust hätte, solle ich doch bei ihm bleiben, Johns Zimmer stehe ja leer, und ich könne dort wohnen, solange ich wolle.«

»Und so bist du hier gelandet?«

»Ich fing an, ihm im Laden zu helfen. Ich kümmerte mich um die Einkäufe. Er hat mir nie weitere Fragen über John gestellt. Er hat nie versucht herauszukriegen, warum ich nach Farrago gekommen war, um ihn wiederzufinden. Nichts. Eines Morgens ist er nicht aufgestanden. Da bin ich in sein Zimmer gegangen, er war tot. Auf seinem Nachttisch lag ein Foto von John als Kind. Im Laufe des Tages bekam ich Besuch von Notar Nick Cuvelton, dem Vater von Morris. Nick informierte mich darüber, daß Fennimore mir den Laden vererbt habe. So, nun weißt du alles.«

»Was für eine Geschichte!« sagte ich. »Was für eine Ungerechtigkeit!«

»Nein, das siehst du falsch«, meinte Fausto. »Nichts daran ist ungerecht. Ungerecht wäre es, zu glauben, die Dinge hätten anders laufen können. Auch wenn sie natürlich immer anders laufen können. Angenommen, du bist unterwegs, dann kannst du, selbst wenn du dein Ziel nicht kennst, nach links abbiegen, den Weg nach rechts einschlagen, umkehren oder aber eine Pause einlegen, um zu pinkeln oder die Landschaft zu betrachten, die Zukunft ist offen. Und wenn du danach an die einzelnen Etappen zurückdenkst, ist es an dir zu entscheiden: Ich bin diesem Weg gefolgt, denn es war der einzige Weg für mich. Oder: Ich hätte einen anderen nehmen können, dann wäre ich woanders gelandet. Auch das entscheidest du. Niemand wird dir sagen, daß dein Weg vorherbestimmt war oder daß er's nicht war. Nur du. Du entscheidest über den Sinn, den du deinem Unterwegssein gibst.«

Was Fausto eben gesagt hatte, war ungeheuerlich, das spürte ich wohl, noch ungeheuerlicher als die Geschichte mit der Geraden zwischen den beiden Kreuzen. Ich war überwältigt, so wie am 4. Juli, wenn vor dem Rathaus die Fahne gehißt wird und das ganze Dorf *All saints* anstimmt. Ich neige nicht sonderlich zu patriotischen Gefühlen, und den Rest des Jahres lassen mich die Flaggen und die Nationalhymne völlig kalt, aber am Unabhängigkeitstag, wenn die Feierlichkeiten im vollen Gange sind, empfinde ich eine starke Erregung, und ich wäre bereit, auf der Stelle Soldat zu werden, um die Nation gegen jene Eindringlinge zu verteidigen, von denen Lieutenant McMarmonn so häufig spricht, auch wenn sie bislang noch nicht zur Offensive geblasen haben.

Faustos Worte hatten eine ähnliche Wirkung auf mich, wenngleich sie eine andere Art Stolz in mir weckten. Und wenige Wochen später, als ich neben Duke und Ophelia hoch über dem Abgrund auf einem Felsvorsprung saß, von dem aus man einen wundervollen Blick auf die South Sierras hatte, wurde ich abermals von diesem eigenartigen Stolz ergriffen, und plötzlich verstand ich, was ich fühlte: Ich war stolz, ein Mensch zu sein.

»Und John?« fragte ich, meinen Gedankengang unterbrechend. »Hast du nie erfahren, was aus ihm geworden ist?«

»Komm mit«, sagte Fausto.

Ich folgte ihm in den Laden, hinauf ins obere Stockwerk. Er knipste die Lampe im Wohnzimmer an, dessen Fenster zur Straße hinausging. Genau dieses Licht, das ich schon mehr als einmal mitten in der Nacht hatte brennen sehen. Die Lampe stand auf einem Schreibtisch, ein Block und mehrere Stapel Briefe lagen daneben. An die Wand war eine Weltkarte gepinnt.

»Weißt du, wie viele John Smith es allein in den Vereinigten Staaten gibt?« fragte mich Fausto. »Rate mal, nur so zum Spaß.«

»Schwer zu sagen«, antwortete ich. »Aber ich kenne allein schon mindestens ein Dutzend Smith, Henry Smith, den Verkäufer von Rasenmähern, Ben Smith, den Imker, Sam

Smith, der verheiratet ist und drei Kinder hat, Maggie Smith, Dorothy Smith, Buck Smith, den Briefträger. Die Smiths sind überall.«

»Auf amerikanischem Territorium leben über zweihundertfünfundsiebzigtausend Leute, die John Smith heißen, und seit neunundzwanzig Jahren schicke ich Briefe an alle John Smiths des Landes. Ich hatte zunächst angefangen, Anzeigen in die Zeitungen von Pennsylvania und alle Blätter der Ostküste zu setzen, aber da das zu nichts führte, schaltete ich einen Detektiv in San Francisco ein, der mich fast in den Ruin getrieben hätte – wieder ohne Erfolg. Seither schreibe ich ununterbrochen denselben Brief an John, jeden Abend zwanzig Exemplare, das macht pro Woche hundertvierzig Briefe, oder anders ausgedrückt: siebentausendzweihundertachtzig im Jahr. Insgesamt habe ich an die zweihunderttausend Briefe verschickt. Ein kostspieliges Hobby. Trotzdem kann ich es nicht lassen. Ich schaffe es nicht. Es vergeht kein Tag, an dem ich ihn nicht wieder auf dem Bürgersteig vor mir sehe, seinem Blick begegne, und jedesmal aufs neue versetzt es mir einen Stich. Vielleicht hat er seinen Namen geändert, vielleicht lebt er im Ausland, vielleicht ist er gestorben, wer weiß. Aber ich kann nicht aufhören.«

Von den Zahlen, die Fausto nannte, wurde mir ganz schwindelig. »Ich muß frische Luft schnappen«, sagte ich und stieg wieder ins Erdgeschoß hinunter. Im Hinterzimmer sah ich die Zeitung auf dem Tisch liegen, und da inzwischen ein neuer Tag angebrochen, die Zeitung also mit einem Schlag veraltet war, erlaubte ich mir, die Seite mit dem Artikel über die Minen von Tuskegee herauszureißen, um ihn Duke zu zeigen. Dann ging ich hinaus auf den Hof. Fausto folgte mir einige Minuten später mit zwei Tassen gezuckertem Kaffee in der Hand und einigen Kleidungsstücken über dem Arm. Er reichte mir die Tassen und faltete die Kleidungsstücke auseinander: ein Jackett und eine braune Baumwollhose, beide gewaschen und gebügelt.

»Das war der Anzug, den ich bei der Arbeit trug«, sagte Fausto. »John hatte mir die Summe geborgt. Seit ich hier bin, trage ich ihn nicht mehr, und auf den ersten Blick denke ich, er dürfte dir passen. Es wäre vielleicht an der Zeit, daß du dir eine neue Garderobe zulegst.«

»Er ist wie neu«, sagte ich.

»Probier ihn an.«

Er stand mir ausgezeichnet. Fausto war ein bißchen größer als ich, deshalb hingen die Hosenbeine bei mir bis auf den Boden, ansonsten jedoch sah das Stück wie maßgeschneidert aus. Ich betrachtete mein Spiegelbild in der Fensterscheibe, dann meine alten schmutzigen und tausendfach geflickten Klamotten.

»Fausto«, sagte ich, »das ist zuviel. Die Leute werden denken, ich hätte im Lotto gewonnen.«

»Na und?«

»Bei dem Leben, das ich führe, wird dein Anzug nicht lange halten.«

»Nicht, wenn du ihn unter deinem Mantel trägst. Nimm ihn für ein paar Tage mit zum Ausprobieren. Du wirst sehen, es ist eine Erfahrung, die man wenigstens einmal gemacht haben muß. Die Leute werden dich nicht mehr auf dieselbe Weise ansehen, und auch du wirst den Eindruck haben, ein anderer Mensch zu sein.«

»Ein neuer Homer!« sagte ich, ohne zu wissen, wie sehr ich damit recht haben sollte. Wenn ich mich daran erinnere, was sich im weiteren Verlauf alles ereignet hat, kann ich nicht umhin zu denken, daß mein Leben sich genau in dem Moment geändert hat, als ich Faustos Geschenk annahm. Vielleicht hat es sich letzten Endes auch gar nicht so sehr geändert, aber in dem Augenblick, als ich mich in der Scheibe bewunderte, trat eine Wende in meinem Leben ein, auch wenn ich heute nicht viel weiter bin als damals. Zumindest aber habe ich begriffen, daß man sich von seinem Weg nur entfernt, um wieder zu ihm zurückzukehren, mit Schmerzen oder mit Freude. Ich habe vielleicht nie das Licht gesehen, von dem Duke immer sprach, aber, um es mit Faustos Worten zu sagen, ich habe einen Anzug zur Probe mitgenommen, ich habe ihn so lange getragen, wie ich konnte, er wurde schmutzig, zerriß, seine Nähte platzten, und als er nur noch ein Fetzen war, schlüpfte ich wieder in meine alten Sachen. Ich habe vielleicht nicht mein Leben geändert wie Duke, als er die Farm von Jack Simmons verließ, um auf dem Schrottplatz zu leben, aber eines habe ich doch gelernt. Ich war Homer. Ich bin Homer. Das mag idiotisch klingen, aber besser kann ich es nicht ausdrücken.

Fausto fand, sein Anzug sei mir auf den Leib geschneidert, und bot mir an, meine alten Sachen zu waschen und sie im Schrank für mich aufzubewahren. Dann setzten wir uns auf die Bank, tranken unseren Kaffee und sahen zu, wie der Himmel allmählich heller wurde und die Sterne einer nach dem andern verloschen. Vor uns kroch der Nebel über die Hügel. Der Uhu schrie nicht mehr, und die Stille war vollkommen. Plötzlich fiel eine Sternschnuppe vom Himmel.

»Wünsch dir was«, sagte Fausto. Und ohne zu zögern, flüsterte ich: »Ich wünsche mir ein Schicksal. Ich wünsche mir, eine Geschichte zu erleben, die aus meinem Leben ein Schicksal macht.«

5

Nach einem ausgedehnten Mittagsschlaf, den ich mir am Flußufer genehmigt hatte, Seite an Seite mit dem alten Hund, beschloß ich, Duke unverzüglich einen Besuch abzustatten. Ich wollte die Deponie so schnell wie möglich erreichen, um mein Glück mit meinem alten Freund zu teilen und ihm den Zeitungsartikel zu zeigen. Seitdem mir Fausto seine Geschichte erzählt hatte, sah ich die Ungerechtigkeit, der ich zum Opfer gefallen war, mit anderen Augen. Ich hatte mich ursprünglich ins Dorf aufgemacht, um Fausto in der Angelegenheit nach seiner Meinung zu fragen, und indem er mich ins Vertrauen zog und mir seine eigene Geschichte erzählte, hatte er, gleichsam ohne es zu wissen, meine Frage beantwortet.

Während ich mit dem Hund, der hinter mir her trottete und die Steine beschnüffelte, den Uferweg entlanglief, sagte ich mir, daß die Ungerechtigkeit nur eine Frage des Standpunkts sei. Fausto war das beste Beispiel dafür: Er lehnte die Vorstellung vom bösen Schicksal ab und versuchte nicht herauszufinden, ob er das, was ihm widerfuhr, auch verdient hatte, um einen Lieblingssatz von Reverend Poach zu zitieren. Fausto hatte mir auf die Sprünge geholfen, und so fühlte ich mich von einer schweren Last befreit.

»Bist du schon mal einem Heiligen begegnet?« fragte ich den Hund. Und er wedelte mit dem Schwanz. Wir kletterten die Uferböschung dort hoch, wo die ehemalige Eisenbahnstrecke am Fluß entlangführte. Auf der anderen Seite der Gleise verbindet eine geteerte Straße Farrago mit dem verlassenen Weiler und der alten Wetterstation von Rainbow

Point, die auf dem höchsten Hügel der County steht. Auf halber Strecke zwischen Dorf und besagtem Gipfel befindet sich übrigens der Haupteingang zu den Minen von Tuskegee Heights. Wir hatten zwei Möglichkeiten. Wir konnten entweder nach Tuskegee gehen, den Weg durch den Wald zwei Meilen aufwärts nehmen und knapp eine Meile vor dem Schrottplatz auf die Hauptstraße zurückkehren oder, auf die Gefahr hin, eine unliebsame Begegnung zu machen, durchs Dorf laufen. Im ersten Moment wollte ich lieber die Abkürzung nehmen; doch durch das Gestrüpp kroch bereits der Abendnebel, und es würde bald stockduster sein. Durch Farrago zu spazieren war vielleicht ein gewagtes Unterfangen, wie Lieutenant McMarmonn gern zu sagen pflegte, aber ich fühlte mich stark genug, um den Blicken der Einwohner standzuhalten und notfalls vor dem Sheriff zu fliehen, der in den vergangenen Jahren ganz schön Bauch angesetzt hatte, was ja bei Leuten um die Sechzig häufiger vorkommt (zumindest meint das Polly), und der deshalb schnell aus der Puste kam. Ich fragte den Hund, was er dazu meinte:

»Sollen wir lieber durchs Dorf gehen oder die Abkürzung nehmen? Durchs Dorf? Wollen wir Fausto fragen, ob er einen Knochen für dich hat?«

Als der Hund das Wort Knochen hörte, wedelte er mit dem Schwanz, und ich sagte mir, daß ich ihn, von nun an und solange unsere Gemeinschaft dauern würde, Bone nennen wollte. Immer wenn ich seinen Namen rufe, wird er glücklich sein, dachte ich, und so nahmen wir die Straße, die hinunter ins Dorf führte. Ich steckte die Hände in die warmen Manteltaschen. In der einen fühlte ich das Tintenfaß. Ich zog es hervor. Und zu meiner großen Überraschung stellte ich fest, daß es randvoll war mit Scheinen und Münzen. In der Tat hatte ich seit der Sache mit Elijah keine Gelegenheit gehabt, mein Geld auszugeben, darum bot es sich jetzt geradezu an, kurz bei Jo und den Mädchen vorbeizuschauen. Ich trug einen neuen Anzug, hatte mich im Fluß gewaschen und besaß so viel Geld, daß ich sogar die Chefin selbst auf Heller und Pfennig hätte entlohnen können.

»Komm, Bone«, sagte ich, »wir wollen uns ein bißchen amüsieren. Duke kann warten.«

Am Dorfeingang schlug ich, ohne länger an Fausto zu denken, den Weg zum Bordell ein, einem hübschen weißen Belle-Époque-Gebäude, wie Elijah immer sagt, auch wenn er nicht genau weiß, wann diese schöne Epoche eigentlich stattgefunden hat. Meine einzige Sorge war, Ophelia könnte mir immer noch nicht verziehen haben, daß ich mit Polly geschlafen hatte, um ihr meine Männlichkeit zu beweisen, dabei hatte ich doch nur deshalb mit Polly geschlafen, weil Ophelia mich dazu gezwungen hatte.

Als ich vor der Tür stand, zog ich meinen Mantel aus und läutete. Mabel, die Neue, machte mir auf. Sie musterte mich von Kopf bis Fuß, und an ihrem Lächeln merkte ich, daß mein neuer Anzug sie nicht unbeeindruckt ließ.

»Nobel, nobel!« sagte Mabel, und ich wäre beinahe rot geworden, denn es kommt selten vor, daß man mir wegen meiner Klamotten Komplimente macht. Dann sah sie Bone vor meinen Füßen liegen und verzog das Gesicht. »Bone, du bleibst schön hier«, sagte ich zu dem Hund und folgte Mabel, die rasch die Tür hinter uns schloß. Sie führte mich in den kleinen lilafarbenen Salon, in dem die Mädchen warteten, nahm mir den Mantel ab und brachte ihn mit demselben angewiderten Gesichtsausdruck eilig zum Kleiderständer. Mein Herz begann heftig zu pochen. Ich war mir nicht ganz klar darüber, ob ich Ophelia begegnen wollte, und würde also wieder einmal die Qual der Wahl haben, bevor Polly meinem Zaudern ein Ende machte und mich am Arm packte. Polly lag halb ausgestreckt in einem Sessel neben dem Kamin und pfiff bewundernd durch die Zähne, als sie mich eintreten sah.

»Hast du im Lotto gewonnen, Homer?« fragte sie. Ich wollte gerade antworten, als Jo in ihrem grünen Pailletten-kleid aus dem Büro hinzukam und mich streng anblickte, ohne daß ich verstand, warum. Dann sah ich Maud und Piquette im hinteren Teil des Salons auf dem großen Samtsofa sitzen. Maud flocht Piquette das Haar, und Piquette las in einem Filmmagazin. Die beiden sahen hübsch aus, wie sie da so saßen, und ich stellte mir vor, ich würde Ophelias rotes Haar flechten, während sie in einer Zeitschrift über Hollywoodstars blätterte. Doch Ophelia war nirgends zu entdekken. Sonst saß sie immer auf der blauen Couch links von der Treppe oder auf dem Hocker am Klavier, dessen Tasten sie so weich anschlug, daß man die Töne kaum hörte. Vielleicht hat sie einen Kunden, sagte ich mir und fühlte mich erleichtert, irgendwie aber auch enttäuscht.

Um ganz sicher zu sein, drehte ich mich zum Kleiderständer um, dort hing nur mein Mantel. In dem Moment spürte ich, wie eine Hand in meine glitt. Da haben wir's! dachte ich, denn ich nahm an, es sei Pollys Hand. Doch es war Jo. »Hier lang«, sagte sie, schob mich in ihr Büro und schloß die Tür.

»Willst du etwas trinken?« fragte sie mich und goß mir, ohne meine Antwort abzuwarten, einen Scotch ein. »Setz dich.« Sie stellte mein Glas auf den geschnitzten Tisch vor dem weichen Sofa, auf dem sie stets ihre Kunden Platz nehmen läßt. Ich fragte mich, was Jo vorhatte, und als sie sich ganz dicht neben mich setzte, dachte ich, sie würde von mir verlangen, daß ich meine Jacke auszog und mein Hemd aufknöpfte.

Jo ist sehr autoritär, aber zugleich auch sehr aufmerksam. In dieser Hinsicht erinnert sie mich manchmal an Fausto, wenn er einem Kunden zuruft: »Wie ist deine Geschichte?« Fausto begrüßt seine Kunden nur deswegen so barsch, weil er es sich nicht unnötig schwermachen will, was ihn im nachhinein nicht daran hindert, sehr geduldig und liebenswürdig zu sein. Darin ist Jo ihm durchaus ähnlich, dachte ich. Sie kommt gleich zum Wesentlichen, aber danach nimmt sie sich alle Zeit der Welt. Das wußte ich, seitdem ich das Glück gehabt hatte, an meinem Geburtstag mit ihr aufs Zimmer zu gehen. Nur waren wir diesmal in ihrem Büro, und Jo schien nicht dazu aufgelegt, mir ihre verborgenen Reize zu enthüllen, die ich ja ohnehin schon kannte.

Das folgende Gespräch werde ich nie vergessen. Wir redeten völlig aneinander vorbei, und hätte Jo nicht am Ende den Namen Ophelia fallengelassen und mir vorgeworfen, ich habe Ophelia lediglich verführt, um sie unglücklich zu sehen, hätten wir noch die ganze Nacht damit zugebracht.

Dabei hatte ich sogar noch an Ophelia gedacht, während ich mit meinem Glas Scotch in der Hand bei der Chefin auf dem Sofa saß, in ihrem geschmackvoll eingerichteten Büro mit den Stoffbehängen und den alten Lampen, die ein warmes, freundliches Licht verströmten wie Glut in einem Kamin, den Gemälden in den vergoldeten Rahmen und der weichen, blutroten Auslegware. Ich erinnerte mich an meinen letzten Besuch und an Ophelias eigenartiges Gebaren, als ich mir ihre herrlichen Brüste im Dunkeln vorstellen wollte, wie sie mich zwang, mit Polly zu schlafen, mich dann aus ihrem Zimmer jagte und schließlich dorthin zurückholte. Ich dachte an Ophelias Gesicht, ihre Hände, ihre Schultern, ihren Nabel. Ich fragte mich, was mit mir passiert war, als wir uns am Ende liebten, und warum ich sie da zum erstenmal, seit wir uns begegnet waren, in die Arme nehmen, ihre Brüste streicheln und ganz sanft in sie hineinschlüpfen konnte. »Ruh dich aus«, flüsterte Ophelia immer wieder und strich mir mit ihrer langen Hand übers Haar. »Ruh dich aus«, und bis sie mich schließlich küßte, blieben wir, ich weiß nicht wie lange, friedlich auf dem Bett liegen.

Als Ophelia mich auf den Mund küßte und sich ihre Zunge zwischen meine Zähne schlich, ließ ich es geschehen. Und als sie ihren BH öffnete und meine Hände nahm, damit ich sie auf ihre Brüste legte, wurde ich von einem tiefen, fast andächtigen Glücksgefühl erfüllt, einem Glück, das der Strömung eines Flusses ähnelte oder einer großen Welle, die sich bricht und über den rollenden Kies spült. Ich verspürte nicht mehr diese Mischung aus Angst und Verehrung, die mich so oft auf ihr Zimmer geführt hatte, nur um ihren üppigen Busen zu betrachten, der stolz und schwermütig zugleich war, dachte ich, wie jene höchsten Berge, die Duke und ich auf unseren Expeditionen in der Ferne sahen und von denen er sagte, »die können wir nicht besteigen, dafür sind wir nicht ausgerüstet, da brauchten wir spezielle Kleidung und Sauerstoffflaschen«.

Später, nachdem ich sie wieder verlassen hatte, saß ich auf einer Böschung und erinnerte mich an die Morgendämmerung am Ufer des Lake Tahoe, wo Fanny Wells mich zum Mann gemacht hatte, an meine Wange auf ihrem warmen Bauch, an ihre Hände in meinen Haaren und an meine Tränen. In Ophelias Zimmer hatte ich zwar nicht zu weinen angefangen, aber ich hatte wie mit Fanny einen Moment der Erfüllung und des Friedens erlebt und empfand noch immer Dankbarkeit dafür.

Dieses Gefühl, dachte ich, ist immer irgendwie da, wie ein Stück Holz, das auf dem Wasser treibt, sich entfernt und das man wieder zu sich heranholt, bevor die Strömung es fortreißt, oder wie das Licht, von dem Duke immer spricht, überall und nirgends zugleich, oder wie Elijahs schöner Anzug, den er so sorgsam in seinem Kleiderschrank aufbewahrt und immer, wenn ihm der Sinn danach steht, bewundern kann. Natürlich ist diese Dankbarkeit nicht sichtbar, ich sehe sie nicht, wie Duke sein Licht sieht, und trotzdem ist sie präsent, in ein paar Erinnerungen, und wenn diese Erinnerungen mir einfallen, fühle ich mich plötzlich von Dankbarkeit erfüllt. Meine Dankbarkeit ist wie ein ganz junger Welpe, dachte ich, sie wird von allem angezogen, was sich bewegt, sie rennt auf alles zu, auf wen oder was auch immer, sie wird von allem gefesselt und weiß allmählich nicht mehr, wohin zuerst.

An den darauffolgenden Tagen nach diesem denkwürdigen Abend, an dem wir uns so geliebt hatten, blickte ich bei meinen Gefühlen für Ophelia nicht mehr durch. Ich war glücklich, verwirrt und seltsam enttäuscht in einem. War verliebter in sie als zuvor, empfand aber auch Unmut. Sie schien mir näher, zugleich aber auch weiter weg, und als ich bei einem Besuch auf dem Schrottplatz mit Duke darüber sprach, verglich er das Phänomen mit einer Luftspiegelung.

»Es ist wie in der Wüste«, sagte Duke. »Manchmal glaubst du, Bäume oder ein Dorf am Horizont flirren zu sehen, doch je näher du kommst, desto weiter rücken diese Dinge von dir weg. Eigentlich existieren sie nicht. Der Sand spiegelt sie bloß wider.«

»Na, dann existieren sie ja doch«, sagte ich.

»Ja, aber nicht dort, wo du sie zu sehen meinst.«

»Mag ja sein, aber der Unterschied ist doch, daß Ophelia existiert, und wenn ich sie sehe, ist sie dort, wo ich sie sehe.«

»Ja, wenn du sie siehst« sagte Duke. »Aber wenn du sie *nicht* siehst, gaukelst du dir etwas vor. Wenn du an sie denkst, stellst du sie dir näher oder weiter weg vor, und dann verstehst du gar nichts mehr. Im Gegensatz zu dir bin ich mir gar nicht mal so sicher, daß du sie wirklich siehst, wenn du sie siehst, daß du sie dort siehst, wo sie ist. Und da liegt das Problem.«

»Stimmt«, sagte ich. »Und dann weiß ich nicht mehr, was ich tun soll. Einerseits möchte ich sie am liebsten auf den Hals küssen, andererseits würde ich sie gern nur ansehen, wie früher, als ich noch auf ihr Zimmer ging, damit sie mir ihre Brüste zeigte.«

»Da werde ich ja wohl eines Tages selbst mal zu Jo gehen müssen, um mich davon zu überzeugen«, meinte Duke und blickte plötzlich verträumt drein. Wir saßen im Gras, an einem Hang, der zum Fluß hinabführt, und auf einem kleinen Gaskocher, den Duke zusammengeflickt hatte, köchelte ein Lammcurry. Als Duke sagte, er würde sich bei Gelegenheit gern mal Ophelias Brüste anschauen, ärgerte ich mich, auch wenn ich wußte, daß Duke als Heiliger weniger an der

Sache interessiert war als vor allem seine Neugierde befriedigen wollte, wenn er sich persönlich ein Bild von Ophelias Brüsten machen wollte. »Seitdem ihr miteinander geschlafen habt«, sagte er, »weißt du nicht mehr, welchen Kurs du bei ihr einschlagen sollst.«

»Wie meinst du das?«

»Vorher war Ophelia nur eine Luftspiegelung. Und es wäre dir am liebsten, wenn sie immer noch eine Luftspiegelung wäre, aber nun, da du sie im Fleische erkannt hast, weißt du, daß du sie berühren kannst, du hast sogar Lust, sie zu berühren, sie zu riechen, sie wie ein Mann zu lieben, aber du kannst nicht vergessen, was es dir für ein Vergnügen bereitet hat, sie so anzusehen, als würde es sie nicht geben. Wenn du Ophelia siehst, ist sie da und zugleich auch nicht.«

»Überall und nirgends zugleich«, sagte ich und beobachtete bei diesen Worten Dukes Gesicht, sein unversehrtes Auge und sein blindes. Ich dachte, wenn Duke sein berühmtes Licht sehen konnte, dann lag es vielleicht daran, daß er nur auf einem Auge sah. Mit seinem unversehrten Auge sieht er das Licht überall, dachte ich, und mit seinem blinden Auge sieht er, daß es nirgends ist.

»Ja«, sagte Duke, »so ungefähr. Auch du stehst mitten auf einem Feld. Auch du bist bis zu einem Zaun gelaufen. Du kannst nicht mehr zurück, aber du bist auch noch nicht auf der anderen Seite angelangt.«

»Was ist auf der anderen Seite?«

Duke brach in ein lautes Lachen aus, dann verjagte er die Fliegen, die über dem Topf kreisten. Er drehte sich zu mir um, lachte wieder und schlug sich dabei auf die Schenkel, aber er gab mir keine Antwort.

Nach diesem Abend, an dem ich, um Dukes Worte aufzugreifen, Ophelia im Fleische erkannt hatte, wußte ich also nicht mehr, welchen Kurs ich bei ihr einschlagen sollte, auch dies eine Formulierung von Duke. Als ich mich zwei oder drei Wochen später wieder ins Bordell begab, ging ich nicht mit ihr hinauf, sondern mit Polly. Und das darauffolgende Mal begleitete ich Piquette ins obere Stockwerk. Beim erstenmal sagte Ophelia nichts, aber als ich aus dem Zimmer kam, in dem ich mit Piquette geschlafen hatte, fand ich sie im Flur, und da ihre Augen rot waren, begriff ich, daß sie geweint hatte. Wir wechselten kein Wort miteinander, und ich verließ den Puff mit dem Gedanken, daß es zwischen Ophelia und mir nicht gut lief und wir irgendwann mal ein offenes Wort darüber reden müßten.

Ich begriff nicht, warum ich mich trotz meines Verlangens, Ophelia zu sehen und ihr aufs Zimmer zu folgen, erst in Pollys und dann in Piquettes Bett wiedergefunden hatte (genaugenommen sind Piquette und ich nicht miteinander im Bett gelandet, aber das würde jetzt zu weit führen). Ich schwor mir also, beim nächstenmal, wenn mein Fäßchen voll wäre, würde ich zu Ophelia gehen, und anstatt mich zu ihr zu legen, würde ich ihr vorschlagen, mit dem Bus an die Küste zu fahren, um den See-Elefanten Fische zuzuwerfen. Ophelia hatte mir ihre Leidenschaft für See-Elefanten und überhaupt für Meerestiere anvertraut, und so sagte ich mir, daß dies die richtige Entscheidung sei. An jenem Morgen, als Reverend Poach mich in der Kirche auf einer Bank schlafend überraschte, wies ich seinen Fünf-Dollar-Schein zurück und mußte mehrere Nachmittage nacheinander bei Abigail Hatchett arbeiten, um die nötige Summe für mein Vorhaben zusammenzukriegen. Dann schlug ich den Weg zum Bordell ein, aber als ich Maud fragte, ob Ophelia »sich um mich kümmern« könne, antwortete sie mir: »Homer, es ist wohl eher an dir, dich um sie zu kümmern.«

»Glaubst du, Jo ist einverstanden, wenn ich mit ihr an die Küste fahre?«

»Ich denke, Jo wäre glücklich, wenn du mit Ophelia sprichst.«

»Wo ist sie?«

»Auf ihrem Zimmer.«

»Allein?«

Maud sah mich halb mitleidig und halb spöttisch an. Ich ging hinauf und klopfte an Ophelias Tür. Ich wartete einen Moment und klopfte noch einmal.

»Ophelia?«

»Wer ist da?« antwortete Ophelia mit schläfriger Stimme.

»Homer.«

»Hau ab!«

»Bist du beschäftigt?«

»Hau ab! Ich will dich nie mehr sehen«, sagte sie, und ich hörte an ihrer Stimme, daß sie mit den Tränen kämpfte.

»Willst du nicht mitkommen, See-Elefanten angucken?«

Ophelia verstummte. Ich fühlte mich derart hilflos, daß ich auf der Suche nach den richtigen Worten an der Phiole in meiner Tasche herumfingerte.

»Ophelia«, rief ich, und in dem Augenblick beging ich eine riesengroße Torheit, wie mir Fausto später einmal erklärte. »Ophelia, du weißt doch, daß du mir am liebsten bist«, sagte ich. »Lieber als Polly, Piquette und Maud, und sogar lieber als Jo. Glaubst du mir das nicht?«

Bei diesen Worten hörte ich, wie Ophelia zu schluchzen anfing. Da gab ich es auf.

»Homer, du schuldest mir eine Erklärung«, sagte Jo und sah mir dabei geradewegs in die Augen. Sie saß neben mir auf dem Sofa und riß mich unsanft aus meinen Gedanken. Seit dem Zwischenfall mit der Schmiede hatte ich kaum noch an Ophelia gedacht, und in diesen wenigen Sekunden waren alle Erinnerungen mit einer solchen Wucht und Klarheit wieder vor mir aufgetaucht, daß ich einen Augenblick lang nicht wußte, wo ich mich befand.

»Das ist ein Mißverständnis«, sagte ich, wobei ich wieder die Trommel den Hügel hinunterrollen und ins Wasser klatschen sah. Da Jo eine Erklärung von mir verlangte und mich ansah, als wollte sie mich mit Blicken töten, war Ophelia sofort wieder aus meinen Gedanken verschwunden, und aus gutem Grund: Seit dem Unfall mit Elijah war ich überzeugt, alle hätten mich auf dem Kieker, so daß Jo in meiner Vorstellung nur darauf anspielen konnte.

»Ein Mißverständnis?« sagte sie. »Das will ich hoffen. Allerdings befürchte ich, daß sich das nicht so ohne weiteres wieder in Ordnung bringen läßt.«

»Aber sicher, Jo.«

»Das ist leicht gesagt.«

»Gut, es hätte ins Auge gehen können, aber glücklicherweise hat niemand dabei Federn lassen müssen. Außer mir natürlich. Am Ende bin immer ich derjenige, der sich den Ärger einhandelt.«

»Ach, so siehst du das also?«

»Ja und nein. Es stimmt, ich habe einen Fehler gemacht ... aber jetzt fühle ich mich geläutert«, sagte ich in Erinnerung an einen Ausdruck von Reverend Poach. »Ich fühle mich frei. Und ich bin auf niemanden mehr sauer.«

»Ich frage mich, auf wen du auch sauer sein könntest.«

»Ich weiß, es mag komisch klingen, aber es fällt mir schwer, das alles nicht als ungerecht zu empfinden. Gut, ich hätte mich besser unter Kontrolle haben sollen, aber es war stärker als ich.«

»So stark, daß du dich nun erleichtert fühlst?«

»Ja, irgendwie schon.«

»Mehr steckt also nicht dahinter? Du hast bekommen, was du wolltest, und dir einfach mal einen richtigen Spaß erlaubt.«

»Wenn man so will, ja. Oder wie der Reverend sagen würde, ich habe meinen Beutel geleert.«

»Na, wenigstens machst du keinen Hehl daraus, was bei Männern eher selten der Fall ist.«

»Aber wenn er erst einmal leer ist und man keinen Tropfen Bosheit mehr in sich hat, dann fallen alle über einen her. Das ist die Ungerechtigkeit. Aber jetzt sehe ich klarer. Ich akzeptiere es. Ich nehme niemandem mehr etwas übel.«

»Und wem, bitte, könntest du etwas übelnehmen?«

»Dem Sheriff, Elijah und sogar dem Reverend, der alles falsch versteht.«

»Was haben die denn damit zu tun?«

»Alles. Der Sheriff und der Reverend, weil sie darüber entscheiden, was gut und was schlecht ist, obwohl sie nichts davon verstehen. Und Elijah, weil das alles ohne ihn nicht passiert wäre. Schließlich ist es ja sein Plan gewesen.«

»Elijah? Willst du etwa damit sagen, er hat dir geraten, so zu handeln?«

»In gewisser Weise schon. Er hat mich so weit gebracht, daß ich fast explodiert bin.«

»Und du tust natürlich alles, was er dir sagt?«

»Im Gegenteil, ich mache, was ich will, und gerade weil ich mich geweigert habe, ihm zu gehorchen, ist es so weit gekommen.«

»Dann hat Elijah dich also davon abhalten wollen, diesen bösen Streich zu spielen, und das hat dich in deiner Entscheidung bestärkt?«

»Er hatte ja keine Ahnung, der Dummkopf.«

Jo sah mich an, als sei ich der Teufel persönlich. Sie stand auf, schenkte sich einen Scotch nach und leerte das Glas in einem Zug. Aber sie beruhigte sich noch lange nicht. Denn was ich sagte, nachdem sie ihr Glas wieder abgestellt hatte, verwirrte sie noch mehr. Jo war regelrecht schockiert, und um Jo zu schockieren, das ist kein Geheimnis, muß man früh aufstehen.

»Ich habe ihn provoziert. Du weißt es vielleicht nicht, aber Elijah kann es nicht ertragen, in einen engen Raum gesperrt zu sein. Anfangs wollte er sich mit mir prügeln. Aber ich konnte die Situation umkehren, ich habe ihn so lange gereizt, bis er zu mir gesagt hat: ›Du wirst dich noch wundern!‹ und auf allen vieren hineingekrabbelt ist.«

»Willst du damit sagen, daß ihr zusammen wart?«

»Natürlich waren wir zusammen!«

»Alle drei?«

»Nein, nur wir zwei. Der Sheriff wäre ja wohl kaum mitgekommen!«

»Der Sheriff?«

»Er ist unten geblieben, sonst hätte sich der Unfall nicht ereignet. Und Elijah hat wie ein Blödmann angefangen, sich hineinzuzwängen. ›Na, dann schau mal her! Der Kopf ist schon drin. Und jetzt die Schultern, der Rücken, siehst du!‹ Ich hab den passenden Moment abgewartet ...«

Jo ließ sich in einen Sessel fallen. Sie war weiß wie das Natron, mit dem Duke seine Pancakes brutzelte.

»Homer, ich hätte nicht gedacht, daß du derart ...«

Doch ich war so in Fahrt, daß ich sie ihren Satz nicht beenden ließ: »... und als er auch mit den Füßen drin war, habe ich die Trommel mit aller Macht angeschoben.«

»Was für eine Trommel?«

»Die Schmiede.«

»Welche Schmiede?«

»Elijahs Schmiede, welche denn sonst, die wir vom Schrottplatz geholt und den Hügel hinaufgerollt haben «

Diesmal dachte Jo, ich sei komplett durchgedreht. Anfangs hatte sie noch geglaubt, ich würde mich über sie und Ophelia in grausamer Weise lustig machen, aber als ich die Schmiede erwähnte, glaubte Jo wirklich, ich sei reif für die Klapsmühle, wie sie mir Monate später erzählte.

»Homer«, sagte Jo. »Beruhige dich.«

»Ich bin ruhig.«

»Was geschehen ist, ist geschehen, ich wollte nur herausfinden, was für Absichten du hast.«

»Ich konnte einfach nicht widerstehen«, sagte ich.

»Schade. Ich hatte gehofft, wir würden eine Lösung finden. Ich möchte dich nur um eines bitten.«

»Alles, was du willst, Jo.«

»Hör auf, sie zu quälen.«

»Wen?«

»Ophelia! Wen sonst? Und laß dich für eine Weile nicht mehr hier blicken.«

»Jo, warum kommst du mir auf einmal mit Ophelia?«

Erst da bemerkte Jo, daß wir nicht von derselben Sache redeten. Als sie mir Fragen über meine Geschichte mit der Schmiede stellte, begriff ich meinerseits, daß sie weder von der Expedition noch von dem Unfall am Teich wußte. Jo war nur wenige Stunden zuvor aus New Mexico zurückgekommen, und die Mädchen hatten noch nicht die Gelegenheit gefunden, ihr den letzten Klatsch und Tratsch zu berichten. Nachdem sie ihr Gepäck abgestellt hatte, war sie in ihr Paillettenkleid geschlüpft und gleich zu Ophelia ans Bett gelaufen. Sie hatte sie ebenso elend vorgefunden wie am Tag ihrer Abreise. Seit Wochen weigerte sich Ophelia zu arbeiten und schloß sich die meiste Zeit in ihrem Zimmer ein. Ständig weinte sie, und man mußte sie zwingen, etwas zu essen.

»Und das alles ist deine Schuld«, fügte Jo hinzu.

Ich fiel aus allen Wolken, wie Satan, von dem der Reverend sagt, daß er mächtiger als der Herr sein wollte und in einem tiefen Loch endete. Ich hatte mich Ophelia gegenüber schlecht verhalten und war der letzte, der es erfuhr. Aber am meisten erstaunte mich, daß ich den unbändigen Willen verspürte, auf der Stelle hinauf in Ophelias Zimmer zu laufen, auf die Gefahr hin, die Tür einschlagen zu müssen, und sie, auf die Gefahr hin, ein paar Ohrfeigen einzukassieren, in die Arme zu nehmen. Jo bemerkte mein komisches Gesicht und legte ihre Hand auf meine.

»Homer, sag mir, was willst du jetzt machen?«

»Ich weiß es nicht«, sagte ich. »Es ist ein Mißverständnis.«

»Das will ich hoffen«, sagte Jo, und ich fürchtete schon, unser vorangegangenes Gespräch könnte von vorn beginnen.

»Ich wollte ihr nicht weh tun. Ich habe ihr sogar vorgeschlagen, den Nachmittag gemeinsam in Santa Cruz zu verbringen und See-Elefanten anzugucken.«

»Das ehrt dich«, sagte Jo mit ihrer versöhnlichsten Stimme. »Aber willst du ihr, abgesehen von den See-Elefanten, nichts anderes vorschlagen?«

»Ich kann es kaum erwarten«, sagte ich. »Aber wenn sie sich schon weigert, mit mir in den Bus zu steigen, weiß ich nicht, was ich noch tun könnte.«

»Das wird sich alles richten«, sagte Jo. »Es ist nur eine Frage des guten Willens.«

»Zur Zeit bin ich der gute Wille in Person. Ich habe so viel davon, daß ich gar nicht weiß, wohin damit.«

»Dann ist nichts verloren.«

»Aber ich kann nicht alles allein machen. Von Ophelia muß auch etwas kommen.«

»Das verstehe ich«, sagte Jo, »und darum wirst du dich über das, was ich dir jetzt sagen werde, sehr freuen. Wenn du bereit bist, sie zur Frau zu nehmen, sollst du wissen, daß Ophelia bereits einverstanden ist. Seit dem Tag, an dem sie dir begegnet ist, bezweifelt sie, den richtigen Beruf gewählt zu haben, und darum wird sie, wenn du sie um ihre Hand bittest und alle nötigen Vorkehrungen getroffen sind, das Haus verlassen und natürlich auch das Kind behalten.«

Wie versteinert blieb ich sitzen. Ein starkes Erdbeben hätte die Region erschüttern, den ganzen Wald niedermähen und Josephine Haggardys Puff in Schutt und Asche legen können, ich hätte mich nicht gerührt. Ich spürte ein Kribbeln in den Fingern, und mein Mund wurde ganz trocken, als hätte ich seit dem Vortag nichts getrunken. Ich wollte den Arm heben, um mich an die Stirn zu fassen, aber er war so schwer wie ein Amboß, und plötzlich schoß mir ein idiotischer Gedanke durch den Kopf und begann wie eine Flipperkugel gegen meine Schädelwände zu prallen. Gott sei Dank habe ich weder Führerschein noch Jagdgewehr, dachte ich, sonst würde man sie mir abnehmen, Gott sei Dank habe ich keinen Führerschein, diesen Satz wurde ich nicht mehr los. Jo, die bestimmt glaubte, daß ich gerade ein unbeschreibliches

Glück durchlebte, stand auf, ging um den Schreibtisch herum und kramte in ihren Papieren.

»Homer, hör dir das mal an«, sagte Jo. »Es ist eine Stellenanzeige vom Rathaus: ›Suchen erfahrenen Mann für Stelle als Förster. Abschluß nicht erforderlich, dafür aber ausgezeichnete Kenntnisse von den Wäldern und der Gegend um Farrago sowie ein ausgeprägtes Verantwortungsgefühl. Bei Interesse wenden Sie sich bitte an das Rathaus.‹

Was sagst du dazu?«

Ich konnte darauf nichts erwidern, aber wenigstens erlösten mich Jos Worte von dieser Geschichte mit dem Führerschein und dem Jagdgewehr. Statt dessen hörte ich nun Jos Stimme, die in einer Endlosschleife die Stellenanzeige des Rathauses wiederholte, und ich glaubte mich im nächsten Moment übergeben zu müssen.

»Du kannst nicht immer so weiterleben wie ein Landstreicher«, sagte Jo. »Wenn man zu zweit – was sage ich zu zweit, zu dritt! – lebt, kann man nicht mehr so einfach im Freien übernachten und alle Jubeljahre bei Abigail Hatchett arbeiten, um bei Josephine Haggardy mal ab und zu 'ne Nummer zu schieben. Und man kann es sich nicht mehr erlauben, ganze Tage in Elijah Sommers Gesellschaft zu verbringen und über Gott und die Welt zu sprechen oder einmal im Jahr mit Saint Duke loszuziehen. Dann hat man Verpflichtungen, man hat eine Familie zu ernähren. Aber dafür wird man auch entschädigt, und wie man entschädigt wird!« sagte Jo, die offensichtlich ihre gute Laune wiedergefunden hatte. »Kannst du dir eine herrlichere und verführerischere, sanftere und vollkommenere Frau vorstellen als Ophelia? Kannst du dir eine reizvollere, passendere, ehrenvollere und angesehenere Tätigkeit vorstellen als die des Försters?«

»Nein«, brachte ich hervor, und versuchte meinen Speichel hinunterzuschlucken.

»Meinst du, du wirst den nötigen Mut und die nötige Entschlußkraft dafür haben?«

»Ja«, sagte ich, denn das wollte sie schließlich hören, und irgend etwas mußte ich ja antworten.

»Liebst du Ophelia?«

»Ja.«

»Bist du wirklich in sie verliebt?«

»Ja.«

»Restlos verliebt?«

»Ja«, sagte ich etwas lauter, weil ich ganz wider Willen von Jos Begeisterung angesteckt wurde, als sie nach jeder Frage mit der Faust auf den Tisch schlug und ihre Stimme anschwoll wie die von Reverend Poach während der Predigt.

»Willst du mit ihr den Bund der Ehe schließen, in guten wie in schlechten Zeiten?«

»Ja.«

»Bis daß der Tod euch scheidet?«

»Ja.«

»Und dafür sorgen, daß euer Kind gut genährt und gekleidet ist?«

»Ja.«

»Und daß es zur Schule geht?«

»Ja.«

»Willst du diesen Job annehmen, Homer?«

»Ja.«

»Willst du Ophelia heiraten, Homer?«

»Ja!«

»Ist das wirklich dein Wunsch?«

»Ja!«

»Hast du den nötigen Mumm?«

»Ja, Jo!« rief ich und sprang auf, wie von der Tarantel gestochen. Jo kam auf mich zu, ergriff meine Hände und gab mir einen schallenden Kuß auf die Stirn.

»Homer, ich sehe, aus dir kann noch was werden!« sagte sie. »Nun aber geh schnell zu Ophelia, und wiederhole Wort für Wort, was du mir eben gesagt hast.«

»Aber Jo, wer sagt dir, daß ich diesen Job auch bekomme? Er könnte schon an einen anderen vergeben sein. Duke hat mir davon erzählt, aber das ist schon mehrere Wochen her.«

»Der Bürgermeister hat mir versprochen, ihn für dich freizuhalten.«

»Wie das?«

»Er mag mich eben, und gewisse Dinge sollen sich nicht herumsprechen.«

»Aber Jo«, sagte ich, »verstehst du denn nicht, ich habe ziemlichen Mist gebaut, der Sheriff will mich verhaften, Richter Merrill will mich vorladen, Reverend Poach führt mich bestimmt in allen seinen Predigten als abschreckendes Beispiel an, wie soll ich unter diesen Bedingungen den Job kriegen?«

»Stimmt, da ist noch der Sheriff«, sagte Jo und dachte ein paar Sekunden nach. »Aber mach dir keine Sorgen, wir finden schon eine Lösung. Und jetzt nimm das hier, und lauf schnell zu deiner Verlobten!«

Jo drückte mir etwas in die Hand, und ich wankte wie ein Betrunkener aus dem Büro. Als ich durch den Salon ging, hörte ich wie von fern Polly, Maud, Piquette und Mabel miteinander schwatzen und mir ins Ohr kreischen. Sie tanzten alle vier um mich herum. Ich spürte zwar, wie mir die eine mit ihrem Kamm durch die Haare fuhr, die zweite mich mit Parfüm besprühte und die dritte mir eine Blume ins Knopfloch steckte, aber mir war, als ob ich durch Sprühregen liefe, und Josephines Mädchen erschienen mir wie durch einen Dunstschleier. Dann stieg ich, noch immer von Nebel umgeben, die Stufen hinauf und gelangte zu dem Zimmer, in dem Ophelia darauf wartete, daß ich ihr meine Liebe gestand, wenn es stimmte, was Jo gesagt hatte. Vor der Tür öffnete ich die Hand und sah eine kleine Schatulle. Darin glitzerten zwei Verlobungsringe.

Mit Speck fängt man Mäuse, dachte ich und klopfte dreimal leise an die Tür, wobei ich mich fragte, ob ich nicht träumte und jeden Augenblick am Flußufer aufwachen würde, mit Bones feuchter Schnauze an meiner Nase.

»Wer ist da?« fragte Ophelia mit matter Stimme.

»Homer.«

»Hau ab!«

»Ophelia, mach mir auf.«

»Lieber krepier ich.«

»Ophelia, mach mir auf, oder ich trete die Tür ein!«

Meine Drohung brachte sie offensichtlich ins Grübeln, denn diesmal blieb sie stumm.

»Mach auf!« sagte ich.

»Du würdest für mich die Tür eintreten?«

»Natürlich«, sagte ich.

»Und dann?«

»Was dann?«

»Was machst du dann?«

»Dann werfe ich mich dir zu Füßen und schließe dich in meine Arme!«

»Ist das wahr?« sagte Ophelia, wobei ihr die Stimme fast versagte.

»Natürlich ist das wahr. Du kannst mich soviel kratzen und ohrfeigen, wie du willst, ich werde dich umarmen und dich küssen, du hast keine Chance.«

»Die Tür ist offen.«

Ich drehte den Türknauf, und tatsächlich, sie war nicht verschlossen. Ophelia stand im Zimmer, mit einem Morgenmantel bekleidet. Mir fiel sofort auf, daß sie stark abgenommen hatte. Sie war immer noch genauso schön, aber ihre Gesichtszüge traten deutlicher hervor, und auch ihre Haltung war irgendwie verändert. Ihre Augen glänzten, und in ihrem Blick lag eine Entschlossenheit, die ich nie zuvor bei ihr gesehen hatte. Ophelia war kein Mädchen mehr. Sie war eine Frau geworden. Dabei sah sie müde aus, ja erschöpft, ihre Haut war blasser als sonst, ihre Sommersprossen waren fast nicht mehr zu sehen, und ihre Haare wirkten dunkler, aber, wie ich Duke später erzählte, im schummrigen Licht des Zimmers schien sie mir zu strahlen.

Anstatt mich auf sie zu stürzen und sie in die Arme zu nehmen, blieb ich reglos in der Tür stehen. Ophelia konnte mich nun ihrerseits in Ruhe mustern. Sie sah, daß ich einen neuen Anzug trug und in meinem Knopfloch eine Blume steckte, sie sah die Schatulle, die ich in der Hand hielt, aber sie sah auch, daß ich mich nicht rührte.

»Worauf wartest du?« fragte sie sehr sanft.

»Auf nichts.«

Ich überwand die paar Schritte, die uns trennten, und schloß sie in die Arme. Gern hätte ich sie ganz fest an mich gedrückt, aber ich hatte keine Kraft. Ophelia fröstelte. Sie rieb ihre Wange an meinem Hals. Sie roch gut. Plötzlich löste sie sich aus meiner Umarmung, hob in einem jähen Wutausbruch ihren Stöckelschuh vom Boden auf und schleuderte ihn mir ins Gesicht. Ich konnte dem Geschoß gerade noch ausweichen, und der Schuh prallte gegen die Armlehne des Sessels.

»Was soll mir das schon ausmachen? Ich werde das Kind einfach aussetzen, und das Leben wird weitergehen wie bisher. Vielleicht wird es sogar besser zurechtkommen als ich. Dazu gehört ja nicht viel!«

Ophelia zitterte am ganzen Leib. Ich dachte an die Fußmatte, auf der mich eines Morgens die Müllmänner in Aptos an der Küste gefunden hatten, einen Säugling, der in ein Handtuch gewickelt war und schrie, weil er Hunger hatte und fror. Diese Geschichte erzählte mir die Dame vom Waisenhaus an dem Tag, als ich die Einrichtung verließ, um fortan bei den Kebbles in Farrago zu leben. Die beiden Müllmänner hörten meine Schreie, öffneten das Gartentor, und einer von ihnen hob mich auf, und während er mich rubbelte, um meinen Kreislauf anzuregen, klingelte der andere an der Tür von Worth Bailey, dem Präparator. Bailey glaubte, es handle sich um einen schlechten Scherz. Und er konnte auch später nicht sagen, warum ich ausgerechnet vor seiner Tür ausgesetzt worden war und nicht anderswo, und die polizeiliche Ermittlung kam zu dem Ergebnis, er komme in Anbetracht der Tatsache, daß er seine eigene Frau nie hatte schwängern können und die Ärzte ihn nach allerlei Untersuchungen für unfruchtbar erklärt hatten, nicht als mein Vater in Frage.

Dennoch behandelte Bailey mich recht gut. Während meiner Zeit im Waisenhaus besuchte er mich mehrmals, und zu Weihnachten kriegte ich immer etwas geschenkt. Baileys Geschenke waren zwar mitunter etwas merkwürdig (einmal bekam ich eine Arzttasche, eine Konserve mit Seeohren und einen mit Stroh ausgestopften Uhu, der allen Kindern Alpträume bereitete und schließlich von der Direktorin beschlagnahmt wurde), aber er schenkte mir auch eine Rohrpfeife, ein Buch über Lokomotiven, eine Wasserpistole (ebenfalls beschlagnahmt) und das gute alte Klappmesser, das ich seither immer bei mir trage. Als ich auf Intervention von Reverend Poach nach Farrago zog, war dann Schluß mit Baileys Paketen und Besuchen.

Es gab mir einen Stich, als Ophelia sagte, sie würde ihr Kind aussetzen. Sie war auch eine Waise. Ihre Mutter, die an einer schweren Grippe gestorben war, hatte sie kurz vorher ihrer Schwester anvertraut, die sie so schlecht behandelte, daß die Nachbarn von gegenüber wegen des fürchterlichen Lärms schließlich die Polizei riefen und Ophelia mit sieben Jahren in ein Heim kam, das von Nonnen geführt wurde. Mit Vierzehn fand sie dann Arbeit in einer Wäscherei in Oakland, zu dem Zeitpunkt lernte sie auch einen Gauner namens Jim Rookey kennen, verliebte sich in ihn und begann auf den Strich zu gehen, damit er im Restaurant essen, schicke Sachen tragen und mit seinem Auto prahlen konnte.

Nein, dachte ich, als ich mir das Baby in einem Gitterbettchen im Schlafsaal eines Waisenhauses vorstellte, das werde ich nicht zulassen, das kommt nicht in Frage. Ich ging auf Ophelia zu, nahm ihre Hände und sagte: »Ophelia, wir werden dieses Kind großziehen. Es soll ihm nicht so ergehen wie uns. Niemals! Ich werde Förster, du wirst hier kündigen, und wir werden ein Haus haben.«

»Ein Haus?« fragte Ophelia hoffnungsvoll.

»Ein Haus, einen Garten, einen Hund, eine Hundehütte, vielleicht einen Transporter«, sagte ich, wobei ich mich fragte, ob es mir wohl gelingen würde, den Führerschein zu machen.

»Katzen, mir sind Katzen lieber.«

»Gut, dann eben Katzen, lauter Katzen und einen Rasenmäher.«

»Und ein Zimmer für unser Kind.«

»Natürlich, ein Zimmer für das Kind, eins für uns und ein weiteres für die Gäste.«

»Werden wir denn Gäste haben?«

»Wie wir wollen.«

»Ich kenne niemanden.«

»Wir könnten Elijah einladen, falls ich mich je wieder mit ihm versöhnen sollte.«

»Er hat doch selbst ein Haus.«

»Stimmt, wir könnten aber auch deine Freundinnen einladen, Polly, Piquette ... wen du willst.«

Ophelia schnappte zu wie eine Auster, und mir wurde klar, daß ich gerade etwas Falsches gesagt hatte.

»Warum nicht gleich Sarah Conolly, das Mädchen, das sich in den Fluß gestürzt hat? Ihretwegen bist du, ohne zu zögern, ins Wasser gesprungen und hast sie herausgefischt.«

»Sie war am Ertrinken.«

»Warum gehst du nicht gleich zu ihr!«

»Ich habe nicht die geringste Lust, zu Sarah Conolly zu gehen. Nur weil man jemanden zum Essen einlädt ...«

»Siehst du, schon fängst du damit an!«

»Womit?«

»Mich zu betrügen!«

»Ophelia, wie soll ich dich denn betrügen, wo wir noch nicht einmal verheiratet sind? Hier, guck mal«, sagte ich und zeigte ihr die beiden Ringe in der Schatulle.

»Der eine ist für dich und der andere für mich.«

Ich nahm den einen Ring heraus und streifte ihn Ophelia über den Finger. Dann streifte ich den anderen über meinen Zeigefinger. Ophelia, durch die Ringezeremonie besänftigt, setzte sich aufs Bett, und ich setzte mich dazu.

Wir blieben eine ganze Weile so sitzen und betrachteten unsere Hände.

»Ist ein komisches Gefühl«, sagte Ophelia.

Ich konnte ihr nicht widersprechen, denn ich kam mir vor, als spielte ich in einem dieser Liebesfilme mit, in die mich Ophelia öfters geschleppt hatte. Eine auf die Schnelle einstudierte Rolle, dachte ich. Aus heutiger Sicht muß ich sagen, Jo hat an diesem Abend wirklich Genialität bewiesen. Denn als ich ihr Büro verließ, sah ich mich bereits in der Uniform des Försters vor unserem Hauseingang und küßte Ophelia, bevor ich in meinen Transporter stieg und zur Arbeit in den Wald fuhr, so überzeugend war sie gewesen.

»Wie wollen wir es nennen?« fragte Ophelia.

Sie lächelte halb fröhlich und halb traurig.

»Ja, stimmt, wie wollen wir es nennen? Aber überhaupt, warum hast du mir nicht gesagt, daß du schwanger bist?«

»Du hättest es doch erraten können!« rief Ophelia, und ihre Sommersprossen begannen zu glühen.

»Und du bist sicher, daß es von mir ist?«

Ophelia sah mich an, als wollte sie mich töten. Meine Frage hatte sie furchtbar verletzt. Sie biß sich einige Sekunden auf die Lippen und gab mir schließlich eine Ohrfeige.

»Verzeih«, sagte ich. »Es ist doch nur, weil ...«

»Es ist doch nur, weil man bei all den Kerlen, die über mich drübergestiegen sind, ja nie wissen kann, stimmt's? Glaubst du, ich passe nicht auf?«

»Ja, aber bei mir ...«

»... habe ich es vergessen«, sagte Ophelia mit herausfordernder Miene und stand auf. »Und da glaubte ich, du würdest etwas für mich empfinden.«

»Ich empfinde etwas für dich.«

»Was empfindest du?«

»Gefühle, die man nicht erklären kann.«

»Liebst du mich?«

»Ja«, sagte ich.

»Und als du Elijah und den Sheriff umbringen wolltest, hast du mich da auch geliebt, hast du da auch an mich gedacht?«

»Warum kommst du mir jetzt damit?«

»Glaubst du, ich hätte Lust, einen Verbrecher zu heiraten? Was sollen denn die Leute sagen? Warst du noch nicht im Gefängnis, oder haben sie dich schon wieder entlassen?«

Ich antwortete nicht. Es steckte ein Funken Wahrheit in Ophelias Vorwürfen, und ich schwor mir, künftig besser aufzupassen. Ich bin nicht mehr allein, dachte ich, und dieser Satz hallte in mir wider wie ein Echo in den Bergen. Ich war nicht mehr allein. Ich konnte es kaum glauben. Ich fühlte mich wie einer dieser Auserwählten, von denen Reverend Poach immer spricht, wie eine dieser überlebensgroßen Figuren (so nennt Lieutenant McMarmonn den General MacArthur oder Admiral Nimitz), die zu einer Zeit lebten, da die Welt noch voller Propheten, Ägypter, wundersamer Fischzüge und Dromedare war.

»Außerdem werden wir nie kirchlich heiraten können.«

»Warum?«

»Na, dann frag mal Reverend Poach.«

»Das ist nicht schlimm«, sagte ich. »Hauptsache, wir sind nicht mehr allein.«

Und Ophelia legte mir ihre Hand in den Nacken. Sie zog mich zu sich heran, und wir ließen uns eng umschlungen auf die Matratze fallen. Mit einemmal begriff ich, daß ich sie liebte, daß ich sie wirklich liebte, wie ein Mann eine Frau liebt, und daß ich es immer gewußt hatte. In der Nacht zuvor, während Fausto mir seine Begegnung mit Bess Brown schilderte, hatte ich an Ophelia gedacht und mich sogar gefragt, ob unsere Liebe, wie die von Bess und Fausto, tatsächlich am ersten Abend entstanden war, als ich sie im Salon am Klavier hatte sitzen sehen. Aber zwischen dieser unausgesprochenen Frage und dem, was ich nun empfand, war ein ebenso großer Unterschied wie zwischen Lieutenant McMarmonns Landkarte und der Gegend selbst mit ihren riesigen Bäumen, ihrem Geruch nach Moos, Rinde und Harz, ihren Sonnenstrahlen, ihren Nebelschwaden, ihren klaren Wasserfällen und ihren alten, einsamen Hirschen, die man manchmal durchs Laub hindurch in der Ferne vorbeiziehen sieht. Ophelias grüne Augen spiegelten, genau wie meine, unendlich viele Gefühle, Gedanken, Wünsche und Fragen, es gab in ihnen so viele Dinge zu sehen, Hoffnung, Zärtlichkeit, Dankbarkeit, Verlangen und Angst. Wir wollten uns nicht mehr loslassen, und ich hätte mir gewünscht, die Zeit wäre stehengeblieben, jetzt auf der Stelle, einfach so. Aber weil die Zeit eben nie stehenbleibt, hielten wir uns so fest, klammerten wir uns so eng aneinander, daß wir uns gegenseitig fast erdrückten.

Ophelia und ich sind noch einmal davongekommen, dachte ich und drückte sie noch fester an mich. Ich sagte mir, wir wären gerettet, wenn ich sie nur in mich hineinschlüpfen lassen oder in ihr verschwinden könnte. Es war ein merkwürdiger Gedanke, aber alles war so merkwürdig. Mir war, als lägen wir auf einem Floß mitten im Meer und trieben zwischen riesigen Wellen dahin, obwohl wir uns doch nur auf ihrem Zimmer zwischen vier roten Wänden befanden und es nichts zu befürchten gab. Mir war, als wollten ihre und meine Haut um jeden Preis miteinander verschmelzen, unsere Lippen sich vereinen und als läge etwas Anomales und zutiefst Ungerechtes in der Tatsache, daß unsere Körper getrennt waren und wir trotz aller Anstrengungen und allem Verlangen, das wir empfanden, nie so verwachsen sein könnten wie die siamesischen Zwillinge, die ich mir Jahre zuvor in Capitola auf dem Jahrmarkt angesehen hatte.

Die einzigen Dinge, die sich wirklich mischten, waren die Empfindungen, die ich in Ophelias Augen sah, diese vielen kleinen Lichter, und in meiner Kehle und meiner Brust verwischten die Unterschiede zwischen Schmerz und Glück. Wir waren verbunden durch Sorge und Glück, unseren Körpern jedoch gelang eine solche Vereinigung nicht. Das ist sicherlich der Grund, warum wir uns so heftig liebten, uns kratzten, kniffen, an den Haaren zogen und beinahe blutig bissen. Ophelias Haar schien in Flammen zu stehen, ihre weiße Haut leuchtete, und als ich die Augen schloß, sah ich Glühwürmchen umherfliegen. Ophelia weinte, während wir uns liebten, auch das war neu für mich, ich hatte nicht gewußt, daß es so was gab. Und auf meine Art weinte auch ich, ich spürte meine Tränen innerlich fließen, als versuchten sie die brennende Sonne in meinem Bauch zu löschen. So viele Empfindungen – wie ein stürmischer Tag auf der Anlegestelle von Santa Cruz, wenn die riesigen Wassermassen gegen die Felsen krachen und sich brodelnd in den heulenden Wind und unter die eisigen Regenböen zurückziehen, die über den Ozean jagen und die Gesichter peitschen –, soviel Gewalt und soviel Güte lagen in Ophelias Händen und in ihren feuchten Augen.

Nachdem wir uns wieder beruhigt hatten, spürte ich erstmals nicht mehr diese besondere Erschlaffung und Melancholie, die mich nach dem Sex immer befällt, weil der Moment vorbei ist und man gehen muß. Die Liebe war noch immer da, unversehrt, und glitt unablässig Welle um Welle über unsere Körper. Ich flog von einer neuen Erfahrung zur nächsten, das ist fast zuviel für einen einzigen Mann, dachte ich, aber gleich darauf, als wäre ich nur für einen Augenblick von einer breiten Straße abgewichen, die sich pfeilgerade bis zum Horizont hinzog, dachte ich an nichts mehr, die Tür hatte sich geöffnet und würde sich nicht mehr schließen, das war alles, die Tür hatte sich geöffnet, und wir hatten das Reich Gottes betreten.

Ophelia atmete dicht an meinem Mund. Ich hörte ihre Atemzüge ruhiger und regelmäßiger werden. Sie war eingeschlafen. Ich spürte, wie ihr Herz gegen meine Rippen pochte. Ich dagegen war hellwach, nicht mal die Augen konnte ich geschlossen halten, geschweige denn, daß ich Schlaf finden würde.

6

Bei Morgengrauen, als die Sonne gegen die Fensterscheiben knallte, stand ich lautlos auf. Trotz dieser zweiten durchwachten Nacht war ich nicht müde und konnte einfach nicht mehr still daliegen. Ich mußte mir unbedingt die Beine vertreten und durch den Wald gehen. Ich wollte zum Schrottplatz und Duke die unfaßbare Neuigkeit mitteilen, daß ich verliebt war und von Ophelia geliebt wurde, daß sie ein Kind erwartete, ich mußte unbedingt mit jemandem darüber sprechen, sonst würde ich es nie glauben können. Duke ist der ideale Ansprechpartner, dachte ich, und in dem Moment begriff ich, was er mir an jenem Abend, als er Ophelia mit einer Luftspiegelung verglich, hatte sagen wollen.

»Auch du stehst mitten in einem Feld. Auch du bist bis zu einem Zaun gelaufen«, hatte Duke gesagt. »Du kannst nicht mehr zurück, aber du bist auch noch nicht auf der anderen Seite angelangt.«

Nun war mir alles klar. Es war die Liebe, die mich seit dem ersten Tag auf der anderen Seite erwartete, und ich war soeben über den Zaun gesprungen.

Während ich mich anzog, betrachtete ich die schlafende Ophelia. Sie war so schön, so stark und so zerbrechlich. Ich konnte der Versuchung nicht widerstehen, das Laken, das sie bedeckte, beiseite zu schieben und sanft ihren Bauch zu berühren, um das Baby zu fühlen. Doch Ophelias Bauch war überhaupt nicht dicker geworden, er war eher noch dünner als sonst. Ich fand es merkwürdig, daß Ophelia schwanger war und gleichzeitig abgenommen hatte. Wahrscheinlich liegt es an mir, dachte ich, weil ich nichts hatte verstehen wollen und Ophelia wegen ihres Kummers allen Appetit verloren hatte.

Die Sonne schien aufs Laken und auf Ophelias Beine, sie schien auf die kleine Kommode neben der offenen Badezimmertür, auf die weißen Fliesen, auf die Wasserhähne über der Badewanne. »Dies ist ein großer Tag«, flüsterte ich. Ophelia bewegte sich, sie drehte sich auf den Rücken und murmelte irgend etwas. Ich fand, Jo hätte recht, die Ehe war voller Pflichten, aber sie bot auch Entschädigungen, die erste von ihnen war, jede Nacht mit der Frau verbringen zu können, die man liebt, ein wenig vor ihr aufzuwachen und sie im Schlaf zu betrachten. Ich hatte Ophelia nie schlafen sehen, und ich muß sagen, daß ich eine tiefe Befriedigung dabei empfand und mich sogar beruhigt fühlte. Denn bisher hatte Ophelia auf mich immer wie eine jener Zeitbomben gewirkt, von denen Lieutenant McMarmonn sprach und die man während des Ersten Weltkriegs entwickelt hatte, aber eine Zeitbombe, die beliebig oft explodierte und deren Zünder man immer wieder auf Null stellen konnte in Erwartung der nächsten Explosion. Manchmal explodierte sie vor Wut, manchmal vor Freude, und dazwischen lagen etwas ruhigere Phasen, die jedoch nie lange währten. Der Vorteil, wenn wir verheiratet sind, dachte ich, ist, daß ich jeden Moment von Ophelias Leben mit ihr teilen werde, den Mittagsschlaf und die Nächte inbegriffen, so daß ich alle Zeit der Welt haben werde, sie im Schlaf zu betrachten und ihr leises Schnarchen zu hören.

Ich ging auf Zehenspitzen aus dem Zimmer und stieg die Treppe hinab. Der lila Salon war menschenleer. Ich nahm meinen Mantel, und da die Eingangstür abgeschlossen war, stieg ich durch das Fenster ins Freie. Draußen, im Gras, lag Bone und wartete auf mich.

»Bone«, sagte ich, »ich bin drauf und dran, mich zu verheiraten. Und du bist der erste, der es erfährt.«

Er wedelte mit dem Schwanz. Wir schlugen den Weg Richtung Dorf ein. Die Luft war würzig, und der Nebel, der sich überm Ozean bildete, würde Farrago nicht erreichen, bevor die Sonne ins Tal und auf die Dächer der Häuser schiene. Während ich zur Landstraße hinunterlief, breitete sich das Tal immer weiter vor mir aus. Einige Kamine rauchten, und die Neonreklame vom Golden Egg, dem Diner von Fred und Maria Dill, blinkte. Das übrige Dorf war wie ausgestorben. Als ich an der Kirche vorbeikam, sah ich, daß es erst kurz vor sechs war. Der Lebensmittelladen hatte noch nicht geöffnet. Die Rolläden waren noch unten und die Fenster im ersten Stock abgedunkelt. Heute nacht, während ich an Ophelias Seite geschlafen habe, hat Fausto zwanzig neue Briefe an John Smith verfaßt, dachte ich und fragte mich, welcher Tag heute sei. Anderthalb Stunden später erreichten wir die Deponie mit ihren Bergen von Müll, ihren von Gestrüpp überwucherten Schotterhaufen und glitzernden Karosserien.

Duke war schon auf. Er saß im Gras und trank Kaffee, während er zusah, wie sein Omelett auf dem Gaskocher brutzelte. Als er Bone und mich auf sich zukommen sah, lud er uns ein, mit ihm zu frühstücken. Bone bekam die Eierschalen und einen Rest Chili con Carne, während ich die eine Hälfte des Omeletts aß und drei Tassen Kaffee trank. Wir aßen schweigend, und mir fiel auf, daß Duke und Fausto sich in manchem ähnlich waren, beide redeten ungern beim Essen und setzten generell ihre Ehre daran, immer nur eine Sache auf einmal zu machen. Dann spülte Duke die Pfanne und die Teller in einer großen Schüssel ab und ging sich waschen.

Hinter dem Schrottplatz führt ein Pfad den Abgrund entlang und dann steil hinunter zu einem Bach, der sich durch hohe, zerklüftete Felsen schlängelt und sich während der Schneeschmelze in einen wahren Sturzbach verwandelt. Dort badete Duke jeden Morgen im eiskalten Wasser und putzte sich die Zähne. Er benutzte keine Zahnpasta sondern eine Mixtur aus Kräutern, deren Geheimrezept ihm eine alte Indianerin verraten hatte. Bei der Gelegenheit füllte er auch zwei, drei Kanister mit Wasser, die er zur Deponie zurücktrug. Doch er trank dieses Wasser nicht, sondern nahm es für den Abwasch oder um sich das Gesicht und den Kopf zu benetzen, wenn die Sonne zu stark brannte.

Duke versteht es, die Dinge richtig anzupacken, dachte ich. Mit der bescheidenen Invaliditätsrente, die er wegen seines blinden Auges erhielt, deckte er sich nicht nur mit dem Notwendigen ein, sondern selbst mit dem Überflüssigen, um einen Ausdruck von Elijah zu gebrauchen. Er hatte beim Lebensmittelladen ein Konto eröffnet, und jede Woche, wenn Fausto ihm bei seiner Runde die Kiste mit den bestellten Waren brachte, gab er ihm die Liste für die nächste Woche mit. Lieferungen frei Haus, wenn man auf einer Mülldeponie lebt, sind der Gipfel des Luxus, dachte ich. Und da ihm immer ein wenig Geld übrigblieb, machte Duke gern mal eine kleine Freude oder ein Geschenk. Elijah hatte irgendwann eine Dose für Dukes Ersparnisse aufgetrieben, und Duke bediente sich daraus nach Lust und Laune, wie ein König aus den Truhen seiner Schatzkammer, um einen weiteren Ausdruck von Elijah zu verwenden. In einem Sommer, bevor wir wieder auf Bergtour gingen, hatte er mir sogar ein neues Paar Wanderschuhe gekauft. Seitdem trage ich sie ständig, und ich kann mich nicht erinnern, je ein schöneres Geschenk bekommen zu haben. Während der warmen Jahreszeit schlief Duke draußen. Und wenn die Nächte frisch wurden, fand er Unterschlupf im hinteren Teil eines VW-Busses, dem er die Räder abgeschraubt hatte und der nun auf einem Bett aus Ziegelsteinen ruhte.

Duke war wieder oben auf dem Weg angekommen mit einem Kanister unter jedem Arm und setzte sich zu mir ins Gras. Bone hielt den Zeitpunkt für gekommen, sich seinerseits aufzumachen, den Weg zu erkunden und sein neues Revier zu markieren. Ich sagte mir, daß seine Harnreserven ihm nie erlauben würden, das ganze Gelände zu umrunden, aber derartige Überlegungen haben einen Hund wohl noch nie von seiner Arbeit abgehalten, und so war es dann auch, bereits nach drei, vier Pinkelpausen kapitulierte die Hundeblase, doch Bone setzte sein Werk unbeirrt fort.

Ich mußte an Fausto denken und an die vielen Stunden, die er jede Nacht mit Briefeschreiben verbrachte. Wenn Fausto den letzten Brief geschrieben und ihn an den letzten John Smith auf seiner Liste verschickt haben würde, und angenommen, er hätte in der Zwischenzeit keine Antwort erhalten, würde er dann fortfahren, den Brief abzuschreiben, würde er noch mal ganz von vorn anfangen? Würde er nach all den Jahren die Hoffnung fahrenlassen, John Smith doch noch aufzuspüren, oder würde er beharrlich weitermachen wie Bone, der alle zehn Meter anhielt, das Bein hob und so tat, als ob er pinkelte? Ich wußte darauf keine Antwort, aber ich dachte, daß Fausto wieder einmal recht gehabt hatte damit, daß ich meine Gedanken immerzu analysierte und die Dinge gern in einen Zusammenhang stellte.

»Duke«, sagte ich, »erinnerst du dich noch, wie du mir erklärt hast, ich wüßte in bezug auf Ophelia nicht mehr, welchen Kurs ich einschlagen sollte?«

»Und jetzt spielen dir deine Hände einen Streich«, antwortete Duke, während er einen Marienkäfer betrachtete, der sich auf sein Knie gesetzt hatte.

»Warum sagst du das?«

»Man trägt den Ring an der linken Hand.«

Ich schaute auf meine rechte Hand und den Verlobungsring, den ich mir an den Finger gesteckt hatte.

»Bist du sicher?«

»So sicher, wie hier Rechtsverkehr herrscht und die Sonne im Osten aufgeht. Also ist es nun soweit?«

Duke wirkte nicht sonderlich erstaunt. Er schien sich mehr für den Marienkäfer zu interessieren, der gerade seinen Schenkel hinaufkrabbelte und dabei die Flügel unter dem halb geöffneten Panzer zu Hilfe nahm.

»Ophelia ist schwanger.«

»Halleluja«, sagte Duke.

»Und Jo meint, ich hätte Chancen, die Stelle als Förster zu bekommen.«

»Holy Moses«, rief Duke, und der Marienkäfer flog weg. Wir sahen ihn hinter der Wand aus Sträuchern und giftigen, rot gepunkteten Sumachbäumen verschwinden, die vor der Schlucht aufragt.

»Ich kann es selbst kaum fassen. Mir ist, als würde das alles einen anderen betreffen. Es ist so schnell gegangen. Erst war Ophelia die Luftspiegelung. Jetzt bin ich es. Ich sehe mich aus der Ferne.«

»Wie Charley Warren.«

»Wer ist das?«

»Ein Boxer, den ich mal kennengelernt habe. Simmons hatte ihn engagiert, um seine Appaloosa-Pferde abzurichten. Er verbrachte sechs Monate auf der Ranch, und wir haben uns in dieser Zeit angefreundet. Wenn es um seine Boxervergangenheit ging, hielt er sich immer sehr bedeckt, aber eines Abends, wenige Tage bevor er fortging, erzählte er mir von seinem letzten Kampf. Man hatte ihn bezahlt, damit er liegenblieb. Nur wollte sein Gegner Bunny Bronson nicht mitspielen. Oder er war nicht eingeweiht. Das hat Charley nie herausgefunden. Aber da der andere nur eines im Sinn hatte, nämlich ihn fertigzumachen, war er gezwungen, sich zu verteidigen, und mußte sich zurückhalten, um Bronson, dieses Fallobst, nicht in die Seile zu schicken.«

»Ein abgekartetes Spiel also!« sagte ich und dachte daran, wie Jo mich eingewickelt hatte, auch wenn es im Grunde genau das war, was ich gewollt hatte: eingewickelt zu werden. Dann fiel mir der Moment ein, als Elijah am Tag unserer großen Expedition den Sheriff am Ufer des Teichs gesehen hatte. »Homer! Guck mal, wer da ist!« Ich hatte auf der Trommel gesessen, und als ich aufstand, begann die Trommel unverzüglich den Hang hinunterzurollen und entwischte uns. So etwas Ähnliches hat sich auch in Jos Büro zugetragen, dachte ich. Jo hatte mich nicht gezwungen, zu Ophelia zu rennen, damit ich mich ihr vor die Füße werfe und ihr meine Liebe erkläre. Sie hatte mich lediglich von einem Gewicht befreit, und die restliche Arbeit habe ich allein getan, ohne daß man mich bitten mußte.

»Hoch mit dir«, sagte Duke und stand auf, »ich zeige dir die Szene.«

Wir standen uns gegenüber, und Duke beschrieb mir den Kampf, wobei er im Gras tänzelte: »In der fünften Runde ist es passiert. Kurz vor dem Gong, sein Trainer hatte ihm ins Ohr geflüstert, er müsse in dieser Runde zu Boden gehen. Charley bot seinem Gegner wie auf dem Serviertablett eine Reihe von Lücken in der Deckung, aber Bronson, der bereits erschöpft war, verpaßte jede Gelegenheit. Doppelter Aufwärtshaken rechts ... Schwinger links ... Haken rechts ... rechts, links ... Bronson traf kein einziges Mal. Er hatte zu wenig Reichweite. Alle Schläge gingen daneben. Charley wußte allmählich nicht mehr, was er machen sollte. Aus lauter Verzweiflung öffnete er die Deckung. Sein idiotischer Gegner ergriff die Chance. Er verpaßte ihm eine Gerade und traf ihn an der Schläfe. Kein sonderlich böser Schlag, aber Charley konnte sich zumindest endlich fallen lassen. In dem Moment rutschte er auf einer Schweißlache aus wie auf einer Bananenschale. Er fiel hintenüber und schlug mit dem Schädel auf den Boden ...«

Duke konnte seinen Satz nicht beenden. Die ganze Zeit hampelte er vor mir rum und ahmte den Kampf nach, doch genau in dem Moment, wo er seine Schilderung beenden wollte, wurde er von einem plötzlichen Schwindel gepackt und sackte zusammen.

Ich wollte ihn festhalten, verlor aber das Gleichgewicht, und so fielen wir gemeinsam hin, er nach vorn, ich rückwärts. Duke rührte sich nicht mehr. Seine Kiefer waren fest zusammengebissen und seine Augen geschlossen, Tränen liefen ihm die Wange hinunter.

»Duke? Duke, fehlt dir was?«

Ich machte mich vorsichtig los, Duke öffnete die Augen und gab mir ein Zeichen, es sei alles in Ordnung. Doch ich sah, daß er litt. Seine sonst so schwarze Haut war blaß geworden, seine Lippen waren grau, und grau war er auch um die Augen herum. Schließlich stand er wieder auf. Er streckte den Arm aus, hob den einen Kanister hoch und goß sich Wasser über den Kopf.

»Es ist vorbei«, sagte er. »Wo war ich stehengeblieben?«

»Duke, fühlst du dich nicht wohl? Bist du krank?«

»Ich war noch nie besser in Form. Worüber haben wir gerade gesprochen? Ach ja, Charley war ausgerutscht, sein Schädel knallte gegen die Bretter, und jetzt rate mal, was passiert ist.«

»Er hat den Kampf verloren.«

»Natürlich, er hat sogar seine Karriere an den Nagel gehängt, aber weißt du, warum?«

»Man hat ihm Geld gegeben?«

»Als sein Kopf auf dem Boden aufgeprallt ist, hat er seinen Körper verlassen.«

»Wie das?«

»Es ist so, wie ich es dir sage. Er hat sich von oben gesehen. Er schwebte über dem Ring und sah sich völlig k.o. daliegen, er sah, wie Bunny Bronson sich über ihn beugte und sein Trainer herbeigerannt kam, er sah die Menge aufstehen und klatschen. Sein Körper lag am Boden, niedergeschmettert, aber sein Geist segelte über ihm und beobachtete die Szene wie ein unbeteiligter Zuschauer.«

»Und dann?«

»Dann spürte er, daß er sich wie ein Vogel niederstürzte und in seinen Körper zurückschlüpfte.«

»Ja, und?«

»Das ist ungefähr das, was dir widerfahren ist, Homer. Du hast einen Schlag verpaßt bekommen. Sicher, du hast mit diesem Schlag gerechnet, und du hast sogar alles getan, um ihn abzubekommen, auch wenn du dir dessen nicht völlig bewußt warst. Aber das ändert nichts. Wann hast du Ophelia wiedergesehen?«

»Gestern abend.«

»Und wann hast du erfahren, daß sie schwanger ist?«

»Gestern abend.«

»Und verlobt habt ihr euch ...«

»Gestern abend.«

»Und ihr habt gemeinsam die Nacht verbracht?«

»Ja.«

»Und da wunderst du dich, daß du es nicht fassen kannst? Du sagst, du siehst dich aus der Ferne, aber das ist völlig normal. Das kommt von dem Schock. Homer, du bist k.o. Du hast eine ganze Serie von Geraden und Haken eingesteckt, und nun schwebst du über deinem Körper und siehst dich aus der Ferne, ohne dich wiederzuerkennen. Der Zustand wird nicht lang andauern. Du wirst bald in deine leibliche Hülle zurückkehren.«

»Nur daß Charley das Handtuch geworfen hat. Ich aber habe keine Lust, Ophelia aufzugeben.«

»Du kannst deine Situation nicht mit der von Charley Warren vergleichen«, sagte Duke. »Charley war ein Boxer, dessen Glanzzeiten vorüber waren. Dieser Kampf war ein Kampf zuviel. Du hingegen hast noch nicht einmal die Boxhandschuhe übergestreift.«

»Das stimmt«, sagte ich und wollte den Ring von meinem rechten Finger nehmen, um ihn auf den Zeigefinger der linken Hand zu stecken. Doch er saß fest. Ich lutschte an meinem Finger herum, damit der Ring abging, aber er hakte an meinem Knöchel, und ich konnte noch so kräftig daran ziehen, ich bekam ihn nicht ab. Duke sagte, ich solle ganz ruhig bleiben, dann stapfte er zu seinem Minibus und kramte in irgendwelchen Kartons herum.

»Hast du noch Hunger?« schrie er.

»Ein bißchen«, antwortete ich und dachte dabei, daß ich seit dem halben Omelett am Morgen nichts mehr gegessen hatte.

Duke kam zurück mit einer Flasche Öl, einer Flasche Ahornsirup, Eiern, Milch, Butter, einer Tüte Mehl, einem Päckchen Hefe und seiner ewigen Büchse Natron. Bone, der seine Runde beendet hatte, trottete hinter ihm her. Daraus schloß ich, wir würden uns mit Pancakes vollstopfen, und erneut sagte ich mir, wie in Ophelias Zimmer, ich sei der glücklichste Mensch auf Erden und das Leben sei es wirklich wert, gelebt zu werden. Während Duke über den Schrottplatz schlenderte, spielte ich mit der Hand im Gras und wühlte gedankenverloren in der lauwarmen Asche des Feuers, das mein Freund sicherlich nachts vor dem Einschlafen angezündet hatte. Wenn Duke draußen schläft, macht er immer ein Feuer. Ich betrachtete meine Hand, die von der Asche ganz schwarz war, dann fiel mein Blick auf den Mehlbeutel, den Duke gegen seinen Bauch hielt.

»Duke«, sagte ich, während er sich neben den Gaskocher kniete, »hast du schon mal davon geträumt, weiß zu sein?«

»Nimm die Schale da neben dir und den Löffel.«

»Hast du dich nie gefragt, was für ein Leben du geführt hättest, wenn du im Körper eines Weißen geboren wärst?«

»Hast du dich nie gefragt, was für ein Leben du geführt hättest, wenn du mit dem Gehirn eines Marienkäfers geboren wärst?«

»Nein.«

»Schlag die Eier auf«, sagte Duke.

»Also dann hast du dir nie die Frage gestellt?«

»Warum? Hast du dir schon mal vorgestellt, schwarz zu sein?«

»Nein, aber das ist nicht dasselbe.«

»Warum sollte es nicht dasselbe sein?«

»Weil die Weißen Vorteile haben.«

»Was für Vorteile?« fragte Duke und nahm meine Schale, um Mehl hineinzuschütten.

»Das ist doch bekannt«, sagte ich, auch wenn ich nicht genau wußte, wie ich Duke beweisen sollte, daß die Weißen den Schwarzen gegenüber im Vorteil waren.

»Es hat noch nie einen schwarzen Präsidenten gegeben«, sagte ich schließlich und war erleichtert, daß mir ein Argument eingefallen war. »Sieh dich doch an! Während der ersten Hälfte deines Lebens hast du für einen Weißen geschuftet, und nun lebst du auf einer Müllkippe.«

»Ich lebe lieber hier als im Weißen Haus. Und überhaupt, was nutzt es denn, davon zu träumen, ein anderer zu sein? Glaubst du, er träumt davon, ein anderer zu sein?« sagte Duke und warf Bone die Eierschalen zu. »Wenn ich mir diese Art von Fragen stellen würde, wäre ich schon seit langem so dumm und verbittert wie dieser blöde Jack Simmons, und es gibt niemanden, der weißer wäre als er. Die Schwarzen wollen weiß sein, und die Weißen wollen noch weißer sein, damit die Schwarzen nie so weiß werden wie sie; und an dem Tag, an dem alle Schwarzen weiß geworden sind, wird es natürlich keine Weißen mehr geben.«

»Wie meinst du das?«

»Es muß doch wenigstens ein Schwarzer übrigbleiben, damit die Weißen noch wissen, daß sie weiß sind.«

»Vielleicht wirst du das sein«, sagte ich.

»Nein, danke. Dann wären sie nämlich gezwungen, mich zum Präsidenten zu wählen.«

»Warum sollten sie das tun?«

»Weil die Weißen die Schwarzen mögen, wenn sie einzeln auftreten. Ein Schwarzer, das geht. Bei zwei Schwarzen fangen sie schon an, nervös zu werden. Aber ein einziger Schwarzer, das gefällt ihnen, da können sie sich weiß und anständig fühlen, ohne Angst zu haben, daß man sie von ihrem Platz vertreibt. Du brauchst doch nur ins Kino zu gehen. Im Weißen Haus brauchen sie auch ihren Schwarzen vom Dienst. Und wenn nur noch ein einziger Schwarzer auf dem gesamten amerikanischen Territorium übrig ist, wird er unweigerlich der Präsident des Landes, weil es nur einen Präsidenten geben kann.«

»Stimmt«, sagte ich, obwohl es mir schien, als hätte ich den Faden verloren. »Also werden die Schwarzen mit den Weißen erst auf einer Stufe stehen, wenn alle Schwarzen weiß geworden sind, bis auf einen, der dann zum Präsidenten ernannt wird.«

»Und bis es soweit ist, mach mal den Gaskocher an.«

»Außer wenn alle Welt schwarz werden will wie der Präsident«, sagte ich und zündete ein Streichholz an, »dann nämlich werden alle Weißen schwarz werden, bis nur noch ein Weißer übrig ist.«

»An diesem Tag«, sagte Duke mit feierlicher Stimme und erhob seinen Löffel, der voller Pancake-Teig war, »an diesem Tag wird man dich zum Präsidenten wählen!«

Ich blickte Duke an, um mich zu vergewissern, ob er auch keinen Spaß machte. Aber er hatte wieder angefangen, den Teig zu rühren, und an seinem konzentrierten Gesichtsausdruck konnte ich erkennen, daß er schon nicht mehr an unser Gespräch dachte. Präsident der Vereinigten Staaten! Warum eigentlich nicht? In nur einer Nacht hatte ich mich verlobt, hatte erfahren, daß Ophelia von mir schwanger war, und bald, dachte ich, so Gott will, werde ich verheiratet, Familienvater und Förster sein. Wenn mein Leben sich in diesem Tempo veränderte, dann war eigentlich alles möglich. Und ich erinnerte mich daran, wie Fausto eines Abends, als wir ihn im Lebensmittelladen besucht hatten, zu Elijah sagte, Nixon, der derzeitige Präsident, kenne den Unterschied nicht zwischen politischen Verhandlungen und einer Napalmbombe, er verwechsle die Interessen der Nation mit denen der Erdölindustrie, und die Doors, die Beatles und die Rolling Stones seien für ihn nichts weiter als Splittergruppen im Dienste der Kommunisten.

Ich blicke in diesen Dingen auch nicht besser durch als der Präsident, dachte ich. Dann hatte ich also noch alle Chancen. Ich wollte Duke meine Überlegungen gerade mitteilen, aber in genau dem Augenblick goß er die erste Portion Teig in die Pfanne, und die Präsidentschaft der Vereinigten Staaten wanderte kurzerhand auf den Haufen zerbrochener

Erinnerungen, fallengelassener Ideen und Träumereien ohne Hand und Fuß, mit denen die riesige Deponie meines Gedächtnisses vollgestopft ist. Nur Ophelia riecht so gut wie Pancake-Teig, der aufs heiße Gußeisen fällt und sich mit der geschmolzenen Butter vermischt, dachte ich und stellte mir vor, wie ich in der Küche unseres Hauses die Mischung aus Ophelias Duft und dem Aroma dieser köstlichen Buttermilk-Pancakes oder Blaubeerwaffeln einatmete, die wir jeden Morgen verspeisen würden.

Ich hielt meinen Teller hin, Duke tat mir auf, und als ich den Ahornsirup über den dicken goldbraunen Eierkuchen laufen sah, wurde ich von einem fast religiösen Gefühl ergriffen. Es war zwar nicht Dukes Licht, aber es war trotzdem herrlich, und als ich den mit Butter und Ahornsirup vollgesogenen Pancake in mich hineinschlang, sagte ich mir, Fausto habe recht gehabt, wenn er als Kind geglaubt hatte, Gott verberge sich in den kleinen Dingen. Wir aßen schweigend, und als wir fertig waren, rollte Duke uns zwei Zigaretten, während Bone die Teller ausleckte und die Luft mit seinem Schwanz peitschte. Dann streckte mir Duke den einen Glimmstengel entgegen, den anderen klemmte er sich hinters Ohr, nahm die Flasche mit Sonnenblumenöl und goß mir ein wenig Öl über den Finger. Der Ring ließ sich ohne weiteres abnehmen. Ich legte ihn auf ein herumliegendes Brett, um ihn glitzern zu sehen. Dann zog ich mein Zippo aus der Tasche, und wir rauchten.

»Homer«, sagte Duke und legte sich ins Gras, »wenn ich daran denke, was meine Vorfahren alles durchgemacht haben, sage ich mir manchmal, sie haben so viel gelitten, damit einer ihrer Nachfahren sich's einmal wohl sein läßt und behaupten kann, er führe das Leben eines freien Mannes und sei glücklich. Jeden Morgen denke ich daran – ob es regnet oder schönes Wetter ist. Und wenn die Sonne scheint, drehe ich mir eine Zigarette, und wenn ich dann überlege: Duke, du hast nichts Besseres zu tun, als deine Zigarette zu rauchen und dich in die Sonne zu legen, weiß ich tief im Innern, daß sie nicht umsonst gestorben sind.«

»Ich wünschte, ich könnte dasselbe sagen«, antwortete ich. »Aber ich kenne nicht einen einzigen meiner Vorfahren. Vielleicht haben sie nicht schuften müssen wie deine, womöglich waren sie sogar reich wie Rockefeller. Vielleicht war meine Mutter eine Hollywood-Schauspielerin«, fügte ich hinzu und ließ mehrere Rauchkringel aus meinem Mund aufsteigen.

Diese Idee hatte ich von Ophelia. Ihrer Meinung nach dürfen Hollywood-Schauspielerinnen keine Kinder bekommen, weil sie sich auf der Leinwand nicht erlauben können, schwanger zu sein, das steht sogar in ihren Verträgen. Wenn sie also ein Baby kriegen, finden sie immer einen Weg, um es wieder loszuwerden, oder sie ziehen sich in eine Privatklinik zurück und bringen ihr Kind dort zur Welt, fernab von allen Kameras. Ophelia schloß daraus, daß sie mit ein bißchen Glück die Tochter der rothaarigen Maureen O'Hara sei. »Eine Schauspielerin, die Mutter wird, bringt die Männer nicht mehr zum Träumen«, hatte Ophelia an dem Abend zu mir gesagt, als wir uns *Monkey Business* anschauten. »Sie muß Glamour haben.« Ich habe nie ganz begriffen, was sie eigentlich damit sagen wollte, aber später dachte ich oft, wenn ich Waise bin, liegt es vielleicht an diesem verdammten Glamour, der der Mutterschaft im Wege steht.

»Was ändert das schon?« sagte Duke. »Es ist doch keine Frage von Reichtum. Deine Vorfahren waren vielleicht millionenschwer, aber das heißt noch lange nicht, daß sie glücklich waren. Ob reich oder arm, wenn man sein Kind aussetzt, dann ist man zwangsläufig unglücklich.«

Da fiel mir der Artikel über die Wiedereröffnung der Minen von Tuskegee Heights ein, den ich bei Fausto aus der Zeitung gerissen hatte. Ich fand ihn zusammengeknüllt in meiner Manteltasche und reichte ihn Duke, der ihn auseinanderfaltete und aufmerksam las. Dann legte er das Stück

Papier beiseite und starrte vor sich hin, wobei er gelegentlich die Augen zusammenkniff.

»Man soll die Toten ruhen lassen«, murmelte Duke. Seine Stimme zitterte leicht. Er war wie erstarrt, sein Blick verlor sich im Unterholz, und sein Gesicht war ausdruckslos. Aber an seiner bebenden Stimme erkannte ich, daß er wütend war. Auf seiner Stirn bildeten sich kleine Schweißtropfen und rannen die tiefe Furche über seiner Nasenwurzel herab. In jeder der Schweißperlen, die an seiner dunklen Haut klebten, sah ich alle Farben des Regenbogens schimmern. Die ganze Welt um mich her strahlte. So viel Pracht, seufzte ich und streckte mich auf der warmen Erde aus.

7

»Homer? Wach auf!«

Ich öffnete die Augen. Es war bereits dunkel, am Himmel glitzerten ein paar Sterne. Duke beugte sich über mich, eine Hand hinterm Rücken, und ich spürte, wie mich Bones Zunge am Ohr leckte. Ich richtete mich auf und sah im Westen den letzten Sonnenstrahl die Hügel streifen.

»Ophelia«, stammelte ich, ahnend, daß ich einen unverzeihlichen Fehler begangen hatte und so schnell wie möglich ins Bordell zurück mußte.

»Warum hast du mich schlafen lassen, Duke? Ophelia wird mir den Kopf abreißen.«

»Genieß es«, sagte Duke. »Es soll zu den größten Ehefreuden gehören.«

»Was redest du denn da für einen Unsinn?« entgegnete ich und zog mir hastig den Mantel über. Dabei bemerkte ich, daß ich auf Strümpfen herumlief. Ich konnte mich nicht entsinnen, den Mantel oder die Schuhe ausgezogen zu haben. Es mußte im Schlaf passiert sein, einem Schlaf voll irrer und wirrer Träume. Ich hatte vor der Kirche gestanden, mit Ophelia, die ganz in Weiß gekleidet war, und Elijah, der ohne seine Trommel nicht an der Trauungszeremonie teilnehmen wollte. Reverend Poach hinderte Elijah mit verschränkten Armen am Betreten der Kirche, aber mittlerweile befanden wir uns auf einem Hügel, der Reverend ließ die Arme sinken und nahm Elijah wegen seines schlechten Lebenswandels ins Gebet. Er warf ihm vor, dem Herrn Kummer zu bereiten, weil er sich weigerte, ihn in seinem Hause zu besuchen. Elijah entgegnete, das Haus Gottes könne es nicht mit seiner guten alten Trommel aufnehmen, die er im übrigen zu seinem Wohnsitz erkoren habe. Daraufhin waren alle in den Metallzylinder gekrochen, Ophelia, der Reverend und Elijah, ja sogar Duke, Fausto und der Sheriff. Auf ein Zeichen von Lieutenant McMarmonn, der, in Uniform und mit einem Dutzend militärischer Orden geschmückt, auf einem Felsen stand, machte ich mich daran, die Trommel einen steinigen Pfad bergan zu schieben, der sich zu den verschneiten Gipfeln eines gewaltigen Gebirges hinaufschlängelte.

Wie auf Skiern glitten meine Füße durch den Staub, ständig rutschte ich aus, so daß ich, statt vorwärts zu kommen, zurückfiel, weil ich den schweren Zylinder kaum halten konnte, und das alles, obwohl der Lieutenant mich anspornte und wild gestikulierend schrie: »Homer! Du Schlappschwanz! Los, leg dich ins Zeug! In Wirklichkeit hast du doch Schiß! Bist du Manns genug, Homer? Bist du wirklich dazu imstande? Kannst du diese verflixte Trommel bis zum Gipfel raufschieben? Hast du den Mut dazu?«

Aus dem Zylinder tönten aufmunternd die Stimmen von Ophelia, Duke, Fausto, Elijah, Reverend Poach und dem Sheriff und vereinigten sich mit der von Lieutenant McMarmonn zu einem bunten Rinnsal, das sich in mein Ohr ergoß und über meine Gedanken leckte. Es war die Zunge von Bone.

Ich schlüpfte in meine Schuhe. Meine Finger waren so steif, daß ich die Schnürsenkel kaum zubinden konnte, und die grimmigen Gesichter von Ophelia, Lieutenant McMarmonn, dem Reverend und all den anderen wirbelten in meinem Kopf herum wie in der Drehtür vom Nickelodeon. Dann stand ich auf und hielt nach den Kanistern Ausschau, in denen Duke immer Wasser aus dem Fluß holt, denn ich wollte mich ein wenig frisch machen. Da ich sie nirgends entdeckte, drehte ich mich zu Duke um. Verschmitzt lächelnd, schwenkte er eine Flasche. Wie ich an ihrem Etikett erkannte, handelte es sich um jenen zwölf Jahre alten Scotch, mit dem Duke Elijah und mich erfreut hatte, als wir gekommen waren, um die Schmiede zu holen. Nur hatte sich seit unserem letzten Besuch ein Wunder ereignet: Obwohl wir die Flasche bis auf den letzten Tropfen geleert hatten, war sie wieder voll.

»Wie ist das möglich?« fragte ich, hin und her gerissen zwischen dem Verlangen, im Eiltempo zum Bordell zurückzulaufen, und andererseits wenigstens ein Glas Whisky mit Duke zu trinken.

»Ich hatte Besuch von meinem Wohltäter.«

»Dem Kerl mit dem Pontiac?«

»Joseph Kirkley.«

»Er war wieder da?«

»Er kommt nicht mehr ohne mich aus«, sagte Duke und schraubte die Flasche auf. »Er hat beschlossen, mich nun jedesmal zu besuchen, wenn er wegen seiner Geschäfte nach Carmel fährt.«

»Was für Geschäfte?«

»Er besitzt mehrere Souvenirshops. Zwei in Frisco, einen in Santa Barbara und dann noch einen in Carmel. Er schwimmt in Geld. Nimm doch mal die beiden Tassen von der Kiste.«

Nein, sagte ich mir, auf eine Minute kam es nicht an. Und nach gut zehn Minuten sagte ich mir, es käme auch nicht auf eine halbe Stunde an. Als dann auch die halbe Stunde um war, stellte Duke fest, daß wir die Flasche schon zur Hälfte geleert hatten, und um das Ereignis gebührend zu feiern, stießen wir auf Joseph Kirkley an. Duke sammelte Kleinholz, um ein Feuer anzuzünden, und ich sah hinter den Mammutbäumen den Mond aufgehen.

Ich weiß nicht, wie es dazu kam, daß wir einige Minuten später splitternackt und mit lautem Indianergeheul um einen Haufen Radkappen und Auspuffe herumsprangen. Weder an dieses Ereignis noch an das, was folgen sollte, kann ich mich genau erinnern. Der zwölf Jahre alte Scotch floß durch meine Adern, und Ophelias Bild waberte durch den Wirrwarr meiner trunkenen und benebelten Gedanken, und zwar in so weiter Ferne, daß ihre Stimme nicht mehr bis zu mir durchdrang und ihre wiederholten Rufe auf halbem Wege verhallten. Ich meine, ich hätte Duke aufgefordert, sich Mehl über den Kopf zu schütten, vielleicht war es aber auch seine eigene Idee. Oder er ist noch einmal auf die Geschichte mit den Weißen, den Schwarzen und dem Präsidenten der Vereinigten Staaten zurückgekommen, und als ich ihm sagte, ich wolle für die Präsidentschaft kandidieren, rieb er mir das Gesicht mit kalter Asche ein. Jedenfalls fingen wir irgendwann an, uns die Gesichter vollzuschmieren, er mit Weiß, ich mit Schwarz. Dann sagte Duke, wir sollten uns nicht mit halben Sachen zufriedengeben. Also zog er sich aus, ich machte es ihm nach, und während ich mich in der Asche wälzte, leerte Duke die Tüte Mehl über seinem Kopf aus und verteilte es auf seinem ganzen Körper, bis er ebenso weiß leuchtete wie der Mond am Horizont.

Danach tanzten wir schreiend ums Feuer, während Bone, die Schnauze zu den Sternen gereckt, schauerlich heulte. Duke und Bone rannten davon, ich jagte ihnen über den ganzen Schrottplatz hinterher, bis wir uns unter ausgelassenem Gejohle erneut in einen wilden Reigen um den Haufen mit rostigen Auspuffen und Radkappen stürzten. Plötzlich hörten wir Motorengeräusche. Ein Lastwagen kam im Schutz der Bäume den unbefestigten Weg heruntergerollt, seine Scheinwerfer warfen ihr Licht auf die übereinandergestapelten Karosserien. Duke blieb stehen, und weil Bone nicht aufhörte zu bellen, legte er ihm die mehlige Hand auf die Schnauze. Wie durch ein Wunder verstummte der Hund. Dann gab Duke mir ein Zeichen, mich zu ducken.

Hinter einem Schrotthaufen versteckt, sahen wir den Wagen an uns vorbeifahren. Es war ein Tankwagen. Er rollte langsam zum unteren Teil des Geländes und parkte in der Nähe des Pfades, den Duke immer zum Fluß einschlug. Zwei mit Taschenlampen ausgerüstete Männer sprangen aus dem Fahrerhäuschen und liefen zur Rückseite des Lkws. Der Fahrer schraubte einen dicken Schlauch an den Tankhahn, während der Beifahrer den Schlauch am anderen Ende packte, hinter sich herzog und auf dem Pfad verschwand.

»Wollen die Wasser pumpen?« fragte ich Duke flüsternd und dachte an die Kanister, die er jeden Morgen in der Strömung auffüllte.

»Sei still!«

»Aber was machen sie dann?«

»Das, wofür sie bezahlt werden.«

»Kommen sie nicht zum Wasserpumpen?«

»Sei still, sag ich!«

»Wollen sie den Tank leeren?«

Duke nickte, und über seinem Kopf bildete sich eine kleine Mehlwolke. Ich betrachtete eingehend sein Gesicht und sagte mir, daß Duke mit seinem blinden Auge, seiner sonnengegerbten Haut und seinen tiefen Falten zwar nicht gerade ein Adonis war, um den Ausdruck zu gebrauchen, den Ophelia immer verwendet, wenn sie von Hollywood-Schauspielern redet, daß er mir aber alles in allem in Schwarz besser gefiel. Er war kaum wiederzuerkennen. Seine weiße Maske brachte einige Züge zum Vorschein, die sonst nicht sichtbar waren, und ließ die gewohnten in den Hintergrund treten, so daß er eher wie ein Teufel als wie ein Heiliger aussah. Nur sein wacher, schelmischer Blick erinnerte mich noch an den Mann, der er nicht mehr zu sein schien, und in meiner Trunkenheit klammerte ich mich an Dukes unversehrtes Auge wie an eine rettende Schiffsplanke. Ich begriff nicht, warum Bone und ich uns verstecken und ruhig verhalten sollten. Schließlich befanden wir uns auf Dukes Hoheitsgebiet. Doch dann dachte ich, daß Duke sich vielleicht schämte, wenn man ihn so sähe, ganz weiß und splitternackt. Die Ehre der Schwarzamerikaner steht auf dem Spiel, überlegte ich.

»Duke«, flüsterte ich, »du brauchst dir keine Sorgen zu machen. Im Dunkeln kommen die nie darauf, daß du ein Schwarzer bist.«

»Was?«

»Der Schwarze bin ich. Ich brauche mich nur für dich auszugeben, dann ist die Ehre gerettet«, sagte ich und machte ein Auge zu, um Duke zu beweisen, daß ich problemlos als Einäugiger durchgehen könnte.

»Homer, du bist total blau. Sei einfach still!«

Für einen Augenblick glaubte ich die Stimme von Reverend Poach zu hören, wie an jenem Morgen, als ich in der Kirche aufgewacht war. Als er sah, daß ich mich nicht bestechen ließ und unbedingt an der Messe teilnehmen wollte, hatte er mich ebenfalls beschworen, still zu sein und mich in acht zu nehmen.

»Duke«, sagte ich mit etwas lauterer Stimme, »ich will ja ruhig sein, aber dann will ich auch wissen, warum.«

»Leise, du Trottel. Sonst hört er uns noch.«

»Na und?«

»Willst du, daß wir verprügelt werden? Für so einen Job heuert man keine Spaßvögel an.«

»Was für einen Job?«

»Umweltverschmutzer.«

Mir stockte der Atem, und mit einem Schlag sah ich alles vollkommen klar. Umweltverschmutzer! Diese beiden Kerle waren Umweltverschmutzer und kamen hierher, um ihre giftigen Abfälle in den Bach zu kippen, wo die Bäume Wurzeln trieben, die Tiere zur Tränke kamen und Duke sich wusch. Schon in meiner frühesten Kindheit hatte ich von derartigen kriminellen Machenschaften gehört. Man erzählte sich, manche Betriebsleiter wendeten sich an Gangster oder bezahlten ihre eigenen Angestellten, damit die ihre Chemikalien vergruben oder heimlich riesige Mengen Gift in Flüssen oder im Meer verklappten. In der Schule hatte uns sogar Miss Flann, die Lehrerin, vor den Risiken gewarnt, denen wir uns aussetzten, wenn wir in den Bächen badeten oder Quellwasser tranken. Jahr für Jahr hatte ich dem langsamen Sterben der Natur beigewohnt. Noch widerstand sie, noch hielt sie durch, und bestimmt würde sie sogar all jene überleben, die sie zu zerstören suchten, wie mir eines Tages der Sheriff versicherte, als er mich bat, ihm bei der Suche nach einem verirrten Kind zu helfen, aber inzwischen hatte die Umweltzerstörung noch weiter um sich gegriffen: Grünliche Algen überzogen den Grund der verseuchten Flüsse, das Laub der Bäume war mit bräunlichen Flecken übersät, und um seinen Durst mit klarem Wasser stillen zu können, mußte man immer tiefer in den Wald hineingehen und die Hügel immer höher hinaufsteigen.

Bislang hatte ich mich damit abgefunden, zuzusehen, wie sich der Krebs immer weiter durch die Erde, die Pflanzen und Wasserläufe fraß, genau wie man sich mit dem Fortschreiten einer unheilbaren Krankheit abfindet. Es war Fausto, der eines Abends im Hinterzimmer seines Ladens die Verschmutzung der Natur mit einer Krankheit verglichen hatte. Dieses Bild ließ mir keine Ruhe, und jedesmal wenn es mir wieder in den Sinn kam, dachte ich an Lieutenant McMarmonns Behauptung, zu Kriegszeiten müsse man zuschlagen wie der Blitz, damit die Feinde sich ebenso hilflos fühlen wie die Opfer eines Vulkanausbruchs oder einer Sintflut. »Die Bomben müssen vom Himmel fallen wie eine Gottesstrafe«, pflegte der Lieutenant zu sagen, wenn er sich ohne Vorwarnung zu seiner Lieblingsrede aufschwang und sein Publikum als Geisel nahm (ein Publikum, das sich regelmäßig aus seiner Tochter Lisa, Elijah und mir zusammensetzte und manchmal auch Frances Primrose, die eigentlich zu einer Partie Poker gekommen war). Mittlerweile kenne ich Wort für Wort auswendig:

»Die Feinde müssen glauben, sie hätten es nicht mit normalen Menschen zu tun, auch wenn diese Menschen besser ausgerüstet und zahlreicher sind, nein, das genügt nicht, so gewinnt man keinen Krieg. Den Sieg erringt man nur, wenn der Feind überzeugt ist, er habe es nicht mit Menschen, sondern mit dem Schicksal zu tun!«

Angesichts der Zerstörung der Natur fühlte ich mich nun wie diese armen Soldaten, die der Lieutenant so gern zu beschreiben pflegt. Wenn ich also bei einem Spaziergang durch den Wald wieder einmal auf einen verseuchten Bach oder einen absterbenden Baum stieß, ergriff mich zwar ein Gefühl der Ohnmacht, aber ich war niemandem böse. Denn ich dachte nicht an die Menschen, die nachts irgendwelche Giftstoffe in den Wäldern abluden; genaugenommen empörte ich mich über die verheerenden Schäden, die von diesen gesichtslosen Menschen verursacht wurden, ebensowenig wie über die Erdbeben, die die Region erschütterten. Aber diesmal hockte ich hinter einem Schrotthaufen und sah die Schweinehunde am Werk, und ich spürte eine unbändige Wut in mir aufsteigen. Ich merkte, daß sich mein Bosheitsbeutel genau wie Dukes Kanister schlagartig gefüllt hatte und ich ihn auf der Stelle ausleeren mußte.

Mit einem Ruck sprang ich auf, griff mir eine Radkappe und rannte im Adamskostüm, von Kopf bis Fuß mit Asche bedeckt, zum Tankwagen hinüber, ohne im geringsten auf Duke zu achten, der mir befahl dazubleiben. Zwar hatte ich seit der Schulzeit kein Frisbee mehr gespielt, und die Metallscheibe, die ich beim Laufen in der Hand hielt, war viel schwerer und nicht so einfach zu handhaben wie eine Kunststoffscheibe, doch meine Kindheit schien im Galopp zurückzukehren. Keiner meiner Klassenkameraden war damals beim Frisbee auch nur annähernd so geschickt gewesen wie ich, und ich dachte oft, wenn Frisbee zu den Schulfächern gehört hätte, wäre mein Notendurchschnitt nicht so schlecht gewesen.

Ich fühlte die trockene Erde und das Unkraut unter meinen Füßen, mein Herz pochte wie verrückt, und meine Kehle war auf einmal wie ausgedörrt, ich sah alles ganz klar, wie am hellichten Tag. In meinen Adern floß kein Blut, sondern reines Adrenalin, und ich empfand keine Angst, sondern eine mörderische Freude und Siegesgewißheit. Nichts konnte schiefgehen, die Zeit stand still, die Welt war erstarrt, und ich war der einzige im Universum, der sich noch bewegte. Die Sterne tanzten am Himmel, aber ansonsten gab es nur noch

Homer Idlewilde, mit seiner Radkappe bewaffnet, und mir war, als liefe ich durch eine Filmkulisse.

Auf halbem Weg zum Lastwagen winkelte ich den Arm an und zielte auf den Mann, der sich genau in diesem Moment zu mir umdrehte und seine Taschenlampe auf mich richtete. Ich konnte gerade noch sein entsetztes Gesicht erkennen, bevor mich der Lichtkegel blendete, dann warf ich die Radkappe. Nie habe ich das Gesicht dieses Umweltverschmutzers vergessen, den weit aufgerissenen Mund, die beiden Linien, die vom Ansatz der Nasenflügel zu den längsgezogenen Mundwinkeln hinabfielen, und die hervorquellenden Augen. Ich hörte einen Schrei und das dumpfe Geräusch eines Aufpralls, und als ich wieder etwas sehen konnte, fand ich den Mann, wie er völlig groggy und mit blutverschmiertem Mund im Staub lag.

»Nummer eins!« schrie ich und rannte zum Tank, um den Hahn wieder zuzudrehen. Doch zum Glück hatte der Kerl ihn noch nicht öffnen können. Ich hob die Metallscheibe auf, sie hatte dem Sigel zufolge mal zu einem Mercury gehört. Mein Gegner schwankte mit dem Kopf, und bei seinem vergeblichen Versuch, aufzustehen,schurrte er mit den Schuhen über den sandigen Boden. Sein Kinn war voller Blut, und er sabberte aufs Hemd. Er brabbelte etwas Unverständliches, ich trat näher an ihn heran. In dem Moment erschien der andere Kerl wieder auf dem Pfad. Er sah mich mit demselben entgeisterten Ausdruck an wie zuvor sein Komplize und griff nach dem Schlagstock an seinem Gürtel. Ich hob die Radkappe, spürte das kalte Metall auf meinem Unterarm, der Mann näherte sich, erreichte den Tankwagen, aber weiter kam er nicht. Ich hörte Bone bellen, und im selben Augenblick schoß Duke wie aus dem Nichts hervor, schwang seine Pancake-Pfanne und zog dem Umweltverschmutzer eins über den Schädel. Der Mann brach ebenso k. o. zusammen wie Charley Warren bei seinem letzten Wettkampf. Bone trottete zu dem leblosen Körper hin und beschnüffelte ihn.

Wortlos forderte Duke mich auf, ihm zu folgen. Wir zogen uns wieder an. Dann kehrten wir zurück zum Schauplatz des Gefechts, banden die Handgelenke der beiden Umweltverschmutzer mit ein paar Seilenden zusammen und hievten sie in das Fahrerhäuschen.

»Und was nun?« fragte ich Duke, der sich völlig außer Atem gegen den Tank lehnte.

»Kannst du fahren?« Die Wagenschlüssel hielt er in der Hand.

»Noch nicht«, antwortete ich, und mir fiel wieder ein, daß Ophelia im Puff auf mich wartete und ich den Führerschein würde machen müssen, falls ich je den Försterposten ergattern sollte.

Nachdem ich Bone Bescheid gesagt hatte, daß wir bald zurück wären, stieg ich in den Tankwagen. Duke saß schon am Steuer. Zwischen uns wälzten sich unsere beiden kampfunfähig gemachten Kontrahenten. Derjenige, der die Radkappe zwischen die Zähne bekommen hatte, wimmerte, die Augen halb geschlossen. Der andere war in Tiefschlaf gesunken, und damit er nicht vornüber aufs Armaturenbrett fiel, hielt ich ihm den Kopf.

Duke brauchte eine Weile, bis er den Rückwärtsgang fand, und noch länger, um den Laster vom Schrottplatz auf die Straße zu lenken. Er war schon seit geraumer Zeit nicht mehr Auto gefahren, und wie er mir später anvertraute, hatte er bis dahin auch nur mit Traktoren zu tun gehabt. An die Fahrt kann ich mich nicht mehr genau erinnern. Ursprünglich wollte ich die Gelegenheit nutzen und Duke fragen, wozu die einzelnen Pedale gut waren und wie man die verschiedenen Gänge einlegte, aber ich muß über seinen Erklärungen eingeschlafen sein.

Als ich wieder zu mir kam, hatten wir Farrago schon erreicht. Duke parkte den Lastwagen vor dem Headquarter des Sheriffs, einer kleinen Blockhütte gegenüber der Post, übertrug mir die Aufgabe, die beiden Umweltverschmutzer zu bewachen, und ging zur Telefonzelle, um den Sheriff anzurufen. Als er zurückkam, sagte er mir, der Sheriff würde bald aufkreuzen, »und weil du mit ihm nicht auf gutem Fuß stehst und Scherereien mit der Justiz hast, machst du dich jetzt wohl besser aus dem Staub«.

Das brauchte man mir nicht zweimal zu sagen. Wir gaben uns die Hand, ich versprach, so bald wie möglich wieder bei ihm vorbeizuschauen, und rannte los. Ophelia wird mich umbringen, dachte ich, und als ich den Weg zum Puff einschlug, bemerkte ich, daß ich meinen Verlobungsring auf der Deponie vergessen hatte. »Das ist mehr, als ein einzelner Mensch verkraften kann«, flüsterte ich, als ich zum Bordell hinaufschaute.

Einige Fenster im oberen Stockwerk waren erleuchtet und ließen ein rötliches Licht auf den Rasen vor dem Eingang fallen. Mir blieb keine andere Wahl. Denn ich wußte, welche Folgen es haben würde, wenn ich ohne Ring bei Ophelia erschien. Sie würde mir vorwerfen, ich empfände nichts für sie und hätte unser Verlöbnis einfach aufgelöst; sie würde mich ohrfeigen und kratzen, und zwar völlig zu Recht. Ich wußte, daß die Stunde der Vergeltung nur aufgeschoben war, wenn ich nun den Ring holen ging, aber es war die einzige Chance, unsere Ehe zu retten.

Also kehrte ich um, machte einen großen Bogen um das Headquarter des Sheriffs, und zwei Stunden später begrüßte mich Bone freudig brummend wieder auf dem Schrottplatz. Der Ring lag noch immer auf der Kiste, dort, wo ich ihn abgelegt hatte, ich streifte ihn über den Finger. Ein weiterer Marsch von zwei Stunden erwartete mich, aber weil ich bereits erschöpft war, beschloß ich, mich erst einmal hinzusetzen und die Schuhe auszuziehen, um die Zehen zu bewegen. Dann legte ich mich ins Gras und schloß die Augen. Als ich sie wieder öffnete, blendete mich ein Licht. Überzeugt, daß einer der Schurken wieder seine Lampe auf mich richtete, sprang ich kampfbereit auf. Die Mittagssonne strahlte am Himmel. Ich war allein.

8

»Verdammter Mist!« rief ich und schreckte einen Schwarm Wachteln auf, der gackernd davonflog. Und wie als Antwort auf meinen Verzweiflungsruf hörte ich plötzlich ein Motorengeräusch. Ich schaute zur Landstraße und sah die Reflexe eines ausgeschalteten Blaulichts durch die Bäume schimmern. Es war der Polizeiwagen des Sheriffs, der gemächlich den unbefestigten Weg entlangfuhr. An Bord befanden sich der Sheriff und Duke. Ohne auch nur eine Sekunde in Betracht zu ziehen, daß der Sheriff vielleicht gar nicht gekommen war, um mich zu verhaften, ergriff ich panikartig die Flucht und hörte erst wieder auf zu rennen, als ich eine Meile unterhalb der Deponie die Landstraße erreicht hatte.

Aber ich war noch nicht am Ende meiner Qualen. Kaum eine Minute später schoß ein weißer Studebaker um die Kurve. Der Fahrer, der eine schwarze Sonnenbrille trug, sah mich am Straßenrand laufen und bremste so jäh, daß die Reifen zwei dunkle Streifen auf den Asphalt zeichneten.

»Craig McNeilly«, sagte der Mann, während er aus dem Wagen stieg. Mit großen Schritten lief er auf mich zu und fummelte dabei an seinem Uhrarmband. Craig McNeilly war mindestens einen Meter fünfundneunzig groß, und seine Schultern waren so breit, daß zwei normal gebaute Menschen mühelos darauf Platz gefunden hätten. Über seinem Bauch pendelte ein Fotoapparat hin und her, den er an einem Riemen um den Hals hängen hatte. Als er direkt vor mir stand, lächelte er und reichte mir die Hand.

»Duke?« fragte er, während meine Hand in seiner verschwand.

»Sie suchen nach Duke?«

»Sind Sie denn nicht Duke?«

»Nein«, erwiderte ich.

Craig McNeilly nahm seine Brille ab. Die Asche! dachte ich und suchte in meinen Taschen nach einem Taschentuch. In diesem Zustand kann ich Ophelia nicht unter die Augen treten, sagte ich mir, aber McNeilly unterbrach mich in meinem Gedankengang.

»Homer Idlewilde?«

»Wer sind Sie?« fragte ich.

»Warum sind Sie ganz schwarz?«

Ich wußte nicht, was ich darauf antworten sollte, aber wie ich bald feststellte, war das auch ganz unerheblich. Craig McNeilly beendete eigentlich jeden Satz mit einem Fragezeichen. Er sprach genauso schnell, wie er fuhr, und womöglich hätte ich ihn noch heute am Hals, wenn nicht ein weiterer Zwischenfall seine Fragerei beendet hätte.

»Sie sind also Homer?« hakte McNeilly nach und drückte auf den Auslöser seines Fotoapparats, der ein surrendes Geräusch von sich gab.

»Ja, der bin ich«, antwortete ich, leicht mißtrauisch.

»Wollen wir eine kleine Runde drehen?«

»Wozu?«

»Ich habe ein paar Fragen an Sie, wenn es Ihnen recht ist?«

»Das kommt darauf an«, erwiderte ich, um Zeit zu gewinnen.

»Haben Sie schon vom *San Francisco Daily* gehört?«

»Der Zeitung?«

»Haben Sie schon immer in dieser Gegend gewohnt?« fragte McNeilly und packte mich am Arm.

»Sozusagen.«

»Was machen Sie denn so?«

»Alles mögliche.«

»Arbeiten Sie?«

»Das kommt vor.«

»Und was können Sie so?« McNeilly öffnete die Beifahrertür.

»Gärtnern, Holzhacken, einer Spur folgen.«

»Sie meinen einem Pfad?«

»Einem Pfad kann jeder folgen. Nein, ich meine Leuten oder Tieren, die sich verirrt haben. Ich kann sie wiederfinden.«

»Aber Sie haben doch einen Beruf, oder?«

»Ich habe einen Freund, der mir einen Job als Hilfsschmied angeboten hat«, sagte ich und ließ mich, ohne zu überlegen, auf dem Sitz nieder.

»Wie heißt er?«

»Elijah Sommer. Er will eine Schmiede eröffnen, um den Gebrüdern Flink Konkurrenz zu machen.«

»Wer sind die Gebrüder Flink?« sagte McNeilly, nachdem er ums Auto herumgelaufen war und sich ans Steuer gesetzt hatte.

»Zwei Brüder, die eine Schmiede haben«, antwortete ich, während McNeilly die Tür zuknallte und mit Vollgas losfuhr.

»Also sind Sie im Begriff, Schmied zu werden?«

»Dazu müßten wir uns erst wieder zusammenraufen.«

»Sie und Elijah Sommer?«

»Wir hatten eine kleine Auseinandersetzung. Aber das ist noch nicht alles. Wenn ich heirate ...«

»Heiraten? Wen denn?«

»Ophelia.«

»Ophelia, und weiter?«

»Ich weiß es nicht«, sagte ich und bemerkte, daß ich nicht einmal ihren Nachnamen kannte. »Aber dazu muß ich erst einen richtigen Job an Land ziehen, beispielsweise Förster, vor allen Dingen jetzt, wo Ophelia schwanger ist.«

»Von Ihnen?«

»Selbstverständlich!«

»Im wievielten Monat?«

»Schwer zu sagen.«

»Förster?«

»Gerade ist ein Posten frei geworden. Dunken junior ist nämlich in Rente gegangen.«

»Dunken junior?«

»Das ist der ehemalige Förster …«, erklärte ich, konnte meinen Satz jedoch nicht beenden. Denn zu unserer Linken kam uns plötzlich der Wagen des Sheriffs entgegen, und ich machte mich ganz klein auf meinem Sitz.

»Was ist denn los? Fahndet man nach Ihnen?«

»Ja, der Sheriff.«

»Warum?«

»Wegen einer Dummheit. Vor einigen Wochen habe ich Elijah samt seiner Schmiede in den Teich gestoßen und hätte obendrein beinahe noch den Sheriff umgerissen. Er hatte seinen freien Tag.«

»Er ist sauer auf Sie?«

»Das ist er immer, selbst wenn er mir keine Schuld nachweisen kann. Wenn ich etwas angestellt habe, verdächtigt er mich. Wenn ich vorhabe, etwas anzustellen, verdächtigt er mich. Wenn ich nichts angestellt habe, verdächtigt er mich, und wenn ich nicht einmal im Traum daran denke, irgendeinen Mist zu bauen, verdächtigt er mich auch.«

»Im Dorf hat man mir erzählt, sie hätten zu zweit agiert, mit einem gewissen Duke, der auf dem Schrottplatz lebt, ist das richtig?«

»Sie wissen davon?«

»Wie ist das abgelaufen?« fragte McNeilly, doch in dem Moment stieg vor der Windschutzscheibe dicker Rauch auf, der unter der Motorhaube hervorquoll.

»Scheiße!« brüllte McNeilly, und zum erstenmal hatte ich nicht das Gefühl, ihm antworten zu müssen. McNeilly bremste noch härter als bei seinem ersten Halt und hinterließ dabei wieder zwei graue Streifen auf der Fahrbahn. Zum Glück befanden wir uns auf einem der wenigen Straßenabschnitte, die nicht im Zickzack verlaufen, so daß wir haarscharf einer Katastrophe entgangen sind. Es gibt unzählige Ausfahrten und ebenso viele Karambolagen auf dem Highway 217, und ich kannte einige Leute, die dabei ihr Leben gelassen haben. McNeilly stieg zeternd aus dem Wagen und öffnete die Motorhaube. Wirbelnder Dampf schlug ihm entgegen.

Warum war Craig McNeilly so neugierig? Und wie hatte er von der Geschichte mit den Umweltverschmutzern und dem Tankwagen erfahren, obwohl sich unser Kampf doch erst vor wenigen Stunden ereignet hatte und McNeilly nicht einmal in Farrago lebte? Allmählich hatte ich gründlich die Nase voll. Seitdem ich Jo in ihr Büro gefolgt war, ging mein Leben mit mir durch wie ein scheuendes Pferd, und ich war immer noch nicht dazu gekommen, zu Ophelia in den Puff zurückzukehren. Ich wagte gar nicht, mir auszumalen, was für eine Stinkwut sie im Bauch hatte. Ich brauche unbedingt eine gute Entschuldigung, dachte ich.

Unterdessen pendelte McNeilly zwischen der Motorhaube und dem Kofferraum, aus dem er allerlei Werkzeug hervorkramte, hin und her. Ich fragte mich, warum er so viele Wege ging, wo er doch das gesamte Werkzeug hätte auf einmal holen können, er brauchte sich doch bloß den ganzen Kasten zu schnappen; aber bei längerem Nachdenken wurde mir klar, daß er sich in gewisser Weise selbst treu blieb, wenn er jedes Werkzeug einzeln nahm, und es gar nicht anders hätte anpacken können. Mit seinem Werkzeug verhielt es sich nämlich wie mit seinen Fragen, ja, es kam mir vor, als würde er seinen Motor genauso ins Verhör nehmen, wie er zuvor mich ausgequetscht hatte.

Während eines seiner vielen Zwischenstopps am hinteren Teil des Wagens passierte es dann. Um innerlich zur Ruhe zu kommen, probierte ich seit einigen Minuten eine Konzentrationsübung aus, die Elijah mir beigebracht hatte. Zwar zeigte sie bei ihm nicht die geringste Wirkung, aber er wollte herausfinden, ob jemand, der nicht wie er an geistigen Aussetzern litt, damit bessere Ergebnisse erzielte oder ob sein Psychiater in Santa Cruz, den er einmal im Monat aufsuchen mußte, in Wirklichkeit ein Scharlatan war, wie er seit langem vermutete. Die Methode dieses Arztes war nach dessen Aussage absolut idiotensicher. Man mußte nur ein paar Gegenstände aus seinem Blickfeld auswählen und sie nacheinander im Kopf oder laut aufsagen. Wenn man diesen Vorgang oft genug wiederholte, leerte sich nach Ansicht des Doktors der vollgestopfte Geist von allen Gedanken, und den Patienten überkam allmählich ein Gefühl der Freude und Heiterkeit.

Also versuchte ich, in Craig McNeillys Wagen sitzend, mein Glück. Ich wählte in meinem Blickfeld einen Baum, den Rückspiegel, das Lenkrad, den Zigarettenanzünder, ein auf der Windschutzscheibe zerdrücktes Insekt, einen Scheibenwischer, die hochgeklappte Motorhaube des Studebakers und eine Tüte Honigbonbons, die auf dem Armaturenbrett lag.

»Baum«, flüsterte ich. »Rückspiegel. Lenkrad. Zigarettenanzünder. Insekt. Scheibenwischer. Motorhaube. Bonbons. Baum. Rückspiegel. Lenkrad. Zigarettenanzünder. Insekt. Scheibenwischer. Motorhaube. Bonbons. Baum ...«

Ich begann die Aufzählung mehrmals von vorn, und tatsächlich trat eine deutliche Besserung meines Zustands ein. Ich dachte nur noch an die einzelnen Gegenstände, deren Namen ich in Endlosschleife wiederholte, und weder die Aussicht auf Ophelias Donnerwetter noch der Sheriff, der sich irgendwo in der Nähe herumtrieb und über meine Verhaftung nachsann, konnten mich beunruhigen. Ich vermag nicht mehr zu sagen, wie meine linke Hand an die Handbremse kam oder warum ich per Knopfdruck den Hebel löste und gegen die Moleskinverkleidung drückte. Ich war so in meine Aufzählung vertieft, daß ich völlig mechanisch handelte. Selbst als das Gefährt bereits anfing, den Hang hinunterzurollen, merkte ich nichts. Wegen der hochgeklappten Motorhaube konnte ich nicht auf die Straße blicken, und obwohl die Bäume langsam an mir vorbeizogen, maß ich diesem Phänomen keinerlei Bedeutung zu. Das Wort Baum stand auf meiner Liste, in meinem Blickfeld gab es immer noch einen Baum, und als das Wort Baum an die Reihe kam, sprach ich es aus, das war alles.

Aber das merkwürdigste an der Geschichte war wohl McNeillys Schweigen. Vielleicht hatte er sich gerade abgewendet und nach einem Haus in der Umgebung Ausschau gehalten oder einen Hirsch oder Damwild gesehen, keine Ahnung.

Als er endlich kapierte, daß sein Auto sich aus dem Staub gemacht hatte, schrie er: »Homer!« Mittlerweile war ich, um einen Lieblingsausdruck von Elijahs Arzt zu verwenden, aus meiner hypnotischen Trance erwacht, war mit Mühe und Not hinters Steuer geklettert und versuchte, den Kopf aus dem Fenster gereckt und mit dem Fuß auf die verschiedenen Pedale tretend, McNeillys Auto zu lenken. Ehrlich gesagt, war ich gar nicht sonderlich aufgeregt. Die Straße verlief schnurgerade, und notfalls blieb mir ja noch die Handbremse. Die Tritte, die ich den Pedalen versetzte, zeigten keine nennenswerte Wirkung – bis auf die Tatsache, daß der Studebaker von ruckartigen Stößen erschüttert wurde. Erst jetzt, da ich deutliche Fortschritte in der Kunst des Autofahrens gemacht habe, ist mir bewußt, wie naiv ich war. In meiner Vorstellung funktionierten die Pedale des Wagens genauso wie die Klaviertasten, auf denen Ophelia an manchen Abenden in dem kleinen lila Salon gedankenverloren herumklimperte. »Soviel Unwissenheit ist wirklich eine Schande für einen Amerikaner!« rief übrigens Lieutenant McMarmonn an dem Abend, als ich ihm von dem Abenteuer erzählte. Ich weiß nicht, ob er recht hat. Ich weiß nur, daß ich noch nie das geringste Interesse an Autos und Motoren hatte.

Der Studebaker nahm auf der abschüssigen Strecke immer mehr Fahrt auf. Ich warf einen Blick auf den Tachometer und stellte fest, daß ich bereits 45 Meilen pro Stunde fuhr. Links zweigte ein Weg ab, der den Wald durchquert und sich auf der Ostseite des Hügels zum Turm und dem Geisterweiler von Rainbow Point hinaufwindet. Anstatt die Handbremse anzuziehen, schlug ich das Lenkrad ein. Die Kehrtwende auf dem sanft ansteigenden Pfad bereitete mir keinerlei Schwierigkeiten.

»Homer, du bist begabt!« sagte ich mir und betrachtete mich im Rückspiegel, aber der Anblick meines rußgeschwärzten Gesichts überraschte mich dermaßen, daß ich vor Schreck das Steuer losließ und die Kontrolle über den Wagen verlor, der daraufhin mehrere hundert Meter eine Böschung hinunterpreschte, wobei sich die Stoßstange und das Blech in die Erde gruben und eine Unmenge Erdklumpen und Farne ins Wageninnere schleuderten. Am Ende drehte sich das Auto um die eigene Achse und prallte sanft gegen einen Mammutbaum.

Ich seufzte erleichtert und stieg auf der Beifahrerseite aus, weil die linke Tür sich beim besten Willen nicht öffnen lassen wollte. Am ganzen Leib zitternd, setzte ich mich auf die Erde und wartete, bis Craig McNeilly wieder auftauchen würde. Er ist nie gekommen. Nach einer halben Stunde begriff ich, daß er auf der Landstraße geradeaus weitergegangen sein mußte, nicht ahnend, daß ich abgebogen war. Im Wald war es still. Ein paar Fliegen summten. Nicht die leiseste Brise wehte, und die Vögel schwiegen.

In dieser Einsamkeit, nur von Bäumen umgeben, kam ich endlich zur Ruhe. Ich betrachtete den Ring, der an meinem Finger blitzte, und dachte, noch sei nichts verloren. Mein Blick versank im Blau des Himmels, und ich sagte mir, daß das Leben auf mich warte, ich könne nur gewinnen. Es war heiß. Ich zog Mantel und Sakko aus und wischte mir mit einem Lappen, den ich im Handschuhfach des Wagens gefunden hatte, das Gesicht ab. Dann rauchte ich ein, zwei Zigaretten, und während ich Rauchkringel ausstieß, dachte ich an Dukes Heiligkeit, Faustos Weisheit, Ophelias Brüste, ihre Sommersprossen und ihre eindrucksvollen Wutausbrüche. Meine Gedanken waberten umher wie graue Schwaden und rollten sich ineinander, bevor sie sich langsam auflösten. Ich hörte, wie Faustos Stimme mich fragte: »Was ist dir lieber, abstrakte Ideen oder Menschen?« und wie Ophelia mir ins Ohr seufzte. »Worauf wartest du?« fragte sie ganz sanft. Und: »Katzen, mir sind Katzen lieber.« Und: »Ein Zimmer für unser Kind.« Ebenso sanft ergriff dann Duke das Wort. »Ich weiß tief im Innern, daß sie nicht umsonst gestorben sind«, sagte er mit seiner singenden Stimme, während ein Marienkäfer seinen Schenkel hinaufkrabbelte. Ich sah ihn wieder vor mir, wie er mit schmerzverzerrtem Gesicht und Tränen in den Augen im Gras lag. Und ein Schatten huschte über mein Herz.

Ich weiß nicht, wie lange ich so auf der Böschung sitzen blieb, umgeben von all diesen sichtbaren und unsichtbaren Dingen, die sich gegenseitig umkreisten und ineinander wanden: die faltige Rinde, der herabtropfende Saft der Bäume, die Gerüche des Mooses, der Erde, der Sonne auf meiner Haut, meines Schweißes, des Tabaks, der Farne, mein Atem, meine Gedanken, die Fliegen, die tausend flüchtigen Eindrücke, die in mir flatterten wie die Flügel eines Nachtfalters, wenn sie an eine Fensterscheibe schlagen. Es war wie ein leichter, ausgelassener Tanz, ein Reigen, bei dem sich alle Empfindungen der Welt an den Händen faßten und zu den Klängen eines kleinen Dorforchesters drehten. Ich summte die Melodie der ersten Bewohner der Region – notleidende Pioniere, Bauern ohne Land und gierige Goldsucher, Huren, Banditen, Hitzköpfe und Prediger –, jenes Lied, das die Leute von Farrago anläßlich ihrer verschiedenen Jahresfeste gemeinsam anstimmen:

Far away, long ago
Farrago

Far away, long ago
I'll be missin' Farrago

Somethin's a' singin'
somethin's a' cryin'
somethin's a' callin'
Far away, long ago

But soon I'll come whistlin'
my heart full and brimmin'
yes you'll soon see me runnin'
up the road I'll come flyin'
home to Farrago
to Farrago

Plötzlich tauchte ein Motorradfahrer auf dem Weg auf, die Bremsen seines Mopeds kreischten, während er bergab fuhr. Er war ganz in Schwarz gekleidet, und sein weißes Haar flatterte im Wind. Einen Augenblick lang meinte ich noch vor mich hin zu träumen, und der Mann auf dem Moped sei nur ein weiteres der vielen Bilder, die sich an diesem heißen und schier endlos scheinenden Nachmittag an den Rändern meines Bewußtseins formten und wieder auflösten. Wieder überschlugen sich meine Gedanken, und alle fröhlichen und unheilvollen Erinnerungen der letzten ereignisreichen Tage strömten hartnäckig auf mich ein, als wollten sie ihre Geschichte bei mir loswerden.

»Reverend!«

»Homer?« rief der Reverend, als habe er ein Gespenst gesehen. Er fuhr in der Mitte des Wegs und wäre beinahe gegen McNeillys Studebaker geprallt, machte aber ein ruckartiges Ausweichmanöver, und es ist ein Wunder, daß er nicht das Gleichgewicht verlor. Mehrere Pakete purzelten aus dem am Lenker befestigten Strohkorb, der Reverend machte wohl gerade seine Tour durch die Gemeinde. Während der Besuche, die er seinen Gläubigen abzustatten pflegte, gab er vor, Geschenke für die Armen in Naturalien oder bar zu sammeln. Wenn Poach von den Bewohnern Farragos sprach, die im

Elend lebten, nannte er sie übrigens immer »meine Armen«. Aber ich habe nie herausfinden können, wer die Armen des Reverend waren. Ich weiß bloß, daß ich nicht dazu gehörte. Nie hat mir der Reverend eines der Kuchenpakete oder auch nur eine der Konservenbüchsen zukommen lassen, die ihm seine Gemeindemitglieder schenkten. Nur ein einziges Mal wollte er mir etwas geben, nämlich als er mir damals in der Kirche den Fünf-Dollar-Schein hinhielt und mich anflehte, nicht an der Messe teilzunehmen.

Wohin also wanderten die von Reverend Poach verwalteten Geschenke? Diese Frage habe ich mir schon oft gestellt. Was geschah mit all den Konserven, Ölflaschen, Kartoffeln und Brathähnchen? Zeitweise mutmaßte ich, er behielte alles für sich und lagerte die Lebensmittel in seinem Haus ein, vielleicht in der Absicht, einen Laden zu eröffnen und Fausto Konkurrenz zu machen. Ich gebe zu, daß es sich hierbei um eine etwas an den Haaren herbeigezogene Hypothese handelte, aber als ich sie eines Abends Elijah anvertraute, nahm der diesen Gedanken sehr ernst. Nur einer wie Elijah konnte so absurde Vorstellungen und blödsinnige Vermutungen ernst nehmen. Was Fausto eines Morgens, als wir in seinem Lieferwagen spazierenfuhren, auf den Gedanken brachte, Elijah sei ein verkannter Dichter, und er verglich ihn mit zweien, die er kannte: Walt Whitman und Robert Frost. Um herauszufinden, wie weit Elijahs Spinnereien gehen konnten, hatte ich ihm übrigens am selben Abend eine weitere, ziemlich abstruse Idee von Lieutenant McMarmonn mitgeteilt, nämlich daß das Land sich bereits unter dem Joch der Eroberer befände und wir es nur nicht merken würden.

»Die Feinde sind unter uns«, sagte der Lieutenant, »sie sind nach und nach gekommen und haben das Land infiltriert. Sie haben unsere Frauen geheiratet, sie arbeiten in unseren Fabriken und unseren Büros, sie haben die Armee unterwandert, sie haben unsere Institutionen durchdrungen, sie haben sich in das Weiße Haus eingeschlichen, und auf den ersten

Blick kann man sie von echten Amerikanern nicht unterscheiden.«

Ich hatte Elijah gefragt, was er von dieser Theorie halte, und die Idee in den Raum gestellt, daß es sich bei den Eindringlingen, die der Lieutenant erwähnte, um Außerirdische handele.

»Na selbstverständlich«, hatte Elijah erwidert, »Reverend Poach ist mit Sicherheit ein Außerirdischer, und er ist nicht der einzige. Glaubst du etwa, der Reverend sei ein echter Amerikaner? Oder glaubst du, Jack Simmons und Alvin Carollan seien Amerikaner? Von wegen. Sie wurden mit dem Fallschirm abgeworfen.«

»Abgeworfen? Von wo aus denn?«

»Das mußt du sie schon selbst fragen.«

Anschließend hatte ich Elijahs Mutmaßungen Fausto weitererzählt, um mich zu vergewissern, daß er genausowenig an die Existenz von Außerirdischen glaubte wie ich. Doch über diesen Punkt drückte sich Fausto etwas unklar aus. Was ihn an der Geschichte interessierte, war, daß Amerikaner und menschliche Wesen in Elijahs Vorstellungswelt ein und dasselbe waren.

»Das ist typisch«, sagte Fausto. »Als gäbe es nur Amerikaner auf der Erde und als seien die Wörter Mensch und Amerikaner synonym.«

»Wie meinst du das?«

»Als sei es dasselbe, als bestünde die Menschheit nur aus Bürgern der Vereinigten Staaten und als gäbe es auf diesem Planeten niemanden außer uns. Erzähl das mal den Spaniern, Chinesen oder Türken! Unter diesen Umständen ist es leicht, überall Außerirdische zu sehen. Da braucht man nicht weiter nach Erklärungen zu suchen. Zeig Elijah ein Foto von einem Schotten im Kilt, und obwohl er selbst schottischer Abstammung ist, wirst du sehen, wie er reagiert.«

Ich wollte diesen Plan in die Tat umsetzen, aber es gelang mir nicht, ein Foto von einem Schotten im Kilt aufzutreiben, so daß ich nun selbst nicht weiß, wie so ein Kerl aussieht.

Der Reverend bremste, wie gesagt, jäh, und unter den aus dem Korb gefallenen Paketen gab es auch eine Packung Vogelfutter, die aufriß und ihren Inhalt über den Weg verstreute. Das sind sie nun, die Armen des Reverend! dachte ich, so arm, daß sie nichts Besseres zu tun haben, als Wachteln und Rotkehlchen zu füttern! Dann überkam mich die Sorge, der Reverend könnte schnurstracks zum Sheriff eilen und ihm melden, er sei mir im Wald begegnet. Aber ich beruhigte mich bei dem Gedanken, daß das Moped von Poach schon antiquarischen Wert hatte, nicht sehr schnell fuhr und mir daher genügend Zeit blieb zu verschwinden. Außerdem sagte ich mir, daß sich nun endlich die Gelegenheit bot, den Reverend zu den Samen zu befragen, die man aussät oder zu Hause aufbewahrt.

Doch der Reverend kam mir zuvor: »Homer, du solltest dich schämen.«

»Wofür denn, Reverend?«

»Das weißt du besser als ich.«

»Ich schäme mich nicht, Reverend.«

»Dann solltest du dich doppelt schämen! Willst du mich jetzt auch noch umbringen?«

»Wie bitte?«

»Erst wolltest du dem Sheriff an den Kragen, und nun lauerst du mir mitten auf dem Weg auf, damit ich vom Moped stürze?«

»Reverend, das meinen Sie doch nicht im Ernst?«

»Ich weiß, wozu du fähig bist. Aber ich weiß auch, daß es zur Umkehr nie zu spät ist. Elijah zum Beispiel, wer hätte es gedacht, nach all den Jahren, die er in Sünde gelebt hat, ist in die Kirche gegangen.«

»Elijah ist in die Kirche gegangen?«

»Er ist zum Beten gekommen.«

»Reverend«, sagte ich, »Sie sind hier derjenige, der sich gerade versündigt. Elijah in der Kirche? Sie halten mich wohl für einen Vollidioten.«

»Vollidiot hin oder her, du weißt, was du zu tun hast«, fuhr der Reverend fort.

»Was denn?«

»Dich stellen.«

»Reverend«, sagte ich und dachte an Faustos Worte, »die Dinge sind, wie sie sind, daran kann man nichts mehr ändern. Es ist nun mal passiert, und soweit ich sehe, ist doch niemand in irgendeiner Weise zu Schaden gekommen. Von Unrecht kann also nicht die Rede sein«, sagte ich, »Schluß damit.«

»Was redest du da? Was soll der Unsinn?«

»Das wissen Sie besser als ich. Es stimmt, Sie verbringen Ihre Zeit damit, zu behaupten, die Leute würden in Sünde leben, obwohl das Getane getan ist und man sich zunächst einmal damit abfinden muß, anstatt es dem andern zu verübeln, auch wenn die Dinge hätten anders laufen können«, sagte ich, wobei ich das Gefühl hatte, mich nicht so deutlich auszudrücken wie Fausto. Ich hätte mir so sehr gewünscht, er sei in diesem Augenblick an meiner Seite und würde dem Reverend erklären, warum das Unrecht nur eine Frage der Perspektive sei. »Es ist doch unsere Entscheidung«, fügte ich hinzu, »und die nimmt uns keiner ab.« Aber ich merkte bereits, daß ich mich auf dünnes Eis begab und da nicht so leicht wieder runterkommen würde.

Diesmal führte kein Weg an einer Migräne vorbei. Ich spürte ein Stechen in der Schläfengegend, und mir wurde klar, daß ich zu weit gegangen war. Offenbar besteht ein gewaltiger Unterschied zwischen dem Begreifen einer Sache und der Fähigkeit, sie in eigene Worte zu fassen, dachte ich. Es reicht nicht, immer nur die Ausdrucksweise der anderen zu übernehmen. Und ich fragte mich, ob der Reverend, der all seine Geschichten der Bibel entnahm, verstand, was er erzählte, oder ob er bloß tagein, tagaus dieselben Lehren herunterbetete, so wie ich Elijahs Konzentrationstechnik anwendete. Gelang es ihm deshalb vielleicht nie, mich restlos zu überzeugen? Der Reverend erklärte, das Haus des Herrn sei für alle offen, weil es in seinem Buch so geschrieben stand. Doch das Buch machte anscheinend keine genauen Angaben darüber, ob die Tür bei Einbruch der Dunkelheit offenbleiben mußte, und darum drehte der Reverend jeden Abend den Schlüssel im Türschloß, ohne dies als Widerspruch zu empfinden. Des weiteren beteuerte der Reverend, einige Leute lebten in Sünde, während andere sich auf dem rechten Weg hielten. Der rechte Weg! dachte ich, noch so ein Ausdruck, über den es nachzudenken galt. Und ich überlegte mir, wenn der rechte Weg der kürzeste zwischen den beiden Kreuzen war, konnte man nicht tugendhaft leben, ohne Abkürzungen zu nehmen, es sei denn, man war ein Vogel. Der rechte Weg, dachte ich, ist ein Weg, der sich quer in die Büsche schlägt, und wer es nicht wagt, die Abkürzung durch den Wald zu nehmen, sondern auf der Hauptstraße bleibt, ist ein Träumer, ein Wüstling oder ein Ungläubiger, weil er sich wie Elijah zu Unrecht einbildet, auf diese Weise schneller zum Ziel zu kommen, auch wenn Elijah, entgegen allen Behauptungen des Reverend, kein schlechter Mensch ist.

»Homer? Hörst du mir überhaupt zu?«

Ich hatte Reverend Poach völlig vergessen. Seit einer ganzen Weile redete er auf mich ein und zeigte mit dem Finger auf mich, doch ich hatte nicht die geringste Ahnung, was er mir erzählt hatte. »... Und überhaupt, dieser Wagen? Wem hast du den geklaut? Und seit wann bist du in Besitz eines Führerscheins? Es wird Zeit, daß du erwachsen wirst! Na ja, du mußt selbst wissen, was du tust!«

»Ich behaupte ja nicht das Gegenteil, Reverend. Nur nehme ich es niemandem übel.«

»Ja, was denn auch? Red nicht so einen Quatsch, Homer. Glaubst du etwa, du hättest nicht verdient, was dir widerfahren ist? Du bist hier doch der Unruhestifter.«

»Gewiß, nur habe ich seit dem Unfall keinen Tropfen Bosheit mehr in mir, und trotzdem ist alle Welt hinter mir her! Ich sage ja nicht, daß es ungerecht ist, nein, es ist einfach mein Schicksal.«

Ich sprach diese Worte mit Nachdruck und gehe wohl nicht zu weit mit der Behauptung, daß sie den Reverend beeindruckten. Meine Schläfen pochten, meine Kehle war trokken, und ich blickte abwechselnd auf Reverend Poach, seine Hände, die den Lenker fest umklammerten, die verdreckte Karosserie des Studebakers und die Körner für die Vögel, die auf der Erde verstreut lagen. Lenker. Karosserie. Körner. Eine Fülle von Gefühlen und widersprüchlichen Gedanken strömte auf mich ein. Ich mußte unbedingt an etwas anderes denken.

»Es ist mein Schicksal«, wiederholte ich, während der Reverend etwas von »Hoffnungsloser Fall!« murmelte und die Augen zusammenkniff, als würde ihn die Sonne blenden.

Eine Brise erhob sich und wirbelte Pollen um uns auf. Der Reverend zückte ein Taschentuch und schneuzte sich. Er wirkte noch bedrückter als an jenem Morgen, da er mich auf der Kirchenbank durch einen Stups mit dem Gehstock geweckt hatte.

»Was übrigens die Samenkörner angeht ...«, setzte ich an, um das Thema zu wechseln.

»Kommst du mir schon wieder mit deinen verflixten Samenkörnern!« rief der Reverend. »Sammle lieber die Pakete auf.«

Ich bückte mich, um die Geschenke aufzuheben, und legte sie zurück in den Korb. Dann stieg der Reverend wieder auf den Sattel seines Mopeds und fuhr schwankend davon. Nicht zum erstenmal hatte ich versucht, ihm zu dieser Geschichte Fragen zu stellen, und einmal mehr hatte er sich geweigert, mit mir darüber zu sprechen. »Reverend! Reverend!« Aber wenige Sekunden später war er schon um die Ecke verschwunden. Ich hob den aufgerissenen Beutel auf und wog ihn in der Hand. Er enthält noch gut ein halbes Pfund Körner, schätzte ich und beschloß, ihn Duke zu schenken. Ich stopfte ihn also in meinen Mantel, wobei mir durch den Kopf ging, daß auch Duke nicht zu jener rätselhaften Sekte der Armen von Reverend Poach gehörte, aber wenigstens liebte er die Vögel.

9

»Homer, komm da raus, du verdammter Hurensohn!«

»Elijah?«

»Komm da raus, du Mistkerl!«

Es war früh am Morgen, eine leichte Brise trug Harz- und Erdgerüche herüber, mein Körper war durchgefroren, und ich begriff, daß ich in der Trommel der Industriewaschmaschine eingeschlafen war, wo ich offenbar in der Nacht Zuflucht gesucht hatte. Ich erinnerte mich nur vage an meinen nächtlichen Marsch bis zu Elijahs Haus. Hatte ich die Trommel umgekippt, um hineinzukriechen und mich in ihrem warmen Bauch schlafen zu legen? Ich weiß es nicht mehr. Als ich aus der Schmiede kroch, fiel mein Blick auf Elijahs staubige Stiefel, er wartete am Schuppen auf mich, reglos und streng wie Richter Merrill auf seinem Podest im Gerichtssaal von Santa Cruz, währenddessen eine Hand immer auf dem Stiel seines kleinen Hammers ruhte. Ich schaute zu ihm hoch in der Hoffnung, ihn zu besänftigen. Denn ich wußte, Elijah war ein ehrenhafter Mann und würde nie einen Kerl schlagen, der am Boden liegt, auch wenn ich an seiner Stelle nicht soviel Milde walten ließe, um einen Ausdruck zu gebrauchen, der dem Reverend lieb und teuer war.

Doch was ich sah, verblüffte mich. Elijah lächelte. Zwischen seinen aufgesprungenen Lippen kamen all seine Zähne zum Vorschein, eng aneinandergereiht wie die Kinder im Nickelodeon, wenn sie sich bei einer Liebes- oder Actionszene am Geländer der Loge drängeln.

»Elijah geht sparsam mit seinem Lächeln um«, bemerkte Fausto einmal, und wie üblich hatte er recht. Genau wie

Elijah Münzen und Scheine auf so viele Parzellen verteilt, wie er Dosen und Kästchen besitzt, haushaltet er mit seinem Lächeln, seinem Händeschütteln, freundschaftlichen Rippenstößen und aufmunternden Worten. Er knausert damit wie Reverend Poach mit seinen Geschenken. Ein Lächeln von Elijah ist Gold wert. Und ich irre mich bestimmt nicht, wenn ich sage, daß Elijah nur drei-, viermal im Jahr lächelt. Ein Lachen aus seinem Halse müßte demnach alles Gold der Welt wert sein, denn meines Wissens hat Elijah in seinem ganzen Leben noch kein einziges Mal gelacht.

Elijah lächelte also, und nachdem ich mich erhoben hatte, legte er mir die Hand auf die Schulter.

»Homer«, sagte er, »komm und wärm dich am Ofen auf. Ich mach dir einen Kaffee.« Dann musterte er mich und kniff die Augenbrauen zusammen. »Wer hat dir das angetan?«

»Was?«

»Du bist völlig zerkratzt und blutest am Mund.«

Ich legte einen Finger an meine Lippen und spürte, daß sie klebrig waren. Meine Fingerkuppe war rot. Und mit einemmal fiel mir alles ein, unser Wiedersehen, unsere Jagd durch den Wald, das Streicheln der Farne, die dornigen Zweige, Ophelias Hände auf dem Brückengeländer, ihr Schweigen, meine Angst, zu spät zu kommen, Ophelias rotes Haar, Ophelias rote Lippen und ihre glühenden Sommersprossen.

Nach der unerwarteten Begegnung mit dem Reverend auf seinem Moped hatte ich es endlich geschafft, zum Bordell zurückzugehen, wo ich Ophelia den Grund für mein langes Fortsein erklären wollte. Während ich die Landstraße zum Bordell hinauflief, fragte ich mich, wo ich anfangen sollte, und um mir Mut zu machen, spielte ich mit dem Ring an meinem Finger. Maud empfing mich an der Tür und sagte mir, ich fände Ophelia im Waschhaus, einem kleinen Nebengebäude aus Mammutholz, das hinten im Garten liegt.

Zwischen lauter gelben, orangefarbenen und lila Laken, die über einer Wäscheleine trockneten, saß Ophelia auf einem

Hocker und lackierte sich die Fingernägel, während sich die Trommel einer großen Waschmaschine drehte.

»Ophelia«, sagte ich, und kaum hatte sie mich erblickt, stürzte sie auf mich zu. An Stelle einer Ohrfeige spürte ich, wie ihr Kleid meinen Unterarm streifte, und sah sie in den hinteren Teil des Gartens eilen, dort, wo die Zitronenbäume stehen. Die Früchte glänzten im feinen Abenddunst wie riesige Leuchtkäfer. »Ophelia!« rief ich und rannte ihr nach.

Ihr Kleid schwebte vor mir her, und zeitweise sah ich nichts anderes als dieses rote Dreieck, das über das dichte Gras hinwegstrich und seine Gestalt veränderte wie die Lichtflecke, die das Sonnenlicht auf dem Auge hinterläßt. Ophelia lief nicht, sie flog wie ein Monarchfalter, wie ein Papierdrachen, sie flog, während mir nur ein Paar wackliger Beine zur Verfügung stand. Meine Schuhsohlen sanken in der Erde ein wie in Pech und lösten sich nur mit Mühe, ich spürte, wie meine Blasen an den Strümpfen rieben, meine Schenkel und Waden flehten um Gnade, ich spürte, daß mein Körper mit Ton, Reisig und Kieseln gefüllt war, ich war die ganze Nacht, den ganzen Tag gerannt, und nun rannte ich schon wieder.

Ophelia verließ stürmisch den Garten, unsere Jagd setzte sich den Hügel entlang fort, und ich hätte, um sie einzuholen, bloß ein wenig das Tempo anzuziehen brauchen, aber es schien, als würden wir nicht mehr derselben Welt angehören, und mir fielen die Esel aus einem Abenteuerfilm ein, die man zum Weitergehen bewegte, indem man ihnen mit einem Tuch, das an eine Stange gebunden war, vor dem Maul herumwedelte.

Ophelia flitzte über ein Feld, dann lief sie in den Wald hinein, und in dem Nebel, der das Laub einhüllte, färbte sich das Rot ihres Kleides dunkler. Sie floh, immer weiter und weiter, und ich stolperte ihr hinterher, den Blick auf den roten Fleck ihres Kleides geheftet. Ich dachte an nichts mehr, Äste und Dornen zerkratzten mich im Vorbeilaufen, mein Körper schien von ganz allein vorwärts zu preschen. Ophelia lief auf der Landstraße voraus wie jener wackere Fahnenträger, von dem Lieutenant McMarmonn häufig sprach und der während des Sezessionskriegs zum Helden der Nordisten wurde, nichts konnte sie aufhalten. Manchmal verlor ich sie aus den Augen, und manchmal war ich ihr dicht auf den Fersen, aber stets schien sie mir fern, unberührbar, und ich glaubte ebensowenig, sie einholen zu können, wie ein Vogel versucht, schneller als die Sonne zu sein.

Wie lange habe ich sie so verfolgt in den Hügeln von Farrago? Es war mir, als würde Ophelia gar nicht vor mir fliehen, sondern uns im Gegenteil einen Weg bahnen, und ich würde ihr so bis ans Ende der Welt, bis ans Ende der Zeit folgen. Ich war berauscht vor Glück, ich fühlte meine Beine nicht mehr, meine Füße berührten den Boden nicht mehr, auch ich flog, und das merkwürdigste an alledem war: Ich hatte den Eindruck, immer geradeaus zu laufen, ohne Umwege, auf der Oberfläche einer Welt, wo Hindernisse, Kurven, Abkürzungen, Zickzacklinien keine Bedeutung mehr hatten. Ophelia und ich bildeten wie auf Faustos Zeichnung die beiden Kreuze, zwischen denen eine Gerade verlief, die in ständiger Bewegung war. Ophelia war der Anfang und ich das Ende dieser Linie, die über die Erde glitt, ohne sich je zu krümmen. Es gab keinen Unterschied mehr zwischen den Entfernungen zu Lande und in der Luft, es gab nur noch eine endlose Strecke, einen Raum zwischen zwei Punkten, unseren beiden Körpern, der durch nichts jemals ausgefüllt werden würde, als sei das wichtigste an der Geschichte die Linie selbst, nicht Ophelia, nicht ich, sondern dieser unsichtbare Faden, der zwischen unser beider Leben gespannt war.

Der kürzeste Weg zwischen einem Punkt und einem anderen Punkt ist die Liebe, dachte ich, und ich begriff, daß alles Leid der Menschheit demselben Mißverständnis entsprang. Die Menschen jagten einem Ziel hinterher und vermochten es nicht zu erreichen, sie verliebten sich und vermochten nicht zu lieben, sie begaben sich irgendwohin und beklagten sich über die Reise, sie sahen die Zeit dahinfliegen und fürchteten zu sterben, bevor sie alt wären, sie alterten dennoch und lebten in dem quälenden Gedanken an ihr bevorstehendes Ende, die Menschen sahen nur den Start- und den Zielpunkt und vergaßen den Weg, der zwischen beiden lag. Denn was auch geschieht, es gibt diesen Weg, man kann ihn weder verlängern noch verkürzen, man kann ihn bestenfalls erkennen, und ich für meinen Teil habe ihn erkannt, während ich Ophelia hinterherlief. Diese Eingebung mit dem Weg verdankte ich zwar allein meiner Liebe, war aber trotzdem stolz darauf. Homer, sagte ich mir, alle Achtung, und in diesem Moment sah ich, wie Ophelia das Unterholz verließ und zur Landstraße zurücklief, eine halbe Meile entfernt von der Barnaby Bridge, die nördlich von Farrago über den Bach führt.

Es dämmerte schon, und im Halbdunkel gewann Ophelia ihre Gestalt zurück, die Linie ihrer Hüften, ihre milchige Haut und ihr rotes Haar. Das Licht reichte gerade noch, um sagen zu können, daß wirklich sie es war, Ophelia, und wir dieses weite Gebiet, das auf keiner Landkarte eingezeichnet ist, in der Tat gemeinsam durchquert hatten. Doch ich spürte, daß wir es bereits hinter uns gelassen hatten oder daß es nicht mehr sichtbar war. Es hatte sich wie eine Welle aus unserem Bewußtsein zurückgezogen, es war nicht entschwunden, es war nicht verschlossen wie die Türen einer Kirche, nein, es wartete nur auf einen günstigen Augenblick, da es uns einladen würde, es noch einmal zu erforschen. Wellen kehren immer wieder, dachte ich und rief: »Ophelia!«

Kurz vor der Brücke hielt sie inne und wandte sich zu mir um. Ihr schönes Gesicht war völlig verschwitzt und glühte, ein paar Haarsträhnen klebten ihr auf Stirn und Wangen.

»Liebst du mich?« fragte Ophelia. Es lag soviel Schmerz in ihren Augen.

»Ja.«

»Dann rette mich.«

Ophelia lief auf die Brücke, und in diesem Augenblick begriff ich, daß sie sich in den Fluß stürzen wollte. Ich rannte los. Meine Glieder waren schwer wie Blei. Ich sah, wie Ophelia die Hände auf das Geländer stützte, niemals würde ich rechtzeitig dasein. Dreißig Fuß tiefer toste das Wasser zwischen den Brückenpfeilern hindurch. Ophelia kletterte mit einem Bein über das Geländer, aber gerade als sie springen wollte, wurde ihr schwindelig, und sie rührte sich nicht mehr.

Ich lief auf sie zu, legte ihr meine Hände auf die Schultern und spürte, wie sie sich entspannte. Dann ließen wir uns zu Boden fallen. Meine Hände hielten sie fest, ich hatte solche Angst, sie könnte sich wieder losreißen oder das Geländer könnte nachgeben, das Wasser plötzlich steigen, Passanten könnten sich einmischen. Wir knieten. Ihr Rücken lehnte mit seinem ganzen Gewicht gegen meinen Oberkörper, ich sah die feuchte Kuhle ihres Nackens und die kleinen Hökker ihrer Wirbelsäule unter dem gespannten Baumwollstoff. Ich kann gar nicht sagen, wie sehr ich sie in diesem Augenblick liebte. Ich schlang meine Arme um sie und drückte sie so fest an mich, daß sie bald erstickte, ich ihr bald die Knochen brach, doch sie beklagte sich nicht, sie schnaufte nicht einmal, nichts. Der Schmerz, den ich ihr zufüge, dachte ich, tut ihr gut. Schließlich sagte sie bedrückt: »Du hast dich nicht ins Wasser gestürzt, um mich zu retten.«

»Aber du bist doch auch nicht gesprungen. Wenn du gesprungen wärst, wäre ich dir gefolgt.«

»Sagst du das nur, um mir eine Freude zu machen?«

»Ganz bestimmt nicht.«

»Ich habe Höhenangst.«

»Ich hätte dich gerettet.«

»Wirklich?«

»Ja.«

»Also liebst du mich genauso wie sie?«

»Wie wen?«

»Sarah Connolly.«

»Ich bin nie in Sarah Connolly verliebt gewesen.«

Ophelia hob den Kopf und sah mich prüfend an. Sie heftete ihren Blick abwechselnd auf mein linkes und auf mein rechtes Auge, als wollte sie sie entziffern. Sie sah nicht mich, Homer, an, sondern interessierte sich für meine Augen, eine Inspektion, die sie später oft wiederholte, ja fast zum Ritual erhob. Dabei schien es ihr nicht darum zu gehen, mich irgendeiner Sache zu überführen, sondern sie versuchte etwas zu begreifen, das sich ihr entzog. Schließlich küßte sie mich. Unsere Gesichter waren schweißüberströmt. Wir standen auf und liefen Hand in Hand, ohne ein Wort zu sagen, die breite Landstraße hinunter zum Dorf. Es war dunkel.

Als wir vor der Tür zum Bordell standen, sagte Ophelia: »Geh jetzt!« Ich griff in meine Manteltasche und zauberte die Haarspange mit den blauen Blümchen hervor, die ich ihr schon seit langem schenken wollte.

»Für mich?« fragte Ophelia.

»Ja.«

Sie lächelte, schüttelte dann aber den Kopf. »Gib sie mir ein andermal.«

»Wann?«

»Wenn du wieder netter bist«, sagte Ophelia, trat ins Haus und schloß die Tür hinter sich.

Ophelia, wie sie leibt und lebt. Sie hatte eine Art Ehrenkodex, an den sie sich peinlich genau hielt. Wenn ich sie erfreute, gab sie es mir ohne Umschweife zu verstehen. Wenn ich etwas falsch machte, erfuhr ich es im selben Moment. Und wenn Ophelia sowohl zufrieden mit mir als auch wütend über mich war, fand sie immer einen Weg, mich zu belohnen und gleichzeitig zu bestrafen. Fausto verglich die Liebe bei anderer Gelegenheit einmal mit der Justiz und Ophelia mit einem Bezirksstaatsanwalt.

»Es gibt Richter, die ein Verfahren ewig in die Länge ziehen«, erklärte mir Fausto, »und andere, die nicht lange fakkeln und die Angelegenheit auf der Stelle regeln. In Ophelias

Vorstellung duldet die Gerechtigkeit keinen Aufschub. Sie verliert keine Zeit. Du hast wirklich Glück.«

»Wegen der Äste«, antwortete ich, als Elijah mich fragte, warum ich so zerkratzt sei. »Ich bin Ophelia hinterhergerannt. Und das an meinem Mund ist kein Blut, sondern Lippenstift.«

Er kommentierte das nicht weiter. Wir gingen ins Haus und setzten uns an den Küchentisch. Elijah war, das sah ich genau, nicht in seiner üblichen Verfassung. Er wollte mir etwas sagen und versuchte Zeit zu gewinnen, aber weil es ihm nicht gelang, an etwas anderes zu denken, schwieg er eben und rührte mit dem Löffel in seiner Kaffeetasse. Ich nahm an, er wollte über die Schmiede und seine Dosen reden. Wenig später erfuhr ich, daß Percy ihm mit seinem Traktor geholfen hatte, die Trommel aus dem Teich zu ziehen. Und wie ich meinen Blick über den Hof schweifen ließ, stellte ich fest, daß Elijah sogar schon den Amboß von Abraham Burnet, dem Zahnarzt, geholt hatte. In dem Moment sagte ich mir, Elijah erlebte die größten Tage seines Lebens und war auf seine Weise der glücklichste Mensch von der Welt. Seit wieviel Jahren sprach er schon von seiner Schmiede, ohne sich von seinem Hocker zu erheben? Zehn, fünfzehn Jahre?

Ich wollte ihm gerade die Frage stellen, als ich mich plötzlich an Ananda Singsidhu erinnerte, den indischen Meteorologen, der damals, als ich noch zur Schule ging, nach Rainbow Point gekommen war, um sich in dem Beobachtungsturm niederzulassen, der mit den Subventionsgeldern der Stanford-Universität gebaut worden war. Nand – so nannten ihn seine Bekannten – und ich hatten uns angefreundet, und er vertraute mir an, daß er seit seiner Kindheit von diesem Turm träumte. Mit seiner Ankunft in Farrago hatte sich sein Traum erfüllt, genauso wie der von Elijah. Elijah hat Nand nie kennengelernt, fiel mir ein, und ich habe ihm die Geschichte nie erzählt.

Nun ist endlich die Gelegenheit gekommen, dachte ich, aber da sah ich zu meiner großen Überraschung Bone mit einem Hühnergerippe zwischen den Zähnen die Straße entlangtrotten. Ich ging hinaus auf die Terrasse und rief ihn, weil er aber bereits einen Knochen im Maul hatte, hörte er nicht hin und lief weiter. Dieser Zwischenfall verdrängte die Geschichte mit Ananda Singsidhu und dem Turm aus meinem Kopf, und ich erinnerte mich erst eine Woche später wieder daran, als ich im Dunkeln den Hügel von Rainbow Point hinaufstieg, um an einer geheimen Sitzung teilzunehmen, die den Gang der Ereignisse erschüttern sollte.

»Laufen die Geschäfte gut?« fragte ich, als ich in die Küche zurückkam.

»Weniger gut als deine«, antwortete Elijah.

»Noch ist nichts entschieden. Der Reverend wird mit der Trauung nie einverstanden sein, und ich muß mir erst noch diesen Job als Förster angeln.«

»Ich weiß.«

»Wer hat dir davon erzählt?«

»Du wirst dich noch wundern!« sagte Elijah, wobei mir auffiel, daß er recht häufig zur Landstraße hinüberäugte.

»Erwartest du jemanden?«

»Ich? Niemanden. Aber du erwartest jemanden.«

»Wen denn?« fragte ich, und als ich durchs Fenster blickte, erriet ich die Antwort. Das Auto des Sheriffs fuhr auf den Hof.

»Verraten und verkauft!«

Ich sprang auf und versuchte Elijah am Hemd zu packen. Doch er machte sich los, und ich rannte ihm hinterher, rund um den Tisch. Sollte der Sheriff mir ruhig die Handschellen anlegen und mich vor den Richter zerren, ich würde Elijah schon noch kriegen und ihm die Nase ins Gesicht drücken, ich würde ihm beide Augen ausstechen und die Zähne ausschlagen, er brauchte ja dann nur wieder zu Abraham Burnet zurückzugehen. Während Elijah Haken schlug, um meinen

Fäusten auszuweichen, grinste er dämlich, was meine Wut weiter hochkochen ließ.

»Du dreckiger Verräter!« schrie ich. »Hast du schon mal was von Apollo 17 gehört? Ich werde dich in deine Trommel stopfen, dich zum Kennedy Space Center rollen und an Bord deiner löchrigen Kapsel ins Weltall schießen! Apollo 17 wird dein letztes Heldenstück, du Wichser!«

Der Sheriff hinderte mich jedoch an der Umsetzung meines Plans. Als er die Küche betrat, sah er einen Moment unserer Jagd um den Tisch zu, doch als ich den Tisch umstoßen wollte, um Elijah in die eine Zimmerecke zu drängen, umklammerte er meine Schulter und riß mich zurück.

»Beruhige dich, Homer«, sagte der Sheriff, »setz dich mal hin.«

»Ich stehe sehr gut«, erwiderte ich, ohne Elijah aus den Augen zu lassen, dessen verschmitztes Lächeln mir wie Hohn und Spott entgegenschlug.

»Was ist denn hier los?« fragte der Sheriff. »Glaubt ihr, das sei der richtige Moment dafür? Homer, was ist bloß in dich gefahren? Elijah, hast du ihm denn nichts gesagt? Homer, hast du nicht die Zeitung gelesen?«

»Zeitung?«

Ich spürte, wie meine Wut mit einem Schlag verebbte. Das war das Ende, ich war am Ende, ich war reif für den Knast, und weil ich das Bußgeld niemals aufbringen konnte, würde man mich zu mehreren Monaten gemeinnütziger Arbeit verurteilen, ich würde seitlich der Fahrbahn Leitplanken anbringen oder, mit einem Spieß und einer Mülltüte bewaffnet, den Abfall vom Strand aufsammeln müssen. Irgendein anderer würde den Försterposten bekommen, und Ophelia würde mich nie mehr zum Mann wollen. Vielleicht würde sie sogar unser Kind aussetzen, so wie sie es an jenem Abend angedroht hatte, als ich zu ihr aufs Zimmer gegangen war. Vielleicht würde ich nie das Gesicht meines Kindes sehen, nie seinen Namen erfahren. Was war bloß in mich gefahren? Diese

Frage hätte man besser Jo Haggardy stellen sollen, Jo mit ihren großen Worten und ihren großen Plänen, Jo, die sich in den Kopf gesetzt hatte, Ophelia und mich zu verheiraten, obwohl ich nicht einmal in der Lage war, meine eigenen Angelegenheiten in den Griff zu bekommen, und meine Zeit damit verbrachte, die anderen in meinem freien Fall mitzureißen. Elijahs Verrat hatte mich getroffen wie einen Vogel, den man im Fluge abschießt. Ich hatte keine Kraft mehr zum Kämpfen. Ich ließ mich auf einen Stuhl sinken.

»Hier«, sagte der Sheriff und hielt mir ein Exemplar des *San Francisco Daily* hin. Die erste Seite war fast vollständig dem Watergate-Skandal und dem Rücktritt der engsten Berater des Präsidenten gewidmet. Der Artikel berichtete zunächst, der Präsident habe zehn Stunden nachgedacht, bevor er die Schuldigen ihrer Ämter enthoben habe, was mich in meiner Überzeugung bestärkte, daß Dummheit und Präsidentschaft einander nicht ausschlossen. Ich vergaß meine Sorgen und stellte mir vor, wie sich Nixon in seinem Oval Office, den Kopf auf die Hände gestützt, zehn Stunden lang immer wieder fragte, ob er seine Männer nun entlassen sollte oder nicht, und ich sagte mir, bei dem Tempo würden sich die politischen Affären des Landes bestimmt nicht so bald einrenken, und wenn so viele Jahre verstreichen mußten, bevor ein Friedensvertrag mit Vietnam unterzeichnet wurde, lag es wohl daran, daß der Präsident so lange gebraucht hatte, um dazu Stellung zu beziehen. Der Leitartikel rechts daneben nahm eine halbe Spalte in Anspruch und informierte über eine gewisse Miss Roe und die kürzlich legalisierten Abtreibungen in Texas. Ohne nachzudenken, las ich die ersten Zeilen des Artikels, dann schweifte mein Blick weiter nach unten, wo das Foto eines völlig entgeisterten Schwarzen abgebildet war. Irgend etwas an seinem Gesichtsausdruck machte mich stutzig, und so betrachtete ich das Foto eingehender. Zunächst fiel mir auf, daß dieser Schwarze nur stellenweise schwarz war, dann sah ich, daß er einen ähnlichen

Mantel trug wie ich, und zu guter Letzt erkannte ich mich: »Das bin ja ich!«

Elijah und der Sheriff nickten zustimmend und lächelten, Elijah wie ein Kind, das gerade jemandem einen Streich gespielt hat, und der Sheriff voller Stolz. Dann las ich die Überschrift des Artikels: »Der Held von Farrago«. Er stammte aus der Feder von Craig McNeilly und klärte den Leser darüber auf, wie ich auf dem Schrottplatz von Farrago gemeinsam mit Duke die Umweltverschmutzer überwältigt und anschließend den Tankwagen am Headquarter abgegeben hatte.

»Homer«, sagte der Sheriff, »laß uns das Kriegsbeil begraben.«

Ich war so erstaunt, daß ich darauf nichts erwiderte.

»Weiter, Sheriff!« rief Elijah.

»Homer«, fuhr der Sheriff fort und zog einen Umschlag aus der Tasche, »das ist für deine Mühe. Dieser Umschlag enthält fünfhundert Dollar. Duke hat seinen Anteil schon bekommen, die Hälfte der von der Polizei ausgesetzten Belohnung für jeden Hinweis, der zur Festnahme dieser Gangster führt, die unsere Gewässer verschmutzen. Euch verdanken wir, daß wir bald hoffentlich den ganzen Ring zerschlagen können. Richter Merrill, den ich vorhin am Telefon hatte, sagte mir, diesmal wolle er in deinem Fall ein Auge zudrükken, und Morris Cuvelton läßt ausrichten, er erwarte dich wegen dieser Jobgeschichte am Rathaus. Willst du wirklich Förster werden?« fügte der Sheriff leicht beunruhigt hinzu.

»Ich habe nicht die Wahl«, antwortete ich, während ich das Bündel grüner Geldscheine in dem Briefumschlag betrachtete. Ich fragte mich, warum Craig McNeilly nicht auch Duke fotografiert hatte. Etwa weil ich mich am Steuer seines Wagens aus dem Staub gemacht hatte? Oder zeigte es nicht vielmehr, daß die Weißen im Vergleich zu den Schwarzen eben doch gewisse Vorteile genossen? Statt »Die Helden von Farrago« zu schreiben, erwähnte Craig McNeilly nur einen einzigen Helden, nämlich mich, auch wenn ich auf dem Foto eher aussah wie ein Schwarzer. Die ganze Sache war ziemlich verworren. Ich muß mit Fausto darüber sprechen, dachte ich.

»Und jetzt«, sagte Elijah, »halt dich fest! Der 1. Mai 1973 wird in die Annalen der Geschichte der amerikanischen Industrie und des menschlichen Geistes eingehen, darauf kannst du Gift nehmen. Homer, folge mir, die Geldscheine kannst du später nachzählen. Sheriff, Sie dürfen auch mitkommen. Ich habe vor niemandem ein Geheimnis«, sagte Elijah, während er aus der Küche trat, »und schon gar nicht vor den Gebrüdern Flink«.

Im Schuppen erwartete mich eine weitere Überraschung. Auf dem Hocker, den Elijah vom Hof genommen und in die Schmiede gestellt hatte, thronte sein erstes Werk, eine würfelförmige Blechdose, etwa faustgroß, deren Deckel mit einem hübschen Verschluß verziert war. Die Dose war von recht grober Machart, leicht verbeult und windschief. Ich nahm sie sorgfältig in Augenschein, dann blickte ich Elijah an. Er wurde ganz rot vor Freude. Der Sheriff hob das Kästchen hoch, wendete es in alle Richtungen und legte es mit ernster Miene zurück.

»Elijah«, meinte er, »ich nehme alles zurück, was ich je über dich gesagt habe. Das Kästchen, das ich hier vor mir sehe, wird in der ganzen County eine wahre Lawine von Mea culpas auslösen, jede Wette.«

»Mein allererstes Stück«, sagte Elijah und tätschelte den Deckel, als würde er den Kopf eines Kindes streicheln.

»Das hätte ich nie für möglich gehalten«, fuhr der Sheriff fort. »Homer steht auf der ersten Seite, und du eröffnest nach Jahren des Zauderns von einem Tag auf den anderen deine Schmiede. Hut ab. Es weht ein neuer Wind durch Farago.«

»Die Gebrüder Flink können sich auf was gefaßt machen«, sagte Elijah, bevor er sich wieder mir zuwandte. »Homer, dieses Kästchen ist für dich. Ja, du Idiot, mach nicht so ein Gesicht. Ich weiß zwar nicht, was passiert ist, als du mich ins

Wasser geschmissen hast, aber irgend etwas ist passiert. Als ich mich da unten im Teich befand, im Innern meiner Schmiede, das war ganz eigenartig. Mir war, als läge ich im Bauch meiner Mutter. Ich hatte nicht einmal Angst. Und als ich den Kopf aus dem Wasser steckte, war mir, als würde ich wiedergeboren. Ich habe sogar geschrien. Nicht wahr, Sheriff?«

Der Sheriff nickte.

»Ich habe sogar geschrien«, wiederholte Elijah. »Ich habe geschrien, als würde ich den ersten Atemzug tun. Und ich habe gespürt, wie etwas in meinem Kopf zerbrochen ist. Ein Ding, das da nichts zu suchen hatte und das ich seit Ewigkeiten in meinen Schädel herumtrug. Ein paar Tage später hat mir Percy geholfen, die Schmiede aus dem Teich zu ziehen, und als ich sie aus dem Wasser auftauchen sah, voller Schlamm und kleiner Algen, habe ich geweint. Ja, ich habe geweint!«

Elijah blickte sich um, als hoffte er, Percy Tuddenham auftauchen zu sehen, um ihn zu bitten, seine Worte zu bestätigen.

»Das stimmt«, bezeugte der Sheriff ersatzweise. »Percy hat mir die Geschichte erzählt.«

»Und noch am selben Tag«, setzte Elijah erneut an, »weißt du, was ich da gemacht habe?«

»Nein«, erwiderte ich.

»Ich bin in die Kirche gegangen und habe gebetet. Sogar eine Kerze habe ich angezündet.«

Dann stimmte es also. Der Reverend hatte mich doch nicht belogen. Elijah war tatsächlich in die Kirche gegangen. Es wehte ein neuer Wind durch Farrago, der Wind der Revolution.

»Du hast gebetet? Zu wem denn?« fragte ich. »Zu Gott?«

»Gute Frage! Ich habe einfach gebetet. Und meine Aussetzer«, fuhr Elijah fort, »weg! Na ja, so gut wie. Inzwischen dauern sie nur noch ein bis zwei Sekunden, mir bleibt kaum Zeit, zu kommen und zu gehen, und seit einer Woche habe ich Granny keinen einzigen Besuch mehr abgestattet. Nimm dieses Kästchen, Homer! Es soll dir Glück bringen. Ein Tintenfäßchen reicht nun nicht mehr aus für deine Ersparnisse, du brauchst eine richtige Dose, die du dir hinstellen und jeden Tag im Jahr ansehen kannst, in Erinnerung an den 1. Mai 1973.«

Ich war mir zwar nicht sicher, ob ich mich an das Datum erinnern würde. Aber zumindest würde ich mich immer an diesen Morgen bei Elijah erinnern, an die Zeitung, die Belohnung, den Dank des Sheriffs und die Verwandlung meines Freundes. Elijah war nicht mehr derselbe. Ich hatte ihn noch nie so viel auf einmal reden hören, ich hatte ihn nie so ungezwungen lächeln, doch vor allem hatte ich ihn vormittags noch nie woanders als auf seinem Hocker sitzen sehen. An den folgenden Tagen kehrten Elijahs Phlegma und seine übliche Schweigsamkeit zurück. Aber er lächelte schon beim geringsten Anlaß, und wenn er meckerte, tat er es ziemlich lustlos, als wolle er einfach nur den Anschein wahren. Wir traten vor den Schuppen, Elijah überreichte mir das Kästchen, und der Sheriff begleitete mich zum Rathaus.

10

Ich verbrachte den Tag zwischen Morris Cuveltons Büro, dem seiner Sekretärin, der kleinen Hütte von Dunken junior und den Hügeln von Farrago, wo ich mit dem ehemaligen Förster bis in die frühen Abendstunden spazierenging. Dunken junior (sein Vater, Dunken senior, hatte gerade seinen siebenundneunzigsten Geburtstag gefeiert, womit er der Dorfälteste war) erzählte mir, worin seine Arbeit bestand, und ich mußte feststellen, daß ich all die Jahre, ohne es zu wissen, bereits als Förster gearbeitet hatte, nur ohne Bezahlung. Auch hatte ich keine Uniform tragen oder Berichte schreiben müssen, aber von diesem Unterschied einmal abgesehen, gab es erstaunliche Ähnlichkeiten zwischen meinem Leben und dem von Dunken, und wir verstanden uns hervorragend.

Dunken ist der einfachste Mensch, den ich kenne. Als hätte die Natur auf ihn abgefärbt. Er redet wenig, und wenn, dann nur, um wirklich etwas zu sagen, was nach Faustos Ansicht den großen Naturgesetzen entspricht. Wer nichts zu sagen hat, meint Fausto, verbirgt seinen Mangel an Intelligenz und Tiefe hinter einer ständigen Flut von hohlen Worten, und wer es nicht nötig hat, seine Armseligkeit hinter Worten zu verstecken, und nicht meint, gegen »die erschreckende Stille der Bäume, Tiere und freien Menschen« anreden zu müssen (diesen Ausdruck hat Fausto in einem seiner Gedichtbände gefunden), begnügt sich in sprachlicher Hinsicht mit dem Allernotwendigsten. Dunken war übrigens glücklich, daß ich seinen Platz einnehmen sollte. Im Golden Egg hatte ihm Martha Dill den Zeitungsartikel gezeigt. Daher wußte er, was für einen Denkzettel Duke und ich den Umweltverschmutzern verpaßt hatten, und als ich in seinen kleinen Lastwagen stieg, sagte er, der Wald verdanke mir vieles und würde mir irgendwann vergelten, was ich für ihn getan habe.

Dieser Satz hat sich mir tief eingeprägt. Ich habe sogar ein Heft gekauft, um ihn zu notieren, und mir vorgenommen, die denkwürdigen Sätze dieser und jener Menschen dort niederzuschreiben. Allein mit Duke und Fausto bekäme ich schon seitenweise Material zusammen. Mein Heft der Denkwürdigkeiten ist nie über das Projektstadium hinausgekommen. Dunkens Satz ist der einzige, den ich aufgeschrieben habe, und später, auf der abenteuerlichen Expedition mit Duke, hat Ophelia es sich ausgeliehen, um ihre Reiseeindrücke festzuhalten.

Der Draht zwischen Dunken und mir war so gut, daß schon eine einfache Handbewegung oder ein Blick genügten, um sich zu verständigen und die Früchte unserer Erfahrungen auszutauschen. Er zeigte mir die Spuren eines Hirschrudels, eines Stinktiers oder eines Waschbärs, und ich machte ihn auf das dumpfe Hämmern eines Grünspechts, den ruhigen Gleitflug eines Kolibris oder das lebhafte Gluckern eines verborgenen Baches aufmerksam (diese letzten Ausdrücke entnehme ich dem Gedichtband, den Fausto mir geliehen hat). Auf einer Lichtung zählte Dunken verschiedene wilde Blumenarten auf: Indian Paintbrushes, Bitterroots, Sky Pilots, Leopardenlilien, und ich zeigte ihm einen mit Sauerampfer und Blaubeersträuchern überwucherten Hang, auf dem ganze Schwärme von Chestnut-backed Chickadees herumtollten. Wortlos öffneten wir uns die Augen für alles, was es zu sehen und zu hören gab, für all die Tiere und Pflanzen, die wir bei unseren häufigen Streifzügen durch die Region kennen- und liebengelernt hatten. Sobald wir den herrlichen Schatten der Mammutbäume und die Lichthöfe verließen, die einen zweiten, geisterhaft schillernden Wald in den Raum zeichneten, wurde die Vegetation wieder abwechslungsreicher: Großblättrige Ahornbäume mischten sich unter Manzanillobäume, Schwarzeichen und Roterlen. Beim Kapitel Insekten wurde Dunken etwas gesprächiger. Er wußte alles über Maikäfer und die manchmal riesigen Kugeln, die sie stundenlang rücklings vor sich her schieben, auch wenn sie denselben Aufstieg hundertmal von neuem beginnen müssen, über Zikaden und die unterirdischen Gänge, die sie mit Hilfe eines natürlichen Klebers ausgipsen, über Gottesanbeterinnen und ihre unheimliche Haltung, über Grashüpfer, Regenwürmer und Bremsen. Besonderes Interesse zeigte er jedoch an Leuchtkäfern, die entgegen gängigen Vorstellungen gefräßige Räuber sind – einer Formulierung Dunkens zufolge »lieben sie Schnecken, genau wie die Frogs auf der anderen Seite des Atlantiks« (später erst erfuhr ich, daß mit Frogs die Franzosen gemeint waren; die echten Frösche sind nämlich nicht besonders scharf auf Schnecken) – und ihr Opfer, nachdem sie es betäubt haben, im wahrsten Sinne des Wortes aussaugen.

Bei Einbruch der Dunkelheit setzte mich Dunken am Puff ab, und wir verabredeten uns für den folgenden Tag. Er wollte mir ein paar Bücher geben und mir beibringen, wie man einen Bericht schreibt.

Ich sah ihm nach, wie er in seinem kleinen Transporter die Landstraße hinunterfuhr, dann ging ich zu Ophelia aufs Zimmer. In ihrem blauen Satinkleid mit den Ärmeln aus Spitze auf ihrer Haut, die weiß war wie das Porzellan der Lampen, fand ich Ophelia derart begehrenswert, daß ich die gleiche Ergriffenheit spürte wie in jener Nacht, als Fanny Wells mit meiner Jungfräulichkeit kurzen Prozeß gemacht hatte. Ophelia sagte mir, seit dem Tag, an dem Jo mein Foto aus der Zeitung geschnitten und an eine Wand ihres Büros gepinnt habe, seien alle Mädchen eifersüchtig und sprächen nur noch von uns beiden. Außerdem warnte sie mich vor der Versuchung, mein Berühmtsein auszunutzen, und drückte mir mit den Händen die Kehle zu, und erst als sie mich losließ und mir dann vergnügt das Gesicht mit Feuchtigkeitscreme einrieb, begriff ich, daß sie nicht ernstlich böse war, und kein Zwischenfall trübte den weiteren Verlauf des Abends. Wir liebten uns zärtlich, und ich schlief, an ihre Brust geschmiegt, ein, wobei ich einmal mehr dachte, wie gut es war, zu lieben, geliebt zu werden und nicht fortzumüssen.

An den darauffolgenden Tagen war mir keine Verschnaufpause gegönnt. Punkt acht erwartete mich Dunken junior vor seiner Tür, um mich mit in den Wald zu nehmen, und die Nachmittage verbrachte ich auf der Suche nach einem Haus, weil Ophelia so schnell wie möglich aus dem Puff raus wollte, was angesichts ihrer Schwangerschaft nicht verwunderlich war, zumal wir im Begriff waren zu heiraten und sie dort wie in einem Hotel lebte. Außerdem sah es Jo Haggardy trotz ihrer Freundlichkeit und ihres guten Willens nicht gern, daß ich mich jede Nacht mit Ophelia in ihr Zimmer zurückzog. Es würde die Moral der anderen Mädchen negativ beeinflussen, meinte sie, auch wenn Polly, Piquette, Mabel und Charleen, der letzte Neuzugang, eine große Blonde, die Ophelias Platz einnehmen sollte, uns allerlei gute Ratschläge erteilten und uns sehr rücksichtsvoll behandelten.

Es war nicht einfach für eine Prostituierte, selbst wenn sie ein neues Leben beginnen wollte, und einen ehemaligen Landstreicher, selbst wenn er berühmt war, ein Haus zu mieten. Jo, die auf ihre guten Beziehungen und ihre außergewöhnliche Zungenfertigkeit setzte, hatte keinen der ihr bekannten Hausbesitzer von Farrago gewinnen können, obwohl sie sie sogar persönlich aufgesucht und, wie die Mädchen behaupteten, sich auch nicht gescheut hatte, ihnen gewisse Gegenleistungen in Aussicht zu stellen.

Ich selbst klapperte die ganze County ab, zog an Klingelschnüren und klopfte an Türen. Meist wurde ich mit einem Handschlag und einem Klaps auf den Rücken begrüßt. »Ich suche ein Haus für mich und meine Verlobte«, sagte ich, doch die Antwort fiel immer gleich aus: »Frag doch mal soundso, der kann dir vielleicht weiterhelfen«, oder: »Soviel ich weiß, steht das Haus von der da leer, bei ihr solltest du mal vorbeigehen.«

So schickte mich die Friseuse Margaret Woods zu Alfred Snipin, dem Postangestellten, der mir riet, bei Freddie McLean nachzufragen, der Gordon Little, den Tierarzt, anrief, welcher mir wiederum Aiken Boone empfahl, der mich zur Tischlerei begleitete, wo die Brüder Bickford arbeiten, die mir versprachen, Boniface Wagner, ihren Chef, anzusprechen, der mir den Hinweis gab, auf dem Grundstück von Kay und Nigel Keegan stünde eine renovierungsbedürftige Scheune, doch die beiden jagten mich mit Gewehrschüssen davon, weil ich Jahre zuvor in ihrem Hühnerstall für Panik gesorgt hatte, und schrien, wenn ich je wieder den Fuß auf ihren Boden setzte, würden sie persönlich dafür Sorge tragen, daß ich ein Bett fände, und zwar bei Moe Hendricks, dem Leiter des Leichenschauhauses, der mich mit dem Auto bei Lieutenant McMarmonn vorbeifuhr, welcher mir von der Eroberung Pjöngjangs erzählte, sich dann zurückzog, um Mittagsschlaf zu halten, und mich in Gesellschaft seiner Tochter Lisa zurückließ, die mich fragte, warum ich denn nicht zu Abigail Hatchett gegangen sei, die mir fünf Dollar schenken wollte (ich lehnte das Geld ab), damit ich ihr einen Hustensaft von der Apotheke holte, wo Leo Pomeroy, der Apotheker, mir erzählte, Elridge Cheney ginge nach Seattle, doch der hatte sein Haus bereits an Clive Renshaw vermietet, welcher mir wiederum versicherte, Dick Detmold könne mir einen heißen Tip geben, aber Dick war sternhagelvoll, und weil er nicht kapierte, was ich von ihm wollte, gab er mir die Adresse des Maurers Ray Hagley, der mir mitteilte, sein Neffe Tupper habe einen Caravan abzugeben, den er allerdings doch nicht mehr verkaufen wollte, wie sich herausstellte, und da Tupper sich gerade zur Deponie aufmachte, um dort Schrott abzuladen, nutzte ich die Gelegenheit, Duke um Rat zu fragen, der mir empfahl, bei Billy Lambert, dem ehemaligen Buchhalter von Jack Simmons, vorbeizuschauen, der mich davon überzeugte, die Dienste von Lilly Charmaine, einer Wahrsagerin, in Anspruch zu nehmen, die aus meinen Karten las, daß ich nicht die geringste Chance hätte, mein Ziel zu erreichen, und mich vor einem Mann mit verbranntem Gesicht warnte. Gleichwohl schickte Lilly Charmaine ihren Sohn Jerome zu Abraham Burnet. Der nannte ihm Margaret Woods, die Friseuse, und damit schloß sich der Kreis.

Fausto versuchte uns auf seine Weise zu helfen. Eines Abends stellte ich ihm in seinem Laden Ophelia vor, und Fausto, der zwar kein Brummbär wie Elijah, meist aber ziemlich verschlossen ist, zeigte sich hocherfreut, sie kennenzulernen, und sagte uns, daß wir dazu bestimmt gewesen seien, uns zu begegnen. Hat also wieder das Schicksal seine Hand im Spiel, dachte ich. Ophelia bekam sogar einen hübschen Regenschirm von ihm geschenkt, den eine Kundin bestellt, aber nie abgeholt hatte. Am folgenden Tag rief Fausto beim *Santa Cruz Sentinel* an, um eine Anzeige aufzugeben, aber als später dann die Angebote haufenweise eintrudelten, waren wir schon versorgt. Ich machte mich derweil auf den Weg zum Bürgermeister, der eine große Rede schwang über die unmittelbar bevorstehende Errichtung von Sozialbauten in einer neuen Siedlung; nur war es um diese Wohnungen ähnlich bestellt wie um die Telefonmasten, die er seinen Mitbürgern seit Jahren in Aussicht stellte, so daß ich seine Worte nicht ernst nehmen konnte.

Ich erinnere mich noch genau an meine Unterredung mit Cuvelton, denn nachdem er versucht hatte, mich mit seiner Wohnungsgeschichte für Mittellose einzuwickeln, fragte er, ob ich Interesse an Politik hätte und ihn auf seinen Touren begleiten wolle.

»Sie machen auch Touren?« fragte ich und dachte an Fausto und Reverend Poach. Der eine lieferte Kisten mit Lebensmitteln an die Leute, die sich nicht zum Laden begeben konnten, der andere sammelte milde Gaben bei den Mitgliedern der Gemeinde ein. Was allerdings Morris Cuvelton bei seinen Spazierfahrten durch die County einstrich oder austeilte, war mir nicht auf Anhieb klar.

»Zu welchem Zweck?« fragte ich.

»Um den Leuten den Sinn meiner Aktivitäten nahezubringen.«

»Welcher Aktivitäten?«

»Meiner politischen Aktivitäten natürlich. Aber du brauchst nicht alles bis ins kleinste Detail zu kennen, Homer. Alles, worum ich dich bitte, ist, mit mir zu kommen und an ein paar Versammlungen teilzunehmen.«

»Ich habe nicht viel Zeit«, sagte ich. »Ophelia mag es nicht, wenn ich abends noch herumstreune. In weniger als einem Monat, das heißt, wenn ich die Prüfung bestehe, trete ich die Nachfolge von Dunken an, und bis dahin muß ich um jeden Preis eine Wohnung gefunden haben.«

»Homer, wenn du an meiner Wahlkampagne teilnimmst, das verspreche ich dir, wirst du noch vor dem 1. Juni so viele Wohnungsangebote haben, daß du es nicht schaffst, alle zu besichtigen. Du wirst mit mir auf den Podesten stehen, wir werden uns gemeinsam für den *Sentinel* und die anderen Käseblättchen ablichten lassen, wir werden regelmäßig einen heben, und du wirst die oberen zehntausend kennenlernen.«

»Kann Ophelia uns begleiten?«

»Im Grunde eine sehr gute Idee«, sagte Cuvelton, »und ich kann dir versichern, daß ich sie sehr ins Herz geschlossen habe, aber Politik ist Männersache, weißt du. Sie würde sich nur langweilen. Und du möchtest doch nicht, daß sie sich langweilt, oder?«

»Im Bordell langweilt sie sich auch.«

»Ja schon ...«, meinte der Bürgermeister und wechselte das Thema. »Homer, du bist jetzt ein Held. Gestern habe ich mit Jack Simmons über dich gesprochen, und er hat mir gesagt, ein Held zu sein ist so, als verfüge man über Kapital. Man muß es nur noch in gute Hände legen, um den größtmöglichen Nutzen daraus zu ziehen.«

»Geld rinnt einem durch die Finger«, sagte ich und dachte an die fünfhundert Dollar, die mir der Sheriff überreicht hatte. Ständig fischte ich welches aus dem Kästchen.

»Wie du weißt, gebe ich in knapp einer Woche ein Sommerfest in Tuskegee. Es werden Banker von der Küste und Investoren kommen, wahrhaft wandelnde Goldminen. In Kürze werde ich die nötigen Mittel für die Errichtung meines Vergnügungsparks zusammengetragen haben. Das wird ein Riesencoup, der eine Menge Arbeitsplätze schaffen und Farrago endlich auf die Landkarten setzen wird. Homer, du mußt bei diesem Unternehmen dabeisein. Unbedingt, das bist du Ophelia und eurem Sohn schuldig. In einigen Jahren wird er dich jeden Sonntag bitten, ihn mitzunehmen nach Tuskegee, um die Stollen zu erkunden, die Rutschbahnen hinunterzurutschen und ein Eis auf dem Belvedere zu essen. ›Papa‹, wird er sagen, ›laß uns nach Tuskegee gehen.‹ Alle Kinder werden ihren Vätern dasselbe sagen: ›Papa, ich will in Tuskegee Height spielen.‹ Und sie werden von überallher strömen. Von überall! Tuskegee wird das Paradies der Dreikäsehochs und andererseits ein Denkmal zum Ruhme der Pioniere von Farrago sein. Du willst deinen Sohn doch nicht enttäuschen?«

»Nein«, sagte ich.

»Natürlich nicht. Darum mußt du von Anfang an dabeisein. Für Sonntag habe ich ein großes Picknick anberaumt. Jack und ich möchten dich gern als unseren Ehrengast einladen.«

»Mich?«

»Homer, der neue Held von Farrago! Der letzte Pionier! Die Investoren sind ganz verrückt nach solchem Unsinn. Hier«, sagte Cuvelton und steckte mir einen Button ans Hemd. Anschließend stopfte er mir jeweils eine Handvoll der gleichen Ansteckknöpfe in die Taschen, auf denen in roten Druckbuchstaben zu lesen war: »WE ALL RUN FOR CUVELTON.«

Als ich sein Büro verließ, brauchte ich zunächst ein paar Minuten, um meine Gedanken zu sortieren. Dann marschierte ich wieder in eigener Sache los. Im Dorf boten uns weitere Gutgewillte ihre Hilfe an. Alvin Carollan, der Automechaniker, fragte seine Schwägerin, Jenny Carollan, ob wir die Hütte im hinteren Teil ihres Gartens instand setzen dürften. Doch Jenny weigerte sich, offenbar weil sie Francis, Alvins Bruder, verdächtigte, im Bordell Stammgast zu sein, und keine Mätresse ihres Mannes als Mieterin haben wollte, sagte Alvin. Percy wiederum schlug vor, wir könnten uns in einem Nebengebäude seiner Farm einrichten, einem baufälligen, etwas abgelegenen Haus, wo er seine Marmeladen und Konserven aufbewahrte, aber Ophelia wollte nicht mit Hühnern, Kühen und Kürbissen zusammen leben, »und ich kann's ihr nicht verdenken«, sagte ich zu Percy, der seine Enttäuschung nicht verhehlte, so sehr hätte er sich etwas Gesellschaft gewünscht. Elijah versuchte schließlich Frances Primrose, seine Pokerpartnerin, davon zu überzeugen, uns das Haus ihrer Tochter Helen zu vermieten, das genau gegenüber von ihrem lag, am oberen Ende der Laurel Avenue. Und als ich Elijah eines Morgens aufsuchte, um herauszufinden, ob er schon etwas erreicht hatte, fand ich ihn in seinem Schuppen, wo er gerade ein neues Kästchen schmiedete.

Helen Primrose hatte Farrago vor drei Jahren zusammen mit einer Gruppe Hippies verlassen. Sie hatte sich in einen Kerl namens William Upcott aus Salt Lake City verliebt und war ihm nach Arizona gefolgt, wo er eine Kommune gründen wollte, die in Einklang mit der Natur lebt und sich nach den wahren Bedürfnissen der Menschheit ausrichtet: das Land bestellen, sich dem Wechsel der Jahreszeiten unterwerfen, Musik machen, singen, Gras rauchen und sich ohne Anstalten lieben. Ich hatte William Upcott kurz kennengelernt, als ich eine Nacht mit ihm auf Kosten des Sheriffs in der einzigen Zelle des Headquarters verbrachte. Er war verhaftet worden, nachdem er versucht hatte, die Mädchen vom Puff zu überreden, sich ihre Dienste nicht länger versilbern zu lassen (was ihn nicht gehindert hatte, mit Piquette zu schlafen), und ich war wegen einer dämlichen Wette eingebuchtet worden: Elijah, mit dem ich am späten Abend im Dorf spazierengegangen war, hatte mich herausgefordert, aufs Kirchdach zu steigen, wo ich ein Stück Schaumstoff am Klöppel der Glocke befestigen sollte, um sie lahmzulegen, aber während er mir beim Hochklettern half, tauchte, von Faustos Nachbarn Heck und Betty Darell benachrichtigt, der Sheriff auf, und so endete ich auf der Wache.

Upcott lag in der Zelle, ausgestreckt auf einer Bank, und hieß mich willkommen, als sei er der Herr des Hauses und empfange Besuch. Keiner in Farrago kennt die Zelle des Headquarters besser als ich, und aus diesem Grund irritierte mich Upcotts Gebaren ein wenig. Er bat mich, Platz zu nehmen, und bot mir eine Zigarette an. Seine Haare waren lang und glatt und bildeten eine Art Umhang, er hatte einen Bart und trug ein Kreuz um den Hals. In der Nacht hörte er nicht auf zu reden, und so erfuhr ich viel über seine Geschichte und über die Zukunft der Menschheit, zwei Themen, die, wie ich bald feststellte, in seinem Geist untrennbar miteinander verbunden waren. Unter anderem legte er mir mit dem allergrößten Ernst dar, er sei für eine Mission »auserwählt« worden.

»Auserwählt? Von wem?« fragte ich.

Upcott rollte die Augen gen Himmel und atmete den Zigarettenrauch aus. Dann sagte er mir, er sei auserkoren, ein neues Menschengeschlecht zu zeugen, das dem restlichen Planeten den Weg bereiten würde. »Die Stunde naht«, sagte Upcott. »Ich spüre es in meinem Herzen und in meinem Geschlecht, das sich der Welt entgegenstreckt, im Zeichen der Erneuerung. Homer, ich werde dir das größte aller Geheimnisse anvertrauen. Vor einem Jahr hatte ich eine Vision. Ich sah den sechszackigen Stern am Firmament glitzern und wußte, die Menschheit hatte sich überlebt, und eine neue

Menschheit wartete darauf, geboren zu werden. Schau!« sagte er und krempelte den Ärmel seines Hemdes hoch. Auf seinem Bizeps war ein sechszackiger Stern eintätowiert.

»Na, was ist das?«

»Eine Tätowierung«, antwortete ich.

»Das ist der Stern. Ich sehe, du verstehst mich nicht, also werde ich es dir erklären. Woraus besteht dieser Stern?« fragte er.

»Aus wasserfester Tinte.«

»Er besteht aus zwei ineinander verschachtelten Dreiecken, deren Spitzen sich gegenüberstehen.«

»Stimmt«, sagte ich, verwundert, daß mir das nicht gleich aufgefallen war.

»Und weißt du, was diese beiden Dreiecke darstellen?«

»Nein.«

»Sie stellen sämtliche Generationen seit dem Ursprung der Welt dar, die gesamte Menschheit vom ersten Menschen an bis hin zu den Myriaden von Männern und Frauen, die es heute gibt, die es aber auch schon seit Anbeginn der Zeiten gab, genau wie der erste Mensch sowohl am Anfang existierte wie auch jetzt in der Gegenwart, da ich zu dir spreche. Du verstehst immer noch nicht. Das ist normal. Hör mir gut zu, und dann wirst auch du begreifen. Kennst du die Bibel? ›Seid fruchtbar und mehret euch, bevölkert die Erde.‹ Was die Genesis jedoch nicht sagt, ist, daß es in beide Richtungen funktioniert. In beide Richtungen«, wiederholte Upcott und formte mit seinen Unterarmen ein Kreuz. »Jetzt sag mir, Homer, wie viele Eltern hast du?«

»Keine Ahnung.«

»Wie bitte?« fragte Upcott verdutzt.

»Ich bin Waise.«

»Ach so! Aber das ist nicht das Problem. Schließlich wurdest du geboren.«

»Ja«, sagte ich.

»Von einem Vater und einer Mutter.«

»Ja.«

»Also hattest du ...«

»Hatte ich was?«

»Hattest du zwei Eltern«, sagte Upcott.

»Wie jeder andere auch«, sagte ich.

»Ganz genau. Und jetzt, Homer, sag mir, wie viele Großeltern du hattest?«

»Keine Ahnung«, erwiderte ich.

»Dann denk mal nach.«

»Vier!« rief ich nach kurzer Überlegung.

»Wunderbar, Homer, wunderbar. Und wie viele Urgroßeltern?«

»Acht!«

»Homer, du bist auf dem richtigen Weg. Und wenn ich dich frage, wie viele Ururgroßeltern du hattest?«

»Vierzehn!«

»Fast. Du hattest sechzehn Ururgroßeltern. Nun bitte ich dich, ein wenig deine Phantasie anzustrengen. Versuch dir vorzustellen, du stündest an der Spitze jenes Dreiecks, das nach unten zeigt. Bist du soweit?«

»An der Spitze.«

»An der Spitze. Die Spitze bist du. Und nun stell dir vor, deine Vorfahren würden die beiden Linien darstellen, die an der Spitze ihren Ausgang nehmen und beim Aufsteigen auseinanderdriften. Je höher du steigst, desto weiter gehst du in der Zeit zurück, und je weiter du in der Zeit zurückgehst, desto mehr Vorfahren hast du, nicht wahr? Du kommst von zwei Eltern auf vier Großeltern, von vier auf acht, von acht auf sechzehn, von sechzehn auf zweiunddreißig, von zweiunddreißig auf vierundsechzig und von vierundsechzig auf hundertachtundzwanzig, kannst du mir folgen? Je weiter du in die Vergangenheit zurückgehst, desto mehr Ahnen hast du.«

»Stimmt«, sagte ich.

»Wenn man nun in der Zeit, sagen wir, hunderttausend Jahre zurückgeht, wie viele Vorfahren hast du dann?«

»Tausende.«

»Milliarden!«

»So viele?« fragte ich.

»Homer, du hast Milliarden Vorfahren, das ist Mathematik, und diese Offenbarung wurde mir in meiner Vision zuteil. Und doch brauchte es einen ersten Mann und eine erste Frau, nicht wahr?«

»Sicher.«

»Die Milliarden von Vorfahren, die zu deiner Familie gehören, sind nicht wie Gras gewachsen.«

»Gott erschuf Adam und Eva«, sagte ich in vager Erinnerung an eine Predigt von Reverend Poach.

»Du vergißt die Sintflut. Man muß bei Noah anfangen, auch wenn er von Adam abstammt. Noah hatte drei Brüder, Japheth, Ham und Sem, und diese drei verteilten ihren Samen über die ganze Erde. Japheth zeugte Gomer und Magog, Madai und Javan, Thubal, Mesec und Thiras. Hams Kinder waren Chus, Mizraim, Put und Kanaan. Sem war der Vater von Elam, Assur, Arphachsad, Lud und Aram. Sehr rasch gab es immer mehr Kinder, so daß Noah nach hunderttausend Jahren schließlich der Ahne von Milliarden Nachfahren war.«

»Das ist unmöglich«, rief ich und spürte die ersten Anzeichen einer Migräne.

»Der Stern«, sagte Upcott, »in seiner doppelten Aufundabbewegung bedeutet genau das, verstehst du? Nein, natürlich nicht, denn diese Wahrheit entzieht sich dem Verstand. In Wahrheit fallen Anfang und Ende zusammen, und als ich meine Vision hatte, als ich die beiden parallelen Linien sah, die die jeweilige Basis der beiden Dreiecke bilden und einen Schlußstrich unter die großartige Unternehmung der Empfängnis ziehen, als ich begriff, daß der Stern vollendet war, wurde mir klar, daß die gesamte Menschheit geboren und die Stunde des Neubeginns gekommen war.«

Die Geschichte haute mich um. Als ich William Upcotts Beweisführung am nächsten Tag vor Elijah wiederholte, stattete der umgehend seiner Großmutter einen Besuch ab (sein Anfall dauerte über drei Minuten, womit er einen neuen Rekord aufstellte). William Upcott schwieg eine ganze Weile und kostete seinen Sieg aus, den er über meinen überforderten Verstand errungen hatte, dann erhob er sich von der Bank, lief quer durch die Zelle und preßte meinen Kopf gegen seinen Bauch.

»Lende meiner Lende«, flüsterte Upcott, während er mir übers Haar streichelte, »Blut meines Blutes, Eier meiner Eier.«

Dann begann er mir an den Ohren herumzufummeln. Sein Atem ging schneller, er beugte sich vor und versuchte mich auf den Mund zu küssen. Ich stieß ihn fort, er fiel auf sein Hinterteil.

»Homer«, sagte er, »dein Arsch macht mich scharf. Dein Arsch macht selbst Gott scharf.«

Solche Worte hatte ich noch nie gehört. Das ist mal was anderes als die Predigten von Reverend Poach über die bitteren Tränen des Herrn, der ganz allein zu Haus ist, dachte ich, aber ich hatte nicht die geringste Lust, mich von William Upcott betatschen zu lassen, mochte er auch der neue Heiland der Menschheit sein.

»Homer, es ist nur zu deinem Besten«, sagte Upcott. »Ich will dir helfen, deine Chakras zu öffnen.«

»Meine was?«

»Deine göttlichen Kanäle.«

»Was quasselst du denn da für ein Zeug?«

»Deine Energie kann nicht frei strömen, ich spüre, wie sie sich bei dir im Kreise dreht wie ein Vogel in seinem Käfig. Das Vögelchen muß rausgelassen werden, Homer, es muß seine Flügel ausbreiten und sich emporschwingen«, doch als er meinem Vögelchen helfen wollte herauszukommen, stieß ich ihn erneut fort, und wir beließen es dabei.

Helen, die Tochter von Frances Primrose, war Upcott also nach Arizona gefolgt, und sie dürfte sich nicht langweilen, dachte ich, während ich Elijah ansah, der mit dem Kopf in der Trommel steckte. Mittlerweile, sagte ich mir, ist Frances sicher Großmutter von zwei, drei Kindern. Übrigens sind noch andere Bewohner von Farrago Helens Beispiel gefolgt. Einige sind als Buddhisten oder Hindus zurückgekehrt, andere sind fortgegangen, um Blumenkränze zu flechten und auf der Telegraph Avenue oder im Wald für den Weltfrieden zu beten. In Farrago hielt sich das Phänomen jedoch in Grenzen, hatte mir Fausto erzählt, »weil wir stolz sind, hier in allen Dingen mindestens zwei Jahrzehnte im Rückstand zu sein«, und seit einigen Jahren flaute die Hippie-Bewegung ohnehin ab. Philipp Detmold, Dock Detmolds Sohn, der Pestizide und chemische Düngemittel an die Bauern aus der Gegend verkauft, kehrte als erster in den Heimatschoß zurück. Seitdem verbrachte er die Tage damit, hinter seinem Gartenzaun den Passanten aufzulauern und sie, durch ein Blasrohr pustend, mit Reiskörnern zu beschießen. Nach Faustos Ansicht hatten ihm die Drogen das Hirn durchlöchert.

Selbst ich wurde oft als Beatnik oder Hippie bezeichnet, obwohl ich nie etwas getan habe, womit ich diese Beinamen verdient hätte. Ich erinnere mich, wie Elijah mir einmal ein buntes Faltblatt mit dem Aufruf zeigte, den mystischen Lehren eines gewissen Shri Babaji zu folgen. Als ich Babajis Foto sah, sagte ich mir, man müsse wirklich verzweifelt sein, um sein Leben in die Hände eines solchen Gauners zu legen. Babaji war fett und lächelte auf die scheinheiligste Weise der Welt. Seine zwischen Speckfalten eingesunkenen Augen hatten einen grausamen Glanz. Dabei aß er dem Faltblatt zufolge nur Obst und Gemüse in kleinen Mengen und war bloß ein wenig beleibt, weil er die negative Energie seiner Anhänger aufsog, wie mir die Wahrsagerin Lilly Charmaine erklärte, die ja auch behauptet, die Geister der Toten würden mit den Lebenden per Klopfzeichen Kontakt aufnehmen und menschliche Wesen sähen aus wie Eier, wenn man sie durch jenes dritte Auge betrachtet, das bei Mystikern in der Mitte der Stirn sitzt. Was Shri Babaji anging, so besaß er die ordnungsgemäße Augenzahl, nämlich zwei, aber das hinderte ihn nicht daran, sich für den wahren Verwalter des kosmischen Bewußtseins zu halten.

»Wenn diese fette Schwarte, wie im Faltblatt steht, von Gott gesandt ist, dann ist Myron Morse der leibliche Herr!« hatte Elijah ausgerufen.

Myron Morse ist der dickste Mann der Gemeinde. Jedes Jahr gewinnt er die Wahl der korpulentesten Person der County, die parallel zur Kür der Miss Farrago stattfindet. Morse ist so massig, daß die Organisatoren die normale Personenwaage beim letztenmal durch eine Brückenwaage ersetzen mußten. Morse ist übrigens nicht mehr in der Lage, allein aufs Podium zu steigen, aber es ist sein Ruhmestag, und darum wird er, sehr zum Leidwesen seines Arztes und seiner Mutter, auch nie aufhören, sich vollzustopfen, so große Angst hat er, den Siegertitel zu verlieren. »Wenn man schon dick ist, dann wenigstens der Dickste«, sagte er einmal zu Elijah, worauf der erwiderte: »Wenn man schon dumm ist, dann wenigstens der Dümmste.«

Es ist immer dieselbe Geschichte, dachte ich, während ich auf dem Hocker in Elijahs Schmiede saß, man weiß sofort, ob eine Person das, wovon sie redet, wirklich erlebt hat oder ob sie einem etwas vorspinnt, wovon sie keine Ahnung hat. Duke sieht das Licht, aber er hält sich nicht für einen Heiligen. Fausto kennt die menschliche Seele wie seine Westentasche, aber ihm würde es nie einfallen, sich für einen Weisen zu halten. Leute, die etwas erlebt haben, hören sich nicht gern reden, im Gegensatz zu jenen, die fabulieren und einem Nasen drehen und nicht umhinkönnen, sich als Vorbild hinzustellen. Manche halten sich für einen Helden, so wie Holly Strechinsky, Stammgast im Golden Egg, der jedem erzählt, wie er nach der Landung der alliierten Truppen ganz allein ein französisches Dorf befreit hat. Andere, wie William Upcott oder Shri Babaji mit seinen Blumenkränzen um den Hals, behaupten, sie würden den verirrten Seelen den rechten Weg zeigen, als ob man aus dem Leben eines anderen ein Schicksal formen könnte, um bei dem Ausdruck von Fausto zu bleiben. Das ist wie mit den Verliebten, dachte ich und sah Elijah an, der den Hahn seiner Gasflasche zudrehte.

»Wenn dich ein Mann wirklich liebt«, hatte Ophelia mir eines Nachts gesagt, »muß er es nicht alle drei Minuten wiederholen. Tut er es doch, dann nur weil er sich nicht sicher ist. Man sagt nicht, ich liebe dich, um sich Mut zu machen. Ganz zu schweigen von dem, der bei der Liebe sagt, ich liebe dich. Der zählt noch weniger.«

Wir lagen aneinandergeschmiegt in dem roten Zimmer, und Ophelia krallte ihre Fingernägel in meinen Arm. »Und du, liebst du mich?«

»Ja«, sagte ich.

»Wirklich?«

»Ich liebe dich, Ophelia.«

»Sag es noch mal.«

»Ich liebe dich.«

»Siehst du! Du liebst mich überhaupt nicht.«

»Ophelia«, sagte ich, »willst du nun, daß ich es dir sage, oder nicht?«

»Ich will, daß du es tust«, sagte Ophelia.

Elijah versuchte nun, Frances Primrose davon zu überzeugen, uns bei ihrer Tochter unterzubringen, und sei es auch nur vorübergehend, aber sie antwortete ihm, Helen könne aus einer Laune heraus von einem Tag auf den anderen zurückkommen und würde dann keine fremden Leute bei sich vorfinden wollen. Insbesondere mit drei Babys im Schlepptau, dachte ich.

Wir verließen den Schuppen und setzten uns auf die Stufen vors Haus, um einen Kaffee zu trinken und mein Fahrrad zu bewundern, das, auf seinem Ständer geparkt, in der Mitte des Hofes stand. Das Haus bereitet uns noch Probleme, dachte ich, aber wenigstens ist die Autofrage geklärt. Nachdem ich die ersten Seiten der Straßenverkehrsordnung gelesen hatte, war ich sicher, daß es mir nie gelingen würde, den Führerschein zu machen, und beschloß, mir statt dessen ein gebrauchtes Fahrrad zu kaufen. Elijah hatte mir seins für einen läppischen Preis angeboten, aber es war auch in einem üblen Zustand, und so fiel meine Wahl auf ein Postfahrrad, das Fausto Jahre zuvor vom Schrottplatz geholt, aber nie benutzt hatte. Alvin tauschte die Schläuche, die Kette und die Bremsen aus. Seit zwei Tagen übte ich nun das Radfahren, stellte mir vor, die Försteruniform zu tragen, und fühlte mich wie der Weltherrscher.

Elijah sprach über die Zahl an Dosen, die er wohl bis zum Ende des Monats schmieden würde, und ich schlürfte meinen Kaffee, während ich mit der Hand über die Stufe fuhr, auf der ich saß. Sie war warm und trocken wie die verbrannte Erde des Hofs, die das Sonnenlicht zurückwarf und mich zwang, die Augen zusammenzukneifen.

»Homer«, sagte Elijah und wischte die Schweißerbrille mit einem Tuch ab, »in Farrago ereignen sich merkwürdige Dinge. Rate mal, wen ich letzten Abend die Straße habe entlangkommen sehen.«

»Keine Ahnung«, erwiderte ich geistesabwesend.

»Duke und den Reverend.«

»Im Ernst?«

»Es stimmt Wort für Wort, und sie wirkten wie ein Herz und eine Seele. Sie suchten nach dir.«

»Was hatten sie vor?«

Elijah sah mich an, als versuchte er meine Gedanken zu erraten und herauszufinden, ob er mir vertrauen könne. Ich kenne Elijah gut, und ich weiß sofort, wenn er Hintergedanken hat.

»Das kann ich dir nicht sagen«, antwortete er mir mit Verschwörermiene.

»Na, sie wissen ja, wo sie mich finden können«, sagte ich.

»So dumm sind sie nicht. Sie werden das Geheimnis nicht einfach ausplaudern wie zwei Anfänger.«

»Elijah, wovon redest du?«

»Das kann ich dir nicht sagen.«

»Warum nicht?«

»Vielleicht bist du ein Verräter.«

»Ein Verräter!« rief ich und sprang auf, bereit, mich zu schlagen. Als sich die Angelegenheit aufklärte und wir uns wieder vertrugen, dachte ich, daß unsere Freundschaft einem unaufhörlichen Boxkampf glich. Wenn der Gong erklang, standen wir kampflustig auf, aber bevor wir mit dem Prügeln anfingen, gongte es wieder, und wir verließen den Ring, um weiterzuquatschen.

»Wäre doch gut möglich«, sagte Elijah und erhob sich seinerseits. »Du verbringst viel Zeit mit Cuvelton und dem Sheriff. Was habt ihr euch denn so Interessantes zu erzählen, hm? Was heckt ihr aus? Wer sagt mir, daß du nicht ein von ihnen bezahlter Spion bist?«

»Ein Spion?«

»Der unsere Reihen unterwandert hat«, sagte Elijah.

»Warum nicht gleich ein Außerirdischer?«

»Ja, warum nicht?«

Elijah hatte Tuch und Brille fallen lassen. Er ballte die Fäuste, und ich sah seine Drosselvene unter dem Hemdkragen pulsieren.

»Elijah«, sagte ich beschwichtigend, »das meinst du doch wohl nicht ernst.«

»Ich? Ich meine das nicht ernst? Komm nur her und überzeuge dich, wie ernst ich es meine!«

»Warum sollte ich Spion spielen?«

»Weil bald Wahlen sind und Morris Cuvelton dich geschmiert hat!«

»Er hat mich überhaupt nicht geschmiert.«

»Warum trägst du dann sein Button?«

»Ich sehe da keinen Zusammenhang«, sagte ich.

»Du siehst da keinen Zusammenhang? Und wenn er dich nach Tuskegee einlädt, um mit irgendwelchen dicken Bonzen zu picknicken, dann siehst du da auch keinen Zusammenhang?«

»Ein Held zu sein, das ist, als würde man über ein Kapital verfügen. Ich muß darauf achtgeben.«

»Mein Gott, bist du blöd«, sagte Elijah. »Du bist sogar zu blöd, um Spion zu sein.«

»Dann nimmst du also zurück, was du gesagt hast?«

»Treffpunkt heute abend bei Sonnenuntergang am Rainbow Point. Sprich mit niemandem darüber. Sollte ich je erfahren, daß du uns verpfiffen hast, trenn ich dir mit dem Schweißer die Schädeldecke ab.«

Elijah machte ein paar Schritte rückwärts, den Finger auf mich gerichtet, als würde er mich mit einer Waffe bedrohen. Er stieß an mein Fahrrad, verfing sich mit den Beinen im Rahmen und verlor das Gleichgewicht. Als ich ihm beim Aufstehen helfen wollte, wiederholte er, daß ich wirklich zu blöd sei, und wenn es nach ihm gegangen wäre, hätte man mich niemals ins Vertrauen gezogen.

11

»Homer! Homer!«

Dukes Stimme wehte durch die Nachtluft. Sie hob und senkte sich wie ein Blechschild, das an einer rostigen Kette im Sturm hin und her schwingt. Ich blickte auf und sah die Wolken über den Himmel galoppieren, der Wind heulte.

»Homer! Hier lang, Homer!«

Ich habe Dukes Stimme schon immer gemocht, ihr rauhes Timbre, seine Art, die Wörter zu singen. Seine Stimme ähnelte dem Feuer, das er jeden Abend am anderen Ende des Schrottplatzes anzündete. Ich suchte ihn mit den Augen, konnte ihn aber nirgends entdecken und drehte mich wie ein Kreisel um die eigene Achse, während die vom Gipfel herabfallenden Winde kleine Zweige und Laubhäufchen vor sich her trieben und über meinen Körper hinwegfegten. Ich hatte mein Fahrrad am Ende der Landstraße stehenlassen und war dem Schotterweg gefolgt, der sich bis Rainbow Point hinaufschlängelt, vorbei an dem gleichnamigen verlassenen Weiler, dessen halbverfallene Hütten die Kinder besonders lieben, weil es dort spuken soll. Ganz oben auf dem höchsten Hügel von Farrago befindet sich die alte Wetterstation, wie ein Leuchtturm auf hoher See steht sie da, ein klappriges, windschiefes Gebäude aus Mammutholz, das Fausto zufolge einer nie gepflückten und von der Sonne verbrannten Sonnenblume gleicht. Ende der vierziger Jahre wurde sie geschlossen. Damals führte eine Wendeltreppe zu einem knapp zwanzig Meter höher gelegenen runden Raum mit großen Glasfenstern, die seit langem zerbrochen waren, eingeworfen von vorbeikommenden Kindern und Hobos. Wenn man weiter hinaufstieg, erreichte man die Terrasse des Turms, eine dem Wind ausgesetzte Plattform mit verzogenen und losen Latten, von der aus man noch heute die schönste Aussicht auf die Hügellandschaft von Farrago und den Ozean hat – es sei denn, der Smog legt seinen goldenen Mantel über die Küste.

Ananda Singsidhu, der Meteorologe aus Bombay, hatte seinerzeit den Wiederaufbau des Turms betreut und sich dort mit all seinen Beobachtungsinstrumenten niedergelassen, lange bevor ein taubenzüchtender Einsiedler namens Luther Wallace die Wetterstation bezog. Ananda war ein echter Inder, der den Kopf zur Seite neigte, um seine Zustimmung zu bekunden, und ihn bei anderer Gelegenheit von rechts nach links oder nach vorn wiegte – was diese komplizierten Bewegungen im einzelnen bedeuteten, habe ich nie ganz verstanden. Er war, um es mit Jo Haggardys Worten auszudrükken, von paranormaler Schönheit, auch wenn er weder groß noch sonderlich athletisch war, und hatte allen Frauen in Farrago den Kopf verdreht. Anandas Manieren waren tadellos, schwärmte Jo bei einem meiner Besuche, und wenn er wenig sprach, lag es daran, daß er im Gegensatz zu uns Amerikanern nicht geradewegs auf sein Ziel zusteuerte, sondern riesige Satzungetüme ohne Anfang und Ende baute, die gespickt waren mit poetischen Bildern und Höflichkeitsfloskeln, so daß die meisten Gesprächspartner auf halber Strecke kapitulierten. Ich persönlich hörte ihm gern zu, wenn er mir Geschichten über sein Land erzählte, klimatische Phänomene oder verschiedene Wolkenformationen erläuterte, für die er eine grenzenlose Leidenschaft entwickelt hatte. Seine Ausdrucksweise störte mich nicht. Im Gegenteil, ich konnte mich in seinen Worten verlieren, meine Gedanken schweifen lassen, ohne befürchten zu müssen, für meine Unaufmerksamkeit gescholten zu werden, wie damals in der Schule, als Miss Flann den Unterricht unterbrach und mich aufforderte, das eben Gesagte zu wiederholen. Für mich glichen Nands Worte einem in Zeitlupe fahrenden Zug. Man konnte jederzeit vom rollenden Waggon abspringen, einen Moment neben dem Konvoi herlaufen und beim nächsten Waggon wieder an Bord steigen.

Ich war Nand im Hochsommer begegnet, als ich eines Tages mit meinem damaligen besten Freund, Barth Nemechek, Richtung Tuskegee spazierte, wo wir auf der Suche nach einem vergessenen Eingang zu den Minen die Felsspalten erkundeten. Hinter einer Wegbiegung erblickten wir Nand vor einer schroffen Felswand, die am Südhang des Hügels einen löchrigen Wall bildet, in dem viele Vogelpaare nisten. Er saß im Schneidersitz auf einem kahlen Stück Erde, das rundum von Gestrüpp umgeben war, ihm gegenüber drei junge Bäume. An jeden Stamm hatte er das Foto einer hübschen Inderin geheftet. Mit halbgeschlossenen Augen saß er reglos davor, die Hände ineinandergelegt, die Handflächen nach oben gekehrt.

Wir legten uns hinter den Büschen auf die Lauer und beobachteten ihn einige Minuten, um herauszufinden, was er da trieb. Dann kam einer von uns auf die Idee, Steine auf die kleine Lichtung zu werfen, um zu sehen, wie er reagierte. Barth schlug flüsternd vor, die Fotos der jungen Inderinnen durch Porträts von Baseballspielern zu ersetzen. Darauf wurden wir von einem so heftigen Lachanfall gepackt, daß wir uns auf dem Boden wälzten und uns mit Tränen in den Augen die Hände auf den Mund preßten.

So entdeckte uns Nand, im Staub liegend wie zwei Fische, die, von einer Welle an den Strand gespült, sich auf dem Sand hin und her winden. Nand sah uns milde lächelnd an und wartete, bis wir uns ein wenig gefangen hatten, um uns zu fragen, mit wem er die Ehre habe, und uns in seinen Turm zu einer Tasse Tee einzuladen. Auf dem Weg dorthin sammelte Nand die drei Fotografien ein, und während wir den Pfad zum Rainbow Point hinaufstiegen, fragte ich ihn über sein merkwürdiges Zeremoniell aus.

»Homer Idlewilde«, sagte Nand, der beim Gehen den Blick

stets in den Himmel gerichtet hielt, »schau mal nach oben. Was siehst du da?«

»Es wird regnen«, sagte ich.

»Da könntest du recht haben. Diese breite, fleckige Zirrokumulusdecke mag starke Niederschläge für die Mittagszeit ankündigen, vielleicht wird der Himmel aber auch aufklaren, und ganz gleich, ob das Wetter regnerisch ist oder schön, es liegt immer in der Ordnung der Dinge, und wir werden darüber nicht mehr erstaunt sein als über den Falken, den du zu deiner Linken über dem Wald kreisen siehst und der plötzlich gen Horizont fliegen oder aber sich auf eine unsichtbare Beute hinabstürzen wird. Im Moment zögern Falke und Himmel noch, und auch ich bin hin und her gerissen zwischen drei möglichen Eheschließungen. Seit einer Woche brüte ich jeden Morgen eine ganze Stunde über diesem Konflikt. Was meinst du ?« sagte Nand und hielt mir die Fotos hin. »Dein Blick ist noch unverbraucht, vielleicht siehst du klarer als ich.«

Ich nahm die Bilder in die Hand, und im selben Augenblick stürzte sich der Falke herab. Aus der Nähe betrachtet, waren die drei jungen Mädchen noch schöner als von weitem. Sie trugen herrlich bestickte Kleider, ihr Haar und ihre Augen glänzten wie Onyx (Barth besaß einen solchen Stein, den er immer in der Hosentasche trug), und auf ihren roten Lippen lag ein Lächeln. Allen dreien haftete etwas Rätselhaftes und Unnahbares an, als würden sie nicht so unmittelbar existieren wie die Mädchen von Santa Cruz oder Farrago, sondern sich jeden Moment in die Lüfte erheben, sobald man versuchte sie zu berühren – wie Sindbad auf seinem fliegenden Teppich, dachte ich, wobei ich mich an einen Film erinnerte, den ich mit den Kebbles, meiner ersten Gastfamilie, im Nickelodeon gesehen hatte. Auf den Fotos waren die Füße leider nicht zu sehen.

»Die erste heißt Deepti, die zweite Manisha und die dritte Ritu. Alle drei sind achtzehn Jahre alt, stammen aus wohlhabenden adligen Familien und leben in Bombay, meiner

Geburtsstadt. Mein Vater hat mich zum Abschluß meines Studiums nach Stanford geschickt«, sagte Nand, »und diesem Umstand verdanke ich meinen Posten in dieser abgeschiedenen Region. Aber ich werde mich nur vorübergehend hier aufhalten. In einigen Monaten muß ich in mein Land zurückkehren und einen dieser drei Edelsteine zur Frau nehmen. Also, wie lautet dein Urteil?«

Es fiel mir schwer, so prompt zu antworten. Nachdem ich die Fotos während unseres Aufstiegs noch einmal gründlich begutachtet hatte, fiel meine Wahl schließlich auf Manisha, weil sie mich an jemanden erinnerte, den ich kannte, auch wenn ich nicht wußte, an wen.

»Manisha«, sagte ich.

»Das freut mich sehr! Homer, es sieht ganz so aus, als folgten unsere Herzen derselben Neigung! Ich will dies als ein Zeichen auffassen. Aber darf ich dich fragen, warum du ihr den Vorzug gibst?«

»Wegen ihrer Augen und ihrer Brüste.«

»Findest du nicht, daß Deeptis und Ritus Brüste genauso vorteilhaft sind?«

»Kann schon sein, aber man erkennt sie nicht so gut.«

»Genau da liegt das Problem«, seufzte Nand leise.

Auch Barth wollte nun sein Votum abgeben. Aber er warf nur einen kurzen Blick auf die Fotos, schnaubte verächtlich durch die Nase und gab einem Ast, der quer über dem Pfad lag, einen kleinen Tritt.

»Ihm sind Baseballspieler lieber«, erklärte ich, worauf Barth erwiderte, meine Mutter sei da anderer Ansicht, aber da ich meine Mutter nie kennengelernt habe, blieb Barths Provokation folgenlos. Als der Turm in Sichtweite kam, lief Nand voraus und bat uns, doch schon mal die Treppe zur Terrasse hinaufzusteigen und die Landschaft zu bewundern, während er Wasser für den Tee aufsetzte.

»Eins sage ich dir«, bemerkte Barth, bevor er vom Turm hinunterspuckte, »mit diesem Inder stimmt was nicht. Sicher streut er uns jetzt Schlafpulver in die Tassen, damit wir einschlummern.«

»Glaubst du?«

»Und dann wird er mit uns dasselbe tun wie Sid Codlin, als er meine Schwester betrunken gemacht hat.«

»Was hat er getan?«

»Das, was er wollte.«

»Was denn?«

»Mehr hat mir Tina nicht gesagt, außer daß er getan hat, was er wollte. Vielleicht hat er sein Ding in ihr Ding gepackt.«

»Ach so!« sagte ich und versuchte ein kluges Gesicht zu machen. Über die Intimitäten zwischen Mann und Frau besaß ich nur sehr abstrakte Kenntnisse, die größtenteils auch noch falsch waren, wie ich Jahre später feststellen mußte, in jener Nacht, als Fanny Wells mich am Ufer des Lake Tahoe entjungferte.

»Wir könnten fliehen, indem wir uns an einen seiner Ballons hängen, zur Küste fliegen, uns ins Wasser fallen lassen und an den Strand schwimmen«, sagte Barth.

»Wir könnten ihn auch erschlagen, das Gold nehmen und nach Mexiko durchbrennen.«

»Was für Gold?«

»Das Gold, das er nachts in den Minen findet.«

»Dann ist dieses Wetterding bloß ...«

»Tarnung«, sagte ich. »In Wirklichkeit hat er eine versteckte Mine gefunden.«

»Dann wären wir ja reich!« sagte Barth. »Ich werde mir eine Harley kaufen, die gleiche wie Sid, und ein neues Skateboard.«

»Und ich ein Rennrad.«

»Und ich einen Meccano-Baukasten, Pencil Puppets und einen Chevrolet.«

»Psst«, sagte ich, »er kommt.«

Nand erschien auf dem oberen Treppenabsatz mit einem Tablett in der Hand. Außer der Teekanne und drei Tassen brachte er noch einen Teller Kekse. Barth warf mir einen bedeutungsvollen Blick zu, der sagte, daß die Kekse bestimmt auch vergiftet seien. Nand hatte sich umgezogen, statt Hose und Hemd umhüllte ihn nun ein weites Gewand aus türkisfarbener Seide, was mein Mißtrauen, ohne daß ich gewußt hätte, warum, noch steigerte.

»Kinder«, sagte Nand, während er uns Tee eingoß,» auch ihr werdet einmal schwere Entscheidungen zu treffen haben.«

»Herr Singsidhu ...«, sagte ich.

»Meine Freunde nennen mich Nand.«

»Nand, diese drei jungen Frauen wollen dich alle heiraten? Oder haben auch sie Fotos von anderen Männern?«

»Und Bäume, an die sie sie dranhängen«, warf Barth ein, was bei ihm einen neuen Heiterkeitsanfall auslöste, und ich platzte ebenfalls los. Nand wartete, bis wir uns beruhigt hatten, dann sagte er, Deepti, Manisha und Ritu besäßen in der Tat alle drei ein Foto von ihm.

»Ich bin ihnen nie begegnet«, fügte er hinzu.

»Wirklich nicht?«

»So will es der Brauch in meinem Land. Wenigstens kann man sich seit der Erfindung des Fotoapparats eine ungefähre Vorstellung machen.«

Seine letzten Worte verblüfften mich derart, daß ich die Geschichte mit dem Schlafpulver völlig vergaß, einen Schluck Tee nahm und in einen Keks biß. Ich stellte mir all die im Wald sitzenden Inderinnen und Inder und die vielen tausend Porträts vor, die an ebenso viele Baumstämme gepinnt waren.

»Wir leben in einem freien Land«, sagte Barth mit vollem Mund. Denn nachdem er gesehen hatte, daß ich nicht, von Schlafmitteln betäubt, in Ohnmacht gefallen war, hatte er sich sofort auf die Kekse gestürzt und gleich drei hintereinander verschlungen. »Wir heiraten, wen wir wollen und wann wir wollen.«

»Könnte es sein, daß Barth Nemechek schon konkrete Absichten hat?« fragte Nand mit dem größten Ernst der Welt. Barth errötete bis unter die Haarwurzeln. Ich wußte, daß er in Cynthia Appelbaum verliebt war, aber keine Chance hatte, weil sie schon in Douglas Mayhew verknallt war, wie übrigens drei Viertel aller Mädchen auf unserer Schule.

»Und du, Homer? Bist du dem Zauber einer jungen Schönheit im Dorf erlegen? Ist dein Herz entflammt?«

Ich schüttelte den Kopf, aber im selben Augenblick tauchte das Gesicht von Rachel Mildew vor mir auf, dem Mädchen, das in der Reinigung von George und Maggie Cook arbeitete, und zwar mit solcher Wucht, daß ich meinerseits errötete. Und da wurde mir auch bewußt, daß mich Manishas Gesicht auf dem Foto an das von Rachel erinnerte.

Als ich am Nachmittag nach Farrago zurückging, zum Haus der Kebbles, beschäftigte mich dieser eigenartige Zufall noch immer, und ich fragte mich, ob ich wohl in Rachel Mildew verliebt sei. Maggie Cook schenkte mir manchmal ein paar Pennies, damit ich einen Anzug bei einem Kunden abhole oder ihn gereinigt und in seiner Schutzhülle zurück bringe, auf diese Weise hatte ich Rachel kennengelernt, die in der Reinigung für das Bügeln zuständig war. Sie war achtzehn Jahre alt, und wie mir der arme George Cook eines Tages anvertraute, »war sie nicht wie andere Mädchen ihres Alters, »Rachel wartet auf den einen. Nimm Patty Stordahl oder Dinah Haymes. Nimm Lilly Weems. Sie alle wollen einem weismachen, man müsse sie mit dem Lasso einfangen, wenn man sie besitzen wolle, dabei legen sie sich das Seil selbst um die Taille, ziehen den Knoten fest, legen sich ins Gras und warten, bis man den Fuß draufstellt. Glaub mir, die Mädchen von Farrago halten sich für junge Kälber beim Rodeo. Feminismus, Karrierefrauen, der sogenannte Fortschritt! Daß ich nicht lache! Die haben John Wayne im Blut. Rachel hingegen weiß sich zu benehmen. Nicht, daß ihr eine gute Erziehung zuteil geworden wäre, aber sie hat Klasse. Von Natur aus.

Wenn sie auch auf einem Kürbisfeld groß geworden ist und sich ihrer Fäuste zu bedienen weiß, fließt in ihren Adern doch blaues Blut.«

»Blaues Blut?«

»Etwas Aristokratisches. Das Problem ist nur, daß es in diesem Nest voller Hinterwäldler keinen einzigen gibt, der ihr das Wasser reichen könnte.«

Ihre Augen waren nicht schwarz wie die von Manisha, sondern smaragdgrün und faszinierten mich derart, daß ich mich ihrem Blick nicht entziehen konnte und sie mich jedesmal fragte, was ich wolle, wenn ich sie wieder wie ein Idiot und mit offenem Mund anstarrte, als hätte ich seit einer Woche nichts zwischen die Zähne gekriegt. Ich ging heim zu den Kebbles, schloß meine Zimmertür und dachte, auf meinem Bett ausgestreckt, an Rachel und an Manishas Foto. Ich sagte mir, wenn sie sich ähnelten, lag das sicher daran, daß Rachel – diese Information hatte ich von Maggie Cook – Cheyenne-Blut in sich hatte. Ihre Großmutter mütterlicherseits war Indianerin, was Maggie zufolge einerseits Rachels scheues Wesen sowie andererseits ihre überschäumende Energie erklärte. An einem Vormittag erledigte sie das Arbeitspensum eines ganzen Tages und schlief nicht mehr als vier, fünf Stunden pro Nacht. Einmal verpaßte sie Patrick Gunton, einem Holzfäller und Säufer, der sich in den Kopf gesetzt hatte, ihr den Hof zu machen, und jeden Abend vor der Reinigung auf sie wartete, eine gehörige Tracht Prügel. Er mußte mit drei Stichen am Kopf genäht und geröntgt werden.

Ich betrachtete die Wolken und fragte mich, ob Nand, der seine Sachen auch bei den Cooks abgab, Rachel schon begegnet war und wegen ihrer Ähnlichkeit mit Manisha meine Gefühle für sie teilte. Ein merkwürdiger Gedanke, aber er ließ mich nicht mehr los. Am folgenden Morgen machte ich mich auf zur Reinigung unter dem Vorwand, Maggie Cook zu fragen, ob irgendwelche Erledigungen anstünden. Rachel stand hinter ihrem Bügelbrett, und ich erzählte ihr, daß Barth und ich tags zuvor auf den Turm gestiegen seien und Nand uns zu Keksen und einer Tasse Tee eingeladen habe. Über die Geschichte mit Ritu, Deepti und Manisha ging ich schweigend hinweg, aber ich teilte Rachel mit, daß Nand bald in seine Heimat zurückkehren würde, um sich zu verloben.

»Nand? So nennst du ihn?« fragte mich Rachel und legte ein dampfendes Hemd zusammen.

»So nennen ihn alle seine Freunde. Seine Verlobte ist Inderin. Nand sagt, sie sehe dir ähnlich.«

Ich hatte diese Lüge nicht geplant. Sie war mir herausgerutscht, und ich war selbst darüber erstaunt. Rachel brannte offenbar darauf, mehr zu erfahren. Es fiel mir schwer, meine Begeisterung zu verbergen, darum tat ich so, als interessiere ich mich für die Schnürsenkel an meinen Schuhen.

»Also kennst du ihn?« sagte ich.

»Was hat er dir denn noch erzählt?«

»Daß er gern ein Foto von dir hätte.«

»Ein Foto von mir? Wozu?« sagte Rachel und furchte die Augenbrauen. Mir fiel auf, daß sie nervös war, sie begann auf dem Dampfknopf herumzudrücken, obwohl keine Sachen mehr zu bügeln waren. Da wußte ich noch nicht, daß sie zehn Tage zuvor auf dem Wohltätigkeitsball, den Reverend Poach hinter der Kirche gegeben hatte, dieselbe Nummer wie Nand gezogen und mit ihm einen Slow getanzt hatte. Noch weniger dachte ich an die bald stattfindende Miss-Farrago-Wahl und den Tanzabend, der die Feierlichkeiten abrunden würde.

»Mrs. Cook!« rief Rachel und wandte sich zu ihr um. »Ist Mister Singsidhu schon dagewesen, um seinen Anzug abzuholen?«

»Nein«, antwortete Maggie hinter einer Reihe von Schutzhüllen. Rachel verschwand einen Augenblick, kam mit dem Anzug zurück, einem weißen Leinen-Zweiteiler mit Stickerei am Kragen und an den Ärmeln, und reichte ihn mir. Dann wühlte sie in ihrer Handtasche, zog ihr Portemonnaie heraus, wo sie drei Paßfotos aufbewahrte – genauso viele, wie Nand Verlobte hat, dachte ich –, und steckte eins davon in die Innentasche des Jacketts.

»Und jetzt zisch ab!« sagte Rachel.

Eine Stunde später erreichte ich den steinigen Platz am Fuße der Felswand, wo ich am Vortag mitten in Nands Meditation über Herzensfragen geplatzt war. Mit einer Maurerkelle ausgerüstet, die ich mir unterwegs ausgeliehen hatte, erkundete ich die Umgebung auf der Suche nach einem jungen Baum und fand schließlich den idealen Kandidaten in einem kleinen Dickicht: eine zwei Fuß hohe Tanne, die ich sorgfältig ausgrub, um sie neben den drei anderen Bäumen, wo Nand die Fotos seiner Verlobten angeheftet hatte, wieder einzupflanzen. Ich tätschelte die Tanne und flüsterte ihr ein paar ermutigende Worte zu, dann klebte ich Rachels Bild mit ein paar Harzkügelchen daran. Als das Werk vollendet war, wischte ich mir die Hände an meiner Hose ab und ging mit dem Anzug überm Arm den Pfad hinauf zum Turm.

Der Himmel war klar, und der Wind blies so stark, daß er Staubwolken aufwirbelte, die Gazeschleiern glichen. Ich sah, wie Nand die rote Tür des Turms öffnete und, sich räkelnd, in den Sonnenschein hinaustrat.

»Eine Armee von linsenförmigen Altokumuli am Horizont!« rief er mir zu, als er mich erblickte. »Und Sir Homer Idlewilde, eingedreckt von Kopf bis Fuß, eilt ihnen in wichtiger Mission voraus. Ich danke dir«, Nand warf die Schutzhülle über seine Schulter, »das ist der einzige Anzug, in dem ich mich auf einer Tanzfläche zu produzieren wage, ohne Angst zu haben, bei den Schritten durcheinanderzukommen und die Zehen meiner Tanzpartnerin grün und blau zu treten. Folge mir.«

Nand servierte mir abermals Tee und Kekse auf der Terrasse, und ich verbrachte den Vormittag damit, ihn vom Wesen der Lichthöfe, die die Sonne umgeben, erzählen zu hören, vom Wechsel der Jahreszeiten, von der Kondensierung des Wasserdampfs zu Tröpfchen, von Tröpfchen zu dicken

Tropfen, die weitere kleine Tropfen in ihrem Fall aufnehmen, und von Eiskristallen, die zu Schneeflocken werden, verdampfen und sich schließlich in Regen verwandeln. Nand lief zwischen der Terrasse und dem mit Papier, Nachschlagewerken und Meßinstrumenten vollgestopften Raum mit den großen Fenstern hin und her. Doch er erzählte nicht nur von sich und seiner Arbeit, sondern interessierte sich offensichtlich ebensosehr für mich und stellte mir viele Fragen. Es war das erstemal, daß ein Erwachsener mir so große Aufmerksamkeit schenkte, und so schloß ich ihn genauso rasch in mein Herz wie die Wolken am Himmel, die eilig nach Osten schwebten, als wollten sie dem Feuer der Sonne entfliehen. Ich erzählte ihm, daß zwei Müllmänner mich kurz nach meiner Geburt auf der Schwelle des Hauses von Worth Bailey, dem Präparator, gefunden hatten, ich beschrieb ihm meine Jahre im Waisenhaus und meine Ankunft in Farrago dank Reverend Poach. Ich teilte ihm auch meine gemischten Gefühle gegenüber dem Hause Gottes mit, von dem der Reverend immer behauptete, es stünde allen Kindern und Notleidenden rund um die Uhr offen, und ich konnte es mir nicht verkneifen, mit meinen Heldentaten in der Schule beim Frisbee und beim Sprint anzugeben.

Nachdem er mich mit seinem Transporter ins Dorf zurückgefahren hatte, legte ich mich noch eine Weile auf eine Böschung und betrachtete den Himmel, während mich ein ganzer Schwall von Gedanken und Gefühlen überspülte, die ich nicht auseinanderhalten konnte. Meine erste Migräne, dafür würde ich die Hand ins Feuer legen, geht auf diesen Nachmittag zurück. Ich glaube, ich war elf Jahre alt, und da wenige Tage später die Miss-Farrago-Wahl stattfinden sollte, muß es Juli gewesen sein.

Ich schlief ein, und als ich aufwachte, schlug es vom Kirchturm fünf. Ich lief zur Reinigung zurück und sah, wie Rachel mich durch die Scheibe beobachtete und bereits sehnlichst erwartete.

»Und?« fragte sie, während ich auf dem Ladentisch ein paar Bonbons aus dem Glas angelte.

»Nand bedankt sich.«

»Er bedankt sich? Ist das alles? Hat er dir nicht gesagt, ob er zum Ball kommt?«

»Was für ein Ball?«

»Der am nächsten Sonntag, nach der Miss-Farrago-Wahl.«

»Hast du dich angemeldet?«

»Pah!« Rachel schnaubte verächtlich.

»Natürlich wird er zum Ball kommen, jetzt, wo er seinen schicken Anzug wieder hat.« Ich wollte das Gespräch schnell beenden, aus Angst, mich zu verplappern, und verließ die Reinigung eilig.

Als ich am nächsten Morgen wieder zur Wetterstation lief, sah Nand müde aus, als hätte er die ganze Nacht kein Auge zugetan. Weil für den Nachmittag ein furchtbares Gewitter angekündigt war, das die Hügel in Finsternis tauchen, seine schwefeligen Buchstaben in den Himmel zeichnen, die Wolken zum Bersten bringen und die Erde mit lauwarmem Wasser tränken würde, hatte Nand Tisch und Stühle auf der Terrasse mit Planen zugedeckt und seine Instrumente ins untere Stockwerk getragen. Ich fand ihn ganz oben, auf der Turmspitze, wo er gerade damit beschäftigt war, Helium in eine Ballonsonde zu füllen, die mit einem Sender ausgestattet war.

»Mister Idlewilde«, sagte Nand, während der an zwei Seilen befestigte Aerostat sich langsam in die Lüfte erhob, »könnte es zufällig sein, daß du dich gestern in Tuskegee in ein umfangreiches Wiederaufforstungsprojekt gestürzt hast?«

»Ganz bestimmt nicht«, antwortete ich.

Nand sah mich nur einen Moment an, der mir jedoch unendlich erschien, öffnete den Mund, machte ihn wieder zu und schenkte mir ein breites Lächeln, das in einem eigenartigen Kontrast zu seinem traurigen Blick stand. Er wirkte zerstreut, und als der Sturm losbrach, blieb er eine gute halbe Stunde schweigend vor einem der großen Fenster stehen und betrachtete die Regengüsse, die gegen die Scheiben peitschten, das langsame Kreisen der blauen Wolken, das Leuchten am Himmel. Zwischen den Donnerschlägen heulte der Wind, er schien es auf uns abgesehen zu haben, denn mit immer wütenderen Attacken versuchte er offensichtlich, den Turm zu entwurzeln. Als Nand seine Stimme wiedergefunden hatte, mußte ich näher herankommen, um ihn bei dem Krach überhaupt zu verstehen: »... und ich kann es mir nicht erlauben.«

»Wie?«

»Man muß die Kontrolle über seine Träume bewahren«, sagte Nand. »Man darf nicht zulassen, daß sie die Oberhand gewinnen, denn im Grunde sind sie wie Fremde in uns. Selbst wenn sie von den besten Absichten getragen sind, sind sie doch stets bereit, alles zu opfern, um an ihr Ziel zu gelangen, und schrecken notfalls nicht davor zurück, das Wesen zu zerstören, das sie in sich trägt, den Menschen, den sie inspirieren und der sie in seinem Herzen nährt. Für sie zählt nur die Verwirklichung ihres Geschicks. Wir können unseren Träumen gehören, uns ihnen mit Leib und Seele verschreiben, aber kein Traum hat jemals einem Menschen gehört.«

Nand wandte sich zu mir um und ergriff meine Hände. Was er mir dann erzählte, hat mich zutiefst geprägt. Im Rückblick weiß ich, daß dieser Nachmittag bei Nand für den weiteren Verlauf meines Lebens entscheidend war. Er hat, um es mit den Worten von Reverend Poach auszudrücken, ein Samenkorn in mir ausgesät, ein Körnchen Einsicht in den Lauf der Dinge. Nur wächst dieses Samenkorn nicht von allein, es braucht Erde und Wasser, irgend jemand muß es gießen. Nach Nands Abreise hatte ich seine Geschichte völlig vergessen, und, so unwahrscheinlich es auch klingen mag, sie fiel mir erst wieder zum Zeitpunkt meiner Verlobung mit Ophelia ein, nachdem ich einen Abend allein in Gesellschaft von Fausto verbracht hatte. Erst da wurde ich mir meiner eigenen Geschichte bewußt, um einen Ausdruck zu benutzen, den ich mir selbst zugeflüstert habe, ich erkannte, daß ich wie Fausto, Duke, Ananda und letztlich jeder andere eine eigene Geschichte hatte, eine, die nur mir, Homer Idlewilde, gehörte, die ich erlebt und vom ersten Tag an gelenkt hatte, eine Geschichte, die ich mir und jedem erzählen konnte, der sie hören wollte, und die soviel wert war wie jede andere auch. Ich begriff, daß ich mein Leben lang geglaubt hatte, ohne Geschichte zu leben, und warum?

»Weil die Bedeutung des Wortes Geschichte sich dir entzog«, meinte Fausto im Hinterzimmer des Ladens, »weil du immer das Gefühl hattest, nur das Leben anderer zu durchschreiten, wie ein armer Teufel, der auf gut Glück herumirrt, obwohl wir alle im selben Boot sitzen! Unsere Geschichte ist die Verschränkung vieler anderer Geschichten, mehr nicht, und solange du das nicht siehst, suchst du nach etwas, das es nicht gibt.«

Als Nand damals meine Hände ergriff, lag in seinen Augen ein zärtlicher Glanz. »Homer, wir sind miteinander verbunden. Homer Idlewilde und Ananda Singsidhu, vereinigt durch den unerwartetsten und schönsten Zufall, vereinigt durch die wunderbarste aller Abstraktionen: eine Ähnlichkeit! Es ist weder der Zauber von Rachel Mildew noch die Schönheit von Manisha Supthankha, die uns zusammengeführt haben, Homer, sondern ein undefinierbares Etwas, das uns beiden gemein ist, das uns beide, dich und mich, berührt hat. Kannst du es mir erklären?«

»Nein«, sagte ich in das Pfeifen des Wasserkessels hinein. Nand ließ meine Hände wieder los, lief zum anderen Ende des Raums und schaltete den Herd ab.

»Ich auch nicht«, sagte er, »und trotzdem ist es passiert. Unsere beiden Geister sind sich begegnet.«

»Unsere Geister?«

»Nenn sie, wie du willst, es spielt keine große Rolle. Sie gleichen einem getrennten Liebespaar, das einander in einem großen dunklen Wald sucht, oder Zugvögeln, die unentwegt auf einen bestimmten Punkt zusteuern. Und sie scheinen dabei nur einen Gedanken im Kopf zu haben und wären bereit, Himmel und Erde in Bewegung zu setzen, um ihr Ziel zu erreichen. Aber sie sind noch viel mehr als verirrte Liebende oder Vögel. Sie verleiten uns zu einer Reise, und wir gehen darauf ein. Sie flößen uns eine Liebe ein, und wir versuchen sie zu leben. Sie lenken unsere Aufmerksamkeit auf ein Gesicht, einen Namen, ein paar Verse, und dieses Gesicht, dieser Name, diese Verse nehmen für uns eine ganz besondere Bedeutung an, sie heben sich vom Dunst des Alltags, vom Gewöhnlichen ab. Es ist, als würden sie …«

»… die Notbremse ziehen«, warf ich ein und dachte dabei an die Zugfahrten entlang der Küste, die ich am Ende des Schuljahres gemeinsam mit der Klasse unternommen hatte. »Wenn einer von euch auf die Idee kommt, die Notbremse zu ziehen«, hatte Miss Flann mit erhobenem Zeigefinger gedroht, »werde ich dafür sorgen, daß derjenige aussteigt und zu Fuß nach Hause geht!«

»Genau!« sagte Nand. »Der Geist lauert auf eine Gelegenheit, uns die Augen zu öffnen, und je weiter unsere Augen geöffnet sind, desto zahlreicher werden die Gelegenheiten.«

»Das versteh ich nicht.«

»Der Geist, Homer, hat alle Karten in der Hand. Aber solange wir glauben, wir würden nach unserer eigenen Fasson leben, wenn wir mit dem Zufall jonglieren, führt er seine Aufgabe beharrlich fort und tut alles, was in seiner Macht steht, um unsere Schritte zur nächsten Etappe zu lenken oder, wenn es dir lieber ist, uns in den richtigen Zug steigen zu lassen, und wenn der kritische Augenblick kommt …«

»… zieht er die Notbremse«, wiederholte ich und stellte mir den kleinen roten Griff vor, der mich wie ein Magnet anzog und den ich die ganze Reise nur mit allergrößter Mühe ignorieren konnte.

»Dem Geist ist jedes Mittel recht«, fuhr Nand fort, »oder genauer gesagt, mit einem Blick erfaßt er die Welt, in der wir uns befinden, die Epoche, die wir durchschreiten, und läßt sich dann was einfallen. Oder, um noch mal dein Bild aufzugreifen, er weiß, daß du dich um 9 Uhr 57 an Bord eines Schnellzuges befindest, der von Berkeley nach San José fährt, er weiß, daß die Reise eine Stunde dauert, er kennt die Landschaft bis ins kleinste Detail, er kennt die Namen und die Geschichten all der anderen Reisenden und versucht herauszufinden, ob sich unter diesen vielen Menschen und Momenten nicht eine Möglichkeit ergibt, tätig zu werden. Du, Homer Idlewilde, bist gerade eingestiegen, mit dem Koffer in der Hand läufst du die Sitzreihen entlang, hörst das Pfeifen des Bahnhofsvorstehers, die Lokomotive setzt sich ruckend in Bewegung, du suchst nach einem Platz und entdeckst einen Lichtfleck auf einem Vorhang, einen länglichen Fleck, der sich wie ein gelber Farbstrich immer weiter ausbreitet und auf dem Gesicht einer Mitreisenden spielt.«

»Und dann?«

»Und dann verwandelt sich dieser Lichtstreifen in einen Pfeil, der auf dieses Gesicht zeigt, oder er erinnert dich an einen Sonnenstrahl, der auf deiner Zimmerwand erschien, als du gerade an jemand Bestimmtes dachtest, oder du siehst in deinen Träumen eine Landstraße am Horizont, eine geöffnete Tür, oder der Lichtfleck lenkt deinen Blick nach draußen, wo du Sperlinge auf den Stromleitungen sitzen siehst, sechs Stück, und sie erinnern dich an Noten auf einem Liniensystem, sie erinnern dich an einen Vogel mit gebrochenem Flügel, den du eines Morgens gefunden und gesundgepflegt hast, sie erinnern dich an ein Seil, das in einem Zirkuszelt gespannt war, und du entdeckst deine Berufung zum Seiltänzer.«

»Das würde mir gefallen«, sagte ich, und einen Augenblick lang stellte ich mir den Zirkus vor, die Zuschauermenge zu meinen Füßen, die Stange in meinen Händen, mein rotgoldenes Kostüm. Als ich wieder aus meinen Träumereien erwachte, sah ich, daß auch Nand einem weit entfernten Bild nachhing. Unsere Blicke trafen sich, und ich hatte das Gefühl, sie fingen sich im Flug auf wie zwei Trapezkünstler.

»Es gibt allerlei Arten von Offenbarungen, so wie es allerlei Arten von Wolken gibt. Es gibt große Momente der Einsicht, die wie Blitze einschlagen, und schwache, zarte Intuitionen, die beinahe unbemerkt bleiben. In diesem Waggon, Homer, triffst du vielleicht auf die Frau deines Lebens oder einfach auf eine Erinnerung, die aus der Versenkung deines Gedächtnisses auftaucht, auf einen nebensächlichen Gedanken, der in der darauffolgenden Nacht, einige Tage oder Jahre später wiederum einen anderen zum Klingen bringt und dir Einsicht in dein bisheriges Leben gewährt. Es gibt große und kleine Begegnungen, der Geist tut, was er kann. An allen Stränden der Welt gibt es einen Kiesel, den du unter vielen anderen auswählen und aufheben wirst, und auf allen Bahnhöfen der Welt gibt es einen Reisenden, den du in der Menge wahrnehmen wirst. Aber vor allem muß dir klar sein, daß der Geist dir lediglich ein Zeichen gibt. Er wird dabei den größten Einfallsreichtum und eine ungeheure Willenskraft entfalten, und du wirst nie erfahren, welche Anstrengungen ihn dieser Lichtfleck auf dem Vorhang gekostet hat und was er alles bewerkstelligen mußte, damit du ihn siehst, in genau diesem Moment deines Lebens, in diesem Waggon, diesem Zug, dieser Stadt, diesem winzigen Zipfel Universum, diesem in der Unermeßlichkeit der Zeit verlorenen Augenblick. Und dann bist du an der Reihe. Der Ball befindet sich in deiner Spielhälfte. Der Geist hat keinen Einfluß auf die weiteren Ereignisse, und du kannst ihn nicht für deine Entscheidung verantwortlich machen, was du tun oder lassen wirst. Du kannst dich unsterblich in die vom Sonnenstrahl beschienene Mitreisende verlieben und sie umgekehrt in dich, aber wenn eure Liebe sich zufällig nicht so gestalten sollte, wie du es dir wünschst, darfst du die Schuld nicht bei Gott, dem niederträchtigen Schicksal, bei der Frau oder dir selbst suchen. Wenn du die Dinge siehst, wie sie sind, wirst du zu dem Schluß kommen, daß du das Zeichen womöglich mißverstanden oder dich ungeschickt verhalten hast, daß diese Frau einem anderen Weg gefolgt ist und dieser Weg nicht der deine war, du wirst zu diesem Schluß kommen, ohne es dir übelzunehmen, ohne irgend jemandem etwas übelzunehmen. Die Menschen verbringen ihre Zeit damit, zu klagen, sich selbst zu hassen oder andere, den Himmel oder die Vorsehung zu beschuldigen, weil sie das Zeichen mit dem von ihnen erfundenen Traum verwechseln. Stell dir einen Dichter vor, der eine wunderbare Eingebung hat, der vergeblich versucht, sie in Worte zu fassen, und sich die Haare rauft. Er hat geglaubt, seine Eingebung gäbe ihm Anlaß zu einem Gedicht. Doch er hat sich geirrt, es war ein Traum. Oder stell dir vor, Barth Nemechek wacht eines Morgens auf mit der Gewißheit, daß er auf dem Weg zur Schule dem Mädchen seiner Träume begegnen wird. Er zieht sich an, verschlingt sein Frühstück, schnappt sich sein Lunchpaket und läuft auf die Straße. Dort sieht er sie auf dem Fahrrad vorbeifahren. Aber sie ist nicht allein. Ein anderer Junge tritt neben ihr in die Pedale. Barth ist traurig, Barth ist wütend. Trotzig wirft er sein Lunchpaket auf den Boden, warum? Weil er seine Eingebung und den Traum, der aus ihr hervorgegangen ist, verwechselt hat, er hat extrapoliert.«

»Extra was?« fragte ich.

»Er hat sich eine Geschichte ausgedacht, und als er gemerkt hat, daß diese Geschichte ein Hirngespinst war, fühlt er sich verraten. Die meisten Menschen reagieren so, Homer, und glaub mir, es ist besser, sich da nicht einzureihen. Die Träume verhalten sich zu den Zeichen wie die Zeichen zu Gott, ihnen wohnt derselbe eiserne Wille inne. Aber während die Zeichen Engel Gottes sind, betrügen die Träume die Menschen und stimmen sie traurig.«

Den Sinn dieser letzten Sätze habe ich damals zwar nicht ganz begriffen – ich weiß auch nicht, ob ich ihn heute wirklich begreife –, aber ich legte sie in einem Winkel meines Hirns ab, wo sie jahrelang Winterschlaf hielten. Seine Worte fesselten mich derart, daß die Donnerschläge, das Heulen des

Windes und der Regen, der gegen die Scheiben prasselte, sich aus meinem Bewußtsein zurückzogen und nur noch in Form eines atemlosen Echos an mein Ohr drangen. In dieser Gemütsverfassung verriet Nand mir sein größtes Geheimnis, etwas, das er seit seiner Ankunft in Rainbow Point noch niemandem anvertraut hatte. Er erzählte mir von dem Turm.

»Ich träume von ihm, seit ich in dem Alter bin, wo man Träume hat, und mein Kinderzimmer in dem himmlischen Haus meines ehrwürdigen Vaters ist noch immer tapeziert mit ungeschickten Zeichnungen von einem einsamen Turm, der inmitten der wilden Natur von einem Hügel aufragt.«

»Willst du damit sagen, daß du schon vor deiner Ankunft in Farrago ...«

»Bevor ich überhaupt wußte, daß es die Vereinigten Staaten von Amerika gibt, und auch viele Jahre bevor ich mein Studium aufnahm und aus Bombay fortging. Der Turm meiner Träume stand nicht auf einem kalifornischen Hügel, er war auch nicht aus Holz, sondern aus Stein, und anstatt mit einem Plateau abzuschließen, lief er spitz zu. Außerdem war er bunt angemalt, in allen Farben, die meine Buntstiftbox zu bieten hatte. Aber als die Stanford-Universität entschied, den Bau einer Wetterstation zu finanzieren, und mir die Leitung des Projekts antrug, wußte ich, daß die Stunde nahte und ich bald auf meinem Turm stehen würde wie ein König auf seiner Festung.«

Ich war sprachlos. Alles, mein Taschenmesser und die Bildersammlung mit den Baseballspielern hätte ich hergegeben, nur um einen Blick auf diese Zeichnungen von dem Turm zu werfen, die Nand in seiner Kindheit angefertigt hatte. Ich selbst hatte nie von meiner Ankunft in Farrago, vom Haus der Kebbles oder meiner Begegnung mit Barth geträumt, genausowenig wie ich meine Reise durchs Land, meine Liebe zu Ophelia oder meine Expedition in die Berge mit Duke vorhergesehen hatte, es war Nand, der mir die Existenz derartiger Vorsehungsträume offenbarte. Als Elijah nach Jahren der Grübelei endlich seine Schmiede eröffnet hatte, fiel mir Anandas Geschichte wieder ein, aber zwischen den Spinnereien von Elijah und der kindlichen Vision des Meteorologen gab es, wie ich fand, einen erheblichen Unterschied, auch wenn ich nicht in der Lage war, genau zu bestimmen, worin er bestand. Mir schien, als sei Nand seine Zukunft seit jeher versprochen gewesen. Er hatte nicht, wie Elijah, jahrelang darüber reden müssen, um seine Kräfte zu sammeln. Er wußte, daß seine Vision von dem Turm sich eines Tages erfüllen würde, er müßte sich nur gestatten, auf sie zuzugehen.

»Es liegt in der Familie«, sagte Nand. »Wir stammen aus einem sehr alten und sehr heiligen Brahmanengeschlecht, Vorsehungsträume sind bei meinen Angehörigen nichts Ungewöhnliches. Mein ehrwürdiger Vater kennt beispielsweise den Zeitpunkt seines Todes. Er wurde ihm in einer ruhmreichen Vision zu früher Morgenstunde offenbart, und anschließend hat er die Authentizität dieser Weissagung mittels astrologischer Berechnungen überprüft. Es ist erstaunlich, wie rückschrittlich ihr im Westen seid, was das Wissen um seelische Dinge und Möglichkeiten anbelangt.«

»Und du«, fragte ich, »weißt du auch, wann du sterben wirst?«

»Für meinen ehrwürdigen Vater und meine älteren Brüder bin ich eine Art schwarzes Schaf und tanze völlig aus der Reihe«, sagte Nand, »oder, um es mit den Worten meines Vaters auszudrücken: Ich bin in die flüchtigsten Dinge verliebt, in die unvorhersehbarsten und launigsten Phänomene der Welt der Erscheinungen. Ich habe schon immer tiefe Freude beim Beobachten von Wolkenformationen, Regenbögen und Blitzen empfunden, während der Regenzeit verbrachte ich Stunden damit, die vielen tausend senkrechten Linien zu betrachten, die im Hof unseres Hauses und auf die Dächer der Stadt niederprasselten wie Lanzen in dem großen Krieg, den der Himmel seit der Geburt des Universums gegen die Erde führt. Aber wie mein Vater sagt, die Dauer eines Regengusses entspricht der Lebenszeit eines Menschen, eines Baums oder sogar eines Steins. Mit Blick auf die Ewigkeit ist deren Lebensdauer strenggenommen nichts, und wenn ich mit Hilfe von Gleichungen, Ballonsonden und elektronischen Meßgeräten vorherzusehen suche, wie der morgige Himmel sein wird, tue ich im Grunde genau dasselbe wie mein Vater, wenn er meditiert, um den Zustand der Glückseligkeit zu erreichen. Ich versuche genau wie er, die Gesetze der Vorsehung, des Willens und des Schicksals zu erfassen. Weißt du, daß es unmöglich ist, mehr als achtundvierzig Stunden im voraus Wetterveränderungen vorherzusagen? Es ist vergleichbar mit deiner Situation, Homer Idlewilde, du weißt nie, was dein morgiger Tag dir bescheren wird.«

»Das stimmt«, sagte ich, »jedenfalls bis zum Ende der Schulferien.«

»Und doch wird er sich irgendwie gestalten«, sagte Nand.

»Außer wenn ich den ganzen Tag nichts tue, weil Barth mit seinem Vater angeln geht und ich niemanden zum Spielen finde.«

»Dann wird dein Tag dem bläulichen Schleier eines Altostratus translucidus gleichen. Und wenn du deinen Vormittag damit verbringst, im Wald Versteck zu spielen, wirst du durch Nebel laufen, hier und da eine Fußspur, einen abgebrochenen Zweig entdecken, und er wird wie der Hof der Sonne sein, der durch die Fetzen eines Zirrostratus schimmert. Alles, was du morgen erlebst, kann in Begriffen von Wolken gefaßt werden, und alle existierenden Wolken finden wiederum ihren adäquaten Ausdruck im Tun und Handeln von Homer Idlewilde. Dennoch weißt du nicht, was du in einigen Stunden tun wirst, und ich weiß nicht, ob es morgen oder übermorgen in Farrago regnen wird. Gott allein weiß es, und er nutzt sein Wissen, um uns die Augen zu öffnen. Die Zeichen sind für ihn nur Mittel zum Zweck, und wenn es uns eines Tages gelingt zu sehen, wird alles zum Zeichen,

Homer, alles beginnt zu glänzen, und wir sind von unseren Träumen befreit.«

Nand verstummte. Seit einigen Minuten nieselte es nur noch, der Sturm war weitergezogen gen Ozean, auf die breiteste Straße der Welt. Ich besah mir die Wolken und die ersten blauen Himmelsfetzen, die dem Unwetter entronnen waren. Jahre später ließ Fausto im Hof hinter seinem Laden die Bemerkung fallen, ich würde gern Zusammenhänge herstellen, und mein Geist brauchte mal gehaltvollere Nahrung. Gewiß verdanke ich es Nand, wenn ich damit angefangen habe, dem Anschein nach weit auseinander liegende Gedanken miteinander zu verknüpfen, so wie er Menschen und Wolken zu vergleichen pflegte, und ich halte dies für eine wichtigere Lektion als all die Dinge, die Miss Flann, meine Lehrerin, mir beigebracht hat und die mich zu Tode langweilten, bis auf jene, die von der Ankunft der Pioniere in der Region und den Heldentaten von Sitting Bull, dem Häuptling der Sioux, handelten.

Das Datum der Miss-Farrago-Wahl rückte näher, und ich meine mich zu erinnern, daß in diesem Jahr Patty Stordahl gekürt wurde. Die Vorbereitungen waren bereits tags zuvor in vollem Gange. Auf dem Ast eines Baums sitzend, hatte ich in Gesellschaft meiner Freunde Barth Nemechek und Myron Morse den Freiwilligen beim Aufbau der Zelte und des Podiums rund um den Teich zugesehen. Jahre später sollte Elijah mit seiner Schmiede in diesem Teich versinken, aber weil ich nie Vorsehungsträume hatte, konnte ich es nicht wissen, genauso wie ich nicht ahnte, daß ich eines Tages überhaupt einem Trottel namens Elijah Sommer begegnen und wir die besten Freunde der Welt werden würden.

Meine damaligen Gefährten hießen Barth Nemechek und Myron Morse, der seinerseits gewiß ein merkwürdiges Gesicht gemacht hätte, wenn ihm ein Gesandter der Zukunft eröffnet hätte, daß er eines Tages der dickste Mann von Farrago sein und täglich literweise Eis und ein gutes Dutzend Steaks verschlingen würde, allein um seinen Titel zu verteidigen. In seiner Kindheit war Myron mager wie eine Made, um einen Ausdruck von Barth zu übernehmen, und darum gaben wir ihm unter anderem den Spitznamen Maggot Morse. Bei einer ärztlichen Untersuchung hatte der Doktor den Begriff »rachitisch« fallenlassen, und dieses Wort, das sich in das Gedächtnis der ganzen Klasse eingegraben hatte, haftete ihm an wie die Haut an den Knochen. Rickety Maggot, Rickety Morse, Rock Maggot, Maggot Morse – Myron hatte beinahe so viele Spitznamen, wie die Woche Tage hat.

Als der Bürgermeister George McKay nach einer schier endlosen Rede endlich den Startschuß für die Feierlichkeiten gab, stürmten wir zur Schießbude, um den ersten Preis, ein herrliches, rotes Fahrrad mit verchromtem Lenker, zu ergattern. Buck Tuddenham, Phil Carollan (der Vater des heutigen Automechanikers) und Maggie Cook waren mit dem Grillen betraut, und nachdem wir dort unsere letzten Cents gelassen hatten, stürzten wir uns auf die Spare ribs und die Würstchen.

Den ganzen Nachmittag lauerte ich auf das Eintreffen von Nand und Rachel. Doch erst bei Einbruch der Dunkelheit erschien Nand auf der Lichtung, lange nach der Wahl der schönsten Frau von Farrago. Er trug den weißen Leinenanzug, und sein schwarzes Haar glänzte. Alle Mädchen, Patty Stordahl inbegriffen, drehten sich nach ihm um und beobachteten, wie er die Menschenmenge teilte, während er mit einem rätselhaften Lächeln auf den Lippen auf mich zusteuerte. »Hocherfreut, Sie zu sehen, Homer Idlewilde«, sagte Nand. Doch wie aus dem Nichts tauchte plötzlich George McKay auf und nahm ihn beiseite, was unsere Wiedersehenszeremonie jäh beendete. Rachel, so vermutete ich mittlerweile, würde gar nicht mehr kommen. Um die Zeit totzuschlagen, ließ ich mit Barth, Myron und ein paar anderen Jungs Steine übers Wasser flitschen und machte mir einen Spaß daraus, Ketchup auf die

Bänke zu schmieren. Um elf Uhr steckten Gordon Schaap, ein Feuerwehrmann aus Santa Cruz, und Jeff Flink, der Vater der zukünftigen Schmiede, die Raketen an, und als der Himmel sich mit Funken, Kringeln und Sternschnuppen füllte, flogen Dutzende von Hüten durch die Luft, und alle begannen laut zu rufen.

Es war schon nach Mitternacht, als das Orchester der Swingin' Singles ein Lied mit dem Titel *Take the »A« train* anstimmte und die quadratische Tanzfläche sich mehr und mehr füllte. Barth hatte es irgendwie geschafft, eine Flasche Cabernet abzustauben, und war auf dem Podium eingeschlafen, nachdem er in den Teich gekotzt hatte. Myron war von seiner Mutter mit Gewalt nach Hause gezerrt worden. Von allen Kavalieren wurde Nand am häufigsten aufgefordert. Die Mädchen rissen sich um ihn wie um eine Trophäe. Natürlich war Nand nicht irgendeine Trophäe, und wenn er sich das Spiel scheinbar gefallen ließ, so gehörte er doch niemandem und lächelte wie jemand, der ein Geheimnis hütet, vielleicht die Formel, mit der man Pancakes und Doughnuts nach Herzenslust vermehren kann, den Schlüssel zu einer Höhle, die mit Edelsteinen und spanischen Dublonen gefüllt ist, das Rezept für ein Elixir, mit dem man tausend Jahre alt wird oder das Mädchen seiner Wahl wahnsinnig verliebt machen kann. Barth und ich versuchten letzteres einmal zu mixen, ein Gebräu aus Honig, Nelken, Möhrensaft und Katzenpisse, Barth hatte diese Mixtur angeblich einem Zauberbuch entnommen und sie *Afro Dizzy Hawk* getauft.

Weil ich nicht länger auf Rachel warten wollte, machte ich mich auf die Suche nach ihr. Ich wußte nicht, wo sie wohnte, es war dunkel, und so verlief ich mich. Anstatt zur Landstraße am Ende der Lichtung zu gehen, nahm ich eine Abkürzung über den Hügel, um möglichst schnell ins Dorfzentrum zu gelangen, aber kaum hatte ich den Gipfel erreicht, verirrte ich mich zwischen den Bäumen und geriet immer tiefer in den Wald. Feindliche Blicke geisterten durch das Dickicht. Sie bohrten Löcher in die Finsternis und schickten ein fahles Licht hindurch, das dem Jenseits der Nacht entsprang, eine farblose, eisige Welt, in der tausend Gespenster von Menschen und Tieren umherirrten, die jeden Augenblick nach mir zu schnappen drohten. Eine kalte Klaue mit Krallen würde meine Wade umklammern und mich auf die andere Seite zerren. Egal, wie laut ich schrie, keiner würde mich hören, man würde mich nie wiedersehen. Der Sheriff würde Suchmeldungen auf allen Strommasten der Region anschlagen, ohne zu ahnen, daß ich in das Reich der Geister verschleppt worden war, an einen Ort, der mich auf unheimliche Weise an die Kulisse eines Horrorfilms erinnerte, den ich mit Myron und Barth im Nickelodeon gesehen hatte. Ich rief um Hilfe, und da meine Rufe ungehört verhallten, begann ich zu beten. Mit einemmal sah ich Lichter. Farrago, dachte ich, das Dorf, und ich verspürte den brennenden Wunsch, zur Reinigung zu rennen und mich in einem Weidenkorb mit sauberen Laken zu verstekken, die darauf warteten, gebügelt zu werden. Du Idiot, dachte ich, die Reinigung ist geschlossen. Ich begann zu laufen. Erst da hörte ich die Musik und den Lärm der Kraller.

Ich war wieder an meinen Ausgangspunkt zurückgekehrt. Vor mir tat sich die Lichtung auf, mit dem schimmernden Blech der Blasinstrumente, den roten Anzügen der Musiker auf der Bühne, Nands weißem Anzug und Rachels weißem Kleid. In meiner Erinnerung sind sie die einzigen Tänzer, eng ineinandergeschlungen drehen sie sich, drehen und drehen sich, und fern von der Menge und den Feuern sitze ich im Gras und betrachte sie, sie sind allein auf der Tanzfläche, und ich bin der einzige, der sie sieht, die Welt ist schön, mein Herz ist voller Freude und Kummer, sie drehen und drehen sich immer weiter.

Drei Monate später kehrte Nand in seine Heimat zurück. Am Tag vor seiner Abreise verbrachten wir den Abend zusammen auf der Terrasse seines Turms. Der Neumond ließ Abertausende Sterne leuchten. Nand erzählte mir, daß die

Milchstraße, dieser staubige Streifen, der sich durch den Himmel zieht, die Form einer Scheibe habe und sich unsere Galaxie mittendrin befinde.

Im Winter darauf verließ auch Rachel Mildew Farrago. Ich begegnete ihr eines Tages bei einem Spaziergang in der Nähe von Rainbow Point. Seitdem sie ihren Job bei der Reinigung gekündigt hatte, um eine alte, gebrechliche Dame zu pflegen, hatte ich sie nicht wiedergesehen. Wir blickten uns schweigend an. Der Himmel war schwer, Regenfälle hatten den sanft abfallenden nördlichen Hügelhang ausgewaschen. Rachel zog mich zu sich heran. Sie beugte sich langsam, ganz langsam über mich und küßte mich auf den Mund. Mein erster Kuß. Dann schlenderte sie weiter. Ich sah ihr nach, sah sie auf dem Pfad verschwinden, zuerst ihre Füße, dann ihre Beine, ihre Hüften, ihren Rücken, ihren Hals, die rote Klammer in ihrem schwarzen Haar, und bis in den Abend hinein spürte ich das Prickeln ihres Kusses auf meinen Lippen.

Zwei, drei Jahre vergingen. Das Schuljahr war um, und ich verbrachte die ersten Sommerwochen damit, die Landkarten zu studieren, die mir Phil Carollan, der Automechaniker, zur Verfügung gestellt hatte. Ich hatte beschlossen, in die Ferne zu ziehen, wußte aber nicht, in welche Richtung, und die Karten waren mir, ehrlich gesagt, auch keine Hilfe. Es gab so viele Straßen, so viele Städte, so viele mögliche Wege. Darum kehrte ich eines Morgens zur Lichtung zurück, wo Nand vor den Fotos seiner Verlobten meditiert hatte, und pinnte vier Postkarten an vier Bäume. Die erste war eine Luftaufnahme vom Grand Canyon, die zweite ein unscharfes Schwarzweißbild einer Avenue im New Orleans der dreißiger Jahre; die dritte hatte mir Nand geschickt (ein einziges Wort stand auf der Rückseite, oder besser, ein einziger Name: »Ritu«), sie zeigte den Hafen von Bombay bei Sonnenaufgang; die vierte, die ich noch immer besitze, war ein Foto von den Niagarafällen.

Ich setzte mich im Schneidersitz vor die Bilder und wartete darauf, daß mir ein Zeichen zuteil würde. Ich konzentrierte mich minutenlang, träumte von Skorpionen in der Wüste, von Kakteen und wilden Pferden, ich überflog New Orleans, die mit alten Autos verstopften Avenues, die Köpfe weißer Banker und die schwarzer Musiker, ich lief an Bord eines Fischerbootes in der Reede von Bombay ein, ganz oben auf dem Mast hockend, der sich in den Wellen hin und her wiegte, und während ich über meiner Meditation einnickte, kam plötzlich Wind auf, und die Böe riß die Postkarten mit sich fort. Vergebliche Mühe, sagte ich mir, als ich aufsprang, um sie einzusammeln. Lediglich die von den Niagarafällen fand ich wieder und am Fuße der Felswand, halb vergraben unter einem Haufen Staub und Reisig, Rachels Paßfoto, das voller Flecken war.

Als ich von meiner Reise durchs Land zurückkehrte, war Fennimore Smith tot, und Fausto hatte seinen Platz hinter der Ladentheke eingenommen. Durch ihn erfuhr ich von Luther Wallace, der neuerdings den Turm bewohnte. Bevor er mit seinen Taubenkäfigen in die verlassene ehemalige Wetterstation eingezogen war, hatte Wallace zwei Stunden in Faustos Gesellschaft verbracht, um »ein für allemal« sämtliche Einzelheiten seines Aufenthaltes zu regeln. Gemeinsam erstellten sie eine »endgültige« Einkaufsliste, um den Wortlaut von Wallace wiederzugeben, und Fausto verpflichtete sich, ihn am 15. jeden Monats Punkt acht Uhr zu beliefern. Auf der Liste standen verschiedene Fleischkonserven und Gemüse, Nudel- und Reispakete, eine Schachtel mit vierundzwanzig Eiern, Butter, dunkle Schokolade, grüne Äpfel, eine Stange Camel, eine Gallone Weißwein, und weil Wallace auch mit Büchern versorgt zu werden wünschte – eine Rarität, die Fausto zufolge in Farrago genauso schwer aufzutreiben war wie Kürbisse auf Grönland –, bot Fausto an, ihm Romane aus seinem persönlichen Bestand auszuleihen. »Alle vierzehn Tage drei Stück«, entschied der Taubenzüchter und bedankte sich.

Fausto erzählte mir, er habe einen Borsalino und einen hervorragend geschnittenen schwarzen Anzug getragen, seine

Manschettenknöpfe seien aus Gold gewesen, und seine Schuhe stammten aus einem sehr berühmten New Yorker Geschäft. Er hatte den Akzent der Ostküste, trommelte unaufhörlich mit den Fingern auf die Ladentheke, blickte ständig zur Wanduhr und schien es nicht erwarten zu können, sein neues Zuhause zu beziehen.

»Es ist mir nicht gelungen herauszufinden, woher er kommt«, sagte mir Fausto, »oder warum seine Wahl auf den Turm gefallen ist und was er mit den Tauben anzufangen gedenkt, einem Dutzend Viecher, die, in zwei Käfige gesperrt, auf dem Rücksitz seines Autos warteten.« Wallace habe ihm lediglich mitgeteilt, er wolle sechsunddreißig Monate in Rainbow Point bleiben, keinen Tag länger, keinen Tag weniger, und daran hielt er sich auch, auf die Minute genau. Drei Jahre, nachdem er die Tür des Turms hinter sich geschlossen hatte, kehrte Wallace in die Freiheit zurück, wie Fausto es nannte.

Monatelang kursierten allerlei Gerüchte um Luther Wallace und seine Tauben. Einige hielten Wallace für einen Spion im Auftrag der Russen oder Kubaner, der kodierte Nachrichten mit einem hohen Tier im Präsidium austauschte. Andere mutmaßten, er sei ein Gangster, der von anderen Gangstern verfolgt werde und in Farrago Zuflucht gesucht habe, um in Vergessenheit zu geraten. Sobald sein Leben außer Gefahr sei, würde er nach New York zurückgehen. Die vermeintlichen Gründe für sein Exil gaben Anlaß zu vielen weiteren Spekulationen.

Fausto war es schließlich gelungen, das Rätsel allein durch Nachdenken zu lösen, er sagte mir, ihm sei ein bestimmter Charakterzug an Wallace aufgefallen. »Wallace fühlt sich an irgend etwas schuldig. Dauernd ist er meinem Blick ausgewichen. Und als ich ihn am Ende unseres Gesprächs fragte, ob er wirklich vorhabe, sich dort oben so lange niederzulassen, erwiderte er, dies sei ja wohl das mindeste. Als habe er eine Schuld abzutragen, als würde er in den Turm einziehen, um Buße zu tun.«

»Ach«, sagte ich.

Fausto drehte seine morgendliche Runde im Transporter, ich saß neben ihm, eine Tasse Kaffee zwischen die Knie geklemmt. Er parkte das Fahrzeug am Rand des Highway 217, in der Nähe der Einfahrt zum Schrottplatz, und ließ mich schwören, absolutes Stillschweigen zu bewahren. Dann fuhr er mit seiner Erklärung fort.

»Vor sechs Monaten, wenige Wochen bevor Wallace hier ankam, habe ich einen Artikel im *San Francisco Daily* gelesen, wo es um einen Ganoven namens Alfred Larkin ging, und die Geschichte ist mir nun wieder eingefallen. Larkin war bei einem Schmuckdiebstahl auf Senator Brandfords Gut in Carmel ertappt worden. Joshua Brandford ist achtzig Jahre alt, stocktaub und leidet an einer degenerativen Veränderung der Netzhaut.«

»An einer was?«

»Er ist so gut wie blind. Als die Polizisten ihm das Foto von Larkin zeigten, schwor Brandford, sie hätten sich in der Person geirrt. Er hatte den Dieb durch Fenster springen sehen und war von Larkins Unschuld überzeugt. Die Bullen hörten jedoch nicht auf ihn, zumal Larkin ein Geständnis abgelegt hatte. Er bekam drei Jahre aufgebrummt. Das eigenartige daran war, daß Larkin in der Nacht des Einbruchs in Scotts Valley wegen Trunkenheit am Steuer verhaftet wurde. Hast du schon mal einen professionellen Dieb gesehen, der sich in der Nacht seines Überfalls besäuft?«

»Vielleicht hatte er Gewissensbisse?«

»Er nicht, dafür aber Wallace. Der Langfinger war Luther Wallace.«

»Jetzt gehen dir aber die Pferde durch!«

»Ich habe eine kleine Privatermittlung angestellt. Larkin und Wallace sind seit langem Partner. 1948 haben beide wegen eines Gemäldediebstahls in Washington vier Jahre im Knast gesessen. Wallace hat die Diamanten von Senator Brandford gestohlen, und Larkin hält den Kopf hin.«

»Aber warum?«

»Aus Freundschaft«, sagte Fausto.

Diese letzten Worte verschlugen mir die Sprache. Ich betrachtete die Bäume am Straßenrand, die weißen Dampfkringel, die vor dem Licht flohen, den glitzernden Tau, und einen Augenblick lang stellte ich mir vor, die Landschaft um uns herum sei eine Filmkulisse und wir seien Schauspieler im größten Film der Welt, die Welt selbst sei künstlich und man könne sich auf nichts und niemanden verlassen. Ich spürte, wie sich eine Migräne ankündigte. In den darauffolgenden Jahren spukte mir dieser schreckliche Gedanke noch öfter im Kopf herum, und ich versuchte mich seiner immer schnellstmöglich zu entledigen, indem ich ein Liedchen pfiff oder einen kleinen Spurt einlegte.

»Und um das wettzumachen«, fuhr Fausto fort, »hat sich Wallace selbst zum Gefangenen gemacht und zu drei Jahren Zuchthaus im Turm verurteilt. Kennst du Lesley Morgan?«

»Die Postbotin?«

»Ihr Bruder Terry arbeitet als Wächter im Oakland State Penitentiary, wo Larkin seine Strafe absitzt. Er hat Lesley vergangenes Wochenende besucht, und wir sind uns über den Weg gelaufen. Er sagte mir, Larkin stünde mit dem Gefängnisdirektor auf gutem Fuß, und letzterer erlaube ihm, Tauben zu züchten.«

In meinem Verständnis der Dinge waren Ananda Singsidhus und Luther Wallaces Geschichten bis zu jenem Tag, an dem ich Elijah Sommer begegnete, völlig voneinander getrennt gewesen, wie zwei Personen, die an einer menschenleeren Haltestelle auf denselben Bus warten und sich nichts zu sagen haben.

Ich lernte Elijah an einem Regentag in Alvin Carollans Autowerkstatt kennen. Elijah hatte gerade das Haus seiner Großmutter geerbt, die an den Folgen einer langen Krankheit im Hospiz von Sacramento gestorben war, ich habe sie nie kennengelernt. Die seit Jahren leerstehende Hütte war in einem kläglichen Zustand, und als Elijah sich einige Wochen nach seiner Ankunft in den Kopf gesetzt hatte, sie zu streichen, neue Scheiben in die Fenster zu setzen und den Holzboden zu schrubben, fragte er mich, ob ich ihm nicht ein wenig zur Hand gehen könne.

Alles verlief reibungslos bis zu dem Tag, wo er auf die Idee kam, im Garten eine Sickergrube auszuheben. Wir befolgten die Anleitung einer Heimwerkerzeitschrift, aber irgend etwas ging schief. Innerhalb von nur wenigen Tagen verwandelte sich das Gelände hinter dem Haus in das reinste Sumpfgebiet, und Elijah hatte mit einer Invasion von Fröschen und der Wut der Wasserwerke zu kämpfen (beim Verlegen der Leitungen hatten wir uns offenbar mit den Rohren vertan). Er beschuldigte mich, seine Installation sabotiert zu haben, und schließlich prügelten wir uns in dem Schlammloch. Elijah schluckte ein wenig Morast, und ich verlor einen Schuh, den viele Jahre später ein Hund ausbuddelte. Aber an jenem Tag in Alvins Werkstatt hatten wir noch nicht die geringste Ahnung, daß wir Freunde werden würden.

Elijah war damals noch im Besitz seines Führerscheins gewesen und wollte ein neues Kardangelenk für seinen Volkswagen bestellen, während ich am Eingang der Lagerhalle darauf wartete, daß es aufhörte zu regnen. Mit einer Kippe im Mundwinkel flickte Alvin ein Fahrrad zusammen, und als Elijah, bis auf die Knochen durchgeweicht, mit einem Regenschirm aufkreuzte, der sich beharrlich weigerte aufzugehen, waren wir gerade dabei, über das Sonnensystem zu diskutieren. Alvin kannte die Namen aller Planeten und Satelliten auswendig, von ihm habe ich gelernt, daß Sonne und Erde sich in puncto Größe wie eine Orange zu einem Sandkorn verhalten.

»Siehst du«, sagte Alvin, und ließ das Vorderrad rotieren, »die Planeten drehen sich um die Sonne, die sich wiederum um sich selbst dreht, aber im Verhältnis zu ihren Trabanten ist es so, als würde sie sich nicht bewegen.«

»Wieso?« sagte ich.

»Guck dir das Rad an, nun betrachte seine Achse. Sie bewegt sich nicht. Die Achse selbst, die Strebe, die in der Mitte durch die Radnabe führt und von der die Speichen ausgehen, dreht sich nicht. Das Rad dreht sich drumherum, aber seine Mitte ist völlig unbeweglich. Sie kann sich nicht drehen.«

»Warum nicht?«

»Weil das Rad sich schließlich um irgend etwas drehen muß«, sagte Alvin, und in diesem Augenblick ließ Elijah seinen Schirm fallen. Wir hatten ihn nicht hereinkommen hören. Er stand wie versteinert vor der Werkbank, so daß ich zunächst glaubte, er sei betrunken. Seine Arme hingen am Körper herab, und sein Blick war verschwommen, Alvin zufolge ähnelte er einem Soldaten in Habachtstellung. Doch als wir das Wort an ihn richteten, erwiderte er nichts. Alvin stand auf, wischte sich die ölverschmierten Hände an den Hosenbeinen ab und ging auf ihn zu. Elijah zuckte nicht einmal mit der Wimper.

»Er steht unter Schock«, sagte Alvin, wobei er mit der Hand kurz über Elijahs Gesicht huschte. Dreißig Sekunden später kam er wieder zu sich und begrüßte uns, als sei nichts gewesen. Wenn ich daran zurückdenke, sage ich mir, daß ich Elijah in seiner Abwesenheit begegnet bin, eine ungewöhnliche Art, Bekanntschaft zu machen. Doch schon im nächsten Augenblick hatte ich selbst einen Aussetzer. Ich sah plötzlich den Turm von Rainbow Point vor mir aufragen, ich sah Luther Wallace mit einer Brieftaube auf seiner Terrasse, ich sah Nand, auf das Geländer gestützt, die Wolken beobachten und begriff, was der Einbrecher und der Meteorologe gemeinsam hatten: In dem Turm war ihr Leben im Zustand der Schwebe gewesen. Es glich Elijahs erstarrtem Körper in Alvins Werkstatt. Und der Turm selbst war wie die bewegungslose Achse eines Rades, er existierte, weil die Welt sich schließlich um irgend etwas drehen mußte, aber er gehörte nicht zu diesem Universum, wo Leute geboren werden, Geschichten erleben und sie erzählen, sich lieben, sich nicht mehr lieben, alt werden und sterben.

Weiter unten, im Dorf, gaben die Kunden des Bordells ihre Einsamkeit im lila Salon ab, um am Arm eines Mädchen die Treppen hinaufzusteigen, die Kinder rannten zwischen den Bäumen umher und spielten Indianer, Soldat oder Goldsucher, die Gläubigen beteten in der Kirche, Duke erledigte im Bach seine Katzenwäsche, der Reverend erntete seine milden Gaben, Fausto lieferte seine Waren aus, die Menschheit strampelte sich ab oder gönnte sich eine nette Auszeit, träumte, litt, wuselte unaufhörlich herum, und jedes Leben kreiste wie ein Satellit um einen einzigen Punkt, den Turm, der sich im Herzen aller Dinge zwischen Himmel und Erde erhob, gleichgültig gegenüber dem großen Taumel der Welt. Dann sah ich Nand und Rachel in der Festnacht auf der Tanzfläche, und ihr Bild kehrte mit einer solchen Vehemenz zurück, als stünden sie leibhaftig vor mir und würden ihr eigenes Licht mit der ganzen Macht ihrer nicht gelebten Liebe verströmen, einer Liebe ohne Geschichte. Sie drehten sich auf der Tanzfläche, aber sie bewegten sich nicht. Sie waren von atemberaubender Schönheit, doch niemand außer mir sah sie. Es gab nichts zu sehen, und doch sah ich sie, ich war eingeweiht. Manchmal sind wir Teil des Reigens, und manchmal dreht sich die Welt um uns, dachte ich. Manchmal sind wir im Turm, und dann ist es, als seien wir gerettet.

»Er steht unter Schock«, sagte Alvin. Das alles hatte nur einen Augenblick gedauert. Das Rad drehte sich noch, die Kette klackerte, der Regen trommelte gegen die Tür der Werkstatt, und ich wurde von einer ungeheuren und unerklärlichen Traurigkeit ergriffen.

12

»Homer! Hier lang, Homer!«

»Duke?«

Ich war an der Tür des Turms angelangt. Sie ging schwerfällig auf und zu, der alte Riegel knallte gegen den Türrahmen. Der Wind heulte, die Wolken jagten über den Himmel, und es lag soviel Staub in der Luft, daß ich den Kragen meiner Jacke hochschlagen mußte. Ich blickte zur Terrasse hoch, und beim Anblick dieses großen Pfeils, der schwarz in den Himmel ragte, bekam ich einen Drehwurm. Ein merkwürdiger Gedanke schoß mir durch den Kopf. Ich stellte mir vor, ich sei ein Kind, gerade alt genug, um selbst auf den Beinen zu stehen, und der Turm sei ein Mann, vielleicht mein Vater. Wir standen beide auf dem Gipfel des Hügels, in Erwartung von irgend etwas Unbestimmtem.

Wieder hörte ich Dukes Stimme, zerhackt von Windstößen, die aus allen Richtungen wehten und gegeneinanderschlugen. »Ho...er! ... bist ... lind ... oder was? Zu dein ... inken ... hie ... lang!«

Erst in diesem Moment entdeckte ich sie: Elijah, Lieutenant McMarmonn, Moe Hendricks, Reverend Poach, zwei Typen, die ich nie zuvor in meinem Leben gesehen hatte, und Duke, der mir wild gestikulierend irgend etwas bedeuten wollte. Alle sieben standen vor dem Eingang einer Grotte, die sich westlich von Rainbow Point in einen Felskegel grub, eine geheimnisvolle, von einem schweren Gitter versperrte Höhle, die, wie sich herausstellte, mehrere hundert Meter lang war und mitten ins Herz der Minen von Tuskegee führte.

Während ich auf Duke und seine sechs Gefährten zusteuerte, bemerkte ich einigermaßen verwundert, daß das Gitter geöffnet war. Der Lieutenant trat heraus und schüttelte mir die Hand. Er hatte seine Offiziersuniform an, und auch Moe und die beiden Unbekannten trugen eine Militärkluft und ein Barett auf dem Kopf. Elijah hatte versucht, sich mit einem viel zu großen Drillichanzug (den er auf dem Flohmarkt von Soquel erstanden hatte) und einer khakifarbenen Wollmütze ein soldatisches Aussehen zu verleihen. Nur Duke und der Reverend liefen wie immer herum: Der eine steckte in seinem tausendfach geflickten Oshkosh-Overall und der andere in seiner Soutane, die unter einem dicken Wintermantel hervorschaute.

»Homer«, begann Lieutenant McMarmonn, »den Großteil der Truppe kennst du ja bereits. Ich stelle dir Korporal Stanley Turpentine vor.«

»176. Artilleriebataillon, 9. Korps«, parierte Turpentine mit schriller, leicht lispelnder Stimme und reichte mir die Hand.

»Homer Idlewilde.«

»Und das ist Sergeant Diego Altolaguirre, Kompanie A, RTC, 24. Division. Er wurde '53 in Camp 1 in Chungson gefangengenommen. Dort sind wir uns begegnet.«

»Sie waren auch in Gefangenschaft, Lieutenant?«

»Sechzehn Wochen lang. Es gab nur Sorgho zu essen. Damit haben die Roten ihre Kühe gefüttert.«

»Am Schluß mußten wir ein neues Loch in unsere Gürtel bohren«, fügte der Sergeant hinzu und tätschelte seinen Bauch. Altolaguirre war zwar längst nicht so dick wie Myron Morse, aber seit Ende des Koreakrieges mußte er seine Portionen verdoppelt haben.

»Moe Hendricks kennst du auch schon.«

»363. Aufklärungsabteilung.« Moe stand stramm wie ein Ausrufezeichen, die Arme eng am Körper. Es war das erstemal, daß der Leiter des Leichenschauhauses Haltung annahm, um mir Guten Tag zu sagen, aber er sah dabei so stolz aus, daß ich ihm nur zunickte, obwohl ich Mühe hatte, nicht laut loszuplatzen. Zu gern hätte ich ihm: »Rühren!« zugerufen, verkniff es mir aber gerade noch, und der Lieutenant machte einen Schritt zur Seite, damit ich den Reverend begrüßen konnte.

»Homer, du gehörst jetzt zu uns«, seufzte Poach mit einer Spur Ergebenheit.

»Also, nimm dich in acht!« fügte Elijah hinzu, wobei er bemüht war, so ernst wie Lieutenant McMarmonn zu wirken, ohne jedoch, mit Fausto gesprochen, dessen natürliche Autorität zu besitzen.

»Homer«, sagte McMarmonn, »du weißt, was uns heute abend hier zusammenführt.«

»Nein«, erwiderte ich.

»Wie bitte?«

Er drehte sich zu Elijah um, dem es sichtlich schwerfiel, seinem Blick standzuhalten. »Ich habe ihm nicht alles gesagt, Lieutenant, er hätte sich verplappern können.«

»Du blödes Arschloch!« rief ich und wollte mich auf Elijah stürzen. Aber Turpentine und Moe gingen dazwischen, und der Lieutenant befahl mir, mich ruhig zu verhalten.

»So was kommt nicht wieder vor«, sagte McMarmonn. »Homer, du bist ab sofort Soldat und unterstehst meinem Kommando. Jeder Akt der Befehlsverweigerung wird disziplinarisch bestraft.«

»Ganz genau«, warf Elijah ein.

»Hast du deinen Wehrdienst geleistet?«

»Ich habe Plattfüße«, sagte ich. »Ich muß zwar keine orthopädischen Einlagen tragen, aber die Ärzte haben mich trotzdem ausgemustert.«

»Plattfüße hin oder her, ich ernenne dich zum Aufklärer«, verkündete McMarmonn.

»Aufklärer? Dann brauche ich aber Benzin.«

»Benzin?«

»Für mein Zippo.«

Meine Bemerkung schien den Lieutenant aus dem Konzept zu bringen, aber Turpentine sprang ihm rasch bei, indem er erklärte, wir hätten die nötige Ausrüstung dabei, ich brauche mein Feuerzeug nicht. »In dem Sack sind acht Schutzhelme mit Leuchten, außerdem habe ich Taschenlampen eingesteckt, für den Fall der Fälle.«

Ich warf einen Blick in den Eingang des Stollens und sah drei große Stoffsäcke, die gegen die Felswand gelehnt waren.

»Homer«, fuhr der Lieutenant fort, »du kennst die Minen besser als irgendein anderer, wir zählen auf dich.«

Ich wollte schon einwenden, daß ich nur ein einziges Mal, nämlich als ich noch zur Schule ging, in die Minen hinabgestiegen war, und zwar in Begleitung von Barth Nemechek, hielt mich jedoch zurück, als ich Elijahs böse funkelndem Blick begegnete.

»Meine Söhne«, sagte der Reverend und legte eine Hand auf Elijahs Schulter, »möge der Herr unseren Weg erleuchten, er sei wie das Licht an unserem Schutzhelm, er leite uns und sei unser Hirte! Herr, der du vor der Tür deines Hauses blutige Tränen der Liebe vergießt, segne unser Unterfangen, gib uns die Kraft, auf daß uns unsere Aufgabe glücke, Herr, denn du weinst schon genug, du weinst über die Unwissenheit und das Elend, und heute nacht weinst du um die Soldaten, die auf dem Feld der Ehre gefallen sind, die Soldaten, die in der Tiefe der Erde vergessen wurden, diese armen Soldaten, die, mit Schaufel und Hacke bewaffnet, im Schoße der nährenden Mutter gestorben sind wie Kinder, die nicht das Glück hatten, auf die Welt zu kommen. Herr, wir werden nicht zulassen, daß diese unglücklichen Opfer der menschlichen Habgier ein zweites Mal sterben und die Tempelhändler ihr Grab schänden, um sich die eigenen Taschen vollzustopfen, wir werden nicht erlauben, daß Heerscharen von Besuchern in die Grabstätte deiner Kinder und unserer Märtyrer einfallen, dieser Arbeiter der Tiefe, die verdurstet, verhungert und erstickt sind. Herr, unter uns ist einer ihrer

Söhne«, sagte der Reverend und drehte sich zu Duke um, »und ich selbst bin der Großneffe jenes Mannes, der ihnen bis zur letzten Sekunde beigestanden und ihr Grab in deinem Namen gesegnet hat. Unter uns sind Soldaten, die am anderen Ende der Welt in deinem Namen und im Namen unseres großen Vaterlandes Schlachten geschlagen haben. Sie haben ihre Brüder fallen sehen, sie wissen, was ein Leben wert ist, und wollen nicht, daß das Andenken der Toten beschmutzt wird. Herr!«

Der Reverend hob die Stimme, aber im selben Augenblick verschluckte er sich und wäre beinahe erstickt. Seine Augen füllten sich mit Tränen, und sein Gesicht wurde purpurrot.

»Amen«, schloß Lieutenant McMarmonn. »Nun wird uns Homer ins Herz der Minen führen. Vorwärts!«

»Aber warum starten wir von hier aus, Lieutenant?« fragte ich. »Warum nehmen wir nicht den Haupteingang?«

»Du Einfaltspinsel«, schnaubte Elijah verächtlich.

»Wir dienen einer höheren Macht als der des Sheriffs und des Bürgermeisters«, begann der Reverend, aber McMarmonn fiel ihm ins Wort.

»Mit dem Plastiksprengstoff, den der Sergeant beschaffen konnte, werden wir alles in die Luft sprengen.«

»Du Einfaltspinsel«, wiederholte Elijah.

»Wenn alles wie vorgesehen läuft, also mit Gottes und Altolaguirres Hilfe, brauchen wir uns keine Sorgen zu machen. Die Minen werden einfach von der Karte wegradiert. Cuvelton und Simmons werden zwanzig Jahre brauchen, um das Werk weniger Sekunden rückgängig zu machen. Homer, geh du voran!«

Turpentine verteilte die Schutzhelme, Altolaguirre, Elijah und Moe schnappten sich die Säcke, und im Gänsemarsch drangen wir in den Stollen vor. Ich hatte Angst, meiner Aufgabe nicht gewachsen zu sein, und sagte mir, daß ich gern eine Zigarette rauchen würde, um meine Nerven zu beruhigen. Beim Wühlen in meinen Taschen fiel mir die Packung Vogelfutter in die Hände, die ich nach meiner zufälligen Begegnung mit dem Reverend vom Waldpfad aufgehoben hatte, um sie Duke zu schenken. Und wie ich Fausto später erzählte, hatte ich in dem Moment die Idee des Jahres: Auf unserem Marsch durch die Grube ließ ich in regelmäßigen Abständen unbemerkt ein paar Körner hinter mir auf den Boden fallen.

Alles schwieg, nur das Geräusch unserer Stiefel war zu hören, und ich fragte mich, ob die anderen auch an die Leichen der Minenarbeiter dachten, die zu Beginn des Jahrhunderts an diesem Ort lebendig begraben worden waren. Ich hatte Angst, auf ein Skelett zu treten und womöglich die Knochen eines Brustkorbs unter meinen Sohlen knacken zu hören. Plötzlich kam mir der Gedanke, die Minenarbeiter seien vielleicht gar nicht richtig tot. Der damalige Reverend Poach hatte ihnen die letzte Salbung jenseits des eingestürzten Stollens erteilt, und unter diesen Bedingungen war es gar nicht sicher, daß das Gebet die erwünschte Wirkung erzielt hatte. Und nach Abigail Hatchetts Auffassung verwandeln sich Tote, die nicht anständig gestorben sind, in Gespenster und geistern so lange durch die Welt, bis sie zu ihrem Recht gekommen sind. Glücklicherweise ist der jetzige Reverend Poach bei uns, dachte ich, und glücklicherweise ist Duke auch mit von der Partie, denn die Geister würden es nicht wagen, sich an einem ihrer Nachkommen zu vergreifen, schon deswegen nicht, weil er das Licht sieht und Anspruch auf Heiligkeit erheben kann. Dann durchzuckte mich der Gedanke an Elijahs Großmutter, und auf einmal begannen die Toten in meinem Kopf einen Reigen zu tanzen, all die Verstorbenen, die ich in Farrago oder anderen Teilen des Landes kennengelernt hatte: Fennimore Smith, George Cook, Miss Flann, Jeff Flink, George McKay, Buck Tuddenham, Phil Carollan und all die anderen, gute und böse, alte und junge Menschen, auch Kinder, etwa David Gryce, ein Klassenkamerad, der mit acht Jahren starb, oder Gina Allendy, eine Nichte von Fred und Martha Dill, die von einer Krankheit, deren Namen ich vergessen habe, dahingerafft wurde, und schließlich Oliver, der Enkel von Abraham Burnett.

Kinder sterben, dachte ich, und alles, was dem Herrn dazu einfällt, ist, in seinen Rauschebart zu heulen. Mein Schädel hielt sich anscheinend plötzlich für ein Mausoleum. Wohin gehen die Toten? dachte ich, wohin gehen die Seelen der Sterbenden? Ins Paradies, ins Fegefeuer, in die Hölle, wie Poach behauptet, oder ziehen sie vielmehr im Gänsemarsch durch einen unterirdischen Stollen, einen feuchten Gang voller Spinnweben, bis sie in eine riesige unterirdische Stadt gelangen, wo das Leben sich wie gehabt fortsetzt, mit all seinen Hoffnungen und Enttäuschungen, mit Liebe und Leid?

»Gute Frage«, murmelte ich und bemerkte, daß ich schon seit einigen Minuten aufs Geratewohl durchs Minenlabyrinth gelaufen und wahllos nach links und rechts abgebogen war. Glücklicherweise hatte ich meine Samen mechanisch weiter gesät, und meine sieben Gefährten folgten mir noch immer in der Annahme, ich würde mich in Tuskegee bestens auskennen und sie auf kürzestem Wege ins Zentrum des stillgelegten Bergwerkes führen. Letztlich ist es nicht anders als im Wald, dachte ich, ich muß mich bloß auf meinen Instinkt verlassen. Dieser Gedanke beruhigte mich, und als ich außerdem darüber nachsann, daß die Aussicht, auf die Skelette der ehemaligen Minenarbeiter zu stoßen, äußerst gering war (sie hätten sich ja aus dem Staub machen und bis nach Rainbow Point hinaufsteigen können), fühlte ich mich wieder auf der sicheren Seite.

Wir erreichten eine Kreuzung, wo in einer Ecke Holzplanken gestapelt waren. Wieder ließ ich eine Handvoll Körner fallen und entschied, nach links abzubiegen. Mir war, als würden wir uns nun in Richtung Haupteingang bewegen, auf die breite Lichtung zu, wo der Bürgermeister und Jack Simmons am darauffolgenden Sonntag ihr Sommerfest zu feiern gedachten. Ich kam mir plötzlich vor wie Moses, der sein Volk durch die Wüste führt, und nichts konnte mich aufhalten, keine Hungersnot, keine inneren Konflikte und auch nicht die Ägypter. Bruchstücke von Reverend Poachs Predigten kamen mir in den Sinn, über die Wanderschaft der Juden, ich nahm mir fest vor, den Reverend gelegentlich um Aufklärung über dieses Thema zu bitten. In der Tat habe ich nie verstanden, warum ich nicht Jude war und warum die Juden nicht kamen, um die Predigten des Reverend anzuhören, wo er doch die ganze Zeit von den Juden sprach und der Herr selbst Jude war, oder wie Elijah sagen würde: beschnitten. Elijah hatte eine ganze Reihe mehr oder weniger schlüssiger Theorien über Juden, Christen und andere Gläubige auf Lager. Einmal hörte ich ihn mit Alvin, dem Kfz-Mechaniker, über Religion im allgemeinen und speziellen diskutieren, und letzterer fragte sich, wozu der kleine Würfel wohl diente, den manche Juden seiner Meinung nach auf der Stirn trügen

»Das ist Mekka«, behauptete Elijah.

»Du Dummkopf«, erwiderte Alvin, »Mekka ist doch für die Moslems.«

»Mekka ist würfelförmig, und es sieht haargenau so aus.«

Alvin, der über eine gewisse Bildung verfügt, versuchte ihm klarzumachen, daß Juden und Moslems nicht denselben Glauben teilten, aber Elijah blieb stur, und Alvin konnte ihn keines Besseren belehren. Ich für meinen Teil habe noch nie jemanden gesehen, der mit einem kleinen Würfel auf der Stirn rumläuft, und ich weiß auch nicht, ob ich je einem Moslem begegnet bin. Wenn es sich aber mal ergeben sollte, werde ich ihm die Frage stellen. Kürzlich hat Elijah mir ein Foto von Mekka gezeigt, das von Abertausenden Pilgern umringt war, und ich mußte zugeben, daß es tatsächlich die Form eines Würfels hatte. Elijah hat das Foto mit Tesafilm an seinen Schrank geklebt und bewundert es mehrmals täglich. Es fehlte nicht viel, und er würde anfangen zu weinen. »Sieh dir das Bild doch nur an«, schwärmte er eines Abends, »die Dose aller Dosen! Wenn es mir irgendwann mal gelingen sollte, ein solches Kistchen zu schmieden ...«

Der Stollen führte immer steiler abwärts. An einigen Stellen war die Decke so niedrig, daß ich mich bücken mußte, damit mein Helm nicht am Fels entlangscharrte. Die Lampe warf einen Lichtkreis ins Dunkel, der über die Wände und den Boden zuckte, und plötzlich wurde ich mir einer beunruhigenden Tatsache bewußt. Seitdem wir die Minen betreten hatten, verließ ich mich nicht mehr im geringsten auf meinen legendären Orientierungssinn, sondern ich folgte diesem Lichtkreis wie ein Esel seiner Mohrrübe. Wo sind wir? fragte ich mich mit dem unerträglichen Gefühl, in eine Falle getappt zu sein. Ich wandte mich um, in der festen Annahme, den wütenden Blicken meiner Gefährten zu begegnen, doch keiner von ihnen wirkte irgendwie angespannt. Spinnweben klebten dem Lieutenant am Gesicht, Turpentine kaute auf einem Kaugummi, Elijah war schweißgebadet vom strammen Fußmarsch, Altolaguirre spielte mit einem Steinchen in der Hand, und der Reverend, der die Nachhut bildete, drückte seine Bibel an die Brust.

»Wo ist Duke?« fragte ich.

Er hatte sich scheinbar in Luft aufgelöst. Wir riefen nach ihm, vergeblich. Unverzüglich stellte Lieutenant McMarmonn eine Rettungsmannschaft zusammen. Turpentine und Elijah sollten kehrtmachen, Duke finden, notfalls Erste Hilfe leisten, ihn ans Tageslicht zurückbringen und sich dann wieder dem Rest der Truppe anschließen. Altolaguirre übernahm Elijahs Sack, und ich lud mir den von Turpentine auf die Schultern. Die beiden verschwanden im Dunkel des Ganges, und wir setzten unseren Weg in entgegengesetzter Richtung fort.

»Nur Mut!« sagte der Lieutenant. »Die Truppen, die in der Normandie wie in Inchon meinem Kommando unterstellt waren, haben stets ihre Pflicht erfüllt und sich immer durch Patriotismus und Tapferkeit ausgezeichnet. Homer, wie weit sind wir?«

»Wir sind fast da, Lieutenant.«

»Nur Mut!« wiederholte McMarmonn und begann zu singen:

Down the mine we work our way
We'll blow it up and live to see the day
We like tight pussies cos' we've got what it takes
We're always up to a nice long lay
Down the mine we sing and pray
And kill all the commies along the way
We stick our guns up every commie's ass
We stick it in deep cos' we've got class
We stick it up till it really aches
We grab our crotches cos' we've got what it takes
Down the mine we work our way …

Anfangs fiel nur Diego Altolaguirre, der sich mit Soldatenliedern auskannte, in den Refrain ein. Doch kurz darauf stimmte auch ich ein, und selbst Reverend Poach ließ nicht lange auf sich warten; da er allerdings die unanständigen Wörter übersprang, summte er an den betreffenden Stellen nur mit. In dieser Nacht wurde mir klar, was aus McMarmonn einen so guten Offizier machte. Der Lieutenant verstand sich darauf, die Moral seiner Truppen zu stärken, im Rhythmus des Liedes marschierte ich vorwärts, den allmählich breiter werdenden Stollen entlang, das Herz prall vor Stolz und Begeisterung. Bei jeder neuen Strophe warf ich eine Handvoll Körner auf den Boden, und als McMarmonn verstummte, bemerkte ich, daß der Beutel beinahe leer war. Wir kamen an eine neue Kreuzung. Mehrere aneinandergehängte Loren standen auf den schmalen Schienen und versperrten uns den Weg.

»Homer?«

»Wir sind da, Lieutenant, hier ist es.«

»Bist du ganz sicher?«

»Ja«, sagte ich, so sehr wünschte ich mir, dem Lieutenant eine Freude zu machen und mich der Sache gewachsen zu zeigen. »Wir sind im tiefsten Innern der Minen angelangt, hier ist es.«

»Sergeant!«

»Zu Befehl, Lieutenant«, antwortete Altolaguirre und kniete sich mit einiger Mühe vor einen der großen Stoffsäcke, aus dem er ein Dutzend Sprengstoffpakete und eine Drahtrolle hervorholte. Dann reichte er mir eine merkwürdige Metallkapsel, die mit Drähten versehen war und spitz zulief.

»Das ist der Zünder«, erklärte er, »ich habe ihn selber gebastelt. Verlier ihn nicht.«

Unterdessen hatte sich der Reverend, der vor Müdigkeit ganz benommen war, gegen die Wand des unterirdischen Ganges gelehnt. Der Lichtkegel seines Helms leuchtete McMarmonn ins Gesicht, der ebenfalls nur noch mit Mühe die Augen offenhielt. Ich glaube, das Lied und unser Gewaltmarsch durch die Tunnel hatten alle beide erschöpft. Der Reverend, wie ich von Fausto wußte, hatte gerade seinen einundsiebzigsten Geburtstag gefeiert, und der Lieutenant konnte nur wenige Jahre jünger sein, höchstens drei oder vier. Die Luft war stickig, die schmalen Gänge hatten etwas Beklemmendes, und keiner von uns, ausgenommen vielleicht der Sergeant, war hier in seinem natürlichen Element.

Als plötzlich Stanley Turpentines Stimme erklang, erstarrten wir. »Lieutenant! Lieutenant!« rief der Korporal aus einer schwer zu schätzenden Entfernung. Seine gedämpfte und hohe Stimme schien nah und fern zugleich. Im ersten Moment glaubte ich, er habe sich nun selber verirrt und die Hälfte der Truppe liefe jetzt aufs Geratewohl durch dieses unterirdische Labyrinth.

Die Wahrheit erfuhr ich erst am nächsten Tag von Duke. Turpentine und Elijah hatten ihn in einem Stollen gefunden, am Boden liegend, nachdem er offenbar einen neuerlichen Schwächeanfall erlitten hatte. Wie auf dem Schrottplatz damals, als er mir den Kampf zwischen Charley Warren und Bunny Bronson beschrieb, war er halb weggetreten gewesen.

Mit Hilfe von Elijah und Turpentine, die ihn stützten, hatte er sich schließlich wieder aufrappeln können und nur noch eines im Sinn gehabt: zurückzukehren nach Rainbow Point, an die frische Luft, zu den Sternen. Doch als sie an eine Gabelung kamen, entbrannte zwischen Duke und Turpentine ein Streit. Der eine wollte nach rechts abbiegen, während der andere schwor, sie müßten nach links, und der in die Zange genommene Elijah stattete kurzerhand seiner Großmutter einen Besuch ab und verharrte in völliger Erstarrung, mit leerem Blick, wobei ihm, wie Duke behauptete, ein Speichelfaden aus dem Mundwinkel hing. Seit Elijah mit der Trommel im Teich versunken war, hatte er nach eigener Aussage keine Angst mehr vor geschlossenen Räumen, und doch bin mir sicher, daß der enge Gang, der muffige Geruch und die Dunkelheit mit schuld waren an diesem Aussetzer. Und in seiner Panik hatte Turpentine – der nach Dukes Ansicht gleichfalls zur Klaustrophobie neigte – den Lieutenant zur Hilfe gerufen.

McMarmonn wollte bereits die Bildung eines weiteren Hilfstrupps anordnen, der dem ersten unter die Arme greifen sollte, doch ihm wurde schnell klar, daß der Reverend sich kaum noch auf den Beinen halten und er andererseits auch nicht mich, den einzigen Assistenten von Sergeant Altolaguirre, abziehen konnte. So lief er laut brüllend allein durch die Schächte. »Haltet durch! Ich komme!« Und bevor McMarmonn ganz von der Finsternis geschluckt wurde, rief ich ihm hinterher: »Die Körner, Lieutenant! Folgen Sie den Körnern!«

Noch heute bin ich sehr stolz auf meine Privatinitiative, wie McMarmonn es nannte. Wenn ich den Lieutenant nicht über die Vogelkörner informiert hätte, wer weiß, vielleicht hätte er dann nicht mehr herausgefunden und zusammen mit Duke, Turpentine und diesem Armleuchter Elijah die Zahl der Opfer von Tuskegee weiter erhöht.

Die Serie der Überraschungen riß indes nicht ab. Es sollte die längste Nacht meines Lebens werden, eine Nacht, in deren Verlauf ich entdeckte, daß man sich manchmal verliert, wenn man glaubt, sich zu finden, und man sich andererseits finden kann, wenn man sich völlig verliert.

»Reverend«, sagte Altolaguirre, der inzwischen wieder zu uns gestoßen war und die Sprengsätze mit dem Kabel verband, »beten Sie für uns.«

»Ich tue nichts anderes, mein Sohn, ich tue nichts anderes«, schnaufte der Reverend.

»Ich weiß nicht, welche Erwartungen wir überhaupt haben dürfen.«

»Was soll das heißen?« fragte ich.

»Dies hier ist kein Steinbruch«, meinte Altolaguirre, »sondern ein richtiger Berg.«

»Wer hat denn was von Steinbruch erzählt?«

»Der Lieutenant, als er mich seinerzeit kontaktierte. Er sprach von einem Steinbruch und einem stark einsturzgefährdeten Tunnelabschnitt. Der Lieutenant ist ein großer Mann. Was ich für ihn tue, täte ich für keinen anderen, nicht einmal für meine Frau. Aber Tuskegee ist ein richtiges Gebirge. Ich bin kein Sprengstoffspezialist, Idlewilde, und man braucht kein Oppenheimer zu sein, um zu kapieren, daß man Tausende Tonnen Fels nicht mit ein paar Kilo Sprengstoff in die Luft jagen kann. Das ist ja, als würde man, mit Verlaub gesagt, Reverend, in einer Kathedrale furzen.«

Der Reverend trat ein paar Schritte vor und legte seine Bibel auf den Rand einer Lore. Die Hände rechts und links des Buches auf den Wagen gestützt, verharrte er dort eine ganze Weile schweigend, während Altolaguirre am Boden kniete und wie ein Asthmatiker mit pfeifenden Lungen am Sprengstoff herumhantierte. Warme und kalte Luftströme lieferten sich ein Duell, das Gestein dünstete einen rostig-schimmeligen Geruch aus, unsere Lampen zeichneten die Umrisse von riesenhaften runden, fahlen Leuchtkäfern an die Wand, die sich wie eingesperrte Tiere durchs Dunkel bewegten, und ich spürte, wie ich zusehends verzagte.

»Ophelia«, flüsterte ich, »meine liebe, süße Ophelia, was du wohl gerade machst? Ob du schläfst? Oder mit Mabel und Piquette im lila Salon plauderst? Betrachtest du dich im Spiegel? Denkst du an mich? Und wovon träumt unser Kind, das in deinem Bauch kauert? Ob sein Herz schon angefangen hat zu schlagen?«

Die Zeit verstrich unendlich langsam. Der Sergeant wurstelte noch immer am Boden herum, der Reverend schien im Stehen eingeschlafen zu sein, und ich horchte auf jedes kleinste Geräusch oder Lebenszeichen unserer verirrten Kameraden. Wenn Tuskegee keine Mine, sondern ein Nutzwald gewesen wäre und Dukes Vorfahren ein paar unglückliche Holzfäller, die ein Baumstamm erschlagen hätte, hätte ich ihre Spur mühelos wiedergefunden. Aber eine Höhle ist kein Wald und ein Stollen kein Pfad, wie ich Fausto am nächsten Tag auf unserer Fahrt im Transporter erklärte. Über uns befanden sich, da hatte Diego Altolaguirre den Nagel auf den Kopf getroffen, Tausende Tonnen Fels, und ich fühlte mich verwundbarer als ein Neugeborenes.

Mit einemmal regte sich wieder Leben im Reverend. Er hob die Arme, seine Bibel fiel mit dumpfem Geräusch in die Lore. »Ich sehe es!«

»Was ist los, Reverend?«

»Das Licht! Ich sehe das Licht!«

Poach deutete mit dem Finger ins dunkelste Dunkel. Jetzt ist es soweit, dachte ich, der Reverend hat die Augen geöffnet wie Duke auf dem Feld. Ich folgte seinem Blick, wobei der Lichtkegel meiner Lampe mit dem von Poach verschmolz, ich also außer unserem eigenen Licht zunächst nichts sah.

Der Gang vor uns wurde allmählich breiter. Der Boden war übersät mit Abdrücken von Stiefeln. An der linken Felswand lehnten ein Rechen und mehrere Säcke Zement. Etwas weiter rechts bemerkte ich einen Zementmischer, der mir mit seinem klaffenden Loch wie ein Monster vorkam, das mich, Homer, den Schuldigen schlechthin, mit seinem pupillenlosen

Auge anstarrte. Dann sah ich es auch. Man konnte nicht von einem Licht im eigentlichen Sinne sprechen, jedenfalls nicht in dem Sinne, wie Duke es definiert hatte. Dukes Licht war, so hatte er gesagt, überall und nirgends zugleich. Dieses hier leuchtete hingegen nur ganz schwach aus der Ferne, es schimmerte wie ein weit entfernter Stern. Die Erscheinung, ob nun übersinnlich oder nicht, ließ mir das Blut in den Adern gefrieren. Wenn selbst ich es sehe, dachte ich, dann muß es real sein, und zum erstenmal in meinem Leben empfand ich ein übermächtiges Verlangen, auf die Knie zu fallen und für meine Seele zu beten.

»Halleluja ... Vater unser, der du bist im Himmel ... erlöse uns von dem Bösen ... Heilige Maria, Muttergottes ... im Himmel wie auf Erden ...«

So stammelte ich einige Sekunden vor mich hin, bis mich der Reverend aufforderte, die Loren wegzuschieben, um den Weg freizuräumen. Dieser Befehl war meine Rettung. Anstatt weiter Gebete aufzusagen, beugte ich mich vor, beide Füßen fest am Boden verankert, und stemmte mich mit aller Kraft gegen den nächstbesten Wagen. Das Ergebnis übertraf meine Erwartungen. Der Konvoi setzte sich sanft in Bewegung, und zum Abschied verpaßte ich der letzten Lore noch einen kräftigen Fußtritt. Die Schienenstrecke hatte Gefälle, so daß der Zug immer mehr an Fahrt gewann, bis er unter entsetzlichem Gepolter Gott weiß wohin verschwand.

Ohne eine Sekunde zu zögern, lief Reverend Poach festen Schrittes dem Licht entgegen. Ich folgte ihm voller Bewunderung für seinen Mut, aber auch voller Entsetzen bei dem Gedanken, was uns bevorstand.

Die Toten sind aufgewacht, dachte ich, wutentbrannt werden sie uns auflauern, mit Schaufel und Hacke bewaffnet. Und da sie uns nie zuvor gesehen haben, halten sie uns womöglich für Jack Simmons und Morris Cuvelton und reißen uns in Stücke, obwohl wir gekommen sind, um über ihren Schlaf zu wachen und ihr Andenken zu bewahren. Vielleicht haben sie nicht einmal mehr Augen, sondern nur noch leere Höhlen, und dort, wo man den Mund vermutet, grinsen einem zwei bloße Zahnreihen entgegen. Ob sie zwischen den Guten und den Bösen überhaupt unterscheiden können?

»Reverend? Sind Sie's, Reverend?«

Das Licht vor uns war auf die Erde gefallen und bildete im Staub einen Kreis. Im Strahl unserer Lampen erkannten wir nun Jo Haggardy, sie blinzelte und schien kurz davor zu niesen. Schützend legte sie eine Hand vor die Augen, ihre Nägel waren lackiert, und an ihrer Seite tauchte Mabel in einem grünen Kleid und Stöckelschuhen auf, deren Lederriemchen an den Waden hochgebunden waren. Sie hatte eine Taschenlampe dabei.

»Jo! Was machst du denn hier?«

»Homer«, setzte Jo an, ihre Stimme verriet Sorge und Ungeduld, »beeil dich, es ist etwas passiert! Komm schnell!«

Ich wollte ihr folgen, doch zunächst mußte ich den Reverend stützen, der sich kaum mehr auf den Beinen hielt und dem der Schutzhelm auf die Nase gerutscht war.

»Es geht um Ophelia«, sagte Mabel, »Jim Rookey hat sich mit ihr im Zimmer eingesperrt und läßt sie nicht mehr raus. Wir wollten den Sheriff benachrichtigen, aber im Headquarter war niemand.«

»Jim Rookey?« fragte ich. »Jim Rookey aus Oakland, Ophelias Zuhälter?«

»Höchstpersönlich«, sagte Jo, »und wenn sie sich weigert, mit ihm zu kommen, droht er, sich eine Kugel in den Kopf zu jagen.«

»Mit ihm zu kommen? Wohin denn? Und wie habt ihr überhaupt hierhergefunden?« Ich hatte schon wieder vergessen, daß ich Ophelia vor meinem Aufbruch über meine Unterredung mit Elijah informiert und ihr den Ort unseres konspirativen Treffens enthüllt hatte, zum einen, weil man seiner zukünftigen Angetrauten nichts verheimlichen darf, zum anderen, weil es die einzige Möglichkeit war, einen neuerlichen Eifersuchtsanfall zu verhindern.

»Du solltest eigentlich wissen, daß ich die bestgehüteten Geheimnisse von Farrago kenne«, sagte Jo. »Ich wußte über die Pläne von Duke und Lieutenant McMarmonn schon Bescheid, bevor sie Poach einweihten. In Ihrem Alter, Reverend, sollten Sie allerdings von derartigen nächtlichen Spielchen die Finger lassen«, merkte Jo an, während sie den Helm des alten Pfarrers geraderückte. Und plötzlich standen wir wieder im Freien.

Vor uns erstreckte sich ein ringsum von Wald gesäumtes Gelände. In der Nähe eines Zeltes, dessen Planen im Wind schlugen, parkten zwei Bulldozer. Am Straßenrand leuchtete Jos rotes Cabriolet: Kein Zweifel, wir befanden uns am Haupteingang der Minen. Ich war derart verblüfft, daß ich den Reverend um ein Haar losgelassen hätte. Aus den Tiefen der Mine hörte ich Altolaguirre meinen Namen rufen, achtete aber nicht weiter darauf. Meine Gedanken waren längst woanders, vergessen waren unsere heilige Mission und das Malheur meiner Kameraden, die sich in den feuchten Gängen verirrt hatten, und auch der teuflische Zünder, den ich mir in die Hosentasche gestopft hatte.

»Mach schnell!« zischte Jo.

Ich schob den Reverend in den Wagen, nahm ihm seine stählerne Kopfbedeckung ab und setzte mich neben ihn. Mabel und Jo schwangen sich auf die Vordersitze, Jo startete im Rückwärtsgang und brauste dann den ungepflasterten Weg entlang.

»Was treibt dieser Jim Rookey hier?« fragte ich und schaute in den Rückspiegel.

»Das, was du an seiner Stelle tätest, wenn du deine Frau lieben würdest«, antwortete Mabel.

»Aber ich liebe sie!«

»Mach diese verfluchte Lampe aus, du blendest mich«, sagte Jo.

Ich setzte meinen Helm ab, und im selben Moment sank der Kopf des Reverend auf meinen Schoß. Sein weißes, schweißnasses Haar klebte ihm am Schädel, der Anblick seines alten, schrumpeligen Gesichts rührte mich. Ich hätte nie gedacht, daß ich dem Reverend einmal so nahe kommen würde. Und ich ahnte nicht im entferntesten, daß ich ihn zum letztenmal sah. Ich legte ihm die Hand auf die brennend heiße Stirn und sagte ihm, er solle sich keine Sorgen machen, er habe sich seines Großonkels würdig erwiesen, auch des Vertrauens von Lieutenant McMarmonn, und daß er eine Taschenlampe mit dem Licht Gottes verwechselt habe, sei nicht weiter schlimm, es würde sich schon noch eine andere Gelegenheit ergeben.

Da geschah ein kleines Wunder. Es war gewiß nichts Besonderes, und keiner hat diese Geste beobachtet, aber sie hatte zur Folge, daß ich mich mit der weißen Kirche auf dem Dorfplatz von Farrago, mit ihren geschlossenen Pforten, ihrem Wetterhahn und mit den enttäuschten Hoffnungen meiner Kindheit versöhnte: Die Hand des Reverend tastete nach meiner und fand sie. Ich weiß nicht, ob er im Fieberwahn handelte oder ob er sich seines Tuns bewußt war, doch was spielt das für eine Rolle? Die Hand des Reverend legte sich auf meine und hielt sie die gesamte Fahrt über fest umschlossen.

13

Als wir am Bordell ankamen, war der Reverend immer noch nicht zu sich gekommen. Ich bettete ihn auf das Sofa im lila Salon. Während ich die Stufen zu Ophelias Zimmer hinaufsprang, sah ich Piquette und Charleen herbeieilen, die eine mit einem feuchten Handtuch, die andere mit einem Fläschchen Bourbon gerüstet. Und als ich fünf Minuten später wieder ins Erdgeschoß hinunterstürmte, Jim Rookey auf den Fersen, der einen Revolver in der Hand hielt und wirres Zeug schrie, erblickte ich Poach. Er schien mit seinen beiden Gastgeberinnen ins Gespräch vertieft. Seine Wangen leuchteten wieder rosa, und er schien sich pudelwohl zu fühlen.

Meine Begegnung mit Jim Rookey war von äußerst kurzer Dauer. Kaum stand ich vor Ophelias Tür, trat ich, ohne zu klopfen, ein und sah einen riesigen Kerl in der Mitte des Raumes stehen, in Schlaghosen und purpurfarbenem Satinhemd und einen schwarzen Hut auf dem Kopf, eine Hand hielt die Knarre und die anderen eine Flasche. Ophelia stand neben dem Fenster, und ein kurzes Blitzen ließ mich beruhigt feststellen, daß sie ihren Verlobungsring noch trug. Ihr Gesicht war tränenüberströmt. Als sie mich sah, rief sie laut meinen Namen und hätte sich mir wahrscheinlich in die Arme geworfen, wenn Jim Rookey nicht den Lauf seiner Waffe auf sie gerichtet hätte.

»Das ist er also!« knurrte Rookey und drehte sich mit derart bestürzter Miene nach mir um, daß er weniger wie ein Mann denn wie ein Waisenkind aussah, eines jener Kinder, die ihre Traurigkeit von morgens bis abends mit sich herumtragen und nicht einmal mehr wissen, daß Gott uns einen

Mund zum Singen und Lippen zum Lächeln gegeben hat, wie meine Heimleiterin es ausgedrückt hatte. Rookey umklammerte seine Waffe wie eine Rettungsboje, in seiner Hand war der Revolver nicht viel beeindruckender als eine Spielzeugpistole. Wenn er schießt, sagte ich mir, kommt ein Wasserstrahl oder ein Fähnchen raus. Er flößte einem mehr Mitleid ein als Angst, um Jo Haggardys Formulierung zu gebrauchen, und beinahe hätte ich ihm vorgeschlagen, sich neben den Reverend, zwischen Charleen und Piquette zu setzen, damit er die beiden wichtigsten Formen des Trostes, die die Welt zu bieten hat, gleichzeitig genießen konnte.

»Das ist er also, dieser elende Kerl!« wiederholte Rookey mit brüchiger Stimme. Er ging einen Schritt auf mich zu, sein übler Mundgeruch schlug mir entgegen. »Hier ist der Brief! Das von Rechtschreibfehlern gespickte Abschiedsbriefchen. Und jetzt wirst du sehen, was ich damit mache!« Rookey zog ein Papier aus der Tasche und hielt es sich vor den Mund. Während er an dem Blatt nagte, blickte ich fragend zu Ophelia. Ich wollte wissen, wovon Rookey redete, aber wie so oft kam sie mir zuvor.

»Ich habe ihm letzte Woche geschrieben.«

»Wozu?«

»Na, um mich scheiden zu lassen, du Armleuchter.«

Ich begriff sofort, daß der Wind drehte und ich gut daran täte, Ophelias Wut zu bremsen, sonst würde sie sicher nicht lange fackeln und mir das Verfassen des Briefes, meinen Ausflug nach Tuskegee oder sogar Jim Rookeys Anwesenheit in unserem vorehelichen Zimmer vorwerfen.

»Wenn ich das gewußt hätte, wäre ich keine Sekunde von deiner Seite gewichen«, sagte ich.

»Worte, nichts als Worte!« erwiderte Ophelia.

»Du hast ihm geschrieben, daß du dich scheiden lassen willst?«

»Was blieb mir denn anderes übrig? Soll ich etwa zwei Männer gleichzeitig haben?«

»Du bist bereits verheiratet?« Allmählich durchschaute ich die Lage.

»Jetzt nicht mehr«, entgegnete meine Verlobte.

»Aber Ophelia, so einfach kann man sich nicht scheiden lassen!« gab ich ihr zu bedenken.

»Niemals, hörst du!« schrie Jim Rookey, nachdem er den letzten Zipfel Brief hinuntergeschluckt hatte. »Ich liebe dich, ich habe dich immer geliebt. Ophelia, warum bist du fortgegangen? Warum hast du mir nicht gesagt, daß du unglücklich warst? Es hätte alles anders werden können. Laß mich nur machen. Wir gehen zurück nach Oakland, du und ich, und ich verspreche dir, du wirst so viele Katzen haben, wie du willst, und der Kühlschrank wird immer mit Eis gefüllt sein. Ich bringe dich zurück nach Hause, ich habe ein neues Heim, es sind ein paar kleine Renovierungsarbeiten zu erledigen, aber es liegt ganz in der Nähe der Hügel, und das Kino ist nur zwei Häuserblocks entfernt. Dort gibt es sechs Säle und jede Woche neue Filme. Alles wird anders werden, mein Schatz.«

Ophelia warf ihr Haar zurück, und ich fürchtete schon, sie würde sich im nächsten Augenblick auf Jim stürzen und ihn in Stücke reißen, doch statt dessen atmete sie tief durch, und mit einer Würde und Güte, die ich an ihr noch nicht kannte, empfahl sie Jim Rookey, den Revolver einzustecken, bevor die Polizei ihn verhaften käme, seine Blumen wieder an sich zu nehmen (auf dem Bett lag ein Strauß Tulpen) und zu gehen, ohne sich länger zum Gespött der Leute zu machen.

»Du hast dir genommen, was du nehmen konntest, und ich habe dir gegeben, was ich geben konnte. Und jetzt raus hier, steig in dein Auto, und versprich mir, keinen Unsinn zu machen. Du wirst schön nach Hause fahren und dich hinlegen. Morgen hast du alles vergessen.«

»Morgen? Morgen?« rief Jim Rookey und steckte sich den Lauf des Revolvers in den Mund. Ophelia ging auf ihn zu, aber Rookey sprang schreiend zur Seite.

»Jimmy!«

Rookey stieß mich weg und rannte aus dem Zimmer.

»Er wird sich umbringen«, sagte Ophelia, »dämlich genug wäre er ja. Du mußt ihn einholen«! Und da ich nicht reagierte, schubste sie mich zur Tür hinaus.

Erst später, als ich Jimmy durch den Wald verfolgte, wurde mir das ganze Ausmaß der Geschichte bewußt. Rookey, der kleine Gauner aus Oakland, hatte nicht nur Ophelias Unschuld mißbraucht, um sich neue Anzüge und teure Restaurants zu leisten, er hatte sie auch noch geheiratet. Er hatte sich nicht damit begnügt, Ophelias Körper Abend für Abend an Seeleute und Arbeiter zu verkaufen, sondern hatte sie auch noch zur Frau genommen.

Als er ihr vor der Wäscherei auflauerte, hatte er sich von seiner nettesten Seite gezeigt. »Es war das erstemal, daß mir jemand die Tür aufhielt, wenn ich irgendwo hineinging, es war das erstemal, daß mir jemand sagte, ich sei hübsch, es war das erstemal, daß mir jemand sagte, ich hätte noch das ganze Leben vor mir, und um von Oakland nach Hollywood zu kommen, brauchte man nur eine einfache Fahrt für den Greyhound-Bus zu lösen. Schließlich stieg ich in den Bus, aber ich kam nicht weiter als bis Santa Cruz, denn Jim hatte seine Chance erkannt. Wenn ich aus dem Bad kam, wartete er mit dem Morgenmantel auf mich, wenn ich rauchen wollte, zündete er das Feuerzeug an, bevor ich mir überhaupt eine Zigarette aus der Schachtel geangelt hatte, wenn ich traurig war, kitzelte er mich stundenlang und biß mich, bis ich rote Abdrücke bekam. Er kaufte mir Kleider, Schals, Hautcremes, und wenn einer es wagte, mich auch nur schräg anzugucken, schlug er ihn nieder«, erzählte mir Ophelia einige Tage später im Gebirge. »Wenn du also meinst, daß du mehr wert bist als er, dann beweis es mir. Denn ich bin nur aus Mitleid mit dir zusammen, damit du's weißt. Um diese Zeit könnte ich schon mit einem Oscar ausgezeichnet sein, in einem Beach House leben, eine Putzfrau und einen Jacuzzi haben.«

Wenn Ophelia schon verheiratet ist, hat der Reverend noch ein weiteres Argument, um sich unserer Trauung entgegenzustellen, dachte ich, während ich das Waschhaus und den Zitronenhain hinter mir ließ und immer tiefer in den Wald drang, aber der Bürgermeister wird bestimmt eine Lösung finden. Einen Augenblick lang war mir entfallen, daß ich seit meiner Beteiligung an dem Komplott nicht mehr so gute Karten hatte und Morris Cuvelton nun ebenfalls allen Grund hatte, sich unserer Hochzeit zu widersetzen. Als ich etwas später in der Nacht Zeit fand, die Situation erneut zu überdenken, und Rookeys Leichnam in unmittelbarer Nähe des Leichenschauhauses abgelegt hatte, sagte ich mir, daß Ophelias Scheidung nicht nur hinfällig geworden war, sondern der Reverend und ich seit unserem Abstieg in die Minen für eine gemeinsame Sache kämpften, ja ein Geheimnis teilten, und er das so schnell nicht vergessen würde.

Der Mond ging auf, ich sah, wie er durch die Bäume glitt und blaue Schatten warf. Rookey hatte nicht mehr als dreißig Sekunden Vorsprung. Hin und wieder sah ich ihn wie ein verschrecktes Häschen oder wie ein Huhn ohne Kopf davonrennen, halb blind vor Kummer und all dem Alkohol, der durch seine Adern floß. Von Zeit zu Zeit schrie er schmerzvoll auf, und weil er sich im Wald nicht auskannte, stolperte er ständig über Wurzeln und lief gegen Zweige, die ihm den Weg versperrten. Bei dem Tempo hält er nicht lange durch, dachte ich, er wird jeden Augenblick zusammenbrechen. Rookey rannte ohne Ziel umher, hilflos und verschreckt wie ein Sperling, der versehentlich in ein Haus geflogen ist, dennoch gelang es mir nicht, die Entfernung zwischen uns zu verringern. Es gibt eine Gerechtigkeit für die Säufer, pflegte Fausto zu sagen. Rookey konnte noch so oft straucheln, vom Weg abkommen, sich mit den Füßen in den Farnen verfangen und in dornigem Gestrüpp hängenbleiben, der Gott der Alkoholiker führte ihn mit sicherer Hand, und als ich ihn auf einmal nirgends mehr sah oder hörte, nahm ich zunächst an, er sei in den Himmel emporgehoben worden. Ich hielt inne, lauschte, aber außer meinem Herzklopfen, meinem Atem und entferntem Hundegebell war da nur das Schweigen des Waldes.

In der Annahme, daß er vielleicht erschöpft oder schlafend am Wegesrand lag, lief ich weiter und stieß bald auf seinen Hut, ein schemenhaftes schwarzes Etwas, das sich nur vage vom bläulich schimmernden Waldboden abhob. Wieder blieb ich reglos stehen und horchte. Vor meinem inneren Auge sah ich Rookeys Gesicht, seinen wirren Blick, seinen zuckenden Mund und hörte seine Stimme nachhallen, wie er ständig wiederholte, er wolle Ophelia nach Hause zurückbringen. Ein neues Heim. Ein paar kleine Renovierungsarbeiten. Das Kino nur zwei Häuserblocks entfernt. Sechs Säle und jede Woche neue Filme. Rookey redete sich um Kopf und Kragen unter meiner Schädeldecke, und auf einmal überkam mich der Wunsch, zu schreien.

Was konnte ich Ophelia schon bieten? All meine Versuche, für uns ein Dach überm Kopf zu finden, waren gescheitert, und wenn der Bürgermeister je von meiner Beteiligung an dem Komplott erfuhr, konnte ich mich von meinem Försterposten verabschieden. Ich war ein Taugenichts, das würde Ophelia auch bald merken und mir dann sagen, ich solle wieder in meinen alten Anzug schlüpfen und zu meinem früheren Leben zurückkehren. Ich war nur dazu gut, mich in die Geschichten anderer einzumischen, oder, um Nands Bild zu übernehmen, ich konnte in keinen Zug steigen, ohne ihn zum Entgleisen zu bringen. In meinem Zug gibt es keine Notbremse, dachte ich, und wenn ich versuche, während der Fahrt abzuspringen, breche ich mir sicher alle Knochen. Ich fahre von Bahnhof zu Bahnhof, doch der Zug hält nicht. Ich schliddere von einer Dummheit zur nächsten, und ich weiß nicht, wie ich mein Verhalten ändern soll. Es gibt Menschen wie Fausto oder Duke, denen das gelingt, die ihr Leben an einem bestimmten Punkt radikal verändert haben, der eine hat ein Licht auf einem Feld gesehen, der andere ist einem Mann mit gescheiterten Hoffnungen begegnet, aber ich gehöre nicht zu diesen Menschen.

Ophelia läßt sich nicht so leicht täuschen, sie hat bestimmt schon in der ersten Nacht begriffen, mit was für einem Schwachkopf sie es zu tun hat, schließlich haben sich die Schwachköpfe bei ihr die Klinke in die Hand gegeben, die Dicken wie die Dünnen, die Unerfahrenen, die Häßlichen, dieses ganze Volk von Hinterwäldlern hier, all jene, die es nie geschafft haben, den Job, die Frau oder die paar Kröten, die sie tagsüber verdient haben, zu behalten. Jo Haggardy hat sich über mich lustig gemacht, überlegte ich weiter. Sie hat große Reden geschwungen über mein glückliches Los und die Pflichten eines Ehemannes, sie hat mir die Verlobungsringe zugesteckt, sie hat mich aufgezogen wie eine Spieluhr, damit ich zu Ophelia aufs Zimmer laufe und mich ihr zu Füßen werfe, sie hat uns eine Zukunft aus dem Hut gezaubert, obwohl sie genau wußte, was passieren würde. Jo hat aus reinem Kalkül gehandelt, dachte ich, um den anderen Mädchen und dem Rest der Gemeinde zu beweisen, daß eine Nutte eine Nutte und ein Penner ein Penner bleibt. Ophelia wird es wenigstens packen, weil sie nicht ihr ganzes Leben in einem Bordell zubringen will und ehrgeizige Pläne hat. Ich hingegen werde den Rest meines Daseins zwischen Elijahs Schmiede und Faustos Laden, dem Bach und dem Puff, Rainbow Point und dem städtischen Schrottplatz fristen.

In diesem Augenblick war ich derart niedergeschlagen, daß ich mich wohl auf dem Pfad zu einer Kugel zusammengerollt und wie ein Baby geweint hätte, wenn nicht plötzlich Bone aufgetaucht wäre, der mir wieder Hoffnung machte und mich zum Weiterlaufen ermunterte.

»Kopf hoch, Homer!« flüsterte ich, aber in meinem Herzen fühlte ich mich furchtbar elend. »Kopf hoch!« wiederholte ich, als sich auf einmal ein kleiner warmer Körper an meinen Knöcheln rieb.

»Bone!«

Der Hund wedelte mit dem Schwanz, und ich bückte mich voller Rührung, um ihm das Fell zu streicheln und die Ohren zu kraulen. Bone mußte sich in einem Tierkadaver oder einem Misthaufen gewälzt haben, denn er stank noch mehr als sonst.

»Bone, was machst du denn hier? Wo hast du gesteckt?« fragte ich und streichelte ihn weiter. Da kam ich auf den Gedanken, ihn an Rookeys Hut schnüffeln zu lassen.

»Such«, rief ich, »such!«

Bone begann um mich herumzuscharwenzeln. Dann sprang er mit einem Satz ins Unterholz, und ich lief ihm hinterher, dem Herrn und allen Heiligen dankend. Glücklicherweise erlaubten ihm seine alten Knochen nicht mehr, so schnell zu laufen wie ein Hund in den besten Jahren. Hinter Bone herzulaufen war in jedem Fall weitaus weniger ermüdend, als Rookey zu verfolgen. Bone hatte die Leitung des Einsatzes übernommen, als hätte er geradezu darauf gewartet, mir eine Freude zu machen. Und ich konnte mich auf seine Hundenase verlassen wie auf mich selbst. Während wir zum Grund einer Schlucht hinabstiegen, schoß mein Selbstvertrauen wie ein Pfeil in die Höhe. Mindestens eine halbe Meile trottete Bone an einer Felsspalte entlang, bevor er einen steinigen, mit Gestrüpp überwucherten Hang hinaufkletterte. Über eine Stunde liefen wir vorbei an Lichtungen und Unterholz, permanent die Richtung wechselnd, aber weit davon entfernt, uns entmutigen zu lassen; das ständige Zickzack gab mir die Gewißheit, daß der Hund auf dem richtigen Weg war. Denn nur ein völlig orientierungsloser Saufbold konnte derart unsinnig im Kreis laufen. Rookey schien einer spiralförmigen Bahn zu folgen, er zog immer weitere Kreise durch die Wälder, und ich wußte, daß verirrte Kater dieselbe Strategie anwandten. Ein Mann folgt einem Hund, der einem Mann folgt, welcher sich für eine Katze hält, dachte ich und schwor mir, diese Formulierung nicht zu vergessen, damit ich meiner Geschichte ein wenig Würze verleihen könnte, wenn ich sie Ophelia, Duke oder Fausto erzählte.

Als wir an den Rand einer steilen Böschung kamen, stand der Mond schon hoch am Himmel, und wenn man mich gefragt hätte, wieviel Zeit seit dem Beginn unserer Verfolgungsjagd vergangen war, so hätte ich es nicht sagen können. Genauso, wie ich zuvor in den Minen nicht die geringste Ahnung gehabt hatte, wo wir uns befanden. Ich nahm an, daß Rookey uns zwei, drei Meilen in südwestlicher Richtung von Farrago weggeführt hatte, traute meinem Urteil jedoch nicht so recht. Bone ersetzte die Lampe an meinem Schutzhelm und das Vogelfutter, er allein würde uns heil ins Dorf zurückbringen können.

Am höchsten Punkt des Felsens blieb er stehen und begann mit zwischen die Beine geklemmtem Schwanz und gesträubtem Fell zu winseln. Ich beugte mich vor und sah etwas weiter unten eine dunkle Masse im Gras liegen. Der Hang war keine fünf Meter hoch, und man konnte sich überall gut festhalten. »Jim?« rief ich. »Bist du's?«

Da ich keine Antwort erhielt, zog ich etwas voreilig den Schluß, Rookey sei in ein äthylisches Koma gefallen und ich müsse ihn bis zum Headquarter des Sheriffs tragen. Ich stieg die Felswand hinunter; Bone war schon da, als ich schließlich neben Jim Rookey stand. Er beschnüffelte ihn, Jimmys Gesicht war aschfahl und sein Blick verschleiert. Die Zunge hing ihm aus dem Mund.

Ich kniete mich vor ihn hin, gab ihm zunächst ein paar kleine Klapse auf die Wangen und verpaßte ihm schließlich eine deftige Ohrfeige, was mir ein gewisses Vergnügen bereitete. Weil er aber immer noch nicht aufwachte, zog ich ihn an den Schultern hoch und schüttelte ihn. Sein Kopf taumelte schlapp nach vorn und nach hinten, da erst begriff ich, daß er tot war. Der Revolver lag neben seinen Füßen. Ich nahm ihn kurz in die Hand, legte ihn dann aber zurück. Bone fing wieder an zu winseln. Wir sahen uns an. Die Augen des Hundes glänzten. »Er ist tot«, sagte ich. Bone kam näher und leckte mir die Hand.

Ich hätte nicht gedacht, daß ein Toter so schwer sein kann. Ein Lebender wiegt deutlich weniger, selbst wenn er das Bewußtsein verloren hat. Rookeys Kopf ruhte in meinem Nacken. Ich hatte ihn geschultert und hielt ihn an den Armen fest. Seine Füße pflügten durch den Humus, verhakten sich in Dornenzweigen und Ästen, so daß ich manchmal den Eindruck hatte, einen ganzen Wald hinter mir her zu ziehen. Durch den Satinstoff seines Hemdes hindurch spürte ich, wie seine Glieder erkalteten. Ich hoffte, sie würden bald steif, doch sie blieben schlaff. Rookeys Leiche rutschte mir dauernd herunter, ich schwitzte, ständig mußte ich ihn wieder hochhieven, aber nur kurze Zeit später glitt er mir wieder an meiner Wirbelsäule hinunter wie eine riesige Boa oder ein mit Wasser gefüllter Luftballon.

Bone lief vor uns her. Sein Fell war wieder ganz glatt, und er wedelte mit dem Schwanz. Wenigstens er hatte sich von seinem Schrecken erholt.

Jim Rookey ist tot, dachte ich, vorhin lebte er noch, und nun ist er tot. Es war etwas geschehen, und es war auch nichts geschehen, die Welt war da, ich spürte meinen schmerzenden Körper und meine geschwollenen Füße, ich horchte auf meinen Atem, Bone lief hin und her auf der Suche nach dem Rückweg, ich war am Leben, Bone war am Leben, aber Rookey war tot und meine Wahrnehmung völlig überreizt, um mich eines Begriffes aus Faustos weitläufigem Wortschatz zu bedienen. Rechter Hand sah ich das Mondlicht kreisförmig auf einen Grashalm fallen und etwas weiter einen Baum, aus dem ein junger Zweig sproß, ein Zweig voller Blätter, deren Farbe trotz der Dunkelheit äußerst lebhaft war, ein fast blendendes Grün. Linker Hand erhob sich ein unglaublich weißer, nadelförmiger Felsen, den ein dichtes, schwammartiges Moosband säumte. Mir war, als könne ich es anfassen, meine Finger in die kühle, weiche Masse legen, ihren Duft atmen, mir war, als schmecke ich die Brise, als schlucke ich den Wind. Und der unsichtbare Bach dort vorn: Sein Gluckern füllte meinen Kopf, ich tauchte meine Hände in seinen eisigen Strom, badete darin, spürte, wie die Steinchen sich in meine Haut bohrten, fühlte den Schlamm zwischen den Kieseln. Und über mir der riesige Mond: Ich konnte seine Schluchten und Krater gut erkennen, ich kannte die Textur seines blauen Staubes.

Jim Rookey war tot, er war nicht mehr da, für niemanden, mein ganzer Körper flehte um Gnade, ich witterte eine Migräne. Für Jim Rookey gab es weder Mond noch Bach, gab es keine Nacht, kein Licht, gab es keine Ophelia mehr, weder Schmerz noch Freude. Die gesamte Welt war verschwunden, jene Welt, auf der ich noch lebte, auf der Bone einer Fährte folgte, auf der Ophelia von Hollywood träumte. Jim Rookeys Welt hatte sich verflüchtigt, die größten wie die kleinsten Dinge, alle Sterne, Ozeane, Hügel, Wälder, Empfindungen wie heiß und kalt, Düfte wie der von Ophelia, Träume, Erinnerungen, das Universum, von seinem Anbeginn bis zu seinem Ende – das alles hatte aufgehört zu existieren. Ich hingegen war da, den Rücken gebeugt von der Last eines Haufens aus Fleisch und Knochen, Bone war da, das Leben ging weiter, als sei nichts gewesen, und dennoch, und dennoch …

»Wie ist das möglich?« flüsterte ich. »Jim, hörst du mich? Antworte mir. Bald wird es hell. Schwebt ein Teil von dir noch irgendwo hier herum? Kannst du mich sehen? Charley Warren war ein Boxer, der am Ende seiner Karriere stand. Er hat einen Schlag zuviel abbekommen, Duke hat mir die Geschichte erzählt. Der andere hat ihn k. o. geschlagen, und er ist aus seinem Körper geschlüpft. Er hat den Ring von oben gesehen. Ist es das, was passiert, wenn man stirbt? Und das Licht? Gibt es ein Licht? Gleicht der Tod einem Zaun auf einem Feld? Jetzt weißt du alles und sagst nichts mehr. Du kennst die gesamte Geschichte, aber was nützt es dir, wenn du sie für dich behalten mußt? Wenn du doch wiederkommen könntest, wenigstens um mir zu sagen, was auf der anderen Seite ist, wenn es eine andere Seite gibt. Du kennst die gesamte Geschichte, ich und die anderen, wir haben nur Kleinigkeiten zu berichten. Meistens gelingt es uns nicht einmal, die richtigen Worte dafür zu finden, dann geben wir auf, wir verstummen. Wir erleben Dinge, wir geben ihnen einen Anfang und ein Ende, sie werden zu Abenteuern, Mißgeschicken, Momenten der Freude, man formuliert sie, und meistens fühlt man sich danach erleichtert, es geht wieder weiter. Aber du hast nun dein Leben umrundet, du blickst von außen darauf, auf dein ganzes Leben, und hast keinen Kopf mehr, um zu denken, keine Zunge und keinen Mund mehr, um zu sprechen. Was bedeutet das? Daß man nie alles erzählen kann? Daß man zwangsläufig Dinge auslassen muß? Wenn ich beispielsweise Ophelia mein Leben beschreiben will, wenn ich ihr zeigen will, wer ich bin, indem ich ihr sage, woher ich komme, und ihr von Worth Bailey, dem Waisenhaus, Nand und Rachel, von meiner Reise durchs Land erzähle, wenn ich ihr erklären will, warum ich ein Taugenichts geworden bin, wird es mir überhaupt gelingen? Oder muß ich warten, bis ich tot bin, so wie du? Aber wem kannst du deine Geschichte schon erzählen, du Trottel? Gott? Meinst du, der hat nichts Besseres zu tun, als dir zuzuhören? Es ist zu spät. Was soll ich jetzt bloß mit dir anstellen?«

Ich merkte, daß mein Kopf zu zerspringen drohte. Ich mußte Rookey unbedingt absetzen und Kräfte sammeln. Bone hatte mit seinem untrüglichen Orientierungssinn einen Pfad gefunden, den er nun ohne Eile hinauftrottete, wobei er von Zeit zu Zeit kleine Pausen einlegte, damit ich ihn einholen konnte. In diesem Hund hatte ich wahrhaftig meinen Meister gefunden.

»Bone«, sagte ich, »ich muß mich ausruhen.«

Ich ließ Rookey vorsichtig zu Boden gleiten und setzte mich neben ihn. Meine Schläfen pochten. Ich zitterte am ganzen Leib und sah Sterne vor den Augen, was zumindest erklärt, warum ich nicht eher bemerkte, wo wir uns befanden.

Wenige Meter weiter, hinter einer Hecke stand der graue Bunker des Leichenschauhauses mit seinem Schornstein und seiner eisernen Pforte, aber ich sah ihn nicht. Nichts existierte mehr bis auf diese verfluchten Kopfschmerzen und die vage Erinnerung, mich unentwegt mit einem Toten unterhalten zu haben. Ich hätte mein Zippo oder sogar mein Taschenmesser hergegeben für ein Glas Wasser und ein Aspirin.

Von dem Moment an, da ich kraftlos zusammengesunken bin, bis zu jenem, als Bone mit seinem Herrchen wieder auftauchte, nachdem er sich für eine Weile aus dem Staub gemacht hatte, erinnere ich mich an nichts. Plötzlich stand Moe Hendricks vor mir und befühlte das Handgelenk der Leiche. Bone schwänzelte zwischen uns hin und her. Bilder, die sich tief in mein Gedächtnis eingegraben haben: Moes Erscheinen, Bones Freude, Moes Finger auf Rookeys Handgelenk, um nach seinem Puls zu tasten. Ich glaube, meine ersten Worte waren: »Ist Bone dein Hund?«

»Wer?«

»Bone. Ist das dein Hund?«

»Er ist tot.«

»Ich weiß.«

»Wer ist das?«

»Jim Rookey, Ophelias Mann.«

Moe trug wie immer seine Militäruniform (das Barett hatte er zusammengerollt und unter eine Schulterklappe geklemmt) und verzog seltsam dämlich sein Gesicht. Ich begriff, daß er sturzbetrunken war und ich nicht allzuviel von ihm erwarten durfte.

»Wie nennst du ihn?«

»Hm?«

»Bone, deinen Hund?«

»Den? Keine Ahnung. Er hat keinen Namen. Wo kommst du her?«

»Aus dem Wald. Er ist gestürzt.«

»Wer?«

»Rookey.«

Moe hatte gleich bei seiner Rückkehr ins Leichenschauhaus angefangen zu trinken (er lebt in dem Häuschen hinter dem Bunker) und war mit seinen Gedanken noch bei unserem nächtlichen Ausflug in die Minen, so daß er nicht verstand, wovon ich redete. Wie er mir etwas später erklärte, war das Komplott ein totales Fiasko gewesen, und Moe hatte seitdem nur noch einen Wunsch, nämlich die Schmach im Alkohol zu ertränken.

»Zum Glück gab es keine Opfer«, brachte er mit schwerer Zunge vor, während wir Jim Rookey ins Gebäude trugen. »Dank der Körner konnten wir wieder hinausfinden und trafen draußen auf Altolaguirre, der auf der Landstraße herumirrte. Er machte einen ziemlich kleinlauten Eindruck. Was hat euch denn auf einmal geritten?«

»Wie bitte?«

»Dich und den Reverend, was hat euch denn auf einmal geritten?«

Wir gelangten in den Hauptsaal des Leichenschauhauses, wo die Toten vor der Einäscherung aufgebahrt werden. Moe stieß mit dem Fuß eine weitere Tür auf, die in einen weiteren Raum führte, der nicht weniger schaurig war als der erste mit seinen weißen Fliesen und seinem Geruch nach Desinfektionsmittel. Dort legten wir Rookey auf ein Metallbett.

Das Leichenschauhaus ist nach allgemeiner Ansicht das häßlichste Gebäude von Farrago, und seit seiner Errichtung zu Beginn der sechziger Jahre bin ich nur einmal dort gewesen, nämlich an dem Tag, an dem Moe zum Wächter berufen wurde. Moe ist ein klasse Typ, auch wenn er manchmal in sich selbst verschlossen ist und dann tagelang den Mund nicht aufkriegt. Die Dorfkinder haben ihn zu ihrer Spottfigur erkoren.

Wenn Moe sie kommen sieht, ist er sichtlich bemüht, sie zu ignorieren, was nur bewirkt, daß sie noch aufgekratzter sind. Die Kinder haben eine Heidenangst vor ihm, so wie wir damals vor Fennimore Smith, aber im Gegensatz zu dem Lebensmittelhändler tut Moe keiner Fliege was zuleide. Er sammelt leidenschaftlich gern Schmetterlinge und sieht sich wissenschaftliche Sendungen im Fernsehen an. Wenn er zuviel getrunken hat, halst er sich gelegentlich Ärger auf (ich habe schon mehr als eine Nacht mit ihm im Headquarter des Sheriffs verbracht), aber, wie Abigail Hatchett zu sagen pflegt, man kann ihm einfach nicht böse sein. Seitdem er im Leichenschauhaus arbeitet, sieht Moe mehr Tote als Lebende, drum ist es Abigail zufolge normal, daß er ein wenig depressiv ist, zumal er den Krieg miterlebt hat.

»Es war wegen Jo Haggardy«, sagte ich. »Auf einmal stand sie mit Mabel da, und ich sollte ihr folgen. Den Reverend mußten wir mitnehmen. Der Arme hat geglaubt, er habe eine Erleuchtung.«

Ich folgte Moe durch den kleinen Garten, der zwischen dem Bunker und seinem Haus liegt, und wir setzten uns unters Portal. Moe schenkte mir von dem Scotch ein, und schon nach dem ersten Schluck fühlte ich mich besser.

»Es ist doch unglaublich«, sagte ich und blickte zu Bone hinüber, der auf der Fußmatte eingeschlafen war. »Glück muß man haben!«

»Von wegen Glück«, sagte Moe.

»Ich renne Rookey hinterher, er entwischt mir, ich treffe auf Bone, den ich seit Tagen nicht gesehen habe, er findet Jims Spur wieder, und am Ende führt er mich zum Leichenschauhaus! Findest du das nicht unglaublich?«

»Was ist denn das für ein Hut? Du siehst ja aus wie ein Zuhälter.«

Ich hob die Hand an die Stirn und fühlte die weiche Krempe von Rookeys Hut, den ich offenbar unbewußt aufgesetzt hatte. Rasch nahm ich ihn ab und schleuderte ihn ins Gras.

»Wer ist dieser Rookey?«

»Er ist Ophelias Mann. Ex-Mann.«

»Ophelia? Die hübsche Rothaarige aus dem Puff?«

»Kennst du sie?« erkundigte ich mich eifersüchtig. Aber Moes Antwort beruhigte mich. »Die Rothaarigen gefallen mir nicht. Außerdem bleibt mir nie Zeit zu wählen. Jedesmal wenn ich im Salon aufkreuze, packt mich die andere am Arm, und los geht's. Ich habe nie Zeit, mich auch nur umzuschauen.«

»Sie heißt Polly.«

»Als Altolaguirre seine Sprengstoffpakete nachzählte, merkte er, daß eins fehlte«, fuhr Moe fort. »Wir werden wohl nach Tuskegee zurückmüssen, denn dieses Paket ist ein Beweisstück. Der Lieutenant hat gesagt, wir sollen uns bereithalten. Wir haben eine Schlacht verloren, aber nicht den Krieg. Obwohl es mir beim Gedanken an diese Minen eiskalt den Rücken runterläuft. Wenn ich mir all diese lebendig Begrabenen vorstelle.«

»Du hast Muffensausen, ausgerechnet du? Tote siehst du doch jeden Tag.«

»Das ist nicht dasselbe«, sagte Moe.

Wir leerten die Flasche, und Moe machte sich auf, um eine neue zu holen. Sein Scotch reichte zwar nicht an den heran, den Joseph Kirkley Duke mitbrachte, wenn er auf der Durchreise in Farrago war, aber man konnte ihn durchaus trinken.

»Dieser Jim Rookey«, fuhr Moe nach längerem Schweigen fort, »hat er Familie?«

»Nicht, daß ich wüßte.«

»Was machte er denn beruflich?«

»Junge Mädchen verführen, die er dann anschaffen ließ, dieser Scheißkerl.«

»Solche Typen sollte man verbrennen. Erst die Eier abschneiden und dann verbrennen.«

Ich wollte etwas entgegnen, aber meine Zunge verweigerte jegliche Bewegung. Als Moe sich erhob, sah ich ihn wie durch einen Dunstschleier hindurch. Er schnappte sich Rookeys Hut und lief zurück zum Bunker. Neben mir hörte ich Bone schnarchen. Moe verschwand hinter der Hecke, und ich dachte zufrieden, wie gut es doch sei, Freunde zu haben. Eines Tages würden Ophelia und ich unser eigenes Haus haben, mit einem Portal und einem Flaschenvorrat, und Moe wäre dort jederzeit willkommen, genau wie Duke, Elijah und natürlich Fausto, aber auch der Lieutenant, seine Tochter und, warum nicht, der Reverend. Dann schlief ich ein.

Als ich wieder die Augen öffnete, dämmerte der Morgen. Ich rief nach Moe, und weil er nicht antwortete, lief ich zum Bunker hinüber. Aus dem Augenwinkel sah ich eine feine Rauchsäule vom Schornstein aufsteigen. Ich fand Moe in der Kapelle vor der verglasten Tür der Verbrennungsanlage, wo die Särge hineingeschoben werden. Er saß auf einer Bank und starrte in die Flammen.

»Gleich ist es vorüber«, sprach er.

»Moe, sag mir, daß du nicht getan hast, was ich glaube, daß du's getan hast.«

»Gleich ist es vorüber.«

Eine halbe Stunde später ließ ich Moe allein. Die Blechdose, die mir Elijah aus Dankbarkeit geschenkt hatte, nachdem er durch mein Zutun im Wasser gelandet war, barg nun Jim Rookeys warme Asche. Nebel lag über der Erde. Hin und her gerissen zwischen den gegensätzlichsten Gefühlen, lief ich die Straße entlang, die auf der anderen Seite des Leichenschauhauses nach Farrago führte.

Einerseits fühlte ich mich von einer großen Last befreit. Ich war Rookey losgeworden, oder genauer gesagt, er war sich selbst losgeworden, und das Thema Scheidungsverfahren gehörte der Vergangenheit an. Ich bedauerte nur, daß Hunde nicht sprechen können. Dann nämlich hätte Bone meinen guten Willen bezeugen und im Notfall meinen Ruf verteidigen können. Ich hatte, so würde es der Reverend ausdrücken, Jim Rookey bis zu seiner letzten Ruhe begleitet, meine Aufgabe war erfüllt. Aber würde man mir glauben? »Nichts ist weniger gewiß«, seufzte ich und legte einen Schritt zu. Schließlich war Rookey Ophelias Mann gewesen. Durch seinen Tod hatte ich nun freie Bahn. Das war ein gefundenes Fressen für böse Zungen. Und im Dorf gab es mindestens ein Dutzend Leute, die behaupten würden, ich hätte ihn umgebracht. Wenn im Film jemand auf verdächtige Weise umkommt, wird immer eine Autopsie vorgenommen, um die Todesursache zu bestimmen. Ich bezweifelte, daß man aus ein paar Pfund Asche noch irgendwelche Erkenntnisse ziehen könnte. Ich fühlte mich also erleichtert und beladen zugleich, und ich fürchtete mich vor Ophelias Reaktion. Denn ich wollte sie nicht enttäuschen, jetzt, da die Gefahr gebannt war und wir uns ohne Sorge lieben konnten.

Als ich durchs Dorf lief, kam ich am Lebensmittelladen vorbei. Trotz der kühlen Morgenluft rotierte der Deckenventilator, eine nackte Glühbirne erhellte den hinteren Teil des Ladens, aber Fausto war nicht auf seinem Posten hinter der Theke. Ich betrachtete die Kirche, den Baum auf dem Platz, das Leuchtschild vom Golden Egg und fragte mich, wie Farrago wohl in fünfzig Jahren aussähe. Würde es Faustos Laden noch geben? Und den Baum? Und die Kirche?

Als ich den lila Salon betrat, sah ich Mabel auf dem Schaukelstuhl dösen. Der Klavierdeckel war hochgeklappt. Ich stellte mir den Reverend bei einem kleinen Foxtrott mit seinen beiden Gastgeberinnen vor. Da erst hörte ich Stimmen von oben und das Geräusch einer sich schließenden Tür. Wenige Augenblicke später erschienen Ophelia, Jo und der Sheriff auf dem oberen Treppenabsatz. Ophelia stieg zu mir hinunter, ihre weiße Hand glitt über das Treppengeländer, ich flog ihr entgegen. Wir trafen uns auf halbem Weg.

Sie fiel mir um den Hals, ich spürte ihre Fingernägel in meinem Nacken und ihren warmen Mund. »Mein Geliebter«, sagte sie. In diesem Moment wäre ich am liebsten gestorben.

Ophelias Lippen, ihre unsagbar sanfte Haut, ihre Zärtlichkeit, ihre Üppigkeit, das war zuviel für einen einzelnen Mann. Unendlich langsam löste sie sich wieder. In ihrem Blick las ich, was ich zu lesen hoffte. So war es also, geliebt zu werden, dachte ich. Dann ergriff der Sheriff das Wort. »Homer«, sagte er, »wo ist Jim Rookey?«

Ich konnte nicht antworten. Statt dessen packte mich das Verlangen, die Beine in die Hand zu nehmen und tief in den Wald zu flüchten. Aber ich roch Ophelias süßen Duft und fühlte ein unwiderstehliches Schweregefühl in mir aufsteigen.

»Hast du seine Spur verloren?« fragte der Sheriff.

»Nein.«

»Hast du ihn gefunden?«

»Da ist er«, sagte ich, aber als ich dem Sheriff die Dose zeigen wollte, griff ich in die falsche Tasche. So unwahrscheinlich es auch klingen mag, genau das ist passiert: Anstatt ihm die Urne zu zeigen, zog ich den Zünder hervor. Nach Faustos Ansicht, dem ich die Szene später beschrieb, handelte es sich bei diesem Versehen um eine klassische Fehlleistung. Unbewußt hatte ich solche Angst, dem Sheriff und Ophelia Rookeys Asche zu zeigen, daß ich mich für das kleinere Übel entschied. Dabei formte die Dose eine dicke Beule unter dem Stoff meines Mantels. Das ist übrigens auch der Grund, warum ich dieses Kleidungsstück so liebe. Es besitzt phänomenal große Taschen.

»Was ist das für ein Ding?«

Der Sheriff drehte und wendete das Gerät in alle Richtungen, um es bestimmen zu können. »Homer, was hast du mit diesem Zünder vor?«

Stumm schüttelte ich den Kopf.

»Hast du ihn Rookey weggenommen? Wo ist er?«

»Er ist tot.«

Bei diesen Worten seufzte Jo auf, der Sheriff fluchte, und Ophelia wurde ganz blaß. »Er ist unglücklich gestürzt«, sagte ich. »Bone, Moe Hendricks' Hund, hat mich zu ihm geführt.«

»Tot?« sagte der Sheriff. »Hast du ihn im Wald liegenlassen?«

Da ich weiter schwieg, klopfte sich der Sheriff mit den Fingerspitzen ans Zahnfleisch – eine alte Angewohnheit von ihm – und bat Jo, das Telefon benutzen zu dürfen. Ich blieb mit Ophelia allein zurück, sie senkte den Blick und biß sich auf die Lippen. Sie sah auf einmal sehr jung aus, jung und völlig verloren, wie auf der Barnaby Bridge, als ich sie in meine Arme geschlossen und ihr geschworen hatte, ich sei nicht in Sarah Conolly verliebt. Wahrscheinlich ist sie der Meinung, sie hätte Jim Rookey getötet, dachte ich, wahrscheinlich glaubt sie, es sei alles ihre Schuld.

»Ophelia, er war betrunken. Es war ein Unfall. Er hat die Felswand nicht gesehen und ist gestürzt. Du darfst dir keine Vorwürfe machen. Du warst sehr tapfer. Als du ihm gesagt hast, er solle gehen, in sein Auto steigen und nach Oakland zurückfahren …«

»Sei still.«

»Wir können hier nicht bleiben. Wenn der Sheriff die Wahrheit erfährt …«

»Was für eine Wahrheit?«

»Das mit Tuskegee und der Einäscherung. Ich weiß nicht, was passieren wird. Du wirst mir böse sein, ich werde mich verstecken, die Mauern entlangschleichen, vielleicht sogar untertauchen müssen, und dann wirst du mir erst recht böse sein.«

Es war Ophelias Idee, Fausto um Rat zu bitten. Sie sah, daß ich nicht in meiner normalen Verfassung war und die Anwesenheit des Sheriffs im Puff mich daran hinderte, ihr die ganze Wahrheit zu sagen. Anstatt mir vorzuwerfen, für Jim Rookeys Tod verantwortlich zu sein und unsere Heirat gefährdet zu haben, weil ich unten in den Minen den Helden gespielt hatte, riß sie sich zusammen und nahm die Dinge in die Hand.

Damals kannte ich Ophelia noch nicht so gut wie heute, auch wenn ich das Gefühl nicht loswerde, sie immer noch nur zur Hälfte zu kennen. Ich wußte, sie konnte zärtlich, fuchsteufelswild, fröhlich oder zutiefst verzweifelt sein, und ich hatte gesehen, mit welcher Würde sie Rookey befohlen hatte zu gehen, ich hatte eine Ahnung von ihren versteckten Talenten und ihrer Seelengröße bekommen, aber als sie meinen Arm nahm, um mich nach draußen zu zerren, und als ich auf dem Weg hinunter ins Dorf ihren auf die Fahrbahn gehefteten Blick sah und ihre Lippen, die nur noch ein farbloser Strich waren, wurde mir bewußt, daß Ophelia längst nicht so launisch und verletzbar war, wie ich bislang angenommen hatte. Wenn die Umstände es erforderten, konnte sie eine beeindruckende Entschlossenheit und Geistesgegenwart an den Tag legen. Sie brauchte keine langen Erklärungen, um zu begreifen, daß ich mich ziemlich tief in etwas hineingeritten hatte und den Kopf diesmal nicht so leicht aus der Schlinge bekommen würde, indem ich dem Sheriff einfach eine Zeitlang aus dem Weg ging, bis sich das Mißverständnis aufgeklärt hatte.

Intelligenz ist, wenn man weiß, daß es intelligentere Leute gibt als einen selbst, hatte mir Fausto einmal gesagt, als wir über Elijahs geistige Verfassung und seine Besuche beim Psychiater diskutierten. Als Ophelia sich die neuerliche Situation vergegenwärtigte, fiel ihr sofort Fausto ein. Sie kannten sich zwar kaum, aber zwischen ihnen war der Funke übergesprungen, wie Ophelia es einmal formulierte. Fausto hatte ihr gesagt, wir seien wie füreinander geschaffen, er hatte ihr einen hübschen Regenschirm geschenkt und alle Hebel in Bewegung gesetzt, um ein Zuhause für uns zu finden. Ophelia vertraute ihm, und dieses Gefühl hat nie nachgelassen.

Der Sheriff konnte jeden Augenblick aus dem Puff kommen und uns auf der Straße sehen. Also liefen wir über ein Feld und durch ein Wäldchen, das nordöstlich ans Dorf grenzt. Der Nebel verzog sich allmählich. Die Sonne glitzerte im Tau. Da war der Duft von feuchter Erde und Ophelias Parfüm, ich war berauscht vor lauter Müdigkeit und Liebe, ich starrte auf meine Schuhe, die hintereinander herliefen, und dachte an nichts mehr.

Das Licht flutete in den Laden, besprenkelte die Oliven- und die Maisölkanister, die sorgfältig übereinandergestapelten Konservenbüchsen und die Umschläge der Comics auf dem eisernen Ständer. Mit einem Stift zwischen den Zähnen studierte Fausto eine Landkarte, die auf der Theke ausgebreitet lag. Er war derart in seine Arbeit vertieft, daß er uns nicht reinkommen hörte. Wir näherten uns Hand in Hand, Fausto nahm den Stift aus dem Mund und zeichnete eine Linie auf die Karte. Dann wandte er sich zur angelehnten Tür des Hinterzimmers um und rief: »Duke!«

In der Küche klapperte Geschirr. Und einige Sekunden später tauchte Duke auf. Er trug einen neuen Mantel mit einem Kragen aus gekräuselter Wolle und herrliche Wanderschuhe.

»Homer, Ophelia, ihr kommt gerade recht!« rief er, als er uns sah.

Fausto schien nicht im geringsten überrascht über unser Kommen, hob zum Zeichen der Begrüßung den Kopf und tauchte dann unverzüglich wieder in das Studium der Landkarte ein. »Wir fahren die 101 entlang, biegen auf die 152 und fahren durch das Küstengebirge. Dann geht's weiter Richtung Süden auf der Interstate 5, anschließend auf der 99, und dann nehmen wir die Abfahrt Porterville. Danach weiß ich nicht genau weiter. Es gibt ein halbes Dutzend Wege. Insgesamt müssen wir wohl mit sieben bis acht Stunden Fahrtzeit rechnen, bevor wir die Berge erreichen.«

»Die Berge?« fragte ich, doch Fausto, der es nicht ausstehen kann, wenn man ihn ablenkt, ließ sich zu keiner Antwort herbei, so daß ich mich an Duke wandte. Erst da fiel mir auf, in was für einer schlechten Verfassung er war. Von seinem neuen Mantel und seinen Lederhalbschuhen geblendet, hatte ich weder seine geschwollenen Lider noch die Tränensäcke unter seinen Augen, noch sein aschfahles Gesicht wahrgenommen. Duke war noch blasser als nach seiner Ohnmacht an dem Tag, als er mir Charley Warrens letzten Kampf beschrieben hatte. Vor einigen Stunden in den Minen hatte er wieder das Bewußtsein verloren, dachte ich, und nun ist er so kalkweiß, als hätte er den Kopf in einen Mehlsack gesteckt, wie damals.

Plötzlich ging mir ein Licht auf. Duke war krank, er litt nicht an einer temporären Schwäche, wie Doktor Clarke es ausgedrückt hätte, der mir vor vielen Jahren nach einem monumentalen Besäufnis den Magen abgetastet hatte, oder an einer kleinen Erkältung. Er war schwerkrank wie Fennimore Smith, der ehemalige Ladenbesitzer, dessen Haut sich gelb verfärbte und der kurz nach Faustos Ankunft in Farrago starb, oder wie Ginger Maidenhead, die erste Inhaberin des Bordells, die von Knochenkrebs dahingerafft wurde. Du wolltest es nicht wahrhaben, dachte ich, du weißt seit Monaten, daß Duke krank ist, aber du hast so getan, als sähst du nichts. Plötzlich spürte ich Scham in mir hochsteigen. Ich glaube sogar, ich wurde rot.

»Ich wollte mit dir darüber reden«, sagte Duke, »aber du warst in letzter Zeit so beschäftigt, und durch den Kommandoeinsatz in den Minen war es mir entfallen. Davon abgesehen, was habt ihr eigentlich getrieben, du und der Reverend?«

»Er hat geglaubt, das Licht zu sehen.«

»Im Ernst?«

»Er hat Gott mit einer Taschenlampe verwechselt.«

»Homer, ich wollte euch schon im Bordell besuchen, um euch zu sagen, daß ich fortgehe. Die warme Jahreszeit ist gekommen. Die Berggipfel rufen mich. Diese Nacht in den Minen war wie ein Schrei. Je tiefer wir in die Erde vordrangen, desto heftiger wurde mein Verlangen, aufzubrechen und einen Gipfel zu erklimmen. In meinem Kopf glaubte ich meine Vorfahren singen zu hören. Sie sangen eine Hymne auf die klare Luft und den Himmel, ich hörte sie von weitem durch den Fels hindurch, ihre Stimmen waren wie die Steine einer Geröllawine oder wie Kiesel, die man mit einer Spitzhacke aus der Wand bricht.«

Während Duke sprach, schloß er sein gesundes Auge, als wollte er sich besser an den Gesang seiner Vorfahren erinnern. Duke ist jemand, der große Stücke auf die Wahrheit hält und allen Nasendrehern und Aufschneidern mißtraut. Er erzählt seinen Freunden keine Ammenmärchen. Aber diese Geschichte verblüffte mich. Ich nahm an, daß Duke nach seinem Ohnmachtsanfall im Stollen unser Gebrüll gehört hatte, als wir in Lieutenant McMarmonns Kriegsmarsch eingestimmt hatten, und offenbar hatte er, mit Ananda Sinsidhus Worten gesprochen, extrapoliert. Ich wollte ihn keinesfalls enttäuschen, daher mein Schweigen. Mund halten, sagte ich mir, und wenigstens dieses eine Mal schaffte ich es, mich an mein eigenes Wort zu halten.

»Ich war selten so gerührt«, setzte Duke fort. »Es war, als würden sie mich ermutigen, dieses stinkende Loch so schnell wie möglich zu verlassen, als würden sie mir zuraunen, mich gleich bei Morgengrauen auf den Weg zu machen und in ihrem Namen einen Berg zu besteigen. Lauf, sagten sie, die Stunde ist gekommen, finde einen Pfad, und folge ihm bis ans Ende. Tu es für dich, und tu es für uns! Es ist unsere letzte Chance, Duke! Ohne diesen Spaziergang durch das Grab meiner Vorfahren weiß ich nicht mal, ob ich den Mut zum Aufbruch gefunden hätte, weißt du. Seit Wochen grüble ich über dieses Projekt nach, so wie jedes Jahr, wenn der Frühling naht. Aber diesmal war ich nicht sicher, ob ich die Kraft dazu fände. Ich hätte noch bis zum Herbst hin und her überlegen können, ohne mich vom Schrottplatz fortzubewegen. Aber willst du mich denn gar nicht vorstellen?« Er lächelte Ophelia mit dem Lächeln seiner alten Tage an, was für einen Augenblick alle Müdigkeit aus seinem Gesicht weichen ließ.

»Homer hat mir viel von dir erzählt«, sagte Duke. »Und das Baby wächst?«

»Ja«, antwortete Ophelia und errötete.

»Ich breche noch heute morgen auf. Fausto wird mich fahren. Homer, du bist mir doch nicht böse? Ich biete dir nicht an, dich uns anzuschließen. Denk an all unsere Abenteuer. Was haben wir nicht alles zusammen gemacht! Von der Lost Coast bis zum Yosemite-Nationalpark, vom Kern River zur Cathedral Peak, wir haben was gesehen vom Land! Ich weiß nicht einmal mehr, wie viele Berge wir gemeinsam bestiegen haben. Nach Mount Williamson habe ich aufgehört zu zählen. Du hast jetzt Besseres zu tun, als dich mit Moskitoschwärmen herumzuplagen und mit Bären Versteck zu spielen, du weißt, was du zu tun hast. Und ich werde der letzte sein, der dich von Ophelia trennt.«

Je mehr Sätze Duke aneinanderreihte, desto unglaubwürdiger klangen seine Worte, wie ich fand. Ich hatte den Eindruck, er würde genau das Gegenteil sagen von dem, was er dachte: »Als erstes ist da die Sache mit deinem Försterjob, dann das Problem mit dem Haus, das Kind und schließlich Ophelia. Selbst ein Blinder sieht, daß sie ein Luxusleben mit allen möglichen und erdenklichen Schikanen verdient. Sie ist ein Stadtmädchen, und du kannst nicht von ihr verlangen, auf verschneiten Pfaden herumzukraxeln und sich in einem Gebirgsbach zu waschen. Nein, weißt du, ich hielt es nicht einmal für richtig, euch davon zu erzählen. Und wenn ihr in die Flitterwochen aufbrecht, werdet ihr keinen alten, hinkenden Mann mit nur einem Auge als Anstandswauwau dabeihaben wollen.«

»Wir kommen mit«, fiel Ophelia ihm ins Wort.

Duke hatte anscheinend nicht mit einem solchen Erfolg gerechnet, er stand mit offenem Mund da, und Fausto, der uns nicht mehr länger ignorieren konnte, klemmte sich den Stift hinters Ohr und musterte mich mit skeptischem Blick. Ich kannte diesen Gesichtsausdruck nur zu gut. So taxierte

Fausto jeden seiner Kunden, bevor die Frage kam, die er allen Ratsuchenden stellte. »Wie ist deine Geschichte?« Ich las diese Worte in seinem Blick, und weil mir die Kraft für lange Erklärungen fehlte, zog ich Elijahs Blechdose aus der Tasche und stellte sie auf den Tresen.

»Das ist Jim Rookey, Ophelias Mann«, sagte ich und nahm den Deckel ab. »Er ist von einem Felsen gestürzt. Moe hat ihn im Leichenschauhaus verbrannt. Er war sternhagelvoll. Faßt mal an, es ist noch warm.«

Fausto legte seine Hand auf den Behälter, gefolgt von Duke und Ophelia, die wie hypnotisiert auf die Asche und die kleinen, unbeweglichen Wellen auf ihrer Oberfläche starrte.

»Jim«, flüsterte Ophelia, als rechnete sie mit einer Antwort.

Der Anblick dieser drei Hände auf der Urne – Ophelias Hand, lang und weiß, Dukes Hand, dunkel und knorrig, und Faustos Hand, kräftig und mit kurzgeschnittenen Fingernägeln – hat sich tief in mein Gedächtnis eingegraben. Duke, Fausto und Ophelia glichen den drei Kreuzrittern, die ich in meiner Kindheit im Kino gesehen hatte, die Schwerter über dem Gral vereint, jenem Kelch, der angeblich Christi Blut enthielt. Der Moment war heilig, und um das Bild zu vervollständigen, legte auch ich meine Hand auf die Dose. Ich wußte zwar nicht, um was für ein Zeremoniell es sich handelte und ob es einen verborgenen Sinn besaß, aber ich hatte den Eindruck, etwas ganz Gleiches schon einmal gesehen zu haben, und erinnerte mich an den Abend, als Fausto an ebendieser Ladentheke Elijah erstmals von der Trommel erzählt hatte.

Wieder schien es mir, als hätten wir einen Pakt geschlossen, einen Pakt auf dem Rücken eines Toten. Lange nach unserer Rückkehr aus den Sierras wurde mir erst klar, welche Bedeutung dieses Bündnis hatte oder, um es wie Fausto auszudrücken, erst da verlieh ich ihm eine Bedeutung. Gegenstand dieser stummen Übereinkunft war Duke. Indem wir unsere Hände auf die Blechdose legten, schworen wir uns, wenn auch unwissentlich, ihn um jeden Preis auf den Gipfel des Mount Forever zu führen.

Ich wundere mich noch immer über Ophelias Beherrschtheit und Großmut am Morgen unseres Aufbruchs. Schließlich hatte sie gerade vom Tod ihres ersten Mannes, dieses Wichsers Jim Rookey, erfahren, eines Mannes, den sie geliebt, obwohl er sie benutzt hatte. Ihr Traum von einem besseren Leben hatte sich damit wie flüchtiger Alkohol in Luft aufgelöst. Wenn kein Wunder geschah, konnte sie ihrem Haus und ihrer Hoffnung, einen Angestellten zu heiraten und ihr Kind unter guten Bedingungen großzuziehen, Lebewohl sagen. Rookeys rätselhafter Tod würde meinem Ruf zwangsläufig schaden, genauso wie meine Beteiligung am Abstieg in die Minen. Wenn der Sheriff das Sprengstoffpaket vom Lieutenant findet, bin ich geliefert, dachte ich, während ich Fausto half, die Lebensmittel im Transporter zu verstauen.

Fausto rüstete uns mit Schlafsäcken, zwei weiteren Rucksäcken, Nahrung, Wasserflaschen und einer Reiseapotheke aus. Duke zufolge brauchten wir für die Besteigung des Mount Forever nicht länger als drei Tage. Die klimatischen Bedingungen waren zu dieser Jahreszeit optimal, auf dem Weg zum Gipfel gab es viele Wasserstellen, es kam also nicht in Frage, unnötigen Ballast mitzuschleppen. Während wir die letzten Vorbereitungen trafen, lief Ophelia zum Bordell zurück, um ein paar warme Sachen zu holen und Jo Haggardy ins Vertrauen zu ziehen. Von ihr bekam sie ein Paar Wanderschuhe, die, wie der Zufall es wollte, wie angegossen paßten, eine Kaschmirmütze, eine Sonnenbrille und eine Flasche Cognac. Als wir das Dorf in Faustos himmelblauem Ford verließen, schlug die Kirchturmuhr neun.

14

Ich habe keine genaue Erinnerung mehr an unsere Fahrt in die Berge. Ich saß auf der Rückbank und verbrachte die meiste Zeit mit Schlafen, mal an Ophelias Schulter gelehnt, mal an die Scheibe. Wenn ich wach wurde, erzählte ich meinen Freunden in Bruchstücken den Verlauf der vergangenen Nacht: Rookeys seltsame Flucht im Kreis, sein tödlicher Sturz, Moes Melancholie, seine schwachsinnige Idee, meine Rückkehr ins Dorf.

Am besten erinnere ich mich an die Fahrbahn vor uns. Jedesmal wenn ich aus einem Halbschlaf voller wirrer Träume hochfuhr, fiel mir auf, daß sie schmaler geworden war. Die sechs Spuren der Interstate verringerten sich bald auf vier, dann auf zwei und schließlich auf eine einzige; und am Ende wich der Teer dem blanken Erdboden.

Immer tiefer fuhren wir in den Wald der Sierras hinein, durchquerten nahezu menschenleere Hochebenen, um schließlich wieder unter den Schatten der Bäume zu schlüpfen. Das gleichmäßige Brummen des Motors und Ophelias zarte Haut wirkten auf meinen Körper wie ein Schlafpulver. Ich dachte an alles und nichts zugleich. Farrago war in weite Ferne gerückt, sollte der Sheriff doch ruhig bei den benachbarten Dienststellen Alarm schlagen, Richter Merrill anrufen und jeden Millimeter Wald abgrasen, das alles hatte keinerlei Bedeutung mehr für mich. Die Zukunft bereitete mir zwar immer noch Kopfzerbrechen, aber diese Sorge, die sich wie alles andere mit dem Motorengeräusch vollzog, verwandelte sich bald in eine durchgehende Linie, die dem weißem Strich auf der Fahrbahn ähnelte oder dem schnurgeraden

Horizont, den Stromleitungen, die von Mast zu Mast eilten, dem Kondensstreifen der Flugzeuge am Himmel. Hin und wieder begegnete ich Faustos Blick im Rückspiegel. Er war in Gedanken vertieft, seine Hände lagen auf dem Lenkrad, und plötzlich durchströmte Wärme meinen Körper, ich glühte vor Herzensgüte und Glückseligkeit. Und wie ich so in diesem scheinbar unverwüstlichen Transporter, umgeben von meinen Freunden, dahinbrauste, hatte ich das Gefühl, mich in einem Bauch zu befinden. Ophelia hatte sich an mich geschmiegt, und kaum öffnete ich die Augen, begrüßten mich Dukes faltiger Nacken und seine krausen weißen Haare; selbst die Fliegen, die auf der Windschutzscheibe klebten, beglückten mich, und ich pries die Zigarettenkippen im Aschenbecher.

Fausto setzte uns gegen sechs Uhr abends an einem Pfad ab, den schwere Geländewagen und heftige Regengüsse tief ausgehöhlt hatten. Sein Transporter hatte nicht die Motorkraft eines Jeeps oder eines Fahrzeugs mit Allradantrieb, daher hatte er Bedenken weiterzufahren. Er reichte Duke die Hand, gab mir einen Klaps auf den Rücken und küßte Ophelia auf beide Wangen; dann setzte er zurück, und wenige Sekunden später war es, als wäre er nie dagewesen. Im ersten Augenblick war mir gar nicht aufgefallen, daß Fausto sich nur deshalb so schnell verabschiedet hatte, um seinen Kummer zu verbergen.

Wir marschierten knapp drei Stunden, bis wir uns bei Einbruch der Nacht in einer spärlich mit Pinien bewachsenen Landschaft neben einer versiegten Quelle niederließen. Die Erde war sandig, ein ideales Schlafplätzchen, und die kühle Luft schien mir hier noch herrlicher als in Farrago zu sein. Die Berge waren ganz nah, ich spürte es in jeder Faser meines Körpers. Duke zündete den Kocher an, briet ein paar Zwiebeln und Fleischstücke im Topf und rührte alles um, bevor er den Inhalt einer Büchse Bohnen hinzufügte. Ophelia setzte sich auf ihren Schlafsack und zog die Stiefel aus. Sie sagte kein Wort, aber es war sonnenklar, daß sie mir die Schuld an den beiden rosafarbenen Blasen gab, die ihre Fersen entstellten. Ich trug Salbe auf ihre Wunden auf und massierte ihr, während sie aß, die Füße.

Mir knurrte der Magen, aber Ophelias Wohl hatte allerhöchste Priorität, darum massierte ich weiter, von den Zehen arbeitete ich mich über die Waden bis hinauf zu den Schenkeln. Duke für seinen Teil tat so, als interessiere er sich ausschließlich für seinen Teller, aber ich war mir sicher, daß er sein Vergnügen daran hatte, meine Hände an Ophelias Beinen hochklettern zu sehen.

»Duke«, fragte Ophelia, als hätten sich unsere Gedanken gekreuzt, »hast du nicht auch irgendwo eine geheime Liebe, eine Freundin?«

»Gott bewahre!« erwiderte Duke.

»Lassen dich die Frauen völlig kalt?«

»Pfff ...«, machte er und holte ein paar Nüsse und getrocknete Früchte aus einem Plastikbeutel.

»Kaffee?«

Ohne eine Antwort abzuwarten, spülte Duke den Topf aus, trocknete ihn mit einem Tuch ab, goß Wasser hinein und stellte ihn aufs Feuer. Aber sein Ablenkungsmanöver mißlang gründlich. Wenn Ophelia etwas wissen will, gibt es kein Entkommen.

»Langweilst du dich nicht hin und wieder so ganz allein auf deiner Deponie?«

»Niemals«, sagte Duke.

»Und hast du nicht mal mit dem Gedanken gespielt, einen Abend im Puff zu verbringen?«

»Hier, iß ein paar getrocknete Aprikosen, die haben viele Vitamine.«

»Es muß dir doch fehlen.«

Ich spürte, daß Ophelia den Finger in eine offene Wunde gelegt hatte und Duke das Gespräch rasch beenden wollte. Ich selbst hatte mich nie für sein Liebesleben interessiert, genausowenig wie für Myron Morses oder Faustos Liebesleben, wenngleich aus unterschiedlichen Gründen. Myron war zu dick, um irgend jemandem zu gefallen, und angenommen, eine Frau wäre verkorkst genug, um sich in ihn zu verknallen, sähe doch Myron sich niemals in der Lage, sie zu vögeln. Es war rein physiologisch unmöglich, wie Dunken junior einmal in bezug auf Maikäfer sagte (ich hatte ihn gefragt, ob sie ihre Nahrung kauen). Und was Fausto betraf, so war ich überzeugt, daß er es sich nach seiner verhängnisvollen Beziehung zu Bess Brown auf immer verboten hatte, vergleichbare Gefühle für eine andere zu empfinden.

»Du warst früher bestimmt ein sehr gutaussehender Mann«, meinte Ophelia und biß in eine Aprikose. »Hattest du denn keinen Erfolg bei Mädchen?«

»Ophelia, was soll die ganze Fragerei? Magst du keine Nüsse? Es gibt nichts zu erzählen.«

»Nichts?«

»Fast nichts«, seufzte Duke.

Eins zu null für Ophelia. Duke rührte umständlich mit seinem Löffel im kochenden Wasser. Da ich sein Unbehagen teilte, wollte ich Ophelias Aufmerksamkeit auf eine Ameisenstraße lenken, die sich ganz in der Nähe unseres Lagers über den Sand bewegte.

»Sei still und massier mich!« Und schon holte sie zum nächsten Angriff aus: »Wie hieß sie?«

»Prudence.«

»Das ist ja mal ein Name für eine Geliebte!«

»Meine Geliebte war sie eigentlich nicht.«

»Wo hast du sie denn kennengelernt?«

»Auf der Ranch«, sagte Duke. »Auf Simmons' Ranch. Das ist schon lange her. Ich war fünfzehn.«

»Weiß oder schwarz?«

»Mestizin. Ophelia, ich weiß nicht, ob ich Lust habe, das alles aufzuwühlen.«

»Wie du willst.«

»Ich habe es noch nie jemandem erzählt.«

»Dann ist jetzt vielleicht die Gelegenheit.«

»Jetzt oder nie«, murmelte Duke.

Ophelia schlug den Rock über ihre reizenden Beine, Duke drehte sich eine Zigarette, und ich konnte endlich essen. Jetzt oder nie. Dieser Satz klang noch den ganzen Abend in mir nach. Erst sehr viel später, als ich mir unser Abenteuer und Dukes Tod auf dem Berggipfel ins Gedächtnis zurückrief, kam mir der Gedanke, Ophelia könne vorsätzlich gehandelt haben. Auf die eine oder andere Weise war sie in Dukes Seele gedrungen und hatte dem alten Mann ein Geheimnis entlockt. In Dukes Geschichte gab es einen Knoten, den Ophelia dank ihrer weiblichen Intuition hatte lösen können. Es war, als habe sie ihm die Erlaubnis erteilt zu sterben, als habe sie ihm die letzte Salbung gegeben, so wie der erste Reverend Peach zu Beginn des Jahrhunderts in den Minen den Segen über Dukes Vorfahren gesprochen hatte. Doch der Vergleich hinkt, denn Ophelia hat nicht nur dem tragischen Bericht des einzig wahren Heiligen von Farrago gelauscht, sondern daraus auch die zwingenden Konsequenzen gezogen, und ohne daß ich ein Wörtchen mitzureden gehabt hätte, vollendete sie das Ritual in der darauffolgenden Nacht, indem sie Duke das schönste Geschenk seines Lebens machte.

»Prudence war Saisonarbeiterin.« Im Unterschied zu Fausto brauchte Duke keine Aufwärmphase, um seinen Rhythmus zu finden. Beim Erzählen ähnelte er im übrigen nicht einem Kletterer, sondern einem Boxweltmeister oder Tänzer. Seine Sätze waren geschmeidig und von großer Reichweite. Nicht, daß er mehr Wörter verwendete als Fausto, aber er besaß die einzigartige Gabe, sie zu dehnen, sie eine Viertelsekunde länger zu halten und sie dann erst loszulassen, wodurch er allem, was er sagte, einen gewissen Swing verlieh. Außerdem schien er immer kurz davor, in eines jener traurig schaukelnden Lieder einzustimmen, die seine Vorfahren gesungen hatten, um sich gegenseitig Mut zu machen. Nicht die Worte, die er wählte, sorgten für diesen Eindruck, sondern seine Art, sie vorzutragen. Als ich an diesem Abend neben Ophelia am Feuer saß, begriff ich, daß man eine Geschichte auch mit dem Körper, mit der Stimme, mit den Händen erzählt und daß die Worte allein nicht reichen, so schön sie sein mögen.

»Prudence half mit ihren Brüdern in Napa bei der Weinlese. Ich weiß nicht, was genau sie auf unsere Ranch führte. Henry Simmons, Jacks Vater, stellte sie ein, um das Haus zu putzen und sich um die Hühner zu kümmern. Zu diesem Zeitpunkt war ich schon seit ein, zwei Jahren da, ich ging auf die Sechzehn zu und war so zurückgeblieben, wie man es in diesem Alter nur sein kann, wenn man mit einem Dutzend anderer Kinder aufwächst und nicht über das Alphabet und das kleine Einmaleins hinausgekommen ist. Um euch eine Vorstellung davon zu geben: Der absolute Höhepunkt in meinem Leben war, die kleinen weißen Kinder zu ärgern, wenn sie aus der Schule kamen, und ihnen gemeinsam mit Forrest Simms, einem anderen Neger aus der Gegend, ihre Bonbons und ihr Taschengeld zu klauen. Als ich eines Morgens Prudence auftauchen sah, hätte ich mir vor Angst fast in die Hosen gemacht.«

»Warum hattest du Angst vor ihr?« fragte ich.

»Weil sie so schön war wie ein Regenbogen. Ihr könnt euch nicht vorstellen, wie schön sie war. So hübsch wie du«, sagte Duke und sah Ophelia an. »Sie hatte sehr helle Haut. Ich will damit nicht sagen, daß weiße Frauen attraktiver sind als schwarze, aber sieh mich an, ich bin schwarz wie die Nacht, keine Ahnung, schon eine komische Sache, jedenfalls hat ihre Hautfarbe bei meiner Anbetung ihrer Schönheit eine Rolle gespielt. Ihre Hautfarbe und ihre Wespentaille und ihr streng nach hinten gekämmtes Haar, ihre Stirn, ihre Nase und ihre Augen. Sie waren grün.«

»Wie meine?« fragte Ophelia.

»Ja, und als ich wegrannte und sie am Eingang der Ranch mit ihrem Koffer stehenließ, obwohl ich sie hätte empfangen und ihr den Schlafsaal für die Frauen zeigen sollen, hat sie wahrscheinlich überhaupt nichts mehr verstanden. Über mehrere Tage hinweg war es mir gelungen, ihr aus dem Weg zu gehen, außer bei den Mahlzeiten, da richtete ich es so ein, daß ich mich ans andere Ende des Tisches setzte und dort in meine Suppe starrte. Um diese Jahreszeit waren wir nur wenige Leute, wenn's hoch kommt, acht oder neun. Dann, eines Abends, als ich auf mein Zimmer ging – ich hatte mir über den Pferdeställen meine eigene Bude eingerichtet –, fand ich einen Strauß wilder Blumen auf meinem Bett. Ich war so dämlich, daß ich als erstes nach oben schaute, um nachzusehen, ob die Blumen womöglich irgendwoher heruntergefallen sein könnten! Es war unerklärlich wie ein Froschregen in Wyoming, so was wie ein Wunder. Nicht eine Sekunde dachte ich an Prudence. Doch sie ließ nicht locker. Ein andermal war es ein lederner Tabakbeutel und dann ein Stück Seife, das nach Lavendel duftete. Die Botschaft war klar: Wasch dich, Duke, ich will keinen Mann, der sich nur alle zwei Wochen mit kaltem Wasser wäscht. Doch ich begriff immer noch nicht. Es folgte das Paar Wollhandschuhe, die Tafel Mandelschokolade und zum Schluß ein Monokel.«

»Ein Monokel?« fragte ich.

»Ja. Ich weiß nicht, wo sie das Ding aufgetrieben hatte. Aber es sollte heißen, was es heißen sollte: Duke, sperr die Augen auf!«

»Das Auge.«

»Die Augen. Laß mich zu Ende erzählen. Damals hatte ich noch zwei Augen, und das linke Bein lief genauso fix wie das rechte. Es stimmt, ich muß gar nicht übel ausgesehen haben, denn ich wüßte nicht, warum sich Prudence sonst ausgerechnet in mich verknallt haben sollte. Beim Monokel geriet ich ins Grübeln. Aber es reichte noch nicht. Ich nahm an, jemand von der Ranch wolle mich auf die Schippe nehmen oder sei neidisch, daß ich ein eigenes Zimmer hatte, als würde ich mich für Rocky Feller halten. Auf Prudence kam ich beim besten Willen nicht. Bis zu jenem Sonntag, an dem ich früh aufgestanden war, um ein bißchen in der Gegend herumzustreunen. Als ich aus dem Pferdestall trat, saß sie auf einer Stufe vor der Küche und kämmte sich das feuchte Haar. Ich tat, als sähe ich sie nicht, und statt in die Küche zu gehen, um mir ein Stück Brot abzuschneiden und eine Tasse Kaffee zu trinken, verließ ich die Ranch mit leerem Magen. Eine Stunde später hielt ich an, um einen losen Schnürsenkel zuzubinden, und entdeckte sie in fünfzig Meter Entfernung hinter mir. Sie war mir gefolgt! Aber auch da ignorierte ich sie einfach, lief weiter, wagte aber nicht mehr, mich umzudrehen, und hatte stundenlang einen Kloß im Hals. Das ging den ganzen Tag so, ich fragte mich ununterbrochen, ob Prudence mir noch folgte und in welchem Abstand, ob ich im nächsten Moment ihre Hand auf meiner Schulter spüren würde oder ob sie zum Hof zurückgelaufen sei. Irgendwann hielt ich es dann nicht mehr aus. Ich steuerte Fennimores Laden an und blickte durchs Schaufenster nach draußen. Niemand. Ich war natürlich erleichtert, aber tief im Innern war ich furchtbar enttäuscht, ihr könnt euch nicht vorstellen, wie sehr. Denn genau in diesem Augenblick entdeckte ich, daß ich sie liebte. Ich kehrte erst im Dunkeln zur Ranch zurück. Es blieb mir noch eine Viertelstunde bis zum Abendessen, also beschloß ich, mich noch kurz hinzulegen. Als ich den Hof überquerte, sah ich Jack Simmons an der Hauswand lehnen. Er schaute zu den Stallungen hinüber. Ich grüßte ihn, und er warf mir einen haßerfüllten Blick zurück. Jack war drei Jahre älter als ich, und bislang hatten wir uns eher gut verstanden. Er war Rassist wie sein Vater, aber zu dieser Zeit war das ganz normal, und weil ich einen Kopf größer war als er, vermied er es, Streit mit mir anzufangen. Was ich jedoch nicht wußte, war, daß er seit der Ankunft von Prudence Tabletten nahm, um schlafen zu können. Simmons hatte sich damals noch nicht den Orden des Oberarschlochs von Farrago verdient. Er war nur ein Armleuchter unter anderen, sein Vater hat ihm den Orden erst Jahre später bei seinem Tod vermacht. Er konnte kein so schlechter Kerl sein, schließlich war er in Prudence verliebt. Aber Prudence wollte mich, und Simmons hatte das sehr wohl bemerkt, noch bevor es mir klar wurde, und seit jenem Tag haßte er mich. Ich lief zu den Ställen hinüber und stieg die Leiter hoch in mein Zimmer. Und wer erwartete mich in meinem Bett? Prudence höchstpersönlich! Sie hatte Kerzen angezündet, war unter die Decke geschlüpft und tat, als schliefe sie. Ophelia, Homer, ich weiß nicht, wie ich euch beschreiben soll, was ich in diesem Augenblick empfand, also versuche ich es erst gar nicht. Nur sechs Schritte, es waren genau sechs, trennten mich von meinem Lager, doch sie kosteten mich soviel Kraft wie der Aufstieg zum Mount Williamson. Ich habe ein ganzes Leben gebraucht, um diese paar Schritte zu tun, und noch heute kann ich nicht glauben, daß es mir gelungen ist. Es ist wie in der Geschichte, die Fausto mir mal erzählt hat, die von Zenon mit seinem Bogen. Um die Zielscheibe zu treffen, muß der vom Schützen abgeschossene Pfeil eine bestimmte Entfernung überwinden, das heißt, er muß zunächst die Hälfte der Entfernung zurücklegen, dann die Hälfte der Hälfte, und immer so weiter. Und im Grunde genommen dürfte er sein Ziel nie erreichen, weil die Entfernung sich unendlich oft teilen läßt, und trotzdem bohrt sich seine Spitze irgendwann in die Baumrinde. Niemand ist imstande, dieses Phänomen zu erklären.«

»Nicht einmal Fausto?« fragte ich, aber Duke war so in Schwung, daß ich warten mußte bis zu unserer Rückkehr nach Farrago, um mir von Fausto erklären zu lassen, daß es für bestimmte Probleme eben keine Lösung gibt.

»Nach Lichtjahren auf schnurgerader Bahn kam ich schließlich bei Prudence an«, sagte Duke, »legte mich neben sie und tat, als schliefe ich auch. Ich spürte die Wärme ihres Körpers, atmete den Duft ihrer Haare. Prudence drehte sich zur Seite und küßte mich auf den Hals, dann preßte sie ihre Lippen auf meine, und dann ...«

Duke hielt inne. Die Flamme des Kochers züngelte über den Topf, das Kaffeewasser war völlig verdunstet. Ich starrte auf das Wellenmuster im Sand. Duke drehte das Feuer ab.

»Und dann?« fragte Ophelia mit dünner Stimme.

»Hat sie an mir herumgespielt.«

»Mit dir geschlafen?«

»Nur herumgespielt.«

»Und hat es dir gefallen?«

»Ich weiß nicht, ob das der richtige Ausdruck ist. Sie war sanft. Ich habe den sanftesten Moment meines Lebens erlebt. Und vielleicht wären wir bis zum Ende gegangen, wenn nicht plötzlich Jack auf dem Dachboden aufgetaucht wäre. Wer weiß. Ich habe weder die Sprossen der Leiter noch die Dielen knarren hören. Jacks Gürtel knallte erst auf Prudences Rücken, dann auf mein Gesicht. Wir sprangen auf und versuchten uns zu schützen. Jack drosch weiter auf uns ein, heulend vor Wut. Ich riß ihm den Gürtel aus der Hand, und wir gingen aufeinander los. Unten in den Boxen scharrten die Pferde mit den Hufen und wieherten, sie veranstalteten einen Höllenspektakel. Auf diese Weise wurde Garland, der Dresseur, alarmiert. Ich bin ihm zu großem Dank verpflichtet. Ohne ihn wäre ich mit Sicherheit draufgegangen, auch wenn ich es lange Zeit bereut habe, von ihm gerettet worden zu sein. Simmons war zu wütend und zu betrunken, um sich anständig zu prügeln, ich erwischte ihm mehrmals an der Nase, an der Schläfe und am Kinn. Er war blutüberströmt. Da verpaßte er mir einen Tritt zwischen die Beine. Ich krümmte mich vor Schmerz, und das Schwein nutzte die Gelegenheit, um noch mal richtig zuzuschlagen. Ich lag genau vor dem Loch, aus dem die Leiter hervorragte, und als Simmons mich hinunterstoßen wollte, ging Prudence dazwischen, und das Unglück wollte, daß wir gemeinsam in die Box von Dasher, dem Zuchthengst, stürzten. Ich fiel auf seine Kruppe und

Prudence landete im Heu. Dasher drehte durch und schlug wie wild aus. Ich merkte, daß mein Bein wie trockenes Holz splitterte, dann bekam ich einen Tritt mit dem Huf an den Kopf, ein k.-o.-Schlag. Garland gelang es, uns dort rauszuholen, aber es war zu spät. Als ich in der Nacht aufwachte, sah ich nichts mehr. Simmons Senior hatte einen Arzt gerufen, der mir die Augen verband und mich mit Morphium vollpumpte. Der Doktor teilte mir mit, daß ich ein Auge verloren habe und Prudence tot sei. Dasher hatte ihr die Wirbelsäule gebrochen.«

»Und Jack?« fragte Ophelia nach langem Schweigen.

»Sein Vater hat ihm tüchtig den Kopf gewaschen und ihn für einen Monat zu Verwandten geschickt.«

»Und du bist auf der Ranch geblieben?« fragte ich.

»Natürlich nicht. Kaum war mein Bein verheilt, machte ich mich aus dem Staub. Aber damals kam ein junger Nigger, der ziellos herumstreunt, nicht weit. Ich landete im Gefängnis von Watsonville, und Henry Simmons zahlte meine Kaution. Er hatte Angst, ich würde auspacken. Der Sheriff war eh schon aufgebracht wegen seinem Sohn, ich weiß nicht mehr genau, warum. Jedenfalls kehrte ich zurück. Wo sollte ich auch hin?«

Die Nacht war sternenklar. Ophelia und ich legten uns unter einen Baum. Duke war losgezogen, um Holz zu suchen, und kam mit Zweigen und Tannenzapfen wieder. Er knüllte Zeitungspapier zusammen, zündete ein Streichholz an und entfachte das Feuer. Aber anstatt sich auszustrecken, entfernte er sich von unserem Lager und setzte sich in den Sand. Er hält Wache, dachte ich. Vielleicht witterte er einen Bären in der Nähe.

Duke liebte die Berge, genau wie ich, und die Berge lohnten es ihm. Er hatte mich als Reisegefährten ausgesucht, weil ich selbst in der wildesten, einsamsten Natur keine Angst verspürte. Ich fürchtete mich weder vor den Tieren noch vor der Kälte, auch nicht vor Schluchten oder Blitzen. Es war

Duke, glaube ich, der mir offenbarte, welche Kraft in dieser Naturverbundenheit liegt, und als wir uns das erstemal gemeinsam ins Abenteuer stürzten, im Kings-Canyon-Nationalpark, habe ich mich sofort in meinem Element gefühlt. Kein Ozean übt eine solche Anziehung auf mich aus, das Flachland langweilt mich, die Wüste flößt mir Angst ein. Die Wälder hingegen, die Hochebenen, die Berggipfel, sie erfüllen mich mit regelrechten Glücksgefühlen. Duke war ein Meister, und wenn ich auch den besseren Jäger abgab, so kannte er doch Zauberformeln, mit deren Hilfe sich Bären, Mücken und sogar der Regen vertreiben ließen. Wenn der Sheriff behauptet, ich hätte einen Kompaß, wo anderen das Herz schlägt, dann ist er wohl noch nie mit Duke in den Wäldern unterwegs gewesen. Duke verirrte sich nie.

Ich war gerade eingenickt, als ich hörte, wie Ophelia den Reißverschluß meines Schlafsacks aufzog. Dann sah ich ihre weiße Gestalt inmitten dieses bestirnten Dunkels, sie schmiegte sich fröstelnd an mich. »Du warst lieb heute«, flüsterte sie und machte sich an meinem Schwanz zu schaffen. Sie liebte mich mit solcher Hingabe, daß ich mir vornahm, mich künftig so oft wie möglich zu opfern, wenn es darum ging, ihre Beine zu massieren und mein Essen darüber kalt werden zu lassen. Als sie kam, biß sie mir in die Hand, um nicht zu schreien. Kurz darauf fiel ich in einen süßen Schlaf.

Bei Morgengrauen saß Duke noch immer an derselben Stelle wie am Abend zuvor. Er hatte die ganze Nacht kein Auge zugetan. Später begriff ich, daß er seine letzten Energiereserven bewußt aufzehrte. Er lag im Sterben, doch hier oben durchströmte ihn das Leben wie ein Wildwasser. All seine Kraft hatte er für diesen letzten Aufstieg zusammengeballt. Er hätte sich schonen, in Farrago bleiben, vielleicht noch einige Monate leben können, wenn er seinen gewohnten Trott beibehalten hätte. Aber er wollte nicht langsam verlöschen wie ein Lagerfeuer, dessen Flammen zu Glut und schließlich zu Asche werden.

Ophelia wachte in bester Laune auf. Sie kümmerte sich um den Kaffee und nahm sogar einen Zug von meiner allmorgendlichen Zigarette, bevor sie sich gründlich die Zähne putzte. Als sie in meinem Mantel nach dem Taschenmesser suchte, fiel ihr mein Heft in die Hände, in dem ich die denkwürdigen Sätze meiner Freunde für die Nachwelt festhalten wollte. Dieser unverhoffte Fund inspirierte sie, ein Reisetagebuch zu führen, so wie die Forscher und Seeleute es in den Abenteuerfilmen tun, und kurzerhand bemächtigte sie sich meines Heftes und meines Kugelschreibers.

Bevor wir wieder aufbrachen, begann Ophelia mit ihren Notizen. Ich hätte ihr für mein Leben gern über die Schulter geschaut, doch sie wollte in Ruhe gelassen werden. So mußte ich mich bis zu unserer Heimkehr nach Farrago gedulden, um ihre Zeilen entziffern zu dürfen:

Der Himmel ist orange. Ich betrachte unsere Fußstapfen im Sand. Sie fließen ineinander. Ich weiß nicht, wohin wir gehen. Und ich möchte auch gar nicht fragen.

Homer wird bestimmt ein guter Vater sein. Ich habe Angst. Ich will nicht daran denken. Alles an mir verändert sich. Der warme Kaffee fließt meine Kehle hinunter. Trinkt das Baby ihn auch? Ich muß mit dem Kaffee aufhören. Es trinkt, was ich trinke, es ißt, was ich esse, es ist traurig, wenn ich traurig bin, und glücklich, wenn ich glücklich bin. Das muß ich Homer sagen, damit er lieb zu mir ist.

Ich glaube, es ist ein Junge. Um so besser. Wenn wir zurückkommen, frage ich Fausto, ob er mich im Laden anstellen will. Ich kann nichts. Aber ein wenig von allem.

Ob die anderen es mitbekommen haben? Ich jedenfalls habe es gesehen. Er hat beim Fahren geweint. Und beim Abschied auch.

Bei Duke ist es wie mit dem Baby. Ich würde ihn gern im Arm halten und wiegen. (Der folgende Satz ist durchgestrichen.) *Ich sehne mich danach, Schnee zu sehen, ihn anzufassen, ihn zu schmecken.)*

Homer hat manchmal Mundgeruch.

Der Tag war ungewöhnlich heiß. Wir marschierten bis in den Abend hinein, wobei wir alle zwei Stunden eine Pause einlegten. Bei unserem ersten Stopp, kurz vor einem Paß, schnitzte sich Duke einen Wanderstock, und Ophelia entdeckte ein Murmeltier, das ganz allein auf einem Felsen hockte. Ich erklärte ihr, daß es wahrscheinlich von seinem Clan als Wache geschickt worden sei, damit es die Umgebung im Auge behielt. »Sie bellen, um die anderen bei drohender Gefahr zu warnen«, behauptete ich, auch wenn ich, ehrlich gesagt, noch nie ein Murmeltier habe bellen hören.

Wir überquerten den Paß, einen tief eingeschnittenen Weg, auf dem haufenweise Geröll lag, und erreichten ein kleines Tal mit spärlicher Vegetation, die zum großen Teil aus Lodgepole Pines und Wiesenfuchsschwänzen bestand. Duke lief mit großen Schritten an der Spitze, gestützt auf seinen Stock und um den Kopf ein Tuch gebunden. Es war mir ein Rätsel, woher er seine Energie nahm.

Am Nachmittag brach das Gewitter los und zwang uns zu einem Halt unter einem moosbewachsenen, hammerförmigen Felsen, der aus der Ebene aufragte. Wir befanden uns auf einem kargen Plateau mit Panoramablick auf die bewaldeten Hänge und die von Wolken gesäumten Gipfel in der Ferne. Blitze durchzuckten den Himmel, und der Regen prasselte mit solcher Macht nieder, daß sich bald kleine Rinnsale auf dem steinigen Boden bildeten, die die Erde mit den Fäden eines gigantischen Spinnennetzes überzogen. Der Wolkenbruch dauerte nur zehn Minuten, und doch hatte er gewaltig in die Landschaft eingegriffen. Die Düfte waren nun intensiver, die Farben dunkler, und die Luft war ganz klar.

Eine Stunde später kamen wir durch ein Tal, das mit Büschen und jungen Espen bewachsen war. Es gab jede Menge trockenes Holz, und am Ufer eines Baches versorgten wir uns mit Wasser. Dort fiel mir beim Anblick eines großen schwarzweißen Vogels auf, daß wir seit dem Vortag niemandem begegnet waren. Normalerweise tummeln sich ab Mai ganze Scharen von Wanderern auf den Pässen und den schmalen Pfaden. Man hat nie länger als eine Stunde Ruhe. Die meisten Ausflügler lieben es, geräuschvoll zu picknicken und lauthals ihre Eindrücke auszutauschen, als seien sie unfähig, zu schweigen und die Stille zu genießen.

Der Vogel, ein Nutcracker, ließ sich auf einem Baumstamm am anderen Ufer nieder und rief uns. Nutcrackers haben bekanntlich immer was zu erzählen. Aber da sie dies in einer fremden Sprache tun und außerdem keine Antwort erwarten, sind sie nicht anstrengend. Sie sagen, was sie zu sagen haben, und wenn sie damit durch sind, fliegen sie fort und suchen sich neue Zuhörer. Und so plauderte auch dieser Vogel munter über dieses und jenes, bevor er innehielt, um ein paar Weinkerne aufzupicken, die Ophelia ans andere Ufer geworfen hatte.

Im Verlauf des Nachmittags klarte der Himmel auf. Hier und da stachen Lichtstrahlen durch den dunklen Rauchmantel, und gegen Ende des Tages vertrieb die Sonne auch die letzten Wolken. Über einer Schlucht sitzend, sahen wir sie hinter einer Bergkette untergehen. Duke zündete den Kocher an, und während wir warteten, bis die Suppe fertig war, aßen wir Bagels mit Cream Cheese und tranken Jo Haggardys Cognac. Ophelia war völlig fertig und schlief ein, noch während ich ihr die Füße massierte. Ich löffelte meine Suppe auf, half Ophelia in ihren Schlafsack und machte mich meinerseits lang. Meine Glieder waren heiß und schwer. Duke setzte sich ans Feuer, den Mantel über die Schultern geworfen, und stocherte mit einem kleinen Zweig in den Flammen herum. Ich schlief mit einem unsagbar seligen Gefühl ein.

Mitten in der Nacht schlug ich die Augen auf und wollte mich an Ophelia schmiegen, doch als ich meinen Arm aus dem Schlafsack zog, um sie zu umarmen, faßte ich ins Leere.

»Ophelia?«

Ich setzte mich auf, an der Feuerstelle schwelte noch ein wenig Glut, Duke war ebenfalls verschwunden. Vor Schreck sprang ich mit einem Satz auf und fiel gleich wieder auf den Hintern, weil ich völlig vergessen hatte, daß ich noch in meinem Schlafsack steckte. Ich zappelte wild mit den Beinen, um mich aus dieser verflixten Zwangsjacke zu befreien, und als ich mir gerade die Schuhe zuband, kamen Ophelia und Duke angeschlendert. Ophelia war barfuß und hatte zerzauste Haare. Duke bewegte sich wie ein Schlafwandler und zog eine Decke hinter sich her. Ohne ein Wort hockte er sich vor den Kreis aus Steinen und blies in die Glut.

»Wo wart ihr?«

Meine Stimme kam von weither, wie im Traum. Ophelia setzte sich neben mich und küßte mich auf die Stirn.

»Schlaf«, sagte sie.

Ich zog die Schuhe aus, wir legten uns hin, eng aneinandergeschmiegt, aber ich konnte keinen Schlaf mehr finden. Mein Bosheitsbeutel füllte sich, und den Rest der Nacht warf ich mich von einer Seite auf die andere, schreckliche Gedanken plagten mich. Schließlich graute der Morgen, ich lief zum Bach hinunter, um meinen Kopf in die Strömung zu tauchen. Als ich zurückkam, sah ich Duke Kaffee bereiten. Ich sprach kein Wort mit ihm.

Schweigend brachen wir auf. Ein matschiger Pfad führte uns zu einem Bergkamm hinauf. Die Aussicht war sagenhaft. Im Süden blickte man auf ein Labyrinth zackenförmiger Hügel. Im Norden schälte sich der Nachbarberg aus seinem Dunstschleier. Ophelia lief hinter mir und klagte, ihr sei schwindelig. Doch ich tat, als hörte ich sie nicht. Auf Selbstmord und Rache sinnend, verfluchte ich diesen Dreckskerl Duke, der seine Gleichgültigkeit gegenüber den weiblichen Reizen im allgemeinen und Ophelia im besonderen nur vorgetäuscht und statt dessen auf die erstbeste Gelegenheit gelauert hatte, um sich an meine Verlobte ranzuschmeißen, nachdem er sich zuvor absichtlich lang und breit über das Thema Prudence und sein im Keim ersticktes Liebesleben ausgelassen hatte. Und ich schäumte vor Wut, daß Ophelia auch noch auf seine Avancen eingegangen war.

Duke liegt gar nicht im Sterben, dachte ich, er ist nicht einmal krank, er ist quicklebendig wie ein junger Hund oder wie Dasher, der Zuchthengst der Simmons', und sein verkrüppeltes Bein ist bloß Theater! Und Ophelia wird sich auch nie ändern. Wie naiv von mir, zu glauben, daß sie, wenn ich um ihre Hand anhielte, ihr lasterhaftes Leben aufgeben würde, um den Reverend zu zitieren, eine Nutte bleibt eben eine Nutte, selbst auf einer einsamen Insel, dachte ich, selbst in einem Hospiz für Alte, ja selbst noch auf ihrem eigenen Totenbett. Was hat mich nur geritten, daß ich mich in ein Mädchen verlieben mußte, das sich dafür bezahlen läßt, Männer zu lieben, jeden Mann, vom kleinsten zum größten, vom schönsten zum häßlichsten, wenn er nur genügend Scheine auf den Nachttisch blätterte.

Wir ließen den Bergkamm hinter uns, und weil ich es nicht länger ertrug, Duke vor mir her laufen zu sehen, übernahm ich die Führung. So verging eine Stunde, wir liefen eine Felsrinne entlang, bis hinunter zum Fuß eines merkwürdigen Hügels, auf dem sich über die Jahrtausende durch Regenfälle und Erosionen konkave Terrassen gebildet hatten. In meinen Augen glichen sie den Stufen einer mexikanischen Pyramide, wo, meiner Lehrerin Miss Flann zufolge die aztekischen Priester Tiere und Menschen geschlachtet hatten, um sie ihren Gottheiten zu opfern. Dunstschwaden quollen aus dem weißen Fels hervor und hingen träge in der Luft.

»Heiße Quellen!« rief Duke und lief in Richtung der Dampfwolken los. Er entdeckte ein natürliches Bassin, zog seine Kleider aus und tauchte in das wallende Wasser ein, wobei er wohlige Seufzer von sich gab. Hoffentlich ersäuft er, dachte ich, hoffentlich klafft am Grunde dieses Beckens ein Loch und er wird hineingesogen und fällt in einen dunklen, unendlich tiefen Schacht, und seine Lungen füllen sich mit Schlamm und der Schoß der Erde verschlingt ihn.

Völlig außer Atem und mit glühenden Wangen gesellte sich Ophelia zu mir. Sie setzte ihren Rucksack ab und sagte, wenn ich nicht augenblicklich aufhöre zu schmollen, würde ich mich noch wundern. Unwissentlich hatte sie einen Lieblingsausdruck von Elijah verwendet, aber ich maß dem keine Bedeutung zu.

»Ich wundere mich bald über gar nichts mehr«, sagte ich bitter.

»Was soll das denn schon wieder heißen, du Hornochse, kapierst du denn gar nichts?«

»Du konntest es dir wohl nicht verkneifen, was? Jetzt sag bloß noch, es war stärker als du!«

»Homer, du weißt nicht, wovon du redest! Was weißt du überhaupt?«

»Glaubst du etwa, es gefällt mir zu wissen, daß du mit diesem Verräter rummachst? Wie hast du's geschafft? Hast du dir die Nase zugehalten? Die Augen zugemacht? Oder stehst du neuerdings auf faule Zähne und verschrumpelte Haut?«

»Du bist doch nicht etwa eifersüchtig, Homer? Eifersüchtig auf Duke? Glaubst du wirklich, daß er mir gefällt? Daß irgendein Mann mir gefällt? Ich hasse sie allesamt.«

»Mich auch?« fragte ich etwas kleinlauter und spürte, wie meine Wut versickerte, als hätte mein Bosheitsbeutel ein Leck.

»Dich nicht, du Idiot, dich liebe ich.«

»Du liebst mich?«

»Du liebst mich auch, du Armleuchter, schon vergessen? Auch wenn ich vorhin das Gleichgewicht hätte verlieren und in die Tiefe stürzen können, ich hätte tausendfach zu Tode kommen können, und du wärst einfach weitergelaufen, ohne dich umzudrehen. Dabei weißt du, daß ich Höhenangst habe. Jedenfalls kenne ich die Männer, die mit ihren dreckigen Gedanken zu mir kommen. Nicht zwischen ihren Beinen sitzt der Dreck, sondern da oben drin«, sagte Ophelia und tippte sich an die Stirn. »Sie haben alles mit mir gemacht. Alles. Die widerwärtigsten Dinge. Ich weiß, daß dich das traurig macht, aber so ist es nun mal. Trotzdem haben sie mich nie bekommen. Ich war woanders, wie dieser Boxer, von dem du mir erzählt hast, wie Elijah. Sie waren in meinem Bett, während ich in Hollywood rumspazierte oder in Casablanca.«

»Wo?«

»Du willst nicht daran erinnert werden, weil es dir weh tut, du meinst, du seist nur einer von vielen, der letzte in einer langen Reihe.«

»Der vorletzte.«

»Ich habe keinen einzigen dieser Typen an mich rangelassen.«

»Na, wie würdest du es dann nennen?«

»Ich habe so getan als ob. Und außerdem habe ich mich nie um sie bemüht wie Mabel. Du weißt, was ich meine. Sogar nachdem du mir begegnet warst, bist du weiter mit ihr hochgegangen. Ich war im Zimmer nebenan und konnte alles hören. Was meinst du, wie ich mich dabei gefühlt habe? Und als du vor meinen Augen mit Polly geschlafen hast? Mabel schreit bei all ihren Kunden. Bei dir hat sie auch geschrien. Aber glaubst du etwa, sie schreit vor Lust? Sie schreit, um nicht das Geschnaufe an ihrem Ohr zu hören, sie schreit, um das Bett nicht quietschen zu hören, sie schreit, um die Zeit totzuschlagen. Mit Duke ist es etwas anderes, er hat mich berührt.«

»Er hatte nichts anderes im Kopf, seit er dir begegnet ist.«

»Seine Geschichte, Homer, seine Geschichte hat mich berührt. Denk doch mal nach! Mach die Augen auf! Ihm bleibt nicht mehr viel Zeit.«

»Ich weiß.«

»Was weißt du? Schau ihn dir doch an! Du bist so blind vor Wut, daß du nichts bemerkst.«

Ich schaute zu Duke im Felsbecken und näherte mich ungläubig. Es fällt mir schwer, seine Verwandlung in Worte zu fassen. Duke konnte immer noch nur mit einem Auge sehen, seine Haare waren nicht über Nacht wieder schwarz geworden, seine Zähne standen nicht plötzlich kerzengerade in einer Reihe, es war Duke, der gute alte Duke, wie ich ihm vor einer Ewigkeit auf dem Schrottplatz von Farrago begegnet war, nur daß er jetzt alt war, alt und ziemlich angeschlagen, mit hohlen Wangen, magerem Hals und grauem Teint. Aber die Veränderung, die ich mit einemmal an ihm wahrnahm, war so radikal, daß ich die Folgen seiner Krankheit übersah. Duke war nicht mehr derselbe, oder genauer, er war nie so sehr er selbst wie in diesem Moment, so versuchte ich es Fausto bei unserer Rückkehr zu erklären. Er war weder jung noch alt. Er lächelte auf unbeschreibliche Weise, ein Lächeln ohne Lächeln. Er strahlte.

»Homer, worauf wartest du?« sagte er. »Zieh dich aus! Ophelia! Ihr wißt nicht, was ihr verpaßt.«

Wir legten die Kleidung ab und stiegen zu Duke ins Bekken. Das Wasser war wie Balsam. Die Müdigkeit wich aus meinen Knochen, mir war, als dringe sie durch meine Haut und löse sich gemeinsam mit den Dampfkringeln im blauen Himmel auf. Wir standen alle drei splitternackt im brodelnden Wasser, aber ich empfand kein bißchen Eifersucht mehr. Wir bildeten eine Familie. Duke, Ophelia und das Baby, das in ihrem Bauch heranwuchs, waren meine Familie. Duke war mein Vater, mein Großvater. Ophelia war meine Frau, meine Schwester. Ich war der Sohn und der Mann.

Am Abend, nach stundenlangem Aufstieg, schlugen wir auf einer Hochebene unser Nachtlager auf. Mein Kopf war voll mit Bildern von tiefen Tälern, von Seen und Stromschnellen, von Teppichen wilder Blumen und steilen Felsen. Während ich an einer Schlucht saß und die Füße über dem Abgrund baumeln ließ, wurde ich plötzlich von unbändigem Stolz erfüllt, dazusein, ein Mensch zu sein, geboren zu sein. Ophelia hatte Duke geholfen, das Abendessen vorzubereiten, und hockte sich hinter mich. Sie schlang mir die Arme um den Hals und biß mir zärtlich in den Nacken. Doch ein Schatten legte sich über das Bild, er wuchs und wuchs und ließ meinen Stolz im Eiltempo zusammenschrumpfen: die Rückkehr. Eines Tages, bald schon, würden wir heimfahren und uns der Strafverfolgung des Sheriffs, des Richters, vielleicht sogar des Bürgermeisters und Jack Simmons' stellen müssen.

Die Sätze, die Ophelia an diesem Abend in ihr Tagebuch schrieb, zeugten von derselben Sorge.

Nein, ich will nicht zurück. Hier ist es schön. Wenn es keine Bären gäbe, glaube ich, würde ich am liebsten hier leben. Aber Duke sagt, es sei unmöglich wegen der Kälte und des Schnees. Heute haben wir Pikas gesehen. Sie sehen aus wie schwanzlose Mäuse, aber in Wirklichkeit sind sie mit den Hasen verwandt. Es wäre schön gewesen, wenn Homer eins gefangen hätte. Ob sie sich wohl mit Katzen vertragen? Homer lief in alle Richtungen, aber sie waren schneller. Sie sind scheu und neugierig, ich hätte gern mal eins in der Hand gehalten.

Dies ist unsere letzte Nacht vor dem Gipfel. Wenn wir erst einmal oben sind, geht es nicht weiter. Ich habe keine Lust, umzukehren.

Ich wollte Blumen pflücken, um sie Homer zu schenken, aber ich dachte an Prudence und die Blumen, die sie auf Dukes Kopfkissen gelegt hatte, und sagte mir, Homer könne es vielleicht in den falschen Hals kriegen.

Ein richtiges Tagebuch ist ein Tagebuch, wo man das Datum notiert, bevor man seine Gedanken aufschreibt. Welcher Tag ist heute? Duke konnte mir die Frage nicht beantworten, und Homer war sich nicht mal sicher, ob wir das Jahr 1973 hatten. Was will er unserem Kind sagen, wenn es ihm solche Fragen stellt? Wie wird es zurechtkommen, wenn es die Schultage nicht vom Wochenende unterscheiden kann? Wo soll das bloß alles hinführen?

Wahrscheinlich wäre es besser abzutreiben. Was für ein schreckliches Wort. Abtreiben und in den Puff zurückgehen. Homer ist mental auf dem Stand eines Achtjährigen. Er erinnert mich an den Sohn meiner Nachbarin in Oakland, der Knallfrösche in Briefkästen warf. Ihm fehlt eine vernünftige Erziehung. Wenn ich ihn doch einfach zur Dressur schicken könnte, so wie man Pferden gute Manieren beibringt.

Und meine Karriere? Ob ich je in diesen Bus steigen werde? Jim ist tot, und es macht mir nichts aus.

In dieser Nacht hörte ich eine Lawine. Ich sah in der Ferne Funken sprühen. Da es weit und breit keinen Baum gab, konnten wir kein Feuer anzünden. Es war eiskalt. Am Morgen merkte ich, daß Duke wieder nicht geschlafen hatte. Er hockte in seinem Schlafsack und betrachtete die Berge. Als ich ihn ansprach, gab er keine Antwort. Winzige Eiszapfen klebten in seinen Augenbrauen. Ich setzte Wasser auf und rieb mir die Hände über dem Kocher. Dann reichte ich Duke eine Tasse Kaffee, doch er regte sich nicht und ließ die Arme unter der wattierten Decke liegen. Leise rief ich seinen Namen. Er blinzelte, und erst viele lange Sekunden später erkannte er mich.

»Halleluja«, murmelte er und griff nach der Tasse. Seine Hände zitterten dermaßen, daß er sich gründlich bekleckerte, aber er schien der Hitze gegenüber genauso unempfindlich zu sein wie der Kälte. Er war leichenblaß. Als Ophelia ihn sah, unterdrückte sie einen Schrei. Sie legte ihm eine Hand auf die Stirn, aber weil sie genauso durchgefroren war wie er, konnte sie nicht sagen, ob er Fieber hatte. Was spielt es auch für eine Rolle, dachte ich, Duke ist am Ende. Er kämpfte mit dem Tod, daran gab es keinen Zweifel. Etwas in ihm war zerbrochen. Ein Hauch von Leben war nur noch in seinem müden Fleisch. Und auch das konnte in jedem Augenblick erlöschen.

»Duke«, sagte ich mit einem Kloß im Hals, »ich steige wieder ein Stück hinab. Knapp eine Meile weiter unten gibt es einen Tannenwald. Ich werde Äste und Tannenzapfen sammeln. Dann machen wir ein großes Feuer und können uns alle aufwärmen.«

»Vergiß es«, sagte Duke, und wie am Vortag erschien das wunderbare Lächeln auf seinen aufgesprungenen Lippen. »Wir gehen weiter, bis nach ganz oben. Es sind nur noch drei Stunden Fußmarsch. Du mußt mir bloß beim Aufstehen helfen.«

Duke wog nichts mehr. Es war ein Wunder, daß er sich überhaupt noch auf den Beinen halten konnte, dachte ich, während er sich bückte, um seinen Stock aufzuheben. Ophelia reichte ihm eine weitere Tasse Kaffee mit viel Zucker und ein paar Kekse, aber sein Magen vertrug es nicht. Er spie Galle, Krümel und Blut. Es war schlimm, ihn in dieser Verfassung zu sehen.

»Laßt uns unsere Sachen dort drüben hinter den Felsen verstecken«, sagte er, nachdem er sich den Mund am Ärmel seines Mantels abgewischt hatte. »Wir benötigen nur unsere Wasserflaschen und etwas Proviant. Und nun Abmarsch!«

In der ersten Stunde hielt Duke durch. Er hinkte stärker als sonst und zog sein linkes Bein nach wie eine träge Masse. Auch sein linker Arm schien gelähmt zu sein, und ich konnte meinen Blick nicht von seiner zusammengekrampften Hand wenden. Ich lief in seinem Schatten, in weniger als einem Meter Abstand, und als sein rechtes Knie nachgab und er nach vorn zu stürzen drohte, weil sein Stock zerbrach, konnte ich ihn gerade noch packen, damit er nicht hinfiel. Von diesem Moment an bis zum Gipfel des Mount Forever stützte ich ihn. Meine Beine wurden zu seinen Beinen, mein Blick wurde zu seinem Blick, sein Wille und mein Wille verschmolzen. Aber bevor wir die letzte Etappe unserer Odyssee in Angriff nahmen, um die Worte aus Craig McNeillys großem Zeitungsartikel zu zitieren, wollte der Zufall, daß wir die Bekanntschaft von Walter »Nutty« Barnes machten.

Wir waren gerade auf dem letzten Bergkamm angekommen, der sich wie eine Rasierklinge durch den Himmel zog, und ich hatte Duke geholfen, sich auf einen Felsen zu setzen. Er war so erschöpft, daß er nicht mal mehr die Kraft hatte zu reden. Sein ganzer Mut schien sich in seinem gesunden Auge zu versammeln. Der Gipfel war noch nicht sichtbar, aber er sah ihn bereits, das wußte ich, und diese magische Gewißheit erfüllte mich mit Angst und Respekt. Ophelia gab ihm zu trinken, aber er konnte nur einen winzigen Schluck zu sich nehmen. Die Sonne brannte, und zu unserer Rechten erstreckte sich die Hochebene, glatt und weiß wie Milch. Sie sah aus, als bestünde sie aus reinem Licht.

Barnes lag auf einem Haufen Steine, in einer Felskuhle am Fuße des Hangs, der an das Schneefeld grenzte und wie eine Steinkaskade in einen gefrorenen See zu stürzen schien. Ophelia hatte den dunklen Fleck auf dem Geröll entdeckt. Ihr war nicht gleich klar, daß es sich dabei um einen Menschen handelte. Erst als Barnes einen Arm anwinkelte, um sich den Schweiß von der Stirn zu wischen, zupfte sie mich am Ärmel.

»Homer! Homer! Da drüben liegt jemand!«

Ich wollte Duke nicht loslassen (meine Hand ruhte auf seiner Schulter, und ich hatte die Vorstellung, daß diese bloße Berührung ihn wachzuhalten vermochte), aber ich konnte Ophelia nicht allein zu dem Unbekannten hinübergehen lassen. Also rief ich ihn. Wenn Ophelia ihn nicht bemerkt hätte, wären wir, ohne zu zögern, weiter unseres Weges gegangen. Ich wußte, daß jede Minute zählte und eine längere Pause nicht in Frage kam. Was hat der hier bloß verloren? dachte ich ärgerlich. Der Moment war wirklich schlecht gewählt. Ich spürte, wie Duke unter meiner Hand fröstelte. Er konnte kaum atmen und roch unangenehm nach metallischem Schweiß und angegangenem Fleisch. Seine Haut war fahler denn je, besonders um den Mund und die Augen. Ich war mir nicht sicher, ob er noch mal würde aufstehen können.

»He! Sie da!« brüllte ich. »Haben Sie einen Sonnenstich?«

Der Unbekannte versuchte sich aufzurichten, aber wenn es um ihn auch nicht so schlecht stand wie um Duke, war er doch nicht sonderlich in Form. Äußerst langsam rollte er sich auf den Bauch, stützte sich dann mit Händen und Füßen ab, als versuche er einen Liegestütz zu machen, und plumpste wieder auf die Steine.

»Bleib hier«, sagte ich zu Ophelia und rannte los, weniger, um ihm möglichst schnell zu Hilfe zu eilen, denn um Zeit zu gewinnen. Er trug einen völlig verdreckten schwarzen Anzug. Neben ihm lagen ein Tornister aus grünem Segeltuch, eine alte Arzttasche und eine leere Flasche Scotch. Ich drehte ihn auf den Rücken. Er war ohnmächtig geworden. Die Sonne hatte ihm das Gesicht verbrannt. Blonde Bartstoppeln bohrten sich durch seine Wangen. Und seine fettigen Haare bildeten zwei große Büschel. Eines sprang über seiner Stirn hervor wie ein Horn, das andere stand ihm zur Seite ab. Er war keine zwanzig Jahre alt.

»Huhu! Ist da jemand?«

Er schlug die Augen auf. Unzählige Äderchen zogen sich über das Weiß bis zu seinen riesigen Pupillen.

»Wer ist da?« murmelte er und bekam einen Hustenanfall. Er war völlig dehydriert und seine Haut so feuerrot, daß man ihn für einen betrunkenen Indianer halten konnte. Ich nahm meine Feldflasche und träufelte etwas Wasser auf seine geschwollenen Lippen. Er japste wie ein Fisch, umklammerte die Flasche und trank sie leer.

»Ich kann nichts sehen«, sagte er mit etwas festerer Stimme, nachdem er den letzten Schluck getrunken hatte. »Der Schnee hat mir die Augen weggeätzt. Bist du es, Killgoer? Bist du's?«

»Wer?«

»Du hast gewonnen. Mir reicht's. Knall mich ab, aber mach es schnell und sauber. Nein? Na, dann leg mir eben die Handschellen an. Bringen wir's hinter uns. Dies ist dein großer Tag, Killgoer.«

»Ich heiße Homer.«

»Homer? Wo ist Killgoer?«

»Das weiß ich nicht.«

»Er darf nicht erfahren, daß ich mich zur Ruhe setze. Ich bekenne mich schuldig.«

»Schuldig? Warum?«

»Ich bin's, Nutty, erkennst du mich denn nicht? Walter Nutty Barnes. Heute ist dein Glückstag, Homer. Du warst schneller als er, Pech für ihn und um so besser für dich. Ich werde sagen, was du willst, ich bin nicht so selbstverliebt wie diese ganzen anderen Spinner. Die tun entsetzliche Dinge, aber nur weil sie nicht wissen, wie sie es anstellen sollen, geliebt zu werden. Ich wurde geliebt. Alles, was ich getan habe, habe ich aus Liebe getan. Laß uns das Drehbuch gemeinsam schreiben. Wir werden einfach sagen, wir hätten uns geschlagen und du hättest gewonnen. Ja, genau so war's: Du hast mir eine gehörige Tracht Prügel verpaßt, und ich habe geweint und nach meiner Mutter gerufen. Was soll's? Wenn, dann profitierst wenigstens du davon. Du hast mir zu trinken gegeben, und ich werde mich dankbar zeigen. Du wirst ein Held sein, Homer.«

»Das bin ich bereits.«

»Ach ja?« Diese Neuigkeit verstimmte Barnes ganz offensichtlich.

»Duke und ich waren in der Zeitung.«

»Wer ist Duke?«

»Der da drüben. Wenn du glaubst, daß es um dich schlecht bestellt ist, dann solltest du Duke mal sehen. Ich muß wieder zu ihm. Wir wollen noch den Gipfel erreichen.«

»Wie alt ist er?«

»Duke? Bestimmt über Siebzig.«

»Hat er ein Gebiß?«

»Ein Gebiß? Nicht daß ich wüßte.«

»Spielt auch keine Rolle. Ich hätte ihn wirklich gern gesehen und dich, Homer, dich hätte ich bestimmt gut behandelt. Aber ich habe das alles an den Nagel gehängt. Ich habe mein Bestes gegeben, mit Leib und Seele, und wenn Gott seine Abrechnung macht, wird er sehen, daß ich mir mein Stückchen Paradies verdient habe.«

Barnes Stimme war kaum noch hörbar, und seine Sätze ergaben keinen Sinn mehr. Ich nahm mein weißes Taschentuch und legte es ihm aufs Gesicht. »Bis nachher«, sagte ich und kehrte zu meinen Freunden zurück.

Genau wie ich befürchtet hatte, konnte Duke nicht mehr aufstehen. Ophelia nahm daher meinen Rucksack, und ich lud mir Duke auf den Rücken, indem ich die Hände unter seinem knochigen Hintern verschränkte. So machten wir uns auf zur Bergspitze. Ich lief vorneweg und trug meinen alten Kameraden, dessen eisige Schläfe gegen meine Wange schlug. Ich dachte schon, er hätte das Bewußtsein verloren, aber als ich nach einer halben Meile niesen mußte, krächzte Duke: »Gesundheit.« Er war also noch bei klarem Verstand und half mir, so gut er konnte, was ich erst kurz darauf begriff, als er tatsächlich einschlief und sich sein Körpergewicht mit einemmal verdoppelte.

Der Wind peitschte uns ins Gesicht. Ophelia hatte ihre Sonnenbrille aufgesetzt und sprach mir unaufhörlich Mut zu. Ihr ist bestimmt schwindelig, dachte ich, und ich war glücklich, der Verlobte einer so tapferen und würdevollen jungen Frau zu sein. Der Schnee knirschte unter unseren Stiefeln. Abgründe klafften zu beiden Seiten des schmalen Pfades, und der wolkenlose Himmel war von einem unglaublichen, fast greifbaren Blau. Nach einer halben Stunde mußte ich verschnaufen. Nicht daß ich Müdigkeit verspürt hätte, aber meine Arme und Rückenmuskeln kamen nicht mehr mit. Wenn du oben ankommen willst, Homer, mußt du dich schonen, sagte ich mir, soviel steht fest. Ophelia stützte Duke, während ich in die Hocke ging und den Körper des Sterbenden sacht zu Boden gleiten ließ. Ich streckte mich, nahm einen großen Schluck von dem kühlen Wasser und hob Duke anschließend auf den Arm anstatt ihn mir wieder wie einem Packesel auf den Rücken zu laden.

»Ist es noch weit?« fragte Ophelia, deren Augen ich hinter den getönten Gläsern nur ahnen konnte.

»Wir sind fast da«, antwortete Duke.

Diese Worte wirkten auf mich wie ein dreifacher Espresso oder wie ein *Afro Dizzy Hawk*, um es mit Barth Nemechek zu sagen. Ungeachtet der Gefahr begann ich doppelt so schnell zu laufen, erhobenen Hauptes und mit geschärftem Sinn, die Lungen vollgesogen mit der reinen Bergluft. Nichts konnte uns mehr aufhalten. Die Welt lag uns zu Füßen, während der Himmel lockte. Ich hatte Duke auf dem Arm, hielt sein Leben in den Händen. Wieder war ich der Aufklärer, aber diesmal stiegen wir nicht hinab in die tiefe Erde, ich bahnte uns vielmehr einen Weg in die Wolken, der Sonne und dem ewigen Schnee entgegen. Unbewußt stimmte ich das Kampflied von Lieutenant McMarmonn an. Die Worte reihten sich wie Loren aneinander und kamen mir ganz von selbst über die Lippen, mit beeindruckender Klarheit und Kraft.

Up the mountain we work our way
We've only lived to see this day
Our spirits are up and our hearts are gay
Up Mount Forever we sing and pray
We feel neither pain no vertigo
We've climbed up all the way from Farrago
We'll fly if we have to we'll leap and hop
We'll make it to the sky yes we'll make it to the top

Obwohl Ophelia nie in der Armee gedient hatte, fiel sie sofort in den Refrain mit ein, und die uns umgebende Leere warf unser Echo vielfach zurück, ließ unsere Stimmen in der unermeßlichen Weite widerhallen. Einige Minuten später kam ein heftiger Wind auf. Ich mußte Duke absetzen und mich neben Ophelia auf den Boden kauern. Die Böen rissen rechts und links des Bergkamms Schneebretter los und wirbelten sie in großen Ballen durch die Luft.

»Der Gipfel begrüßt uns«, sagte Duke mit erstaunlich fester Stimme, »er weiß, wer wir sind und warum wir hier sind.«

»Holy Macaroni«, rief ich in der Hoffnung, daß uns Mount Forever vor lauter Begeisterung nicht über Bord wehen würde.

Die Begrüßung dauerte glücklicherweise nicht sehr lange. Ich nahm Duke wieder auf den Arm, Ophelia klopfte uns den Schnee von den Mänteln, und wir liefen weiter. Ich betrachtete Dukes Gesicht. Das Lächeln, jenes rätselhafte Lächeln ließ seine Gesichtszüge wieder erstrahlen. Sah er mich, oder sah er bereits nur noch das Licht, ich weiß es nicht. Der Gipfel war nahe, und hin und wieder blickte ich mit halbgeschlossenen Lidern zur Bergspitze hinauf, die im Gegenlicht tiefschwarz erschien.

Die letzte halbe Stunde des Aufstiegs war beschwerlich. Der Hang wurde immer steiler, und der Pfad glich mehr und mehr einer in den Fels gehauenen Treppe. Immer wieder mußte ich mich in den Schnee setzen und den Kamm rückwärts hinaufrobben, indem ich mich mit den Beinen und meinem schmerzenden Hinterteil hochstemmte. Mühsam gelang es mir auf diese Weise, Duke und mich auf die jeweils nächste Stufe zu hieven. Außerdem war der Schnee äußerst tückisch. Er konnte eine Felsspalte bedecken oder sich über einen Felsvorsprung gelegt haben, so daß man aufpassen mußte, wo man sich abstützte. Zweimal griffen meine Hände ins Leere, als sie Halt suchten, und wenn Ophelia mich nicht festgehalten hätte, könnte ich heute diese Geschichte nicht erzählen. Ich paßte auf Duke auf, aber in gewisser Weise trug Ophelia eine noch größere Verantwortung, weil sie auf uns beide aufpaßte. Ich hatte Duke meinen Körper geliehen, ich trug ihn wie ein Kind an meiner Brust, und Ophelia umschloß uns beide mit der Fürsorglichkeit einer Mutter. Zu den Tücken des Bergmassivs kamen Dukes Ohnmachtsanfälle, die plötzlichen Windstöße und Ophelias Höhenangst, die sie immer öfter zwang, mit schlotternden Knien stehenzubleiben, um wenigstens einen Anschein von Ruhe wiederzufinden.

Zwischenzeitlich glaubte ich, sie würde nicht mehr weitergehen. Jede Bewegung kostete sie eine übermenschliche Kraft, als würde sie über ein gewaltiges Loch springen müssen, wenn sie den Fuß nur um wenige Zentimeter vorrückte. Der heitere Himmel mit seinem gleißenden Blau verlieh unserem Aufstieg etwas Unwirkliches, fast Unheimliches. Ich hatte den Eindruck, wir würden im Nichts klettern. Einerseits war da unsere Müdigkeit, unser Schmerz, Dukes Todeskampf, die Schneeverwehungen, die eisigen Böen, andererseits dieser reglose, unendlich weite Himmel.

Und dann sahen wir urplötzlich den Gipfel vor uns, seine kahle Felsspitze ragte in den Sonnenball hinein. Sie war von einem etwa zehn Meter breiten verschneiten Felsvorsprung umgeben. Auf einmal wurde es windstill. Ich spürte, wie Duke in meinen Armen erstarrte, und glaubte schon, er hätte seine Seele ausgehaucht. Doch er kam bald wieder zu sich. Ich Idiot, dachte ich, wenn er gestorben wäre, hätte er sich doch entspannt.

Duke öffnete die Augen. Nur ein Arzt hätte in diesem Moment wohl sagen können, welches das gesunde und welches das kranke Auge war. Er versuchte zu sprechen, konnte aber kaum mehr die Lippen bewegen. Ich wollte mich hinsetzen und ihn an mich drücken, aber als seine Stiefel den Boden berührten und in den Schnee sanken, begriff ich, daß er lieber stehen wollte. Ophelia postierte sich neben ihn, die schwarzen Sonnengläser auf die Mütze geschoben, und indem wir Duke beidseitig einrahmten, die Arme um seine Flanken gelegt, meine rechte Hand in seiner linken und Ophelias linke in seiner rechten, liefen wir zu dritt bis zur Mitte des Felsvorsprungs.

Vor uns teilte sich die Welt in Fels und Himmel. Es gab keinen Grat mehr und keinen Pfad, keinen zu erklimmenden Gipfel, nur noch den blauen Raum und die Sicht auf andere Berge, hinter denen die Wüste herrschte, die staubigen Weiten von Palamint Range und Death Valley. Wir waren am Ende unserer Schritte angelangt, und ich hätte alles dafür gegeben, um auf dem Rückweg weiter aufwärts gehen zu können. Mich packte das heftige Verlangen, endlos weiterzusteigen, als hätte dieser Dreitagemarsch meinen Körper davon überzeugt, daß es seine Bestimmung sei, unaufhörlich an Höhe zu gewinnen, von einem Tal zur nächsten Hochebene und von Gipfel zu Gipfel zu klettern, sich einen Weg den Berg hinauf zu bahnen, dessen Spitze noch in unendlich weiter Ferne lag. Ich fühlte mich zu übermenschlichen Dingen imstande, ich hätte Duke noch tagelang weitertragen können. Mount Forever war zu klein für meine ehrgeizigen Pläne, und selbst Mount Williamson hätte nicht gereicht, um meine Energiereserven aufzuzehren, die mein Organismus nun freigab. Unsere Reise hätte sich noch wochen-, noch monatelang fortsetzen und Duke sich mit dem Sterben Zeit lassen können, er hätte gar keine Wahl gehabt.

Wut überkam mich. Warum hatten wir diesen läppischen kleinen Gipfel in Angriff genommen? Warum nur diese drei lächerlichen Tage Aufstieg? Ich war sauer auf Duke, weil er sich ein so lachhaftes Ziel gesetzt hatte. Ich war sauer auf mich, daß ich ihn nicht überredet hatte, einen anderen Berg auszuwählen, dreimal höher und mit einem viel komplizierteren Weg voller Tücken, einem Weg, auf den sich nur erfahrene Bergwanderer oder Übergeschnappte wagten. Am anderen Ende der Welt – das wußte ich von Elijah – thronte ein Berg namens Everest, und allein sein Name füllte mein Herz mit Sehnsucht und Mißmut. Immer gen Osten gehen, bis zum letzten Ende, das war es, was mein maßloser Wille anstrebte. Aber wenn der Everest erklommen war, würde ich Duke dann sterben lassen? Nein, natürlich nicht. Ich hätte die Erde für ihre Kleinheit verlacht. Wenn sie bloß dieses

Steinchen von acht Kilometern Höhe zu bieten hatte, dachte ich, konnte sie gleich einpacken und sich irgendwo in der tiefsten Ecke des Universums schamhaft verkriechen.

Wir standen vor dem Blau, Ophelia, Duke und ich, unsere Stiefel waren im Schnee eingesunken. Es herrschte absolute Stille. Die Luft war kalt, beißend kalt, und der Himmel vor uns war leer, aber diese Leere war Fülle. Mit unglaublicher Kraft drückte uns Duke die Hände. Wir machten einen Schritt vor, und Duke beugte sich nach vorn, die Arme ausgestreckt wie ein Vogel oder wie ein Mensch, der im nächsten Augenblick kopfüber in den Ozean tauchen wird.

Ophelia sah mich lächelnd an. Sie war traurig und glücklich zugleich. Duke fiel auf die Knie. Seine Hände ließen uns los. Er steckte die Finger in den Schnee, dann hob er den Kopf und starrte in den Himmel. Was sah er?

»Soviel Pracht«, sagte er.

Ich kannte diese Worte. Ich hatte sie vor einigen Wochen selbst ausgesprochen, eines Morgens auf dem Schrottplatz, bevor ich eingeschlafen war.

»Soviel Pracht.«

Duke schloß die Augen und legte sich auf die Seite. Schneeflocken wirbelten über sein Gesicht, Kristalle legten sich auf seine Kleidung, verfingen sich in seinen Haaren und besprenkelten seine Augenlider, seine Stirn, seine Wangen mit Sternen, die noch weißer waren als seine farblose Haut.

»Die Asche«, sagte Ophelia.

Aus meiner Tasche holte ich Elijahs verbeulte Blechdose hervor und reichte sie Ophelia.

Gerade als sie Jim Rookeys sterbliche Überreste verstreuen wollte, verwandelte sich die Brise in eine kräftige Böe. Und so flogen die Überreste davon, statt in den Schnee zu fallen, vollführten eine halbe Drehung in der Luft und fegten uns wieder entgegen.

Ophelia wandte sich zu mir um. Ihr Gesicht und ihre Wollmütze waren über und über mit bräunlichem Staub bedeckt.

Sogar in den Mundwinkeln und auf der Zunge klebte Asche. Mit deutlichem Ekel spuckte sie auf den Boden, sah mich wieder an, und da auch ich von oben bis unten voll mit Asche war, platzte sie los. So kam es, daß wir auf dem Gipfel des Mount Forever in wildes Gelächter ausbrachen und der Berg, der den Klang unserer Stimmen zurückwarf, sich noch lange, nachdem wir verstummt waren, allein weiteramüsierte. Und Schicht für Schicht legte sich der Schnee über den Toten und begrub ihn unter sich.

15

Der Rückweg gestaltete sich alles andere als einfach. Es fing damit an, daß Ophelias Blick nun in den Abgrund fiel und ihre Höhenangst derartige Ausmaße annahm, daß ich jede ihrer Bewegungen führen und ihr vormachen mußte. Was sie für mich und Duke beim Aufstieg geleistet hatte, tat ich beim Abstieg, allerdings kamen wir nur so langsam vom Fleck, daß ich zunehmend unruhig wurde. Bei dem Tempo, dachte ich, wird es dunkel sein, bevor wir die Hochebene erreicht haben. Viele Leute behaupten, der Rückweg sei schwieriger als der Hinweg, man müsse doppelt so vorsichtig sein und die Knie und die Waden hätten zweimal mehr zu schleppen als beim Aufstieg. Lieutenant McMarmonn würde es wohl so ausdrücken: Der Sieg ist bereits Geschichte. Ich teile diese Ansicht jedoch nicht. Für mich gibt es nichts Natürlicheres als den Abstieg. Beim Raufklettern braucht man viel Konzentration. Hinabsteigen heißt in meinen Augen sich gehenlassen.

Letztlich ist es wohl Geschmackssache. So wie es in Farrago die Schäfchen vom Reverend und die bedingungslosen Jünger von Fausto gibt, teilen sich wahrscheinlich auch die Wanderer in zwei Gruppen, nämlich in jene, die lieber hoch-, und die anderen, die lieber runtersteigen. Ich habe dieses Thema mal angeschnitten, als ich Fausto auf einer Tour begleitete. Er sagte, er stimme völlig mit mir überein, aber die meisten Leute in Amerika seien Anhänger der Religion des Erfolgs. »Die Industriellen und Politiker tun so, als seien die Amerikaner ein Volk von Kletterern. Alle müssen nach dem Gipfel streben, höher, höher und noch höher steigen, was am Ende dazu führt, daß sie auf die anderen draufsteigen, sich auf sie stützen und sie zerquetschen, einen Berg von übereinandergeschichteten Männern und Frauen bezwingen, um auf der Spitze ihre persönliche Flagge zu hissen. Das ist die Stufenpyramide«, sagte Fausto. »Und wer im Grunde seines Herzens kein Kletterer ist, wird als ein Niemand, als Versager, als Schmarotzer betrachtet, dabei müßte er sich erst mal aus seiner Klemme befreien, um diesen verdammten Berg zu besteigen, und eine Leiter besitzt er auch nicht, um sich zu helfen.«

Als wir endlich das Plateau erreichten, heil und unversehrt, hatte ich das Gefühl, wir seien aus einem Traum erwacht. Der Himmel hatte sich zugezogen. Hinter den Wolken, sagte ich mir, war das Wetter noch schön, und das Blau mußte weder das düstere Grollen der Kumuluswolken noch den drohenden Regen oder die Blitze fürchten. In der Nacht würde es einfach nur seinen Farbton ändern, wie wenn man Sirup mit Wasser verdünnt. Ich rechnete mir aus, daß es bis zur Abenddämmerung noch eine Stunde dauern würde. Ophelia ließ sich erschöpft auf einem Felsen nieder. Ich drückte ihr einen keuschen Kuß auf die Hand und ging nachsehen, was aus Walter Barnes geworden war. Er lag noch an derselben Stelle auf seinem steinigen Bett und schnarchte. Das Taschentuch war verschwunden.

»Barnes«, rief ich, »Barnes, wach auf!«

Abermals überraschte mich der Kontrast zwischen seiner Jugend und seiner gegerbten Haut. Er trug einen maßgeschneiderten Anzug, den Anzug eines betuchten Mannes, dachte ich, und Wildlederschuhe mit Profilsohlen. Da er weiterschnarchte, nutzte ich die Gelegenheit und öffnete seine Arzttasche. Sie enthielt die komplette Ausrüstung eines Zahnchirurgen: In einem Ledederetui befanden sich, fein säuberlich aufgereiht, lauter spitze Metallinstrumente mit Haken, darunter lag eine ganze Sammlung von Fläschchen und Spritzen, Verbandsmaterial und ein Plastikbeutel voller Wattebausche. Als ich die Tasche wieder zumachte, entdeckte ich unter dem Verschluß ein winziges vergoldetes Plättchen, in das die Initialen »P. B.« eingraviert waren. B wie Barnes, dachte ich, aber woher kam das P? Als nächstes wollte ich den Tornister erforschen, doch stieß ich unglücklicherweise mit dem Ellbogen gegen die leere Scotchflasche. Das Geräusch riß Barnes aus dem Schlaf.

»Killgoer?«

»Ich bin's wieder, Homer.«

»Ach ja, Homer. Homer und weiter?«

»Idlewilde.«

»Ich sehe langsam wieder was.«

»Um so besser.«

»Du bist ein Schwarzer, stimmt's?«

»Nein, ein Weißer.«

»Auch egal. Ich hab Durst.«

»Wir sollten nicht hierbleiben, es wird bald dunkel«, sagte ich und half Barnes beim Aufstehen.

Wenn ich's nicht schaffe, diesen Försterjob zu ergattern, kann ich immer noch als Krankenpfleger anfangen, dachte ich, während ich seine Siebensachen aufsammelte. Barnes bestand darauf, die Arzttasche selbst zu tragen. Ich nahm seinen Tornister und führte ihn durchs Schneefeld. Ophelia war inzwischen eingeschlafen. Diesmal bedeckte ich ihr Gesicht mit weniger keuschen Küssen.

»Hey, hör auf damit!« rief Ophelia. Als sie Barnes mit seinem verdutzt leeren Blick eines Blinden sah, guckte sie mißtrauisch. Etwas später raunte sie mir ins Ohr, sie fände den Menschen eigenartig und wir sollten uns vor ihm in acht nehmen wie vor der Pest.

Nachdem wir unsere Rucksäcke wieder hinter den Felsen hervorgeholt hatten, schlug ich vor, noch bis zu dem Tannenwald zu gehen, der knapp eine Meile entfernt lag. Dort angekommen, kümmerte sich Ophelia um das Abendessen, und ich ging Holz suchen. Als ich schließlich mit ein paar feuchten Zweigen zurückkam, die partout nicht brennen wollten, holte Barnes ein Flacon mit neunzigprozentigem Alkohol aus seiner Tasche. Kurz darauf schlugen hohe Flammen auf. Wir schwiegen beim Essen.

Das Feuer hingegen hatte allerlei Dinge zu erzählen. Und müde, wie ich war, glaubte ich sogar seine Worte zu verstehen. Mir kam ein Gespräch mit Duke in den Sinn. Auf dem Schrottplatz hatte er mal einen Karton voller Bücher im Kofferraum eines VW-Käfer gefunden, das Auto mußte einem Universitätsprofessor gehört haben. Bei den Werken handelte es sich größtenteils um zweisprachige Lexika und wissenschaftliche Abhandlungen. Unter anderem stieß Duke auf ein Englisch-Russisch-, ein Englisch-Italienisch- und ein Englisch-Deutsch-Wörterbuch, und er fragte sich, warum eigentlich alle Wörterbücher immer nur die menschlichen Sprachen zueinander in Beziehung setzten. »Eines Tages«, sagte Duke, »muß ich mal ein Englisch-Bach-, ein Englisch-Waschbär- oder ein Englisch-Feuer-Wörterbuch verfassen!«

Duke war nun tot. Und das Feuer zischte, schnaufte, fauchte, schnarchte, es hatte viel zu erzählen über den Tod des alten Mannes auf dem Berggipfel. Ich hörte ihm zu, auch wenn ich nicht genau wußte, worauf es hinauswollte, aber seine glühenden, funkensprühenden, qualmenden Worte wirkten beruhigend auf mich. Ich trauerte nicht. Dukes Hinscheiden, davon war ich damals felsenfest überzeugt, hatte keinen Schatten in mir zurückgelassen. Ich wußte zwar, daß er mir fehlen würde und ich mich nicht mehr auf dem Schrottplatz tummeln könnte, ohne einen Stich im Herzen zu spüren, aber Duke hatte sein Leben gelebt und niemandes sonst, er hatte Zeitpunkt und Ort seines Endes gewählt und war eines würdigen Todes gestorben. Daher fehlte meinem Kummer etwas, auf das er sich stützen, wohin er sich flüchten, an dem er sich festhalten konnte.

Ich blickte zu Ophelia. Ganz in ihre Gedanken versunken, aß sie ein paar Mandeln. Barnes lag, nachdem er seine Mahlzeit verschlungen und den Topf ausgeleckt hatte, ausgestreckt auf Dukes Schlafsack und rauchte eine Zigarette. Trotz ihres Mißtrauens hatte Ophelia sich um ihn gekümmert, ihm Wundsalbe aufs Gesicht aufgetragen und ein paar Tropfen Kollyrium in die Augen geträufelt. Die Medikamente hatten wir aus Faustos Reiseapotheke. Er sei gesegnet, dachte ich.

An diesem Abend schrieb Ophelia in ihr Tagebuch:

Ich denke an die Vögel, die ihren Schnabel in sein Fleisch stoßen. Die Raubvögel hatten wahrscheinlich ein Festmahl, auch wenn er nur mehr aus Haut und Knochen bestand. Bald werden bloß noch die Knochen übrig sein, wenn es nicht schon passiert ist, und der Wind wird sie zerstreuen. Aber ich werde mich immer an Duke erinnern, an seine gute Laune, an sein Lächeln und an das, was er mir in jener Nacht, in der ich zu ihm gegangen bin, gesagt hat. Solche Worte kann man nicht aufschreiben. Das wäre, als würde ich ein Geheimnis verraten. Er sagte mir auch, daß mein Baby das schönste der Welt sein würde.

Ich habe zum erstenmal in meinem Leben das Gefühl, etwas wirklich Großes getan zu haben, etwas, das mir keiner nehmen kann. Dort oben war es, als stünde die Zeit still. Als der Wind sich legte, spürte ich, wie ein Schauer über meinen Körper jagte. Es war – wie soll ich es ausdrücken? –, es war vollkommen. Ein vollkommener Augenblick.

Da ist noch etwas anderes. Seitdem wir alle drei am Gipfel gestanden haben, habe ich wieder Vertrauen. In alles, in Homer, in mich. Ich habe nie an mich geglaubt, und nun kann ich sogar an jemand anderen glauben. Nicht Homer hat sich verändert, ich habe mich verändert.

Wenn ich die Augen schließe, sehe ich überall Schnee. Ich öffne sie und sehe Homer, der ins Feuer schaut, ich sehe die Bäume und den Mond, der eben hinter den Wolken hervorgekrochen ist. Der morgige Tag wird kommen, aber ich habe keine Angst mehr. Vorhin war mir, als hätte ich das Baby gespürt. Ein ganz kleiner Tritt. Wie ein Streicheln.

In dieser Nacht hatte ich einen Traum. Ich saß auf der Außentreppe vor einem Haus. Vielleicht Elijahs oder Moe Hendricks' Haus. In der Hand hielt ich Dukes Wanderstock, der allerdings gar kein Wanderstock war, sondern ein Zepter. Und ich war der König. Ich trug einen Umhang und einen breiten Strohhut. Vor mir standen Leute in einer Schlange, die vom Hof bis zur Estrade reichte. Manche kannte ich. Zum Beispiel Lisa, die Tochter von Lieutenant McMarmonn, John Carollan, den jüngsten Sohn des Kfz-Mechanikers, Abigail Hatchett, Percy, den Farmer, mit Bone an der Leine, Lilly Charmaine, die Wahrsagerin, sowie Martha Dill vom Golden Egg. Jeder hatte ein Geschenk mitgebracht und wartete, bis er an die Reihe kam, um es mir zu überreichen. Nur waren ihre Gaben nicht vergleichbar mit denen, die die Gemeindemitglieder dem Reverend Poach mitzugeben pflegten. Genaugenommen handelte es sich auch weniger um Gaben als um eine Art Tauschobjekt. Denn jedesmal wenn mir einer meiner Untertanen sein Opfer darreichte, steckte ich es in meine linke Manteltasche und holte dafür aus der rechten einen anderen Gegenstand, den ich ihm schenkte.

Ich erinnere mich nicht mehr an jede Einzelheit dieser Transaktionen. Ich weiß nur noch, daß Percy mir einen Kürbis reichte und ich aus meiner Tasche einen kleinen Anker holte, der an einer Kette hing. Lilly Charmaine schenkte mir Tarotkarten und lief die Stufen wieder hinunter mit einer Schlange um den Hals. John Carollan, der nicht älter als sieben oder acht war, steckte mir ein Schulheft in die linke Tasche und ging mit einem Fliegerhelm auf dem Kopf davon. Bone brachte mir einen alten Knochen, und ich belohnte ihn mit einer dicken Wurst. Die Wurst war, wie auch der Anker, die Schlange, der Pilotenhelm und alle anderen Geschenke, die ich aus meiner rechten Tasche zog, mit rätselhaften Zeichen bedeckt, deren Bedeutung mir erst zwei Wochen später klar wurde, als ich mein erstes Gedicht schrieb. Zum erstenmal in meinem Leben hatte ich einen Vorsehungstraum gehabt, mir war meine Berufung offenbart worden. Aber wie so oft blieb mein Traum unvollendet, denn zwischen zwei Transaktionen brüllte Barnes plötzlich los.

»Homer! Homer!«

Ophelia schreckte im selben Moment hoch. Ich wußte nicht gleich, wo wir uns befanden. Zuerst sah ich ihr verängstigtes Gesicht, dann die Glut und schließlich Barnes, der, in seinen Schlafsack eingezwängt, am Boden lag und sich hin und her warf.

»Barnes«, rief ich, »Walter, Walt!«

Da er sich weiter krümmte und wimmerte, stand ich auf, den Kopf noch voller verschwommener Traumbilder, und hockte mich vor ihn. »Walter! Walt! Wally! ...«, sagte ich und legte ihm eine Hand auf die Schulter. Unbewußt versuchte ich ihn bei seinem Kosenamen zu rufen. Seit Menschengedenken trösten Eltern ihr Kind auf diese Weise, wenn es Kummer oder einen Alptraum hat, und ganz unwillkürlich ahmte ich diese Technik nach. Beim Namen »Wally« wachte Barnes auf.

»Nenn mich ja nicht Wally!« sagte er, zog einen Arm aus dem Schlafsack und wackelte mit dem Zeigefinger vor meiner Nase. »Ich heiße nicht Wally. Keiner nennt mich Wally!«

Barnes schaute sich um, robbte zu seiner Arzttasche und drückte sie an sich.

»Keiner nennt mich Wally.«

Ich warf noch ein paar Zweige in die Glut, bevor ich mich zu Ophelia setzte, die Barnes durch die Rauchschwaden hindurch argwöhnische Blicke zuwarf.

»Nur mein Vater nannte mich Wally. Er soll bis in alle Ewigkeit in der Hölle schmoren! Mein Name ist Walter. Walter Nutty Barnes. Kapiert?«

»Warum Nutty?« fragte ich.

»Nutty ist mein Spitzname von Berufs wegen. N-U-T-T-Y ist mein Adelstitel, damit habe ich mir auf meinem Gebiet einen Namen gemacht. Den habe ich mir verdient. Und keiner kann ihn mir wieder nehmen. Er ist mein wahrer Name, mein Taufname.«

»Was für ein Gebiet?«

»Zahnmedizin!« sagte Barnes, als läge dies auf der Hand.

»Bist du nicht ein bißchen zu jung, um den Abschluß zu haben?« fragte Ophelia und ließ ihn nicht aus den Augen.

Barnes warf ihr einen schwarzen Blick zu, mit hochgezogenen Augenbrauen und zusammengekniffenen Lippen. Er fing an, mit den Zähnen zu klappern, dann verlor er sich in seinen Gedanken. Seine Gesichtszüge entspannten sich. Er bat mich um eine Zigarette, rauchte sie zur Hälfte, und in sanfterem Tonfall ließ er sich endlich zu einer Antwort auf die Frage meiner Verlobten herbei.

»Ich habe früh angefangen. Und außerdem gibt es dafür eine einfache Erklärung: Ich komme aus einer Arztfamilie. Mein Onkel ist Tierarzt, mein Großvater war ein großer Tuberkulose-Spezialist, und mein Vater ...«

»Dein Vater?« fragte ich.

»Die Dämonen sollen ihm bis ans Ende aller Zeiten die Eingeweide zerfressen!« zischte Barnes in einem erneuten Wutausbruch, bevor er den Zigarettenstummel wieder anzündete und eine scheinbare Ruhe zurückgewann.

»Mein Vater war Zahnarzt wie ich. Von ihm habe ich alles gelernt, was ich weiß.«

»Du scheinst ihn ja nicht sonderlich zu mögen«, sagte ich.

»Die Würmer sollen ihm die Gedärme aussaugen und glühende Kohlen ihm den Arsch verbrennen bis zum Tag der Auferstehung! Die Sukkuben sollen ihm in die Fresse scheißen! Er hat unser Leben versaut!«

»Wessen Leben?« fragte Ophelia.

»Meins und das meiner Schwestern. Gute Nacht«, fügte Barnes hinzu und legte sich wieder hin, den Kopf gegen die Arzttasche gelehnt.

Der Morgen brach an, kalt und milchig. Ich sah, wie ein Adler über den Tannen kreiste und zwei Eichhörnchen durch die Äste jagten. Auf der anderen Seite des halberloschenen Feuers lag Barnes und schnarchte friedlich. Ich stand auf und legte mir den Mantel über die Schultern. Dann entzündete ich ein Streichholz und setzte Wasser auf. Kurz danach erwachte auch Ophelia. Ihr Gesicht war verquollen und voller Striemen.

»Du hast auf deinen Haaren geschlafen«, sagte ich und reichte ihr eine Tasse heißen Kaffee.

»Weil ich die ganze Nacht Wache geschoben habe. Irgendwann konnte ich nicht mehr. Ich hatte Angst, er würde uns überfallen. Homer, dieser Barnes ist eine fiese Kröte.«

»Er ist doch noch ein Kind.«

»Guck, wie er schläft, er ist um seine Arzttasche gerollt wie eine Schlange. Ich frage mich, was er darin versteckt hat.«

»Seine Zahnarztinstrumente.«

»Von wegen. Ich bin mir sicher, daß du nicht alles gesehen hast. Komm, wir hauen ab.«

»Und lassen ihn allein?«

Ophelia trank einen Schluck Kaffee, ihre Sommersprossen begannen zu leuchten. »Er ist bestimmt aus dem Gefängnis abgehauen oder aus dem Irrenhaus. Was soll er sonst in dieser einsamen Gegend treiben, mit dieser Ausrüstung? Glaubst du etwa, er ist hier, um die Karies von Murmeltieren zu behandeln?«

»Ich frage mich, wer wohl dieser Killgoer ist.«

»Wer?«

Aber noch bevor ich ihr antworten konnte, räkelte sich Barnes, wobei er die Gelenke knacken ließ, und schnupperte den Kaffeeduft.

Eine halbe Stunde später liefen wir im Gänsemarsch den Pfad hinab. Barnes begann vor sich hin zu pfeifen, und da sein Repertoire aus einem einzigen Stück bestand, hatte ich irgendwann die Nase voll und bat ihn aufzuhören. Er gehorchte bereitwillig und machte den Mund bis zur Essenszeit nicht mehr auf. Ich war neugierig, mehr über ihn, seine Schwestern und diesen Vater zu erfahren, den er den Flammen der Höllen übergeben wollte, über seine Arbeit als Zahnarzt und diesen geheimnisvollen Killgoer. Während unseres Vormittagsmarsches beobachtete ich ihn. Alles an ihm, fand ich, deutete auf einen Exzentriker in Reinkultur hin. Barnes war nicht imstande, einen gleichmäßigen Laufrhythmus beizubehalten. Wenn er nicht am Wegesrand von einem Felsen zum anderen hüpfte, preschte er wie ein junger Hund nach vorn oder ließ sich, von plötzlicher Müdigkeit befallen, überholen und trödelte herum, die Hände in den Taschen vergraben und mit gesenktem Kopf. Oft legte er einen kleinen Sprint ein, und einmal warf er sich sogar auf den Boden und schabte mit den Fingernägeln über die Erde. Der Bürgermeister von Farrago sollte ihn zum Ehrenbürger ernennen, dachte ich und fühlte mich plötzlich von einer unbestimmten Traurigkeit erfüllt.

Ich wollte nicht darüber nachdenken, was uns erwartete, sondern lieber in der Gegenwart verharren, die Bergluft atmen, die verschneiten Gipfel betrachten und die wilden Blumen, die in Büscheln auf den Felsen wuchsen. Ich horchte auf Ophelias Schritte und ließ meinen Gedanken freien Lauf, als würde unser gemeinsames Leben fortan aus nichts anderem mehr bestehen als aus diesem Spaziergang durch die Natur mit seinen Rastpausen und den Nächten im Zeichen der Sterne. Aber wenn wir nicht irgendwo abbogen oder kehrtmachten, würden wir am nächsten Tag die Straße erreichen, eine Straße, auf der Autos fuhren, eine Straße, die zwei Städte miteinander verband. Dann würden wir der Wirklichkeit ins Auge sehen und eine Entscheidung fällen müssen. In meinem ganzen Leben hatte ich nie etwas im voraus geplant, mich nie um die Zukunft gesorgt. Nun hatte sich das Blatt gewendet, zum Guten oder zum Schlechten, wer weiß, jedenfalls konnte ich nicht mehr zulassen, daß mein Verhalten allein vom Zufall gesteuert wurde. Ich brauchte nur Ophelias Blick zu begegnen, um zu wissen, daß ich richtig lag und es sich nicht, mit Fausto gesprochen, um eine abstrakte Idee handelte. Mein Leben hatte sich tatsächlich verändert, es war ja nicht mal mehr ein Leben, sondern ein geteiltes Leben, das mit drei – Ophelia, dem Baby und mir – multipliziert wurde.

Meine Sorge wuchs beständig, und gegen Abend war mir klar, daß ich mit Ophelia reden mußte, damit wir uns über die nächsten Schritte einig wurden. Abgesehen von einem Anruf bei Fausto, um ihm Dukes Tod mitzuteilen und zu fragen, ob ich des Mordes an Jim Rookey verdächtigt würde, hatte ich nicht die geringste Ahnung, welchen Weg wir einschlagen sollten. Das merkwürdigste aber war, daß die Lösung all unserer Probleme zum Greifen nah war, sie hieß Walter Nutty Barnes.

Am Abend saßen wir auf einer sandigen Lichtung und beobachteten, wie sich die Sonne über den Horizont ergoß. Kleine Wolken mit rot und lila leuchtendem Saum, die aussahen wie Fledermausflügel oder zerschlissene Regenschirme, bevölkerten den Himmel.

Kurz darauf fing Barnes wieder an, sein Liedchen zu pfeifen. Ich traute mich nicht, ihm zu sagen, daß er endlich Ruhe geben solle, und fand es in gewisser Weise sogar tröstlich, ihn immer aufs neue dieselbe Melodie anstimmen zu hören, wie eine Nadel auf einer gesprungenen Schallplatte. Doch dann brach er seinen Vortrag jäh ab, um einem Schmetterling hinterherzurennen, lehnte sich schließlich atemlos gegen einen Stamm und warf mir einen schelmischen Blick zu, bevor er losplatzte. Zuerst dachte ich, er mache sich über mich lustig, und rief ihm zu, er solle die Schnauze halten, wenn ihm an seinem Gebiß gelegen sei. Doch anstatt sich zu beruhigen, verfiel Barnes in ein nur noch lauteres und wilderes Gelächter. Er bog und krümmte sich, bis ihm Tränen kamen. Am liebsten hätte ich ihn auf der Stelle erwürgt, aber es lag auf der Hand, daß er nicht zurechnungsfähig war. Barnes gehörte ganz sicher zu den Leuten, die vor Lachen mit dem Kopf gegen die Wand schlagen, auch wenn sie keinen Grund zur Heiterkeit zu haben.

»Walter«, sagte ich, »beeil dich. Ophelia wartet auf uns.«

Als wir wieder am Lager waren, schlürften wir unsere Tomatensuppe und schmierten uns Corned beef aufs Vollkornbrot. Barnes ließ Ophelia und mich nicht aus den Augen, ja, ich hatte sogar den Eindruck, daß es ihn amüsierte, uns so niedergeschlagen und appetitlos im Essen herumstochern zu sehen. Um sein Vergnügen noch etwas in die Länge zu ziehen, wartete er bis zum Ende der Mahlzeit, bevor er anfing zu erzählen.

Mittlerweile hatte ich mich Ophelias Urteil angeschlossen: Barnes war durchgeknallt. Als gefährlich stufte ich ihn zwar nicht ein, aber ich wollte ihn schnellstmöglich loswerden. Ich drehte mir eine Zigarette und reichte ihm meinen Tabakbeutel. Barnes paffte eine Weile vor sich hin, blies Rauchkringel in die stille Luft und sagte dann: »Morgen werdet ihr dem Himmel danken, daß euch Walter Nutty Barnes über den Weg gelaufen ist. Ich weiß, daß ihr irgendwas quersitzen habt, ich bin ja nicht blind. Wo drückt denn der Schuh? Ist es wegen diesem Duke, ist er tot? Ist es das?«

»Er war krank«, erklärte ich. »Wenn ich an der Reihe bin, möchte ich sterben wie er.«

»Kümmer dich um deine eigenen Sachen«, fauchte Ophelia Barnes an, »und merk dir eins, du bist hier derjenige, der Glück hatte. Ohne uns wärst du dort oben verreckt.«

»Ganz ausgeschlossen«, widersprach Barnes.

»Ach, und wieso, wenn man fragen darf?« fragte ich.

»Weil ich dafür vorgesehen bin, auf dem elektrischen Stuhl zu braten. Aber reden wir nicht von mir. Habt ihr Geldprobleme? Oder irgendwas auf dem Kerbholz?«

»Ich hab keiner Fliege was zuleide getan«, sagte ich. »Aber wie ich den Sheriff und Richter Merrill kenne, bin ich reif für den Knast, ohne Bewährung.«

»Von wegen! Man wird dir ein Denkmal errichten, das werden sie tun.«

»Warum sollten sie?«

»Du hast mich gekriegt. Du hast geschafft, woran alle Welt seit achtzehn Monaten scheitert. Du hast den Bullen ein Schnippchen geschlagen und Killgoer die Schmach seines Lebens zugefügt. Davon wird er sich nie erholen.«

»Wer ist denn dieser Killgoer?«

»Ein FBI-Agent. Seit über einem Jahr ist er hinter mir her. Dreimal wäre es ihm fast gelungen, mich zu schnappen. Das erstemal in Antimony, Utah. Das zweitemal in Yarnell, Arizona. Das drittemal ganz in der Nähe von hier, in Lone Pine, aber sein Auto hatte eine Panne. Ich habe die Nacht in der Wüste verbracht, und am folgenden Morgen bin ich auf einen Güterzug gesprungen. Dann habe ich mir ein Auto geklaut, meinen Glücksnickel in die Luft geworfen und Olancha angesteuert, wo ich zwei Tage lang operiert habe, und bin dann nach Bakersfield runtergefahren. Nach drei Hausbesuchen habe ich das Auto gewechselt und bin wieder hoch nach Porterville, mit Zwischenstopp in Terra Bella für einen Blitzeingriff. Die Polizei war mir auf den Fersen, aber ich habe es geschafft, meine Verfolger abzuschütteln, und so bin ich in den Bergen gelandet. Ich dachte, ein wenig frische Luft würde mir guttun, und bin zwei Wanderern begegnet, die ich gratis behandelte. Dann hab ich mich verlaufen, und am vierten Tag ist mir mein Nickel abhanden gekommen. Diese Münze war mein Kompaß. Ich habe mich immer auf sie verlassen können, sie hat mich nie enttäuscht. Als ich in meinen Taschen wühlte und nichts fand, wußte ich, daß meine Karriere am Ende war. Ich begann durch die Gegend zu irren, wollte irgendeinen Gipfel hochsteigen – es war das erstemal, daß ich überhaupt einen Fuß ins Gebirge setzte –, und wußte, daß sich keine weitere Gelegenheit bieten würde. Zumindest nicht in diesem Leben. Ich habe es nicht bis nach oben geschafft, aber wenigstens habe ich mich im Schnee wälzen können. Dort bin ich schließlich eingeschlafen, und dort hast du mich gefunden, Homer. Ich habe deine Stimme gehört, und da sie anders klang als die von Killgoer, begriff ich, daß Gott mir einen Engel geschickt hatte und ich mich bald würde ausruhen dürfen.«

»Warum suchen sie dich denn?« fragte ich. »Was hast du angestellt?«

»Darüber kann ich nicht sprechen.«

»Wieso?«

»Ärztliche Schweigepflicht. Zahnärzte dürfen niemandem ihr Wissen über den Gesundheitszustand ihrer Patienten enthüllen. Dieses Gesetz wurde nicht von mir gemacht, aber in Fragen der Rechtsprechung bin ich immer sehr pingelig. Wir Ärzte sind an gewisse Vorschriften gebunden, um Irrtümer und Mißbrauch zu vermeiden. Also, ich schlage folgendes vor: Morgen gehen wir zu meinem Auto und fahren zu euch zurück. Ihr setzt mich beim Sheriff ab, und die Sache ist geritzt. Glaubt mir, eine solche Gelegenheit bekommt ihr nicht wieder.«

»Du willst dich ausliefern?«

»Ich will, daß ihr mich ausliefert, Ophelia und du. Ihr werdet davon profitieren. So bin ich nun mal«, sagte Barnes großspurig und zündete sich eine weitere Kippe an, »das liegt in meiner Natur. Ich behaupte ja nicht, daß ich alles Menschenmögliche tun würde, um meinem Nächsten behilflich zu sein, aber für euch könnte ich mich opfern. Ihr seht aus, als wärt ihr gerade erst aus dem Nest gefallen. Ich kenne die Menschen gut. In den letzten achtzehn Monaten habe ich eine Menge Erfahrungen gesammelt, die die meisten Ärzte in dreißig Berufsjahren nicht erlangen. Ich habe sozusagen einen Crashkurs gemacht. Ich hatte widerspenstige, sanfte, nervöse Patienten und andere, die vor lauter Angst nicht wagten, sich zu beschweren, und wenn ich erst in meiner Todeszelle sitze, werde ich die Zeit nutzen, um eine Abhandlung über die menschliche Seele zu schreiben. In der Angst lernt man nämlich die Menschen kennen. In der Angst und im Schmerz. Dann habe ich euch getroffen, und von Anfang an wollte ich euch etwas Gutes tun, euch eine Freude machen, wie ein Hund wollte ich vor euch Männchen machen.«

»Schade, daß wir keine Leine dabeihaben«, bemerkte Ophelia.

»Du mißtraust mir, aber im Grunde weißt du, daß du nichts zu befürchten hast. Sonst wärst du letzte Nacht nicht eingeschlafen. Also, was haltet ihr nun von meinem Vorschlag?« fuhr Barnes fort, bevor Ophelia etwas erwidern konnte. »Habt ihr eine Landkarte von der Gegend?«

Ich kramte aus Dukes Rucksack die Karte hervor, mit deren Hilfe Fausto die Reiseetappen festgelegt hatte, und breitete sie auf dem Sand aus. Ich fand die Stelle wieder, an der uns Fausto abgesetzt hatte, und leitete daraus ab, wo wir uns ungefähr befinden mußten. Meinen Berechnungen zufolge hatten wir unser Lager kaum drei Meilen von der unbefestigten Straße entfernt aufgeschlagen, die sich nach Westen schlängelte, zurück in die Zivilisation. Barnes zeigte uns, wo er sein Fahrzeug versteckt hatte, es stand etwas weiter südlich, abseits einer anderen Schotterpiste.

»Also abgemacht?« fragte Barnes.

Ich nickte. Ophelia ließ sich zu keiner Antwort herab. In ihr Tagebuch notierte sie später:

Ich weiß, was dieser Barnes verdient hätte. Daß man ihm den Hintern versohlt. Und er wäre imstande, mehr davon zu verlangen. Er ist ein Kind, aber ganz anders als Homer. Es stimmt, Homer sieht aus, als sei er gerade aus dem Nest gefallen. Barnes scheint eher aus einem zehnstöckigen Hochhaus gestürzt zu sein. Einerseits hat er eindeutig einen Schlag weg. Andererseits ist er überhaupt nicht auf den Kopf gefallen. Ich weiß, er hat grausame Dinge getan, aber ich kann ihm nicht wirklich böse sein. Er erinnert mich an Doktor Jekyll und Mister Hyde, nur daß er beide Rollen gleichzeitig spielt und viel zu jung ist, um ernst genommen zu werden. Wenn ich ihn ansehe, habe ich das Gefühl zu schielen, und er tut mir leid. Vielleicht sagt er ja die Wahrheit. Vielleicht will er uns wirklich helfen. Ich weiß nur, daß ich bis eben unglücklich war und mich merkwürdig erleichtert fühle, seitdem er angeboten hat, uns nach Farrago zurückzufahren und sich verhaften zu lassen. Erleichtert und todmüde. Ich möchte, daß Homer mich in die Arme nimmt. Ich möchte weinen und schreien. Ich habe Lust auf Bananen.

Nichts hätte uns auf das, was im folgenden passieren sollte, vorbereiten können, wie ich dem Sheriff, Fausto und später Elijah, Lieutenant McMarmonn und seiner Tochter sowie Abigail Hatchett, den Dills und allen, die es hören wollten, sagte. Ich habe es so oft wiederholt und so vielen verschiedenen Leuten erzählt, daß ich den Überblick verliere. Es war, als könne ich mich einfach nicht davon befreien.

Als Kind hatte ich einmal das Pech, auf einem Feld einem Stinktier zu begegnen, und wie ich ins Waisenhaus zurückkam, verbrachte ich den ganzen Abend unter der Dusche. Aber ich konnte noch so sehr mit den Händen und schließlich mit einer Bürste auf mir herumrubbeln und mich einseifen, es half nichts. Der Gestank haftete noch tagelang an mir, die Kinder verspotteten mich, die Erwachsenen blieben auf Abstand. Etwas Ähnliches ereignete sich bei Morgengrauen an unserem letzten Tag in den Sierras. Ein bläuliches Helldunkel lag über der Lichtung, und am Boden dampfte noch die Asche; man hätte meinen können, wir befänden uns auf dem Mond. Ich hatte eben erst die Augen geöffnet, als mir Ophelia mit der Hand auf den Bauch klopfte.

»Homer, wach auf. Er ist weg.«

»Dieser Verräter!« rief ich. Barnes war tatsächlich mit seiner Arzttasche abgehauen. Ich wollte gerade einen ganzen Sturzbach von Beleidigungen auf ihn niederprasseln lassen, als ich neben dem Schlafsack seine Schuhe entdeckte, mit nach oben gekehrten Sohlen. Die Spuren seiner nackten Füße hatten einen Pfad in den Sand gezeichnet.

»Er wird pinkeln gegangen sein.«

»Mit seiner Arzttasche?«

»Du weiß doch, daß er sich nie von ihr trennt«, sagte ich, aber im Grunde meines Herzens, um einen anderen durch den Reverend populär gewordenen Ausdruck zu verwenden, fürchtete ich, daß er im Begriff war, eine Dummheit zu begehen.

Gemeinsam mit Ophelia folgte ich seinen Fußstapfen bis in den Tannenwald mit dem spärlichen Buschwerk hinein. Ich entdeckte Barnes genau in dem Moment, als das Licht durchs Geäst zu sickern begann, seine Regenbögen über die Tautropfen streute und den Sand golden färbte. Er lag in fünfzig Meter Entfernung gegen einen moosbewachsenen Baumstumpf gelehnt.

Ich rief ihn, doch er antwortete nicht.

Ophelia ergriff meine Hand. Ich spürte, wie ihre Fingernägel sich in meine Haut gruben. Auf den letzten Schritten wurden wir von einer entsetzlichen Sorge gepackt. Ich war auf das Schlimmste gefaßt, aber das Schlimmste, das begriff ich an diesem Morgen, übertraf unsere Befürchtungen bei weitem. Barnes Arzttasche war offen, und ihr Inhalt lag überm Boden verstreut: verchromte Instrumente, Flacons, Verbandszeug sowie an die dreißig mit weißen Steinchen gefüllte Plastikbeutel. Die Nadel einer Spritze war in den Boden gespießt. Ein strenger antiseptischer Geruch vermischte sich mit dem Duft von Harz und Moos.

In der Hand hielt Barnes eine Zange, zwischen seinen Beinen lag ein weiterer Plastikbeutel, der voller Blutspritzer war. Er enthielt Zähne, Schneidezähne, Eckzähne, Backenzähne, verschmierte Zähne mit scharlachroten Wurzeln, etwa ein Dutzend Zähne, die in dem Beutel ein kleines Häufchen bildeten. Barnes Augen waren verdreht. Sein Mund: ein klaffendes, rotes Loch. Sein Kinn verschwand unter einem Blutstrom, der ihm in den Hemdkragen, übers Jackett und auf den Bauch lief. Überall war Blut.

»Motherhood and Apple Pie«, flüsterte ich.

Ich dachte, Ophelia würde sich übergeben, aber sie keuchte nur, bevor sie auf die Knie sank. Barnes blinzelte ein paarmal. Er kam wieder zu sich, hob den Kopf und blickte uns abwechselnd an. Seine Pupillen waren geweitet. Seine Augen glichen denen einer Robbe oder eines Otters. Ich fragte mich, ob er uns wirklich sah oder nur so tat, ob diese Szene wirklich stattfand oder ob sie nur ein Witz war, ein Bauernfängertrick, eine Inszenierung, um uns einen Schrecken einzujagen, uns, den Bauern, Ophelia und Homer, den beiden letzten Opfern eines grandiosen Bluffs. Vielleicht hat er uns ja von Anfang an belogen, dachte ich, vielleicht hat es diese Verfolgungsjagd quer durchs Land nie gegeben und auch keinen Killgoer, keinen Glücksnickel und kein Arztgeheimnis.

Als könne er meine Gedanken lesen, begann Barnes zu lächeln und entblößte dabei sein nacktes Zahnfleisch und seine blutige Zunge. Es war schrecklich anzusehen. Ich wußte nicht, was ich machen sollte. Wie hypnotisiert stand ich da und starrte in seinen dunklen Schlund.

Ophelia fing sich als erste wieder. Ich werde nie vergessen, was sie getan hat. Statt sich die Watte zu schnappen und das Blut abzuwischen, das auf Barnes Gesicht trocknete, statt Erste Hilfe zu leisten oder das Wort an ihn zu richten, strich sie ihm mit der Hand durchs Haar, streichelte ihm zärtlich wie eine Mutter die Stirn. Und obwohl ich sonst nie weine, spürte ich, wie eine Träne über meine Lippen kullerte.

16

Eines Tages, das liegt schon ein paar Jahre zurück, fühlte ich mich so elend wie ein ausgesetzter Hund. Mein Leben war reif für den Schrottplatz wie ein klappriges Fahrgestell. Die Welt war voll von unnützen Wesen und Dingen, um die sich niemand mehr scherte und die die Landschaft vollrümpelten, und genauso wertlos war ich. Ich war, um einen Ausdruck von Richter Merrill zu verwenden, zu der festen Überzeugung gelangt, zu nichts zu taugen. Ich verbrachte meine Tage mit Herumstreunen, Trinken, Dösen und hätte verschwinden können, ohne auch nur die kleinste Spur hinterlassen zu haben.

Wenn dagegen Buck Smith, der Postbote, tot zusammenbräche, der Sheriff einen Verkehrsunfall hätte oder Doktor Clarke krank würde, so hätte dies unmittelbare Folgen, und alle würden sich betroffen fühlen.

Einmal mehr war es Fausto, der mir aus der Krise half. Er sagte mir, ich sei drauf und dran, Meister in einer Disziplin zu werden, die nur einer kleinen Gruppe von Auserwählten vorbehalten sei. Seit meiner zartesten Kindheit würde ich Tag und Nacht darauf hinarbeiten, und auch wenn ich es selbst nicht bemerkte, würde ich mich doch nicht weniger abmühen als die Fleißigen, die zur Klasse der Werktätigen gehörten. »Du kultivierst die Kunst des Zeitvergeudens«, sagte Fausto, »und an deiner Stelle würden die meisten Leute schon nach einer Woche aufgeben.«

Diese Worte haben mich geprägt. Ich lernte, mich genauer zu beobachten, und unterzog alle meine Strategien und Gewohnheiten einer Prüfung, mit deren Hilfe es mir seit Urzeiten gelungen war, von morgens bis abends nichts zu tun. Wenn mich mal wieder Zweifel überkamen, brauchte ich mir nur zu sagen, daß ich ein Künstler war. Und schon war meine Angst wie weggefegt, und mein Herz füllte sich mit Stolz. Als ich später anfing, Auftragsgedichte zu schreiben, durchlief ich eine neue Phase der Verunsicherung. Ich fragte mich ständig, ob ich eigentlich etwas tat oder ob ich nichts tat. Ich zermarterte mir den Kopf, suchte nach Reimen, kaute am Radiergummi von meinem Bleistift, verbrachte manchmal den ganzen Nachmittag damit, ein Dutzend Verse zu schreiben, hatte aber im Grunde nicht den Eindruck zu arbeiten. Daraus zog ich den Schluß, daß es zwischen »etwas tun« und »nichts tun« eine Art Mittelding gab, einen Kompromiß, und daß es sinnlos war, sich weiter darüber den Kopf zu zerbrechen.

Elijah kann genau wie ich als Virtuose des Müßiggangs bezeichnet werden. Denn bevor er seine Schmiede eröffnete, verbrachte er sein Leben damit, auf einem Hocker zu sitzen und die ganze Welt zu kritisieren; und würde die Universität von Santa Cruz, so formulierte es Fausto einmal, einen Fachbereich für angewandte Nörgelei einrichten, bekäme Elijah umgehend den Ehrendoktortitel verliehen. Diese Phase der Untätigkeit ist nun mehr oder weniger abgeschlossen, für ihn wie für mich, was uns nicht davon abhält, gelegentlich zwei, drei Sixpacks Bier zu zischen und stundenlang zu quatschen.

Elijah erzählt leidenschaftlich gern Geschichten über Außerirdische, über Geld und Poker, über geplatzte Hochzeiten, Scheidungen und natürlich alles, was in irgendeiner Weise mit Blechdosen zu tun hat. Ich habe eine Schwäche für die Tierwelt, das Verhalten bestimmter Gattungen in Gefahrensituationen, ihre sexuellen Eigenarten und ihre Eßgewohnheiten, ich kann mich ewig über Pflanzen, Bäume, Reisen, Züge, Religion und ihre Widersprüche, die Justiz und ihre Opfer ausbreiten. Vor kurzem habe ich angefangen, mich näher für die Werke einiger Dichter zu interessieren, die mir Fausto zu lesen gab, aber am liebsten rede ich über das Leben der anderen, über die Prüfungen, die sie durchmachen, über die Leute, denen sie begegnen und die etwas in ihnen verändern, über ihre Art zu schweigen oder Abenteuer zu erzählen, über den Zufall, das Schicksal und über Wünsche, die Wirklichkeit werden oder Träume bleiben.

Wenn Elijah und ich nicht mehr wissen, worüber wir reden sollen, kriegen wir uns in die Haare. Unsere Unterhaltungen bekommen einen polemischen Unterton, und dann geht's darum, wer den anderen mit den entscheidenden Argumenten als erster zerpflückt oder, wenn diese ausbleiben, wer am lautesten schreit. Elijah fragt mich zum Beispiel, wer meiner Meinung nach das größte Arschloch von Farrago oder was das beste Mittel gegen einen Kater sei, und ich verkünde wortreich, warum Gasheizungen besser sind als Ölheizungen, wer – abgesehen von Ophelia – das hübscheste Mädchen von Farrago ist, wie man Holz stapeln soll, eine Terrasse baut, Oliven trocknet, den idealen Pancake-Teig zubereitet. Der Ton wird unweigerlich schärfer, und am Ende stehen wir uns mit geballten Fäusten gegenüber.

Gleich am Morgen nach unserer Rückkehr aus den Sierras fanden wir wieder Gelegenheit, uns zu streiten. Es dämmerte, ich saß neben Ophelia auf der Terrasse vor Elijahs Haus und wollte gerade anfangen, ihm von unserer Reise in die Berge, Dukes letzten Augenblicken und Walter Nutty Barnes' Verzweiflungstat zu berichten. Der Tag war lang gewesen. Zwischen Killgoers Verhör, den Kameras, den Blitzlichtern, den Fragen der Journalisten und offiziellen Danksagungen des Sheriffs und des Bürgermeisters hatten wir kaum eine Verschnaufpause gehabt. Nachdem wir ein halbesdutzendmal zwischen dem Headquarter des Sheriffs und dem Rathaus hin und her gelaufen waren, konnten wir uns endlich fortstehlen und die Tür des Puffs hinter uns schließen. Dort aber kamen dann die Mädchen in den lila Salon gestürmt, um uns zu gratulieren und weiter auszuquetschen. Wir retteten uns schließlich in Jos Büro, die uns einen Scotch ausgab und uns riet, durch die Hintertür zu flüchten und den Abend an einem sicheren Ort zu verbringen. Ich dachte zunächst an den Laden, aber Ophelia meinte, wir sollten das Dorf besser meiden, und so landeten wir bei Elijah.

Er stand auf der Terrasse, die Hände aufs Geländer gestützt, die Schweißerbrille um den Hals, ganz so, als habe er mit unserem Besuch gerechnet und halte schon Ausschau nach unseren Schatten auf dem Weg. Ohne ein Wort zu sagen, ging er in die Küche und brachte zwei Flaschen Bier und ein Sodawasser für Ophelia. Wir setzten uns so, daß wir auf den Hof blicken konnten, Elijah öffnete die Flaschen, und während er in seinen Taschen nach Tabak wühlte, informierte ich ihn über Dukes Ende.

»Ach was«, sagte er, »du hast nur nicht richtig hingesehen. Hast du überhaupt seinen Puls gefühlt?«

Nur Elijah, dachte ich, ist imstande, derart unerklärlich auf ein Ereignis zu reagieren oder Dinge anzuzweifeln, die für den Rest der Welt selbstverständlich sind, beispielsweise die Tatsache, daß Entfernungen in der Luft kürzer sind als der Landweg oder daß es, egal, wo man steht, eine rechte und eine linke Seite gibt. Nur Elijah ist imstande zu behaupten, ein Mensch sei nicht tot, wenn doch alle Welt weiß, daß er tot ist, oder Alvin Carollan und Jack Simmons seien Außerirdische oder die Juden Moslems, weil sie Mekka an der Stirn tragen. Er kann unfaßbar stur sein, dachte ich, auch wenn das Problem nach Faustos Ansicht sehr viel komplexer ist, weil Elijahs Gehirn nicht der Norm entspreche.

»Er ist tot«, sagte ich, »so sicher, wie die Sonne im Osten aufgeht und der Reverend an Gott glaubt.«

»Was den Reverend betrifft, meinetwegen.«

»Wie bitte?«

»Ich weiß es, ich war da.«

»Wo?«

»Es ist drei Tage her. Ich wollte ihm eine Dose vorbeibringen. Homer, das errätst du nie, wem ich da begegnet bin«, fuhr Elijah fort und wechselte abrupt das Thema. »Das ist der sichere Durchbruch. Jetzt, in genau diesem Augenblick, wo ich spreche, dürften sich die Gebrüder Flink auf dem Boden wälzen und die Haare raufen. Du wirst sehen, sie werden versuchen, mich aufzuhalten und meine Schmiede in Brand zu setzen. Deswegen halte ich nachts Wache. Ich habe kein Gewehr mehr, aber ich werde mir bald einen Hund anschaffen. Einen Boxer. Die werden sich noch wundern. Ich werde ihn so abrichten, daß er ihnen an die Kehle springt. Er wird der erste Hund sein, der auf die Flinks Jagd macht, der erste in der Geschichte. Keinem Kätzchen wird er was zuleide tun, aber wenn diese Dreckskerle hier aufkreuzen, reißt er sie in Stücke. Ich werde ihn speziell darauf abrichten.«

»Du hast dem Reverend eine Dose geschenkt?«

»Sie haben ihn damit begraben.«

»Was?«

»Ich habe mich mit Moe arrangiert. Er hat meine Dose im Sarg versteckt, husch, husch, keiner hat's gesehen, unter der Soutane, zwar formte sie da eine leichte Beule, aber das ist niemandem aufgefallen. Mir wird ganz warm ums Herz, wenn ich dran denke, daß er eine meiner Dosen mit ins Grab genommen hat.«

»Wann ist er denn gestorben?«

»Na, als ich zu ihm ging. Mann, hörst du mir überhaupt zu? In den Minen hat er sich eine Bronchitis geholt, die sich zu einer Lungenentzündung entwickelt hat. Er ist nicht mehr aufgestanden. Also kreuzte ich beim Reverend mit meiner Dose auf, klopfte an die Tür, keine Antwort. Ich ging hinein. Im Schlafzimmer waren Doktor Clarke und ein anderer Priester, Father Matthew. Der hat die Kirche übernommen. Armer Poach, er pfiff wie ein Teekessel. Er war nicht mehr ganz klar bei Verstand, und doch bin ich sicher, daß er mich erkannt hat. Ich hab ihm die Dose gezeigt, und er verzog das Gesicht. Er hat sogar versucht, den Arm zu heben. Ihm fehlte die Kraft, sich zu bedanken, aber ich weiß, daß es ihn berührt hat. Ich wäre gern ein wenig länger geblieben, aber der Doktor hat mich gezwungen, das Zimmer zu verlassen. Er war sehr aufgeregt. Dieses Arschloch. Wegen Typen wie dem werden so viele Leute krank und krepieren letztendlich. Wenn dieser Beruf nicht so einträglich wäre und die Ärzte nicht bezahlt würden, das schwör ich dir, dann brauchten wir keine Friedhöfe mehr.«

»Der arme Reverend«, sagte ich, »du hast ihm bestimmt einen gehörigen Schrecken eingejagt. Sicher hat er geglaubt, er solle eingeäschert werden!«

»Wie?«

»Deine Dosen sehen aus wie Urnen.«

»Ja und?«

»Hast du etwa schon mal einen Reverend in Rauch aufgehen sehen? Priester werden immer beerdigt. Das ist bei ihnen Pflicht.«

Ich wollte nicht wahrhaben, daß der Reverend tot war. Ich sah ihn genauso klar und deutlich vor mir, als wenn er hier gesessen hätte, wie noch wenige Tage zuvor im Ila Salon zwischen Charleen und Piquette, ein Glas Bourbon in der Hand und mit rot leuchtenden Wangen. In meinen Augen bildeten Farrago und Reverend Poach eine Einheit, so wie Rainbow Point und Ananda Singsidhu, Fausto und der Lebensmittelladen, Elijah und der Hocker. Auch Duke war gestorben, doch ich hatte keinerlei Schwierigkeiten, mir trotz seiner Abwesenheit den Schrottplatz vorzustellen. Vielleicht weil Duke niemals ganz da war, dachte ich, und er immer ein Auge im Licht und eins im Schatten hatte, so wie man von Leuten, um die es schlecht bestellt ist, sagt, daß sie mit einem Fuß im Grab stehen. Duke war der freieste aller Menschen, sagte ich mir, er vermittelte einem das Gefühl, sich nur auf der Durchreise zu befinden, und darum war es gewiß kein Zufall, daß er sich auf einer Deponie niedergelassen hat. Wohingegen der Reverend Farrago verkörperte.

»Und du bist nicht gerade dabei, uns einen Bären aufzubinden?« fragte ich.

»Wenn ich's dir doch sage, daß ich dort war. Eine Minute später hat er ein paar Worte gemurmelt, und Father Matthew hat ihm die Lider geschlossen. Ich habe alles gesehen. Ich stand an der Tür.«

»Diese Sache mit den Samenkörner, werde ich also nie mehr mit ihm klären können! Armer Poach. Ich weiß nicht, wo ich ohne ihn heute wäre.«

»›Der Himmel ist nicht zu beklagen‹, hat er gemurmelt, bevor er hinüberging. ›Der Himmel ist nicht zu beklagen.‹«

»Meinetwegen«, sagte ich, »dann ist der Reverend eben gestorben, aber wenn ich mit dir über Dukes Tod sprechen will, kannst du wenigstens so tun, als würdest du mir zuhören.«

»Ist doch alles Unsinn«, widersprach Elijah und drückte mit dem Stiefel seine Zigarette aus. »So funktioniert das nicht. Nicht mal beim Reverend.«

»Was funktioniert so nicht?« fragte Ophelia, die sich seit dem Beginn unserer Unterhaltung über den Bauch strich und den Dunst betrachtete, der spiralförmig zwischen den Bäumen aufstieg.

»Die Dinge.«

Elijah stand auf, um für Biernachschub zu sorgen. Er war wirklich noch dickköpfiger als Percy Tuddenhams alter Maulesel, aber diesmal würde er mir nicht so ungeschoren davonkommen, sondern die Wahrheit zur Kenntnis nehmen, selbst wenn er daraufhin einen ganzen Monat bei seiner Großmutter verbringen sollte. Ich weiß nicht, warum ich so aufgebracht war. Elijah mußte mir bestätigen, daß Duke nicht unter uns war, es mit einem Kopfnicken absegnen, als würde ich es sonst selbst nicht glauben. Ich brauchte lange, um zu begreifen, daß ich mich in Wahrheit schuldig fühlte an Dukes Tod auf dem Mount Forever, auch wenn er mir zunächst ebenso schön und natürlich erschienen war wie der Wind und die Schneeflocken. Und noch länger brauchte ich, um mich von dem damit verbundenen Schamgefühl zu befreien. Elijah streute mit seinem Verhalten unwissentlich Salz in meine Wunden. Als er mit zwei neuen Flaschen und einer Schale Cracker zurückkam, zog ich die Landkarte der Sierra aus meinem Mantel und breitete sie auf dem Holzboden aus.

»So«, sagte ich, »und jetzt guck auf meinen Finger, und halt den Mund. Ich zeige dir den Weg, den wir genommen haben. Hier hat uns Fausto abgesetzt. Dann sind wir in diese Richtung gegangen und danach hier entlang, unsere erste Nacht haben wir dort verbracht, weiter ging es am nächsten Tag auf diesem Pfad …«

In weniger als einer Minute hatte ich unseren Weg auf dem Papier nachvollzogen. Aber als ich mit dem Fingernagel den Berggipfel erreichte, sah ich, daß er einen anderen Namen trug, und beugte mich verwirrt über die Karte. Mount Forever hieß Mount Hayle. Verunsichert wie selten zuvor in meinem Leben, wiederholte ich den Vorgang, wobei ich vom selben Punkt aus startete. Erneut landete ich auf Mount Hayle. Ich las die Namen aller benachbarten Berge im Umkreis von fünfzig Meilen. Doch nirgends eine Spur vom Mount Forever.

»Was ist denn das für ein Scheiß?«

»Du kapierst schnell, wenn man dir die Dinge lange genug erklärt«, sagte Elijah mit verächtlichem Lächeln. »Du glaubst immer, alles besser zu wissen als ich, und nun sieh, wohin dich das führt! Ihr habt eine Abkürzung genommen, was? Du wolltest den Neunmalklugen spielen. Ihr seid einer Geraden gefolgt, ihr habt euch verlaufen, und jetzt willst du mir weismachen, es sei nicht deine Schuld, du warst auf dem richtigen Weg, nur der Berg irrt sich! Du Idealist, du!«

»Homer, ich bin müde«, sagte Ophelia. »Ich würde mich gern hinlegen.«

»Sei still!« herrschte ich sie an, außer mir vor Wut.

Mit geballten Fäusten sprang ich auf, gerade richtig, um eine schallende Ohrfeige zu kassieren. Ich sah Ophelia an. Ihre Sommersprossen glühten. Sie war so schön, daß meine Beine zitterten und ich mich wieder setzen mußte.

Schon den ganzen Tag über hatte ich sie reizender denn je gefunden. Vor den Kameras, den Reportern, neben Morris Cuvelton, dem Sheriff und selbst Killgoer strahlte sie, und ich konnte meinen Blick nicht von ihr abwenden. Ophelia hat zwei Gesichter, dachte ich. Sie besaß zwei Arten von Schönheit, eine für den Alltag und eine, die sich erst offenbarte, wenn sie in den Mittelpunkt des allgemeinen Interesses rückte, wenn ein Dutzend Blicke auf sie gerichtet waren. Ich begriff, daß Neugier und Bewunderung in ihrem Fall denselben Effekt hatten wie Kosmetika und Scheinwerfer: Sie verwandelten sie kurzerhand in einen Filmstar. Einige Tage später sollte ich zu meinem Unglück entdecken, daß auch andere zu diesem Schluß gekommen waren. Als Ophelia mir eine knallte, fragte ich mich also, ob das der Star war oder meine Verlobte. Wie dem auch sei, ich verzichtete darauf, Elijah eine Abreibung zu verpassen, und setzte mich wieder.

Ophelia fragte unseren Gastgeber, wo sie sich hinlegen könne, und letzterer begleitete sie triumphierend ins Haus, zeigte ihr das Bad und führte sie zum Gästezimmer. Dann kam er wieder zu mir hinaus auf die Terrasse und setzte noch einen drauf, indem er Zweifel an unserer Hochzeit und an meinem Sinn für Verantwortung äußerte.

»Jedenfalls«, wechselte ich das Thema, »ist das Automatikgetriebe die größte Erfindung des Jahrhunderts!«

Ich hatte keine Lust mehr, mit ihm zu streiten. Denn ich wollte Elijah endlich von unserer Expedition erzählen. Während der Pressekonferenz im Gemeindesaal des Rathauses hatten mich die Journalisten (unter denen sich an vorderster Front Craig McNeilly befand) kaum zu Wort kommen lassen. Sie waren bloß darauf ausgewesen, die Fragen auf der

Liste abzuhaken. Elijah würde mich wenigstens ausreden lassen, auch wenn er alles falsch verstand.

»Das Automatikgetriebe! Machst du Witze?«

Ich beschloß, meinen Bericht von hinten aufzurollen, es erschien mir klüger, Dukes Tod für später aufzuheben, um neuerliche Streitigkeiten zu vermeiden. So beschrieb ich Elijah unsere Begegnung mit Barnes, sein merkwürdiges Benehmen, seine konfuse Geschichte und die Greueltat, die er an sich selbst verübt hatte. Anschließend erzählte ich, wie wir ihn auf einer provisorischen Bahre aus zwei Ästen und meinem Mantel zu seinem Auto getragen hatten.

Als ich die Hände ans Steuer legte, dachte ich, daß ich es nie schaffen würde, uns nach Farrago zurückzubringen. Doch dann bemerkte ich, daß das Auto nur zwei Pedale hatte und man, um vorwärts zu kommen, bloß den Hebel auf die Position »D« zu stellen brauchte. Wie beim Autoscooter. Es war ein Kinderspiel, uns nach Hause zu kutschieren! Ich frage mich, warum ich nie auf die Idee gekommen bin, mir einen Automatikwagen zuzulegen. Schluß mit den Fahrrädern, Schluß mit den Fußmärschen! Eines Tages werde ich das mit dem Führerschein hinkriegen, und nichts wird mich mehr aufhalten.

Als ich das Auto vor dem Headquarter des Sheriffs parkte, läuteten die Glocken. Es war zehn Uhr abends. Wir waren in einem Ritt bis Farrago durchgefahren. In Porterville hatte ich Barnes zwar angeboten, einen kurzen Zwischenstopp bei der Notaufnahme des Krankenhauses zu machen, aber davon wollte er nichts wissen.

Die ganze Fahrt über quasselte er wirres Zeug. Eine Aneinanderreihung von Vokalen, anders konnte er sich ohne seine Zähne nicht mehr artikulieren. Manchmal lachte er los oder fing an zu heulen. Es war traurig, das mit anzusehen. Hätte ich ein Wörtchen mitzureden gehabt, hätte ich Barnes vermutlich laufenlassen. Ophelia, die, mit Fausto gesprochen, in mich hineinsieht wie durch eine Lupe, ahnte recht bald, was in meinem Kopf vorging. Sobald ich langsamer fuhr oder Barnes im Rückspiegel fixierte, kniff sie mir in den Oberschenkel.

Mit einer Irrsinnsangst im Bauch klopfte ich an die Tür des Headquarters. Wenige Sekunden später öffnete mir der Sheriff. In der Hand hielt er einen kaum angefangenen Hamburger, und der Hunger bezwang meine Furcht. In diesem Moment hätte ich sogar meinen zukünftigen Führerschein hergegeben, um das Sandwich an seiner Stelle zu essen.

»Homer?« rief er. »Homer, du verdienst, daß ich dich an einen Baum knüpfe und dort verfaulen lasse! Wenn du mir noch mal so einen Streich spielst, loch ich dich für sechs Monate ein. Warum bist du abgehauen, du Trottel? Weißt du, wie schwierig es war, Merrill und die Polizei von Santa Cruz davon zu überzeugen, dein Foto nicht im gesamten Land zu verbreiten? Weißt du, was sie erwidert haben, als ich ihnen zu erklären versuchte, daß du, entgegen allem Anschein, nur ein armer, verantwortungsloser, zurückgebliebener Trottel seist und kein Killer auf der Flucht? Sie haben gesagt, ich dürfe nicht zulassen, daß meine persönlichen Gefühle die Oberhand gewinnen. Sie haben gesagt, ich solle mich mal mit dem Gedanken befassen, meinen Stern abzugeben. Zum Glück hat Moe vergessen, den Hut zu verbrennen!«

»Welchen Hut?«

»Jim Rookeys Hut. So konnten wir den Ort wiederfinden, wo er gestürzt ist. Ich habe den Hund dran schnüffeln lassen, und er hat uns dann zu dem Fels geführt. Dort waren Blutspuren und der Revolver. Gott sei dank war die Trommel voll, denn auf dem Kolben haben wir deine Fingerabdrücke gefunden. Und Moe hat dich verteidigt, du Dummkopf, auch wenn er sich nicht mehr an viel erinnern konnte. Wo ist die Asche?«

»Auf einem Berg.«

»Folge mir. Du weichst keinen Millimeter von meiner Seite. Ich werde deine Aussage aufnehmen. Aber ich warne dich, wenn du nur eine falsche Bewegung machst, schlag ich zu. Ich hab ja schon vieles gesehen, aber das ...«

»Sheriff, ich habe Ihnen jemanden mitgebracht«, sagte ich.

»Das ist jetzt nicht der richtige Zeitpunkt.«

»Walter Nutty Barnes.«

»Warum nicht gleich Doktor Mengele?«

»Wen?«

»Homer, ich bin nicht zu Scherzen aufgelegt«, sagte der Sheriff mit drohender Stimme, aber als er Barnes auf der Rückbank des Autos grinsen sah, ließ er seinen Hamburger fallen und rannte hilferufend zurück ins Headquarter.

Dreißig Sekunden später stand er wieder da mit einer Pumpgun in der Hand und in Begleitung seiner Stellvertreter Merv Holland und Stan Little, alle beide mit dicken Kalibern bewaffnet. Sie umstellten den Wagen und befahlen Ophelia, auszusteigen.

Der Sheriff und seine Leute markierten den großen Mann, aber ehrlich gesagt, war es damit nicht weit her. Die Stimme der Sheriffs zitterte, und Merv war so aufgeregt, daß ihm die Waffe aus den Händen glitt. Barnes gestand, der zu sein, der er war, Stan legte ihm die Handschellen an, und dann verschwand er im Flur, flankiert von den drei Polizisten. Im Vorbeigehen zwinkerte er mir zu und richtete ein paar unverständliche Abschiedsworte an mich. Ich habe ihn nie wiedergesehen.

Nachdem Barnes in die einzige Zelle des Gebäudes gesperrt war, winkte uns der Sheriff, offensichtlich kurz vor einem Nervenzusammenbruch, in sein Büro. Während er das Kommissariat von Santa Cruz anrief, kam Ophelia mit ihrem Mund ganz nah an mein Ohr und warnte mich vor der Gefahr, die uns drohte. Vor allem dürften wir gegenüber den Behörden nicht durchblicken lassen, daß mit Barnes alles bestens gelaufen war und er die Entscheidung, sich zu stellen, ganz allein getroffen hatte, raunte sie mir zu. Der Sheriff oder das FBI durften nicht glauben, daß wir uns mit diesem gemeingefährlichen Irren angefreundet hatten, weil dies unserem Ruf schaden könnte und unsere Zukunft in Farrago doch so sehr von diesem Ruf abhing. Darum riet mir Ophelia, zu schweigen und sie an meiner Stelle reden zu lassen. Daran hielt ich mich auch, und, wie ich Fausto noch oft sagte, ich habe es nicht bereut.

So wie es im Dorf die Anhänger des Reverend, die Jünger Faustos und solche gab, die sowohl den Priester als auch den Händler nach ihrer Meinung fragten, gibt es unter den Menschen unverbesserliche Lügner und andere Leute, die immer und überall ehrlich sind; dazwischen bewegt sich die große Mehrheit derer, die weder Heuchler noch Heilige sind, die die Wahrheit sagen, wenn ihnen danach ist, und fabulieren, wenn ihnen eine Lüge in den Kram paßt. Ophelia wiederum besitzt die Gabe, so nannte es Fausto, die Wahrheit auszustaffieren und die Lüge zu entblößen. Während ich ihr zuhörte, wie sie dem Sheriff und anschließend Killgoer unsere Geschichte erzählte, erfuhr ich, daß sie eine furchtlose Bergsteigerin war, die mit geschlossen Augen einen Bergkamm entlangwandert und aus dem Stand über einen Abgrund springt. Ihre Worte kannten kein Schwindelgefühl.

Während ich mit ihr im Büro des Sheriffs saß, bekam ich mit, wie der Fluß der Wahrheit langsam seinen Lauf veränderte, ohne jemals vom Weg abzukommen. Sie war so überzeugend, daß ich bald selbst den Eindruck gewann, alles habe sich genauso abgespielt, wie sie es erzählte. Um Mitternacht kreuzte der Polizeichef von Santa Cruz auf. Eine halbe Stunde später folgten ihm Gregory Killgoer und zwei weitere FBI-Agenten – sie waren per Hubschrauber eingeflogen – sowie Craig McNeilly, der, wie ich durchs Fenster sah, in eine Auseinandersetzung mit Stanley und Merv verwickelt war. McNeilly wurde von den beiden Polizisten weggeführt, und ich sah ihn erst am nächsten Tag wieder.

Von dieser Nacht und dem darauffolgenden Tag weiß ich nicht mehr viel. Ich erinnere mich noch an Killgoers Gereiztheit, an seine Manie, uns ständig ins Wort zu fallen, ohne uns die Gelegenheit zu geben, etwas zu erklären, an sein Kettenrauchen und an seine Art, die Nase hochzuziehen und dabei die Augen zu schließen. Barnes' Vorhersage hatte sich bewahrheitet: Killgoer war stinksauer, daß man ihm die Show gestohlen hatte. Der Sheriff hingegen wirkte rundum zufrieden. Barnes war hinter Schloß und Riegel, und der Schlüssel steckte in seiner Tasche. Ophelia und ich hatten Barnes zum Headquarter gebracht, aber er hatte die Verhaftung vorgenommen, ob es dem Sheriff von Santa Cruz und den FBI-Leuten nun gefiel oder nicht. Gegen fünf Uhr morgens verließen Killgoer und seine beiden Kollegen den Raum, ohne sich von uns zu verabschieden. Barnes wurde in einem gepanzerten Fahrzeug, das sechs Polizeiwagen eskortierten, ins Gefängnis von Santa Cruz überführt. Der Sheriff brachte uns mit seinem Privatwagen nach Hause in den Puff, und wir legten uns vor Erschöpfung so wie wir waren, in unseren dreckigen Klamotten schlafen.

Im Verlauf des nächsten Vormittags hielten die Sendewagen und Journalisten Einzug in Farrago. Der Bürgermeister höchstpersönlich kam uns wecken. Während Ophelia sich im Bad frisch machte und ihr schönstes Kleid anzog, lief Morris Cuvelton im Schlafzimmer auf und ab, schlug mir ein paarmal kräftig auf den Rücken und brach in lautes Gelächter aus. Er befestigte einen Anstecker an meinem Jackett und sagte mir, das sei der sichere Sieg.

»Was hältst du davon, mein Stellvertreter zu werden, hm, was meinst du?« fragte mich Cuvelton etwa ein dutzendmal. Ich glaubte Elijah zu hören, wie er mich an jenem Morgen, als wir Richtung Schrottplatz hinunterliefen, zum Hilfsschmied ernannt hatte, und ich überlegte, ob der Bürgermeister mir wohl auch einen Vorschuß anbieten würde.

Während der gesamten Pressekonferenz zog Ophelia die Zuhörerschaft in ihren Bann. Die Blitzlichter prasselten, Craig McNeilly winkte mir ständig zu, und bald verspürte ich die ersten Anzeichen einer Migräne. Ich hatte das Gefühl, in der Falle zu sitzen. Nach einer Stunde konnte ich nicht mehr. Ich ließ Ophelia, den Bürgermeister und den Sheriff allein und rannte nach draußen. Unglücklicherweise wartete auf dem Parkplatz ein Fernsehteam auf mich. Die Interviewerin, eine kleine Blondine, die sich mit Sicherheit, dafür lege ich meine Hand ins Feuer, die Lippen hatte spritzen lassen, sprach ein paar Worte in ein Walkie-Talkie, und als ein Techniker mit Kopfhörern auf den Ohren den Daumen hob, drehte sie sich um und hielt mir das Mikro unter die Nase.

»Homer Idlewilde, Sie sind live auf KNTV, nur wenige Stunden nach der spektakulären Verhaftung von Walter Nutty Barnes, dem verrückten Zahnarzt. Homer Idlewilde, sagen Sie uns vor allem eines: Was ist das für ein Gefühl, ein Held zu sein?«

»Ich weiß nicht«, erwiderte ich, leicht überrumpelt. »Ich war es bereits, bevor ich es war, darum weiß ich nicht so genau, was sich verändert haben soll.«

»Sie waren bereits ein Held?«

»Ja.«

»Wollen Sie damit sagen, daß es Ihnen gewissermaßen angeboren ist, Heldentaten zu vollbringen, Killer dingfest zu machen und angerichteten Schaden wiedergutzumachen? Sie haben schon immer diese Kraft in sich gespürt?«

»Ich frage mich einfach, ob das alles vorgesehen war.«

»Wie meinen Sie das, vorgesehen?«

»Ich meine, daß es eine glückliche Fügung war. Sehen Sie, wenn Sie Fausto diese Frage stellen, wird er Ihnen antworten, daß es gar nicht anders kommen konnte …«, erklärte ich, und in diesem Moment hatte ich eine wunderbare Eingebung. Ich wurde live gefilmt. Tausende von Menschen sahen mich im Fernsehen. Für wenige Augenblicke stand mir die ideale Rednertribüne zur Verfügung, um es in Morris Cuveltons Worte zu fassen, eine Macht, die Fausto nie haben würde, es sei denn, aus ihm würde auch ein Held. Jetzt war die Gelegenheit, meinem Freund zu helfen, jetzt oder nie.

»Hören Sie, ich möchte einen Aufruf starten«, sagte ich und blickte schnurgerade in die Kamera. »Ich suche einen Mann namens John Smith. Er ist um die vierzig Jahre alt, und vor etwa zwanzig Jahren arbeitete er in Philadelphia für die Firma Birks & Dewey. Er war mit einem Mädchen namens Bess Brown zusammen, aber die Verlobung wurde durch die Macht des Schicksals gelöst. Fausto Guidelli hat das nie gewollt. Doch die Liebe ist unberechenbar. Seit zwanzig Jahren versucht Fausto ihn wiederzufinden, um sich von allem, was ihm auf der Seele lastet, zu befreien und, wenn möglich, Vergebung zu finden. John Smith!« sagte ich und spürte, daß meine Ansprache außer Kontrolle geriet, »Birks & Dewey! ... Philadelphia! Bess Brown! ... Der Prozeß! ... Peter Wrangells Prozeß!... Wenn er sich wiedererkennt, muß er umgehend bei Fausto anrufen, unter der Nummer 2682810, in Farrago. John Smith, wenn du mich hörst, sollst du wissen, daß Fausto Fennimores Laden übernommen hat und sein Leben auch zerstört ist. Daß er seine Nächte damit verbringt, dir zu schreiben, und du ihm das größte Geschenk seines Lebens machen wirst, wenn du dich meldest. Ihr müßt das Kriegsbeil begraben«, sagte ich, »und die alten Zwistigkeiten vergessen, denn, wie Reverend Poach sagte, man muß lernen zu vergeben, wie der Herr uns vergeben hätte, wenn er an unserer Stelle wäre. John Smith, schwing deinen Hintern hoch! 2682 810! Ich verlaß mich auf dich!«

Die Journalistin richtete nun ihrerseits den Blick ins Objektiv.

»Wenn Sie sich schon immer gefragt haben, wie ein Held aussieht«, sagte sie, »müßte Sie das eben Gesehene und Gehörte überzeugt haben, daß Homer Idlewilde ein echter Ritter unserer modernen Zeiten ist. Homer Idlewilde hat uns, anstatt die Früchte seines Triumphes auszukosten, erneut vorgeführt, daß er sich dem Wohle der Allgemeinheit und dem Kampf gegen die Ungerechtigkeit verschrieben hat. Nachdem er in Begleitung seiner Verlobten …«

Ich nutzte die Pause, um mich aus dem Staub zu machen. Ich wollte so schnell wie möglich zu Fausto laufen und ihm die frohe Botschaft überbringen, aber auf meinem Weg dahin wurde ich von Craig McNeilly abgefangen, der mich überredete, in sein Auto zu steigen und eine Runde mit ihm zu drehen. Nachdem er mich mit Fragen gelöchert hatte, fuhr er mich zurück ins Dorf, wo sich die Blaskapelle auf dem Kirchplatz versammelt hatte. Der Bürgermeister öffnete mir die Rasthaustür, Ophelia küßte mich vor allen Leuten, und trotz meines dringenden Bedürfnisses zu pinkeln, stürzte ich mich wieder in den Starrummel.

»Dann ist dieser Barnes«, fragte Elijah, während er den Deckel meines Zippos zuschnappen ließ, »also Zahnarzt?«

»Er ist genausowenig Zahnarzt, wie ich Präsident der Vereinigten Staaten bin«, erwiderte ich.

Elijah hatte den Grill angeworfen und schaute in die blauen Flammen, die aus den Kohlen aufstiegen. Benzingeruch schwebte in der Luft.

»Wenigstens ist er ehrlich«, sagte er.

»Ehrlich?«

»Alle Ärzte sind Mörder, aber dieser Barnes tut wenigstens nicht so, als würde er die Leute heilen. Er hat eine üble Zeit vor sich. Und die größte Erfindung des Jahrhunderts, du Einfaltspinsel, ist nicht das Automatikgetriebe.«

»Na, was denn dann?«

»Tupperware!«

Der Prozeß und Walter Nutty Barnes' Verurteilung zum Tode füllten wochenlang die Titelseiten aller Zeitungen.

Sogar ich, der ich sonst nie die Nachrichten verfolge, las alles, was es über die traurige Geschichte des *serial dentist*, wie die Journalisten ihn nannten, zu lesen gab. Auf diese Weise konnte ich mein lückenhaftes Wissen über ihn auffüllen und den bruchstückhaften Informationen, die er uns in den Bergen gegeben hatte, einen Sinn verleihen.

Barnes' Vater hieß Paul, was die Initialen P. B. auf der Arzttasche erklärte, die sein Sohn Walter geerbt hatte. Er war das älteste von drei Kindern. Seine Mutter war zwei Jahre nach der Geburt der jüngsten Tochter June an Krebs gestorben. Seine andere Schwester, Charlotte, hatte mit Sechzehn einen Hell's Angel geheiratet, und keiner wußte, was seitdem aus ihr geworden war. June lebte in einem Heim in Boston. Barnes senior war ein erfolgloser Zahnarzt, dem nichts anderes übrigblieb, als in dem verlorenen Nest in Utah zu praktizieren, wo seine Frau herkam, während sein Bruder und sein Vater auf ihrem Gebiet sehr angesehen waren der eine als Veterinärmediziner (er leitete eine eigene Klinik in Massachusetts), der andere als Lungenfacharzt. Paul hingegen trank, nahm Morphium und schlug seine Kinder.

Walter hatte seine Mutter im Alter von acht Jahren verloren. Nach Ansicht der Journalisten hat ihr Tod tiefe Wunden bei ihm hinterlassen. Er operierte die Hunde aus der Nachbarschaft und herumstreunende Katzen, außerdem besaß er eine ganze Sammlung von Tierzähnen, die er unter seinem Kopfkissen versteckte. Auch seinen Schwestern gegenüber verhielt er sich grausam, so daß sie ihn genauso fürchteten wie den Vater. Wenn der einen Patienten empfing, versteckte sich Walter hinter dem Apothekenschrank und sah bei der Behandlung zu. Nach dem Tod seiner Frau hatte Paul Barnes allmählich seine ganze Kundschaft verloren, weil er ein diebisches Vergnügen darin fand, ohne Betäubung zu behandeln und den Leuten die Zähne zu ziehen, obwohl eine einfache Plombe gereicht hätte. Die Ärztekammer hatte ihm schließlich seine Approbation entzogen. Innerhalb von nur wenigen Monaten hatte sich Barnes senior in ein menschliches Wrack verwandelt, Charlotte war auf ihrer Harley Davidson abgehauen und June wurde von einer Sozialarbeiterin einkassiert. Der achtzehnjährige Walter, der als einziger bei seinem Vater geblieben war, hatte sich in sich selbst zurückgezogen und setzte keinen Fuß mehr vor die Tür. Er war es, der Pauls Leichnam auf dem Zahnarztstuhl in der Praxis fand – eine Überdosis Morphium.

Den Angaben der Polizei zufolge waren Walter während seiner achtzehn Monate dauernden Odyssee neunundachtzig Leute zum Opfer gefallen. Unter ihnen waren acht seinen chirurgischen Eingriffen erlegen. Barnes wurde, wie er vorhergesagt hatte, zum Tod auf dem elektrischen Stuhl verurteilt. Seitdem sind zehn Jahre vergangen, und er wartet immer noch im Todestrakt, daß er an die Reihe kommt. Ich habe ihm mehrmals geschrieben, aber er hat mir nie geantwortet.

12. Juli 1973. Wenigstens ein Tag, den ich mit Sicherheit nicht so schnell mit einem anderen verwechseln werde. Das Leben ist schon komisch, sagte ich mir viele Tage später oben auf dem Turm. Manchmal vergehen Monate, ohne daß irgend etwas das Getriebe der Zeitmaschine blockiert, um einen Ausdruck von Fausto zu übernehmen (wobei die Zeitmaschine ganz einfach unser Dasein meint), und auf einmal, ohne Vorwarnung, geht das Leben mit uns durch, die Ereignisse überstürzen sich, das Rad beginnt sich immer schneller zu drehen, und der gegenwärtige Moment wird zum Schauplatz einer ungeheuren Karambolage.

An jenem 12. Juli, nach zwei relativ ruhigen Wochen, las Fausto Dukes Testament vor, Morris Cuvelton bot mir an, bei der Instandsetzung des Turms von Rainbow Point behilflich zu sein, damit wir dort einziehen könnten, und Ophelia brauste auf dem ledernen Rücksitz eines Cadillac nach Hollywood.

Seit unserer Rückkehr und der Verhaftung von Barnes machte ich mir um unsere Zukunft keine Sorgen mehr. Ophelia und ich hatten eine kolossale Belohnung eingesteckt. Als der Sheriff uns die Summe überreichte, wurde mir richtig mulmig: dreitausend Dollar! Diesmal bekamen wir die Summe in Form eines Schecks ausgehändigt, und es kam nicht in Frage, ihn gegen Scheine einlösen und diese dann in einem Strumpf oder einer Bonbondose aufzubewahren. Wir eröffneten ein gemeinsames Konto bei der Wells Fargo und marschierten wieder hinaus mit einem funkelnagelneuen Plattenspieler, einem großzügigen Geschenk des zuständigen Bankiers, der uns außerdem um ein Autogramm gebeten hatte. Auch das Problem unserer Wohnungssuche stellte sich nicht mehr in der gleichen Weise. Mittlerweile öffneten sich uns alle Türen, wodurch Ophelias Ansprüche bei der Wahl des Hauses erheblich stiegen.

Und eines Nachts träumte ich dann von dem Turm. Er war blau gestrichen, und in dem bewohnbaren Teil war ein neues Glasfenster eingesetzt worden. Ich stand vor der Tür des Gebäudes und sah hinauf zu Ophelia, die sich zwanzig Meter höher mit einem Kätzchen auf dem Arm über die Terrasse beugte. Beim Aufwachen beschrieb ich ihr meine Vision, und zu meiner völligen Überraschung fand sie den Gedanken, sich in Rainbow Point niederzulassen, erwägenswert. »Niemand wäre über uns«, sagte Ophelia, »und alle wüßten, wo sie uns finden können.«

Aber noch wohnten wir im Puff, und jeden Morgen bereitete ich mich mindestens eine Stunde auf die Försterprüfung vor. Am Vorabend des Unabhängigkeitstages war Cuvelton, nachdem er mich eingeladen hatte, an zwei Sitzungen des Stadtrats teilzunehmen, zu mir gekommen, um mir mitzuteilen, ich solle doch lieber die Nachfolge von Dunken junior antreten und meine Tage im Freien verbringen. Ich war so erleichtert, daß ich den Bürgermeister in die Arme schloß.

Jeden Abend gingen wir zu Fausto oder Elijah, die alle beide in bester Verfassung waren, auch wenn sie ihrer guten Laune in sehr unterschiedlicher Weise Ausdruck verliehen. Seitdem ich meinen Aufruf über KNTV verbreitet hatte, wagte sich Fausto nicht mehr vom Telefon weg. Er wiederholte, die Chancen stünden eins zu einer Million, daß John Smith reagiere, und trotzdem schien er zum erstenmal fest daran zu glauben. Und was Elijah betraf, so hatte er eines Tages, als er auf dem Schrottplatz herumstreunte, einen knallroten Pontiac den unbefestigten Weg hinunterfahren sehen. Es war Joseph Kirkley, der Millionär aus San Francisco, der sich mit Duke angefreundet und es sich zur Gewohnheit gemacht hatte, ihn auf seinen Geschäftsreisen zu besuchen. Gemeinsam mit Elijah leerte er schließlich die zwölf Jahre alte Flasche Scotch, die er für Duke mitgebracht hatte, dann fuhren sie gemeinsam nach Farrago hinauf, wo Elijah ihm seine letzten Kreationen zeigte.

»Du hättest mal sein Gesicht sehen sollen!« rief Elijah. »Er wollte die Schmiede überhaupt nicht mehr verlassen. Ihn interessierte nur noch eines: mir bei der Arbeit zuzusehen. Ich schmiedete ihm ein Kistchen, und er verschwand mit der ganzen Kollektion und einer Bestellung von weiteren sechzig Dosen für seine Souvenirshops. Er brachte mich außerdem auf die Idee, sie zu signieren. Dieser Kirkley ist ein Visionär. Und wenn ein Visionär auf einen anderen Visionär trifft, lassen sie sich durch nichts mehr aufhalten! Die Brüder Flink sind reif für die Rente«, sagte Elijah, »sie sind schrottreif!«

Am Morgen des 12. Juli nun verlas Fausto Dukes letzten Willen. Wir hatten uns im Hinterzimmer seines Ladens versammelt, Fausto, Elijah, Lieutenant McMarmonn, seine Tochter Lisa, Ophelia und ich, und tranken Kaffee, bis Fausto den Umschlag aufriß. Duke hatte gewünscht, daß auch der Reverend zugegen sei, aber er konnte nicht ahnen, daß er ihm so schnell ins Jenseits folgen würde.

Es war ein feierlicher Moment. Duke hatte von vornherein gewußt, daß er nicht aus den Bergen zurückkehren würde, und der Gedanke erschütterte mich. Fausto faltete das Papier auseinander, räusperte sich und begann zu lesen.

Liebe Freunde, schrieb Duke, *ich habe Fausto einen Koffer übergeben, in dem Ihr meine ganzen Habseligkeiten findet. Ich vermache Reverend Poach meine beiden Flaschen Bourbon und eine Pfeife, die ich nie benutzt habe, denn es wird Zeit, daß er von den wahren Freuden des Lebens kostet, und nichts hindert ihn daran, sich vor seinen Predigten ein wenig aufzuwärmen. Seinen Vater, den ersten Reverend Poach, habe ich gut gekannt. Wir haben oft zusammen einen gepichelt, und um die ganze Wahrheit zu sagen, war er es, der mir die Pfeife geschenkt hat. Daher steht sie Ihnen rechtmäßig zu, Reverend, und ich verlasse mich auf Sie, daß Sie sie nicht an einen Ihrer Armen weiterreichen werden.*

Meine paar Bücher vermache ich Fausto, damit er seine Sammlung vervollständigt, ebenso mein Fernrohr, das ich von Onkel Dylan habe, der in Tuskegee umgekommen ist. Die Linsen müßten mal gereinigt werden.

Ich vermache Elijah meine Taschenuhr, die seit den vierziger Jahren nicht mehr aufgezogen wurde, sowie ein altes Monokel, an dem ich zu Lebzeiten sehr gehangen habe. Als Unternehmensleiter muß er sich jetzt ein wenig Mühe geben, damit man ihn ernst nimmt. Daher die Uhr und das Monokel, denen ich drei Zigarren und ein Paar goldene Manschettenknöpfe hinzufüge, die ich irgendwo aufgetrieben habe, keine Ahnung mehr, wo.

Homer vermache ich meine neuen Gamslederhandschuhe, meinen Werkzeugkasten und natürlich mein Licht, wenn es ihm denn gelingt, es einzufangen.

Ophelia, die ich noch nicht kenne, aber von der er mir schon viel erzählt hat, hinterlasse ich fünfzig Dollar von meinen Ersparnissen, der Rest geht an den Reverend für seine Kirchenwerke. Mit dieser Summe kann sie Kleidung und einen Kinderwagen für ihr Kind kaufen. Wenn es ein Junge wird, wünsche ich mir, daß er Duke heißt, aber ich weiß, das ist viel verlangt, darum begnüge ich mich mit dem zweiten oder dritten Namen.

Dem Lieutenant und seiner Tochter vermache ich meine Postkartensammlung von den großen schwarzen Boxern, meine Lockpfeifen und meine Kolibritränke, die sich, vor einem Fenster befestigt, sehr gut machen wird.

Dem Rathaus vermache ich den Schrottplatz und den Bach, der weiter unten entlangfließt, dem Sheriff, damit er dort in Ruhe angeln kann, ohne zu riskieren, daß er eine Trommel auf den Schädel kriegt. Meine Küchenutensilien gehen an Homer und Ophelia, damit sie die Familientradition der Pancakes bewahren, deren Rezept ich von meiner Großmutter Cornelia habe, Homer kennt es auswendig.

Das ist alles. Ich füge hinzu, daß ich ein schönes Leben hatte, ruhigen Gewissens gehe und Euch alle liebe, so wie Ihr seid. Halleluja! Gezeichnet Duke.

Es folgte ein langes Schweigen. Wir alle waren sehr bewegt, angefangen bei Fausto, dem es schwerfiel, den Brief zu Ende zu lesen. Und Elijah starrte in seine Kaffeetasse, als würde er jeden Moment kopfüber hineintauchen wollen.

Von meinem Platz aus sah ich den Hof, den Acker, die Hügelfront. Fausto öffnete den Koffer, holte die einzelnen Gegenstände heraus und verteilte sie. Als er Dukes Bücher vor sich stapelte, las ich den Titel des Werks, das obenauf lag: *Mount Forever*. Es handelte sich um einen Gedichtband mit einem stark abgegriffenen Umschlag, der von kleinen braunen Flecken übersät und von der Sonne vergilbt war. Seine Autorin hieß Mary Linberg, und später erfuhr ich, daß sie in Apts gelebt hatte, unweit des Hauses von Worth Bailey. Sie hatte eine Widmung für Duke in das Buch geschrieben, »in tiefer Zuneigung, Mary«, aber ich habe nie erfahren, durch welche Umstände sie sich begegnet waren. Mount Forever! Das gleichnamige Gedicht ging über drei Seiten und begann mit den Worten:

We've been climbing a few mountains yes we have
we're in love in many ways yes we are
we've been walking quite a road so far
up to this still and gray summer morning
where again we may begin
we don't remember how long ago it was we started on our journey
how many hills and ravines
how many sinking suns and rainy days and wondrous days we crossed
up to this morning white and still
where we stand, looking back
What is a promise you ask
but the memories, light and tender, long forgotten
of what is yet to come

Mount Forever! Aus einem Grund, den ich wohl nie erfahren würde, der sich aber, wie ich Fausto sagte, auf geheimnisvolle Weise doch erschloß, hatte Duke Mount Hayle umgetauft, bevor er ihn bestieg, um dort in Frieden zu sterben. Bei dieser Geschichte denke ich jedesmal an die Tiere, die nicht einfach irgendwo sterben, sondern, sofern sie noch die Kraft haben, sich an einen von ihnen gewählten Ort schleppen, um dort ihren letzten Atemzug zu tun. Der Reverend war in seinem Bett gestorben, aber im Gegensatz zu Duke kannte er bereits sein Ziel, er besaß seine eigene Karte vom Himmel, dem Fegefeuer und der Hölle und brauchte nicht seine Phantasie zu bemühen.

Schließlich sagte ich mir, wenn manche Leute nicht wissen, wohin sie gehen, sich vom Zufall treiben lassen und nirgends ankommen, so liegt es daran, daß sie dem Ort, zu dem sie gehen, nie einen Namen gegeben haben, selbst wenn dieser Name nur in ihrem Kopf existierte und dieser Ort auf keiner Landkarte vorkäme, ja, sie ihn vielleicht auch nie erreichen werden. Genausowenig sind die Leute imstande, eine

Geschichte zu erzählen, wenn sie nicht im voraus einen glücklichen oder unglücklichen Ausgang wissen, ohne den sich ihr Bericht in Dutzende von flüchtigen Rinnsalen verzweigt wie ein Fluß, der über die Ufer tritt, um sich in einem Meer von geschwätzigen Reden zu verlieren, anstatt zu sich zurückzufinden und den Kreis zu schließen. Dasselbe gilt für den Tod, dachte ich. Duke und der Reverend hatten einen gelungenen Abgang, während beispielsweise Jim Rookey die Sache völlig unüberlegt angegangen war. Betrunken und verzweifelt, war er wie ein Trottel durch die Wälder geirrt, einer spiralförmigen Bahn folgend, und hatte nichts kommen sehen. Und natürlich war er gestürzt und hatte sich das Genick gebrochen, bevor er dann von einem anderen Trunkenbold in Asche verwandelt wurde. Rein technisch gesehen, war er gestorben, und niemand konnte das leugnen, es sei denn einer mit so verschrobenen Gehirnwindungen wie Elijah, aber in Wahrheit hatte Jim sich vor allem lächerlich gemacht, und wir hatten die Aufgabe für ihn zu Ende bringen müssen, indem wir seine Asche auf dem Berggipfel verstreuten.

Wie ein Tod, der dieses Namens würdig ist, sind auch gute Geschichten immer kreisförmig angelegt, dachte ich, selbst wenn manchmal erst die Überlebenden den Kreis schließen. Man glaubt, geradeaus zu gehen, aber in Wirklichkeit dreht man sich im Kreis. Ich habe über diesen Punkt mit Fausto gesprochen, der wie immer Zeugnis seiner grenzenlosen Weisheit ablegte, indem er mir die Theorien jenes Mathematikers erklärte, der auf einem alten T-Shirt von Alvin, dem Kfz-Mechaniker, die Zunge rausstreckt. Diesem Albert Einstein zufolge, sagte Fausto, sei das Licht gekrümmt, vor allem das der Sterne, und Parallelen würden sich im Unendlichen treffen. Jahrhundertelang habe man gedacht, daß das Licht sich geradlinig fortbewegte und geometrische Geraden stets ihre Richtung beibehielten, während in Wirklichkeit die Strahlen in der Nähe von Planeten oder Sonnen durch die Gravitation abgelenkt werden. Und Geraden haben die gleiche Tendenz, sobald man davon ausgeht, daß der ideale Raum genauso krumm ist wie der reale Raum. »Alle Wege führen nach Rom«, sagte ich zu Fausto. Und als er mir eröffnete, daß Rom die Stadt sei, wo der Papst lebt, kam ich auf die Idee, zum Andenken an Albert Einstein in der Kirche eine Kerze anzustecken.

Im Laufe der Jahre habe ich meine eigene kleine Untersuchung zum Thema Tod angestellt. Und nachdem ich die Einwohner von Farrago befragt hatte, stellte ich fest, daß die Menschheit sich in zwei Hälften teilt: jene, die nicht die leiseste Ahnung haben, wie sie sterben werden, oder sich nicht damit beschäftigen wollen, und jene, die eine gewisse Vorstellung von der Sache haben. Letztere wünschen sich meist, in ihrem Bett, im tiefsten Schlaf, so spät wie möglich und bei guter Gesundheit zu sterben, was beweist, daß sie über keine so große Phantasie verfügen wie Duke oder Walter Nutty Barnes und am Leben hängen. Nach meiner Einschätzung stochern sie im Nebel und riskieren, sofern sie nicht gläubig sind (denn für die Gläubigen ist alles im Vorfeld geregelt), entweder wie Walter Barnes' Mutter auf grausame Weise umzukommen oder auf lächerliche Weise, wie Jim Rookey oder der arme George Cook, der ehemalige Besitzer der Reinigung, dessen Herz auf einer Achterbahn schlappmachte. Und die Hoffnung darauf, im eigenen Bett zu sterben, läßt sich vor allem auf Faulheit zurückführen, dachte ich. Die Leute verausgaben sich nicht gern, nicht einmal für den Tod, obwohl das die letzte Handlung ist, die sie als Lebende ausführen, und dies meines Erachtens ein Minimum an Mühe verdient. Ich persönlich würde gern wie Duke auf einem Berg abtreten, aber bis dahin habe ich noch ein paar Dinge zu erledigen.

Als wir aus dem Laden kamen, begrüßte Ophelia den Bürgermeister, der in Begleitung des Sheriffs die Straße entlanglief. Cuvelton schüttelte mir die Hand, umarmte Ophelia mit einer Innigkeit, die ich unangemessen fand, und stellte zufrieden fest, daß wir noch immer unsere Anstecker trugen.

Dann teilte er uns mit, daß unseren Plänen, in Rainbow Point einzuziehen, nichts entgegenstehe, er sich um die Formalitäten kümmern wolle und es sogar für möglich halte, ein paar Gelder für die Instandsetzung des Turms lockerzumachen. »Schließlich ist er unser einziges Denkmal«, sagte der Bürgermeister, »und Ihr seid unsere lebenden Denkmäler!«

Ophelia und ich waren stumm vor Glück. Als ich Cuvelton zwei Tage zuvor am Golden Egg begegnet war, hatte ich ihm lediglich gesagt, Rainbow Point sei ein herrliches Haus, und es sei schade, es Jahr für Jahr immer weiter verfallen zu sehen. Ich hatte auch versucht, eine Parallele zwischen einem Meteorologen und einem Förster zu ziehen, um ihm ein wenig auf die Sprünge zu helfen, aber der Zusammenhang war nicht so offensichtlich, und daher ahnte ich nicht, daß er meine Absichten erraten hatte.

»Und Tuskegee?« fragte ich. »Wie weit sind Sie da?«

»Es läuft alles wie geschmiert«, antwortete Cuvelton. »Das Sommerfest war ein voller Erfolg. Es war sogar ein Foto von mir in der Zeitung. Zwar hat sich das Kapital nicht blicken lassen, aber aufgeschoben ist nicht aufgehoben. Jack Simmons hätte eine Karriere in der Politik machen sollen. Er ist der Lobby-König.«

Der Sinn dieses Ausdrucks erschloß sich mir nicht. Jack Simmons war bekannt für seinen miesen Charakter, und ich konnte ihn mir einfach nicht in einer Lobby sitzend vorstellen, wie er dort mit seinem Cowboyhut auf ein Treffen mit diesen Investoren von der Küste wartete, von denen mir Cuvelton bei unserer ersten Begegnung erzählt hatte. Die Pläne für den Vergnügungspark sind bis heute nicht umgesetzt worden. Zehn Jahre sind seither vergangen, Cuvelton ist immer noch Bürgermeister, aber die Minen sind unangetastet geblieben, und noch immer treiben sich die Kinder von Farrago darin herum. Letzten Endes hat das große Bauvorhaben von Cuvelton und Simmons dasselbe Schicksal ereilt wie die Telefonmasten, die der Bürgermeister den Bewohnern, die nicht im Dorfzentrum leben, noch heute in Aussicht stellt, und wenn diese Leute auch allen Grund zur Klage haben, so können wenigstens die Toten von Tuskegee in Ruhe schlafen.

Auf dem Weg zum Puff hatte ich das Gefühl zu schweben. Ophelia, mit einem der fünf neuen Kleider, der drei Hüte und der elf Paar Schuhe bekleidet, die wir gemeinsam in Santa Cruz gekauft hatten, hielt meine Hand, und an der Art, wie sie meine Finger preßte, spürte ich, daß wir im Bett landen würden, sobald wir auf dem Zimmer wären. Zum tausendstenmal gingen wir die Liste unserer Träume durch. Ophelia wünschte sich eine immer größere Zahl Katzen, ein Schminktischchen, wie man es aus dem Theater kennt, ein Wasserbett, einen Fernseher und vor allem ein großes Zimmer für unser Kind, eine Luxuswiege und einen Koffer voller Plüschtiere und Spielsachen. Ich wollte einen Wagen mit Automatikgetriebe, einen Hund, eine Hundehütte, einen Rasenmäher (ich habe diese Geräte schon immer geliebt) und einen alten Ofen aus Gußeisen, der es in Größe und Schönheit mit dem aufnehmen könnte, den Elijah von seiner Großmutter geerbt hatte. Da ahnte ich noch nicht, daß ich gerade meine letzten glücklichen Momente verbrachte.

Wir bogen nach rechts in die Straße, die zum Bordell führt, und ich sah einen eigenartigen rosa Fleck vor dem zweistöckigen Gebäude, wo Jo Haggardy und ihre Mädels für das Wohl der örtlichen Bevölkerung sorgten. Der Fleck wurde allmählich deutlicher: Ein langes fuchsiafarbenes Cadillac-Cabriolet parkte vor der Tür.

Sein Besitzer, der mit weißem Anzug und Seidenkrawatte bekleidet war, saß auf einem Diwan im lila Salon. Sein schütteres, pomadiertes Haar war nach hinten gekämmt, Ringe prangten an sieben seiner zehn Finger, so daß er aussah wie ein alter Zuhälter, der Frischfleisch kaufen oder verkaufen will. Er flößte mir sofort Mißtrauen ein. Mir war, als sähe ich Jim Rookey mit Sechzig vor mir, auch wenn dieser

Humphrey Monk – so sein Name, der in goldenen Lettern auf seiner Visitenkarte geschrieben stand, gleich unter dem Sigel der United Film Corporation – höflicher war als Ophelias erster Mann und sein Atem nach Zigarre und Pfefferminzkaugummi roch.

»Ophelia!« sagte Monk und stand auf. »Ophelia! Ophelia!«

Er reichte ihr die Hand und gab jedem von uns sein Kärtchen. Mabel, die gerade aus Jo Haggardys Büro kam, begriff gleich, worum es sich drehte, und lief eilig die Treppe hinauf, um die anderen Mädchen zu benachrichtigen. Kaum eine Minute später füllten sie den Salon und machten allerlei Anstalten, um die Aufmerksamkeit des Produzenten auf sich zu lenken.

»Ophelia!« fuhr Monk fort, »du bist genauso schön wie auf dem Bildschirm. Genauso schön, genauso schön wie auf dem Bildschirm!«

Wenn Monk jeden Satz dreimal wiederholte, sagte ich mir, würden wir noch am Unabhängigkeitstag hier sitzen. Dann erinnerte ich mich, daß das Fest schon vor einer Woche stattgefunden hatte. Ophelia, wie deutlich zu sehen war, fühlte sich hin und her gerissen zwischen Argwohn und Freude über die Komplimente des Unbekannten.

»Was machst du, na, sagen wir, in den kommenden zehn Jahren? In diesen kommenden zehn Jahren, in diesen kommenden fünfzehn Jahren, was hast du da vor, Ophelia, sag mir, wie willst du deine Zeit verbringen?«

»In den kommenden zehn Jahren?« fragte Ophelia.

»Zehn, fünfzehn, vielleicht zwanzig! Einige Schauspielerinnen fangen als junge Mädchen an, mit Teenagerrollen, spielen dann junge Frauen um die Zwanzig, wechseln später ins Fach der Dreißigjährigen, dreißigjährige Frauen, unwiderstehliche Dreißigjährige, eben Frauen, und dank des Wunders der Medizin schlüpfen sie mit Vierzig wieder in die Haut von jungen Mädchen, ganz jungen Mädchen«, wiederholte

Monk. »Alles ist möglich. Du hast eine Babyhaut, eine Engelshaut, schaut euch das mal an«, sagte Monk und streichelte Ophelias Wange, »daraus könnte man Gummis machen!«

Dann brach er in ein ordinäres Lachen aus, in das Maud, Charleen, Mabel und Piquette einfielen. Ophelia lächelte nicht einmal. Ich glaubte, sie würde meinen Abscheu für Humphrey Monks vulgäres Benehmen teilen, aber in Wirklichkeit war sie einfach viel zu verdattert, um zu begreifen, was hier vor sich ging.

»Bin ich der erste?« fragte Monk mit einem besorgten Lächeln. »Es ist mir doch niemand zuvorgekommen, ich bin doch der erste?«

»Der erste?« fragte Ophelia.

»Was würdest du zur Titelrolle in der nächsten Megaproduktion der United Film Corporation sagen? Zur Hauptrolle im nächsten Film der Gesellschaft? Ein Western, Ophelia, es handelt sich um einen Western, einen Western und eine Familiensaga, eine Familiensaga und die Liebesgeschichte eines jungen Mädchens aus Kansas und eines Cherokee-Häuptlings, eines Kriegers, eines Comanchenkriegers.«

»Ich?« sagte Ophelia.

»Der Vertrag liegt in meinem Auto, der Vertrag, Ophelia, der Vertrag, in dreifacher Ausfertigung, in meinem Eldorado. Gefallen dir Eldorados?« fragte Monk. »Hast du meinen Eldorado gesehen? Er gehört dir, ein Geschenk der United Film Corporation, ich gebe dir die Schlüssel, sobald wir in Hollywood angekommen sind.«

»Hollywood«, flüsterte Ophelia.

»Hollywood, Hollywood, Hollywood! Ich gebe dir die Schlüssel, sobald wir in den Büros der United Film angekommen sind, sobald wir in meinem Büro sind, er gehört dir.«

»Sie wollen, daß ich nach Hollywood mitkomme?«

Monk begann zu lachen, dann reichte er mir, ohne mich anzusehen, eine Zigarre, die ich ablehnte.

»Ich will aus dir eine Heldin des Films machen, wie du es bereits im Leben bist, im Film wie im Leben, eine Heldin, ein Star, ein Sexsymbol, Ophelia, du wirst der Kracher in diesem Film, in diesem ersten Film, in diesem Western. Jonathan Brigg führt Regie, wie, du kennst Jonathan Brigg nicht? Er ist ein vielversprechender Regisseur, einer der ganz großen Regisseure der neuen Generation, du wirst der Kracher sein, Ophelia!«

Bei diesen Worten ging ein Raunen durch die Zuhörerschaft. Mir gefiel die Wendung, die dieses Gespräch nahm, überhaupt nicht, und ich war eifersüchtig auf Jonathan Brigg.

»Ich nehm dich jetzt mit«, sagte Monk, »freiwillig oder mit Gewalt, ich nehm dich jetzt mit nach Hollywood, zum Sunset Boulevard. Erinnerst du dich an den Film *Sunset Boulevard*, du erinnerst dich nicht an den Film?«

»Nein.«

»Spielt keine Rolle, ich nehme dich in meinem Eldorado mit, in deinem künftigen Eldorado! Mach dich fertig«, sagte Monk und schaute auf die Uhr, »für heute abend sind Probeaufnahmen angesetzt, und wir haben dreihundert Meilen vor uns. Mach dich noch schöner, wenn das überhaupt möglich ist, ich bezweifle ja, daß das überhaupt möglich ist, mach dich fertig.«

»Ophelia!« sagte ich.

»Sei still.«

Seit dem Beginn unserer Liebe hatte mir Ophelia schon oft befohlen, den Mund zu halten, aber dieses Mal hatte ich den Eindruck zu ertrinken. Wie Elijah in seiner Trommel sank ich auf den Grund eines dunklen Teichs und wußte nicht, woran ich mich festhalten sollte. Ophelia zerrte mich am Arm hinauf in ihr Zimmer. Dort schloß sie die Tür, setzte sich aufs Bett und brach in Tränen aus. Gott sei Dank, dachte ich, aber ich war völlig auf dem Holzweg, was die Bedeutung dieser Tränen betraf.

»Beruhige dich«, sagte ich, »alles wird gut.«

Ich kniete mich vor sie hin und küßte ihr die Hände. Ophelia hob meinen Kopf hoch und redete in hastigem Ton auf mich ein, aber da sie mir mit den Händen die Ohren zuhielt, verstand ich nicht, was sie erzählte.

»Ophelia«, sagte ich und machte mich los, »wenn du willst, geh ich runter und verpaß ihm eine Tracht Prügel, an die er noch lange zurückdenken wird.«

»Du mußt mich verstehen«, sagte Ophelia, die in ihrer Verstörung unglaublich begehrenswert war.

»Was verstehen?«

»Wenn du mich liebst.«

»Aber ich liebe dich!«

»Du kannst nachkommen.«

»Wie?«

»Sobald ich mich eingerichtet habe, sage ich Monk, er soll dir einen Fahrer schicken. Oder du nimmst das Flugzeug. Du wolltest doch schon immer mal fliegen.«

»Wie bitte?«

»Ich habe es immer gewußt, daß ich in diesen Bus steigen würde. Aber es ist noch unfaßbarer als in meinen Träumen. Hast du gehört, der Eldorado gehört mir. Vielleicht ist es ja ein Automatikauto. Und wenn nicht, dann tausche ich ihn einfach gegen einen anderen aus. Wir werden in Hollywood leben, Homer, in Beverly Hills.«

»Und der Turm?« hielt ich ihr entgegen, denn irgend etwas mußte ich ja schließlich sagen. »Und die Katzen? Und meine Försterprüfung?«

»Homer, wie kannst du nur so egoistisch sein? Es ist die Chance, meine Chance, die Chance meines Lebens!«

»Du redest schon wie er!« Zutiefst gekränkt erhob ich mich, ich war so aufgewühlt, daß ich ein Kribbeln in Händen und Füßen spürte. Ich hatte nur noch eines im Sinn: wieder in den Salon hinuntergehen, Humphrey Monk zusammenschlagen und ihn mit ein paar Fußtritten zu seinem verdammten Eldorado zurückbegleiten. Ich wollte meinen

Plan gerade in die Tat umsetzen, da versperrte mir Ophelia die Tür.

»Setz dich hin und bleib ganz ruhig!« sagte sie mit genausoviel Autorität wie Lieutenant McMarmonn in den Stollen von Tuskegee. Mir blieb nichts anderes übrig, als zu gehorchen, und während Ophelia im Zimmer auf und ab ging und ihre Sachen in einen Koffer warf, machte ich die längsten und schmerzhaftesten Minuten meines Lebens durch. Als sie fertig war mit dem Packen und mich in die Arme nehmen wollte, machte ich mich ganz steif. Ich konnte sie nicht einmal küssen.

»Homer ... Homer!« sagte Ophelia. »Du wirst mir doch nicht böse sein. Ich rufe dich an, sobald ich in Los Angeles ankomme. Versprochen! Homer? Ich liebe dich, du Idiot.«

»Spar dir deine großen Liebeserklärungen für Jonathan Brigg auf.«

»Ganz wie du willst«, erwiderte sie, nahm ihren Koffer und ging, ohne die Tür hinter sich zu schließen. Ich hörte ihre Schritte auf der Treppe, dann sah ich durchs Fenster, wie sie in dem Cabrio davonbrauste.

Eine Stunde verharrte ich vor dem Fenster, die Stirn gegen die Scheibe gelehnt und ohne auf die Worte und zärtlichen Gesten der Mädchen zu achten, die der Reihe nach ins Zimmer kamen. Weil das Auto aber nicht zurückkam, legte ich mich schließlich hin. Den ganzen Tag verbrachte ich im Bett. Die Sonne ging unter und warf ihr rosa Licht an die Wand, was mich an die Farbe des Eldorado erinnerte. Ich vergrub mein Gesicht im Kopfkissen. Um Mitternacht hatte Ophelia immer noch nicht angerufen. Jedesmal wenn das Telefon in Jo Haggardys Büro klingelte, hörte mein Herz auf zu schlagen. Um ein Uhr morgens brachte mir Jo höchstpersönlich einen Teller *Macaroni and Cheese* und ein Glas Wasser. Sie versuchte mich zu trösten, sagte mir, daß ich keinen Grund hätte, mich derart zu quälen, weil Ophelia mich mehr liebte, als ich mir vorstellen könne. Ich blieb stumm, und sie ging wieder. Ich bekam keinen Bissen hinunter.

Meine erste Nacht ohne Ophelia war furchtbar. Ich tat kein Auge zu. Zwar hatte ich schon verzweifelte Momente erlebt, aber noch nie war jemand anders oder gar die Liebe Ursache für meine Verzweiflung gewesen. Bislang war es immer eine Traurigkeit gewesen, die nur auf mich zurückzuführen war, und niemand hatte die Macht, ihr eine Ende zu bereiten. Doch diesmal war mir mein Glück geraubt worden, Ophelia hatte es mit sich fortgetragen in ihrem Mund, in ihrem Bauch, mit ihrem Duft. Wenn ich sage, meine erste Nacht ohne sie war furchtbar, muß ich hinzufügen, daß die folgenden Nächte noch schlimmer waren. Ich drehte mich unaufhörlich von einer Seite auf die andere und bildete mir ein, ihren Atem, ihre Wärme zu spüren. Bei Morgengrauen war ich so zerschlagen, als wäre ich stundenlang durch die Wälder gerannt.

Am Tag nach ihrem Aufbruch stand ich mittags auf, um auf die Toilette zu gehen, und entdeckte ein Haar von ihr auf dem emaillierten Waschbecken. Ich mußte mich schwer zusammenreißen, um nicht laut loszubrüllen. Ophelia war da und auch nicht da, überall und nirgends zugleich, dachte ich, überall und nirgends zugleich. Wenn ich nur Duke mein Herz ausschütten könnte, aber was wußte Duke schon von der Liebe? Ich überlegte, zum Laden zu gehen. Doch ich brachte es nicht einmal fertig, mich zum Flur zu schleppen. Das Dorf lag nur eine halbe Meile entfernt; vom Fenster aus konnte ich den Kirchturm sehen, aber ich hatte nicht die Kraft, einen Fuß vor den anderen zu setzen. Ich war in einer neuen Welt erwacht, wo sich die Entfernungen, selbst in Luftlinie, vertausendfacht hatten. Also legte ich mich wieder hin.

Mehrmals läutete das Telefon, doch niemand kam die Stufen hinauf, um mir zu verkünden, Ophelia sei am anderen Ende der Leitung. Später klopfte es dreimal zaghaft an die Tür, und ich sprang so jäh auf, daß mir das Blut in den Kopf schoß. Es war Polly, die mir eine Tasse Kaffee und Rühreier brachte. Sie gab mir einen Kuß auf die Stirn, doch ihre Lippen waren nicht Ophelias Lippen, sie duftete nicht, wie Ophelia duftete, und darin lag etwas Unerträgliches, eine unvorstellbare Ungerechtigkeit. Ich hatte eine Schlinge um den Hals, deren Knoten immer enger gezogen wurde, und doch bekam ich noch Luft, das Sterben nahm kein Ende.

Als Polly wieder hinausging, verkroch ich mich unter der Decke, wobei ich eine kleine Öffnung für das Ohr ließ. Ich horchte auf das leiseste Geräusch. Das Klappern der Absätze, das Knarren der Türen, das Ächzen der Dielen, das alles waren nur trügerische Zeichen. Das Klingeln des Telefons durchbohrte mich jedesmal wie ein Pfeil. Ophelia rief nicht an. Ophelia kam nicht zurück. Ich konnte es nicht glauben, und mein Kummer, das begriff ich nun, entsprang genau dieser Tatsache, daß ich es nicht glauben konnte: Ophelia war nicht mehr da. Als die Dämmerung hereinbrach, spürte ich auf einmal, daß ich verrückt würde, wenn ich nur eine Minute länger in diesem Zimmer bliebe. Ich rannte aus dem Puff, sprang auf mein Fahrrad und trat in die Pedale, als würde der Wald in Flammen stehen und das Feuer mir bereits den Hintern ansengen.

Die Bäume zogen blitzartig an mir vorbei, ich fuhr einen Pfad nach dem andern rauf und runter, wie eine Tänzerin mal nach links und mal nach rechts schwenkend, die Hände um den Lenker geklammert. Ich raste ziellos umher, der Wald reichte nicht aus, der gesamte Kontinent reichte nicht aus, um meine Verzweiflung und meine Wut auszutrocknen. In meiner Raserei klagte ich Gott und die Welt an, beschimpfte Jo Haggardy, Jim Rookey, Humphrey Monk, alle Hollywood-Studios, alle Kinosäle und alle Filmmagazine, die in Ophelia den Wunsch genährt hatten, ein Star zu werden, diesen rücksichtslosen Wunsch, der sogar ihre Liebe auffraß, diese egoistische Berechnung, in der ich, Homer, ihr zukünftiger Gatte, der Vater ihres Kindes, nicht mehr auftauchte, ich existierte überhaupt nicht mehr. Ich wetterte gegen die Menschen und gegen Gott, der von der Höhe seines himmlischen Throns herab die Liebe pries wie ein Händler seine Elixiere, die in den Western von Lahmen und Dummen gekauft werden, jenen Western, die wir uns gemeinsam im Nickelodeon angesehen hatten, und genau vor dem Nick endete dann auch mein Rennen, nach einer endlosen Fahrt im Freilauf den Highway 217 hinunter. Ich kaufte ein Ticket und setzte mich in die hinterste Reihe. Der Film hatte schon angefangen. Ich war zu aufgewühlt, um der Geschichte zu folgen, aber allmählich versank ich in den Bildern, der Musik, den Stimmen. Als nach dem Abspann das Licht wieder anging, blieb ich an meinem Platz sitzen und sah mir noch die letzte Vorstellung an.

Ich verbrachte die Nacht am Strand und machte mich kurz vor Morgengrauen wieder auf den Weg. Ich hatte Hunger; die Küstenstraße war an manchen Stellen so steil, daß ich vom Fahrrad steigen und schieben mußte. Als ich im Bordell ankam, traf ich im lila Salon auf Jo. Diesmal blieb sie im Zimmer, während ich einen Teller Würstchen und Spiegeleier hinunterschlang. Ophelia hatte immer noch nicht angerufen. Am Abend stieg ich erneut auf mein Fahrrad und steuerte zum zweitenmal Santa Cruz und das Nick an, wo ich mir dreimal hintereinander denselben Film ansah.

Dieses Hin und Her zwischen Ophelias Zimmer und dem Kino dauerte eine Woche. Die Mädchen paßten auf mich auf wie eine Mutter. Ich habe meine eigene Mutter nie kennengelernt, und plötzlich saß ein halbes Dutzend von ihnen an meinem Bett. Aber ich hörte nicht, was sie mir sagten, ich sah sie wie aus weiter Ferne durch einen dicken Nebel hindurch. Ich war von einem Tag auf den anderen zum Schatten meiner selbst geworden.

Eines Morgens fand ich Monks Kärtchen in meiner Tasche. Mir fehlte der Mut anzurufen. Ich hatte Angst, Humphrey könnte mir dreimal hintereinander sagen, daß Ophelia für die kommenden zehn, fünfzehn, zwanzig Jahre nicht verfügbar sei, und bräche in sein ordinäres Lachen aus oder würde den

Hörer wieder auf die Gabel knallen. Aber noch größer war meine Angst, Ophelia an der Strippe zu haben. Nachts träumte ich von diesen schwarzen Leitungen, die oberirdisch von Mast zu Mast verliefen, immer am Ozean entlang und weiter bis nach Los Angeles, wie eine Gerade zwischen zwei Kreuzen. Ich wurde immer unglücklicher, und, um es in Dukes Manier zu sagen, mein Unglück war deshalb so groß, weil es wie eine Luftspiegelung war. Seitdem es von meinem Körper Besitz ergriffen hatte, verstand ich gar nichts mehr. Ich fand tatsächlich keine Möglichkeit, es abzuschütteln. Ich konnte es keinen Hügel hinunterrollen und dann die Fäuste ballen und ihm eine Strafe androhen, es befand sich auch nicht in einem Beutel wie meine Boshaftigkeit, sondern hatte sich mit meinem Blut vermischt und floß durch mein ganzes Wesen, vom Kopf zu den Füßen, so daß der einzige Weg, es loszuwerden, darin bestand, sich die Pulsadern aufzuschneiden und es heraussickern zu lassen, bis der Tod eintrat. Mein Unglück, um einen Ausdruck von Fausto zu verwenden, war abstrakt, was mich zu dem Gedanken veranlaßte, daß manchmal nichts konkreter ist als eine Abstraktion. Ich wurde zusehends magerer, ich wusch mich nicht mehr, ich war zum Bewacher meines Schmerzes geworden, und sosehr mich Polly, Mabel und die anderen Mädchen auch betüttelten – ich nährte mein Leid, hegte und pflegte es, wechselte ihm die Windeln und sang ihm Wiegenlieder, damit es einschliefe und mich in meinen tiefsten Träumen wiederfände, wo ich es weiter hätschelte.

In einer mondlosen Nacht auf dem Highway 217 um zwei Uhr morgens erreichte ich den Tiefpunkt. Ich kam gerade aus dem Nickelodeon, wo im kleinen Saal ein den Marx Brothers gewidmetes *Triple Feature* gezeigt wurde. Das Gelächter der Zuschauer steigerte meinen Schmerz nur noch, aber ich verspürte ein schändliches Vergnügen dabei, zu leiden, während die anderen sich schieflachten und mit Popcorn vollstopften. Auf halbem Wege von Santa Cruz nach Farrago verlor ich beim Überqueren der Bahngleise die Kontrolle über mein Fahrrad, es rutschte auf den Schienen weg, so daß ich in einem *Poison Oak*-Gebüsch landete. Um jegliche Berührung mit dieser verfluchten Pflanze zu vermeiden, stand ich auf, ohne mich mit den Händen abzustützen und fiel nach hinten. Ich rollte durch Dickicht einen endlosen Abhang hinunter und prallte wie eine Flipperkugel gegen eine Reihe von Baumstämmen, bis ich den Grund erreichte. Gern hätte ich mir ein Bein oder einen Arm gebrochen, aber bei meinen harten Knochen hatte ich mir lediglich die Haut an den Händen aufgeschürft und Arme und Hintern mit üblen Blutergüssen bedeckt. Ich spürte eisiges Wasser in meine Stiefel sickern.

Ich lag auf einem Bett aus Kieseln, die Füße hingen in die Strömung eines Bachs. Am anderen Ufer stand reglos ein Rehkitz, das den Kopf leicht zur Seite neigte. Im Dunkeln konnte ich nur seine anmutige Silhouette und seine riesigen Augen erkennen. Es schien nicht fliehen zu wollen, sondern sah mich sonderbar an, ohne Angst, ohne Urteil. Ich war auf einer Stufe mit dem Bach, den Farnen, den Steinen. Ich war einfach nur da, ich weiß nicht, wie ich es anders sagen könnte, ich war da, vor seiner Nase, der Bach murmelte, die Luft war feucht und kalt, ich war da, und als mir diese schlichte Wahrheit bewußt wurde, verflog meine Angst, und mein Schmerz wurde mit einemmal erträglich.

Es war unglaublich, dabei war daran nichts Unglaubliches. Etwas war mit mir geschehen, ich kann es nicht beschreiben, man müßte schon ein Rehkitz, ein Eichhörnchen oder ein Hund sein, um darüber zu sprechen, sagte ich mir etwas später, aber Rehkitze, Eichhörnchen und Hunde können ja nicht sprechen.

»Ich bin da«, flüsterte ich, das Kitz wandte sich ab und machte einen Satz ins Gebüsch.

Ich blieb eine ganze Weile am Wasser liegen. Ich genoß die innere Ruhe. Ophelias Abwesenheit tat mir immer noch weh, aber mich durchströmte eine sanfte Freude, die den Schmerz linderte und mir wieder Zuversicht gab. Ich dachte, daß ich nicht ewig dahinvegetieren konnte in der Hoffnung, daß Ophelia sich in dreihundert Meilen Entfernung für meinen Jammer verantwortlich fühlen und nach Farrago zurückkehren würde, um sich mir zu Füßen zu werfen und mich um Verzeihung zu bitten. Und wenn sie zurückkommt, wird sie keinen Mann wollen, der sich völlig gehenläßt, und sie wird zurückkommen, dachte ich, früher oder später, ihr wird klarwerden, daß sie ohne mich nicht leben kann, weil sie mich liebt, das hat sie mir gesagt, und ich weiß es, ich weiß es, weil ich sie liebe und man in den wahren Liebesgeschichten nicht liebt, ohne selbst geliebt zu werden, das war es, was ich am Ufer des Baches begriff, und ich habe seither meine Meinung nicht geändert.

Die Gläubigen des Reverend wären schon nach kürzester Zeit der Kirche ferngeblieben, wenn Poach ihnen nicht Sonntag für Sonntag versichert hätte, daß der Herr sie liebte und um sie weinte. Zwischen Mann und Frau ist es dasselbe, dachte ich, während ich, mit dem Fahrrad auf der Schulter, den Highway 217 entlanghumpelte (das Vorderrad war durch den Sturz verbogen). Und wie ich so herumgrübelte, kam mir der Fall Sarah Conolly in den Sinn.

Sarah – diese Informationen hatte ich vom Sheriff und Abigail Hatchett – hatte sich in Elridge Cheney verliebt, einen Taugenichts der allerschlimmsten Sorte. Nach Ansicht von Polly und Piquette war Cheney ein Verführer, der nichts zwischen den Beinen hatte. Er ähnelte in jeder Hinsicht einem Zuchthengst, nur der Fortsatz fehlte, und darum flatterte er von einer Eroberung zur andern, ohne je zur Tat zu schreiten. Er interessierte sich nur für verheiratete oder bereits vergebene Frauen, bewies ungeheuren Einfallsreichtum und grenzenlose Hartnäckigkeit, wenn es darum ging, seine Opfer von seiner ewigen Liebe zu überzeugen, doch sobald sie nachgaben, zog er sich zurück und fing das Spiel bei einer anderen an. Soweit ich weiß, mochte Cheney keine Nutten und ging auch nicht in den Puff, so daß Pollys und Piquettes Aussagen über die Größe seines Organs unzuverlässig waren, um es mit den Worten von Richter Merrill auszudrücken. Cheney hatte sieben oder acht Jahre in Farrago gelebt, aber weil ihm sein Ruf als Frauenheld immer größere Schwierigkeiten eintrug und er anonyme Briefe erhielt, war er nach Seattle ausgewandert. In der Zwischenzeit hatte er eine ganze Reihe von Trennungen, Scheidungen, Ehekrisen verursacht und Herzen gebrochen, unter anderem das von Sarah Conolly, obwohl sie Single war. Das hatte ihn nicht gehindert, auch bei ihr aktiv zu werden, und nachdem er sie plötzlich verlassen hatte, war Sarah in eine schwere Depression gefallen und hatte sich wochenlang zu Hause eingesperrt, um zu guter Letzt in den Fluß zu springen.

Wenn sie ihr Gefühlschaos etwas besser durchschaut hätte, wäre ihr klargeworden, daß sie nicht wirklich in Elridge Cheney verliebt war, dachte ich, sondern daran glauben wollte, weil sie einsam war und Cheney ihr das Blaue vom Himmel herunter gelogen hatte. Sarah konnte Cheney nicht lieben, weil Cheney sie verachtete. Sie konnte ihn nicht lieben, weil die Liebe nie bloß die Angelegenheit einer einzigen Person ist, sie entsteht nicht unabhängig von den Liebenden, sie ist jene rätselhafte Sache, die zwischen ihnen passiert. Das sagte ich mir in jener Nacht auf dem Highway 217, und da ich mir für meinen Teil sicher war, Ophelia zu lieben, wurde meine Stimmung deutlich besser. Homer, alle Achtung, gar nicht dumm, dachte ich und hob das Fahrrad auf die andere Schulter.

Zum erstenmal seit Ophelias Fortgehen wurde ich bei Morgengrauen wach. Ich sprang unter die Dusche, zog frische Kleidung an (Ophelia hatte viel Wert darauf gelegt, daß ich meine Garderobe erneuerte, wie sie es ausdrückte) und machte mich auf zum Turm. Als ich dort ankam, setzte ich mich auf einen Felsen und rauchte eine Zigarette, während ich an die harte Zeit dachte, die mir bevorstand. Ich hatte keine Angst vor den Anstrengungen, die dies erforderte, ganz im Gegenteil, ich konnte es kaum abwarten, an die Arbeit zu gehen, aber ich fühlte mich eingeschüchtert. Der Turm war für mich eine Art heiliger Ort, wie die Jagdgründe der Indianer oder die kleine weiße Kirche für den Reverend; der Turm war ein geschichtsbeladener Ort, der höchste Punkt der Hügel, ja weit mehr als das. Ich wollte ihm Ehre erweisen, er sollte mit dem Ergebnis zufrieden sein und sich in seinem neuen Kleid wohl fühlen.

Nachdem ich mich wieder gesammelt hatte, lief ich hinunter nach Farrago und trank mit Fausto einen Kaffee. Ich erzählte ihm nichts von meinen Liebesnöten, und weil Fausto ein diskreter und taktvoller Mensch ist, stellte er mir keine Fragen. Ich freute mich, ihn wiederzusehen, mir war, als sei ich von einer langen Reise, einer Expedition ins Erdinnere zurückgekehrt, die viel länger und gefährlicher war als die, die uns an den Gipfel des Mount Hayle geführt hatte. Fausto hatte sich seinerseits gehütet, mir von den Sorgen zu erzählen, die ihn umtrieben. Seit meinem Auftritt im Fernsehen lebte er in der ständigen Erwartung, daß John Smith sich endlich melden würde, und genau wie ich zuckte er jedesmal zusammen, wenn das Telefon am Ende des Ladentisches klingelte. Ich erzählte ihm von meinen Plänen, den Turm instand zu setzen, und er bot mir seine Hilfe an.

Dann ging ich auf einen Sprung hinüber zum Rathaus. Morris Cuvelton gab mir ein Dokument zum Unterzeichnen, dann rief er Leo March an, einen Glaser, den er kannte, und Ernie Cuvelton, seinen Cousin, den Zimmermann. Glücklicherweise konnten sich beide freimachen, und als ich eine Stunde später an Bord von Faustos Transporter Richtung Rainbow Point fuhr, war Leo schon vor Ort und maß die Fenster im ersten Stock aus. Ich lud Leinentaschen, Besen, Wischmops, Eimer und Haushaltsmittel, die mir Fausto besorgt hatte, aus dem Wagen, ging dann hinauf zu Leo und begann den Raum zu putzen, indem ich als erstes den Abfall und die Glasscherben aufsammelte. Ernie Cuvelton kreuzte am Nachmittag auf. Er erklärte mir, es müsste ein neuer Dielenboden eingezogen, die Terrasse verstärkt, das Geländer ersetzt, die Fensterrahmen austauscht und die Isolierung erneuert werden, und ich fügte hinzu, daß ich den großen Raum durch eine Wand teilen wolle, um zwei Zimmer zu haben, eins für Ophelia und mich und eins für das Baby. Außerdem würde ich das Gebäude neu streichen müssen. Meine Wahl fiel auf Blau, die Farbe aus meinem Traum, und so bestellte ich gleich am darauffolgenden Morgen, bevor ich mich zur Baustelle begab, bei Henry Smith die Farbeimer.

Am Abend verließ ich Ophelias Zimmer im Puff, schwang mich aufs Fahrrad, das Alvin repariert hatte, und verbrachte meine erste Nacht dort oben neben dem Ofen in meinem Schlafsack. Ich dachte an Nand, an Rachel, an Ophelias Entzücken, wenn sie ihr Haus entdecken würde, und statt einzuschlafen, holte ich Ophelias Tagebuch aus der Manteltasche und las andächtig darin, und in einem plötzlichen Inspirationsschub schrieb ich hinter ihre letzten Sätze ein Gedicht.

Es war ein Gedicht über Duke und Prudence. Die Reime entstanden ganz von selbst, die Verse kamen in so schneller Folge, daß ich kaum Zeit hatte, sie aufs Papier zu werfen, und nachdem ich den letzten Punkt gesetzt hatte, starrte ich ungläubig auf das Ergebnis. Schon in den Bergen hatte ich angefangen zu singen, ohne über die Worte nachzudenken, die aus mir heraussprudelten. Das Wunder hatte sich eben wiederholt. Gleich bei der ersten Gelegenheit zeigte ich Fausto das Gedicht, und er sagte: »Homer, ich weiß zwar nicht, woher du das alles nimmst, aber ich weiß, daß Duke glücklich gewesen wäre.«

»Ich habe noch eine ganze Menge anderer Ideen«, sagte ich, »aber ich warte auf die nächste Inspirationswelle.«

»Wenn du willst, kann ich sie auf meiner Schreibmaschine abtippen.«

So begann unsere Zusammenarbeit. An den folgenden Tagen lief ich, sobald ich ein Gedicht beendet hatte, zu Fausto und zeigte es ihm, er korrigierte die Fehler, wies mich auf unklare Passagen oder schlecht gebaute Verse hin, und ich ging, an der Verkaufstheke oder im hinteren Raum sitzend, das Ganze noch einmal durch, bis Fausto schließlich die endgültige Fassung auf seiner Smith-Corona tippte. In weniger als einer Woche schrieb ich zwei Gedichte über Duke, eines über Ophelias Schwangerschaft, ein anderes über Elijah und seine Trommel und ein letztes, das ich Lieutenant McMarmonn widmete. Der schüttelte mir, nachdem er es gelesen hatte, die Hand und wollte es mir abkaufen und rahmen lassen. Natürlich lehnte ich das Geld ab, aber ihm verdanke ich, daß ich heute von Auftragsgedichten lebe, die dieser oder jener Person aus Farrago, den umliegenden Dörfern oder sogar aus Santa Cruz gewidmet sind.

Oft werde ich aufgefordert, vor Publikum zu lesen, besonders wenn es sich um Gedichte handelt, die eine Geburt oder eine Hochzeit bejubeln oder einen Tod beklagen. »Die Gedichte sind deine Dosen«, sagte Elijah eines Abends zu mir, als ich ihm eines meiner Werke vorlas. Zu der Zeit, als ich gemeinsam mit Leo, Ron und Charlie Lewell (die hatte ich für die Malerarbeiten engagiert) den Turm instand setzte, gab mir Fausto seine Lieblingsdichter zu lesen. Jedesmal wenn ich einen Band beendet hatte, lieh er mir einen neuen. Meine literarische Bildung, um einen Ausdruck von Fausto zu benutzen, machte einen riesigen Sprung nach vorn, und das erfüllte mich mit Stolz. Da ich ein gutes Gedächtnis besitze, war ich nach wenigen Monaten in der Lage, ganze Seiten von Walt Whitmann, John Keats und Robert Frost zu rezitieren, aber auch die *Last Poets*, Amiri Baraka und LeRoi Jones, und Mary Linbergs Buch kannte ich ohnehin von der ersten bis zur letzten Zeile.

Die Arbeiten machten Fortschritte. Ein Möbelhändler lieferte ein Sofa, einen Tisch, Stühle, einen Ohrensessel und ein herrliches Wasserbett, in dem ich jedoch seekrank wurde, so daß ich weiter auf dem Boden schlief. Morris Thomas, ein

Elektriker im Ruhestand, brachte eine Woche damit zu, Leitungen zu verlegen, einen neuen Sicherungskasten und Steckdosen zu installieren, während Samuel, Abigails Neffe, sich um die Klempnerarbeiten kümmerte. Ich selbst half überall ein bißchen mit. Im Grunde wäre ich auch allein zurechtgekommen, außer vielleicht beim Verlegen der Stromkabel, aber ich wollte, daß der Turm so schnell wie möglich bewohnbar wurde. Dabei hatte ich keine einzige Nachricht von Ophelia erhalten. Es waren bald drei Wochen vergangen, seit sie fort war, und ich wartete noch immer auf ihren Anruf. Ich kämpfte gegen meine Traurigkeit und meine Angst, sie nicht mehr zu sehen, indem ich von morgens bis abends schuftete. Ich wußte, daß ich nicht ewig durchhalten, sondern irgendwann den Mut verlieren und von meinem Kummer überwältigt werden würde. Es war ein Wettlauf mit der Zeit. Mein Schmerz gönnte mir eine Ruhepause für eine begrenzte Dauer, aber kein Instrument konnte ausrechnen, wie viele Stunden und Tage mir noch zur Verfügung standen, bevor mich Ophelias Abwesenheit erneut wie der Blitz treffen würde und ich wieder am Boden läge. Kopf hoch, sagte ich mir, denk an Duke auf dem Berg, halte durch.

Um den Kopf über Wasser zu halten, erledigte ich immer zehn Dinge gleichzeitig. So machte ich jede Menge Besorgungen, holte Dukes Küchenutensilien vom Schrottplatz, pflanzte Blumen um den Turm und fand eine Katzenmutter mit einem Wurf Junge: sieben Kätzchen im Alter von einem Monat, die mich zu einem Gedicht inspirierten und mein Gefühl der Einsamkeit milderten.

Eines Morgens lief ich hinunter zum Laden, um mit Fausto einen Kaffee zu trinken und ihn zu bitten, mir meine alten Sachen wiederzugeben. Er hatte sie gewaschen und gebügelt, und als er sie aus dem Schrank im ersten Stock holte, wußte ich, daß ich sie wieder tragen mußte. Der Anzug, den mir Fausto in jener langen Nacht geschenkt hatte, in der er mir seine Geschichte enthüllte, war an den Nähten geplatzt, und in meiner neuen Kleidung fühlte ich mich nicht wohl. Ich hatte das Bedürfnis, mich wiederzufinden und in meine alte Haut zu schlüpfen wie eine wehmütige Schlange, um den Ausdruck meines Freundes zu übernehmen, der die Tür hinter sich schloß und mich im Zimmer allein ließ. Ich zog mich vor dem Spiegel um, ohne recht zu wissen, was ich mir eigentlich beweisen wollte. Ich glaube, ich wollte einfach herausfinden, wieviel Strecke ich zurückgelegt hatte, seitdem die Sternschnuppe durch den Himmel gezogen war und Fausto mir zugeraunt hatte: »Wünsch dir was.«

»Ich wünsche mir, eine Geschichte zu erleben, die aus meinem Leben ein Schicksal macht«, hatte ich damals gesagt, und mein Wunsch war ganz offensichtlich in Erfüllung gegangen, im Guten wie im Schlechten.

Ich war gerade dabei, mein Hemd zuzuknöpfen, als das Telefon klingelte. Faustos Stimme war kurz zu hören, dann verstummte er. Und da das Schweigen andauerte, dachte ich, er hätte wieder aufgelegt, aber als ich in den Laden hinunterging, sah ich ihn am Ladentisch stehen, wie er eine Adresse auf ein Stück Papier kritzelte, den Hörer zwischen Schulter und Ohr geklemmt.

»Homer«, sagte er, während er den Hörer leise auf die Gabel legte, »es ist vorbei.«

»Was ist vorbei?« fragte ich und dachte beklommen, er habe vielleicht einen Anruf von Ophelia erhalten, die sich nicht traute, mich persönlich zu sprechen, und ihn gebeten hatte, mir mitzuteilen, unsere Verlobung sei gelöst.

»John Smith. Er lebt.«

»War er dran?«

»Nein, es war der Leiter des Krankenhauses, in dem er sich befindet. Fort Maddock. Es liegt im Norden von San Francisco.«

»Er liegt im Krankenhaus?« fragte ich.

»Ich fahre sofort los. Kommst du mit?«

Ob Schicksal oder nicht, man weiß nie, was einen erwartet, dachte ich, während wir mit durchgedrücktem Gaspedal den Highway 1 entlangbrausten und Fausto mir berichtete, was der Leiter von Fort Maddock, einer psychiatrischen Klinik für Kriegsveteranen, gesagt hatte: John Smith hatte im März '53 bei der Marine angeheuert (also etwa zwei, drei Wochen, nachdem er Fausto mit Bess überrascht hatte) und während der letzten paar Monate vor dem Waffenstillstand in den Truppen des General Taylor gedient. Bei seiner Rückkehr war er Ausbilder geworden und hatte in verschiedenen Militärcamps gearbeitet, bevor er nach Vietnam flog, von wo aus er 1968 in besorgniserregender geistiger Verfassung in die Heimat zurückgeflogen wurde. 1969 hatte man ihn nach Fort Maddock überführt, wo er seit vier Jahren lebte.

Nach dem, was Doktor Burl Glazer, der Leiter der Klinik, erzählt hatte, war John nicht mehr bei klarem Verstand, und es bestand wenig Hoffnung, daß er ihn in absehbarer Zeit wiedererlangen würde. Er kommunizierte mit niemandem und verbrachte seine Tage vor dem Fernseher. So kam es, daß er mich live auf KNTV hatte reden hören, und daraufhin waren bei ihm die Sicherungen durchgebrannt. Doktor Glazer hatte keine Einzelheiten genannt, aber Fausto zufolge war John nach seinem Tobsuchtanfall bestimmt mit Beruhigungsmitteln vollgepumpt oder in eine Gummizelle gesperrt worden. Drei Wochen hintereinander sagte er pausenlos eine Zahlenreihe auf 8102682810268281026 ... Eine Frau vom Pflegepersonal kam schließlich auf die Idee, daß es sich um eine Telefonnummer handeln könne, wovon sie den Leiter umgehend in Kenntnis setzte.

Wir kamen gegen Mittag in Fort Maddock an. Das große zweistöckige Gebäude stand auf einem Hügel und war von einer tristen Betonmauer umgeben. Fausto parkte seinen Transporter auf dem Besucherparkplatz, und eine Krankenschwester, die trotz Brille und Zahnspange sehr hübsch war, führte uns von der Aufnahme zum Spieleraum, einem weiten

Saal mit vergitterten Fenstern, wo ein merkwürdiges Völkchen ehemaliger Soldaten versammelt war, die der Krieg verrückt gemacht hatte.

»Warten Sie hier, ich sage nur schnell dem Leiter Bescheid«, sagte die Krankenschwester, bevor sie hinzufügte: »Keine Sorge. Die sind nicht gefährlich. Die Psychos sind im anderen Flügel untergebracht.«

Anfangs interessierte sich keiner für uns. Die Patienten, wie ich sehr bald feststellte, ließen sich in drei Kategorien unterteilen. Einige liefen durch den Raum und führten Selbstgespräche oder gaben sich merkwürdigen Ritualen hin (einer von ihnen leckte sich ständig den Finger und hielt ihn hoch, um zu sehen, aus welcher Richtung der Wind wehte; ein anderer führte einen Tanz auf, wobei er mit den Hausschuhen über den Boden schlitterte; ein dritter beschimpfte ein unsichtbares Gegenüber), andere starrten im Stehen, Sitzen oder Liegen ins Leere, und die letzte Gruppe, zu der die meisten gehörten, war die der Fernsehgucker. Auf einem großen, an der Wand befestigten Gerät wurde gerade ein Boxkampf übertragen. Die Patienten lümmelten auf breiten Sofas oder in ihren Rollstühlen und verfolgten den Kampf mit eher gelangweilter Miene. Vielleicht war John Smith unter ihnen, dachte ich, und an dem besorgten Blick von Fausto, der näher an den Apparat getreten war und die Kranken einzeln musterte, sah ich, daß er denselben Gedanken hatte.

Statt ihrer Uniform trugen die Veteranen nun Morgenmäntel und Pantoffeln, einige von ihnen hatten eine Mütze auf, und alle schienen kurz davor wegzunicken. Sie bildeten ein Bataillon von strubbligen und schlaftrunkenen Soldaten, wie ich in einem kurzen Gedicht über sie schrieb, und boten einen ebenso traurigen Anblick wie der Schrottplatz von Farrago bei Regen, wenn die Erde matschig wird und die ramponierten, von Rost zerfressenen Autokarosserien wie vor Scham erröten. Die armen Kerle waren zu nichts mehr nutze, ihnen gingen die Haare, die Zähne aus, und ihre Gesichter waren Masken des Schmerzes. Ich mußte an die Augen und den Mund von Gina Allendy denken, der verstorbenen Nichte von Fred und Martha Dill. Barth und ich hatten sie oft durchs Fenster ihres Zimmers beobachtet. Das Leiden hatte sie entstellt. Ihr Mund war verzerrt, ihr ganzes Gesicht war schief, es fiel mir schwer, sie wiederzuerkennen. Die Insassen von Fort Maddock machten auf mich denselben Eindruck. Es war, als hätten sie Schrauben, Klammern und Stacheldraht in ihrem Körper. In meinen Augen ähnelten sie den Märtyrern, die der Reverend zu Lebzeiten oft erwähnt hatte, nur daß man die Nägel nicht sah.

Lange würde ich diesen Anblick nicht ertragen. Mir brach der Schweiß aus, Schwindel ergriff mich. Ich steckte die Hände in die Hosentaschen, um mir etwas mehr Haltung zu geben und spürte, wie mein Zeigefinger durch die linke Tasche rutschte. Sie hatte ein Loch. Ein Loch in einem Loch, dachte ich. Und plötzlich erinnerte ich mich an das, was Elijah über Poachs Begräbnis gesagt hatte. Er war mit der geschmiedeten Blechdose begraben worden, die Elijah ihm an sein Sterbebett gebracht hatte. Eine Dose in einer Dose, dachte ich, ein Loch in einem Loch, und ich spürte wieder die ersten Anzeichen einer heftigen Migräne.

»John Smith?« fragte Fausto mit unsicherer Stimme.

Zwei, drei Kranke wandten den Kopf.

»Wissen Sie, wo John Smith ist?«

Keiner der Fernsehzuschauer ließ sich zu einer Antwort herbei, doch plötzlich gesellte sich ein alter, fast kahlköpfiger Mann zu uns und sagte: »Ich bin John Smith.« Fausto sah ihn an, blinzelte und stieß einen Seufzer aus.

»Es ist alles verloren«, sagte Fausto, »ich hab's ja gewußt.«

»Ich bin John Smith«, wiederholte der Greis mit Nachdruck.

»Das bezweifle ich nicht«, sagte Fausto, »aber Sie sind nicht der Richtige.«

»Ich bin der Richtige!« protestierte der Patient, sichtlich aus der Fassung gebracht.

»Der John Smith, den ich suche, ist wesentlich jünger. Er ist fünf Jahre älter als ich.«

»Wie alt?«

»Achtundvierzig.«

»Genau so alt bin ich!« sagte der Alte.

Nie zuvor hatte Fausto auf mich so niedergeschlagen gewirkt. Er legte dem Greis eine Hand auf die Schulter und versuchte zu lächeln. Aber der Mann wollte nicht lockerlassen: »Ich bin John Smith.«

»Mein Freund heißt genauso wie Sie. Er kommt aus Philadelphia.«

»Ich komme auch aus Philadelphia«, antwortete der Alte.

»Wirklich?« rief Fausto, den diese Koinzidenz verunsicherte.

»Wirklich. Geben Sie mir eine Zigarette.«

Fausto hielt ihm sein Päckchen hin. Der Greis nahm sich drei Zigaretten. Die erste steckte er sich in den Mund, die anderen zwei klemmte er sich hinters Ohr. Ich zückte mein Zippo. Der Alte blies den Rauch aus und röchelte genüßlich. Da kam ein zweiter Kranker im Rollstuhl auf uns zu. Er hatte ein schweres Wörterbuch auf den Knien, eine Schirmmütze auf dem Kopf und die verkniffene Miene von jemandem, der, um es höflich auszudrücken, nicht auf den Topf kann.

»Ich heiße John Smith«, sagte er.

»Sie auch?« erwiderte ich ein wenig perplex, aber wenn es so viele John Smiths auf dem amerikanischen Territorium gab, wie Fausto behauptete, war es, rein rechnerisch gesehen, möglich. Fausto betrachtete aufmerksam den neu Hinzugestoßenen und blickte mich dann noch niedergeschlagener an als zuvor.

»Ich heiße John Smith. Ich komme aus Philadelphia und bin achtundvierzig Jahre alt. Geben Sie mir eine Zigarette.«

Fausto gab ihm drei Zigaretten, die der Kranke schnell unter seinem Morgenmantel verschwinden ließ, bevor er mit seinem Rollstuhl davonrollte. Kurz darauf stellten sich zwei weitere John Smiths vor. Sie gerieten sich bald in die Haare, und ich versuchte beschwichtigend einzugreifen, indem ich sie nach ihrem zweiten Vornamen fragte. Der eine antwortete, er hieße John Aaron Smith, der andere meinte, sein vollständiger Name sei John Billy the Kid Smith, und die beiden Gegner versöhnten sich wieder.

Das Päckchen Pall Mall war nun leer. In der Zwischenzeit hatte ich meine Migräne vergessen. Und Fausto wußte nicht mehr, woran er war. Die wundersame Vermehrung der John Smiths hatte ihn ziemlich verwirrt. Wie er mir später anvertraute, hatte er sich gefragt, ob überhaupt einer von denen wie sein Freund hieß oder ob sie alle Hochstapler waren. Wir gingen an ein Fenster und warfen einen Blick hinaus in den Garten. In dem Moment kam uns die junge Krankenschwester holen. Sie eilte mit uns durch einen langen Gang bis zu einer Tür, die sie öffnete, dann trat sie zur Seite, um uns vorbeizulassen.

Das Zimmer, dessen Fenster nach Süden gingen, war lichtdurchflutet. Auf dem Gitterbett lag eine menschliche Gestalt mit angezogenen Knien. Daneben saß ein korpulenter Mann in einem Kittel. Er erhob sich zur Begrüßung. Er war groß, trug einen Bart und hatte graue Schläfen. Ich fand, er sah aus wie ein Holzfäller, und wenn er keinen Kittel getragen hätte, hätte ich mich gefragt, was er in Fort Maddock trieb.

»Doktor Glazer«, stellte er sich vor und schüttelte Fausto die Hand. »Und Sie müssen Homer sein.«

»Ja, Doktor.«

»Ich habe Sie im Fernsehen gesehen. Nachdem uns klar war, was sich ereignet hatte, rief ich KNTV an. Die schickten mir einen Techniker, der mir das Videotape vorführte. Ich habe Sie erst am Tag darauf angerufen«, fügte Glazer, an Fausto gerichtet, hinzu. »Ich wollte herausfinden, worum es ging. Eine solche Geschichte ereignet sich nicht alle Tage. John bereitet uns große Sorgen. Wir wissen so gut wie nichts über ihn, nur daß er, bevor er anheuerte, im Finanzbereich tätig war. Ich hoffe, daß Sie die Lücken füllen können. Es hilft uns vielleicht, ihn zu heilen.«

Doktor Glazer redete weiter, aber Fausto hörte nicht mehr hin. Er hatte sich neben das Bett gekniet und betrachtete John Smith. Da sie sich im Gegenlicht befanden und die Sonne mich blendete, ging ich ebenfalls in die Hocke. Kurz darauf löste der Doktor das Problem, indem er die Vorhänge zuzog.

»John. Ich bin's, Fausto.«

John Smith reagierte nicht. Er starrte auf einen Punkt irgendwo auf der Wand; ich war mir nicht einmal sicher, ob er die Worte seines Freundes hörte. Seine Wangen waren hohl, sein Schädel kahl, ich schätzte ihn zehn Jahre älter als Fausto und gab ihm nicht mehr lange zu leben.

»John, seit zwanzig Jahren bin ich auf der Suche nach dir.«

Johns Gesicht verriet keinerlei Gefühlsregungen. Ich verfluchte Doktor Glazer, der, davon war ich überzeugt, den Kranken vor unserer Ankunft mit Schlafmitteln vollgepumpt hatte.

»Ich lebe in Farrago«, sagte Fausto. »Ich bin der Lebensmittelhändler dort.«

John gab keinen Laut von sich. Seine Züge waren entspannt wie die eines Toten. Doktor Glazer setzte sich wieder auf den Stuhl, schraubte die Kappe von seinem Stift und begann seine Eindrücke in ein Heft zu notieren.

»Ich bin Fennimore begegnet«, fuhr Fausto mit leiser Stimme und um Worte ringend fort. »Er schlug mir vor zu bleiben. Ich habe seinen Laden übernommen. Ich bin nie fortgegangen. Aber jede freie Minute habe ich dir gewidmet, John, ich habe dir jede Nacht geschrieben.«

John schluckte, dann hob er eine Hand ans Gesicht und kratzte sich an der Nase. Diese Lebenszeichen ermutigten Fausto, weiterzureden. »Ich habe deinen Vater kennengelernt. Ich bin bis zum Ende bei ihm geblieben. Ich glaubte, daß ich dich in Farrago finden würde, John, ich war überzeugt, du seist dorthin zurückgekehrt. Ich wollte dich sprechen. Mehr als alles auf der Welt hatte ich das Bedürfnis, dich zu sehen und mit dir zu sprechen. Ich wollte dir sagen, daß ich mich schrecklich schuldig fühle, aber ich hätte nichts tun können, um zu verhindern, daß es so kam, wie es gekommen ist. Ich hatte nichts geplant. Und Bess auch nicht. Als du verschwunden warst, wurde sie krank, sie hat es nicht ertragen. Ich habe sie verloren, wir haben uns alle verloren.«

In weniger als drei Minuten sollte das Wiedersehen von John und Fausto vorüber sein. Das wußte ich da natürlich noch nicht, aber wenn ich heute daran denke, sage ich mir, daß die Kürze dieser Begegnung, verglichen mit den zwanzig Jahren des Wartens und den vielen mühseligen Nächten, die Fausto auf sich genommen hatte, wie ein Tropfen auf einen heißen Stein war. Und doch wog dieser flüchtige Moment jene zwei Jahrzehnte auf, die er mit dem überflüssigen Abschreiben und Verschicken von Briefen in alle vier Himmelsrichtungen und ständig enttäuschten Hoffnungen verbrachte, er versammelte in sich all die Prüfungen und Desillusionen, die beide Männer, jeder für sich, in der langen Zeit durchgemacht hatten. Jedesmal wenn ich mich an dieses Wiedersehen erinnere, denke ich an die Geschichte von Luther Wallace und Alfred Larkin, den beiden Dieben. Larkin war lieber ins Gefängnis gegangen als seinen Kumpel zu denunzieren, und Wallace hatte sich aus Treue drei Jahre in den Turm gesperrt.

»Du mußt mir verzeihen, John«, sagte Fausto. »Ich brauche die Sicherheit, daß du mir nicht mehr böse bist und ich wieder anfangen kann zu leben.«

John schluckte ein zweites Mal und leckte sich über die Lippen. Fausto ergriff seine Hand.

»Vergibst du mir?«

Johns Mund war leicht geöffnet. Ein Fuß guckte unter dem weißen Laken hervor, und ich sah, wie sich seine Zehen bewegten. Er löste die Oberschenkel vom Bauch und gähnte.

Ich hörte ein helles Knarzen. Das war Doktor Glazer, der die Kappe wieder auf seinen Stift schraubte. John blieb stumm und starrte weiter an die Wand. Fausto drückte seine Hand etwas fester. Die Zeit war wie erstarrt. Glazer stand auf und schaute auf die Uhr.

»Ein andermal vielleicht«, sagte er und schritt zur Tür. »Folgen Sie mir.«

»John«, rief Fausto fieberhaft.

»Was?« antwortete John Smith.

Es kam so unerwartet, daß Fausto die Angst packte. Er ließ Johns Hand los und sprang auf.

»John? Du hast mich gehört?«

»2682810«, sagte John Smith.

»Folgen Sie mir«, wiederholte Glazer. »Es hat keinen Zweck. Sie werden wiederkommen müssen.«

»Die Nummer hat sich nicht geändert«, fuhr John entgegen der Diagnose des Arztes fort.

»Nein«, bestätigte Fausto und beugte sich erneut über seinen Freund.

»2682810«, wiederholte John.

»Das ist jetzt meine Nummer.«

»Es ist dieselbe Nummer.«

»Ja.«

»Ich kenne alle Nummern«, sagte John.

»Ach ja?«

»Ich habe noch nie eine Zahl vergessen.«

»Du warst der Beste«, bestätigte Fausto. »Ohne diese Fahrstuhlpanne ...«

»Frag mich, wie viele Liter in eine Gallone passen.«

»Wie viele Liter passen in eine Gallone, John?«

»3,785. Frag mich nach der Länge der Chinesischen Mauer.«

»Wie lang ist sie?«

»Beinahe viertausend Meilen«, sagte John. »Und die Höhe des Eiffelturms?«

»Ich höre.«

»Dreihundertzwanzig Meter. Und die Entfernung zwischen Sonne und Erde?«

»Keine Ahnung«, rief Fausto.

»Achtundneunzig Millionen Meilen. Und bei der Apokalypse sind wie viele Tiere um Gottes Thron versammelt?«

»Wie viele?«

»Vier, und jedes hat sechs Flügel. Und die indische Bevölkerung? Und die Kerosinmenge einer Boeing 747? Das Gewicht eines Sumoringers? Die Zahl der Cornflakes in einer 250-Gramm-Packung? Die gesamte Masse des Universums? Die Umsatzzahlen von General Motors im Jahre 1968?«

»Ich weiß es nicht«, sagte Fausto und warf Doktor Glazer einen beunruhigten Blick zu.

»Wie viele Karten sind in einem Kartenspiel?« platzte ich heraus. John Smith breitete ein erstaunliches Wissen vor uns aus, da ich aber selber nicht wußte, wie lang die Chinesische Mauer war oder wieviel Liter in eine Gallone gingen, zweifelte ich, ob er die Wahrheit sagte. Vielleicht blufft er ja nur wie Elijah bei einer Runde Poker, dachte ich, und darum wollte ich ihm eine Frage stellen, auf die ich selbst die Antwort wußte, ich wollte sichergehen, daß er uns nicht an der Nase herumführte.

»Ein Spiel mit zweiunddreißig oder mit zweiundfünfzig Karten?« fragte mich John.

»Zweiunddreißig«, erwiderte ich und wurde mir im selben Moment der Absurdität meiner Antwort bewußt.

John verstummte und begann sich wieder an der Nase zu kratzen. Dann sah er Fausto gerade in die Augen: »Hast du's ihm gesagt?«

»Was denn?«

»Meinem Vater. Hast du's ihm gesagt? Was ich dir erzählt habe, daß ich ihm nicht böse wäre, hast du's ihm gesagt?«

»Ja.«

Fausto setzte sich aufs Bett. John hob die Hand und ließ sie auf Faustos Schenkel fallen. Ich hielt den Atem an. Fausto betrachtete Johns Hand, als verstünde er nicht, was sie da machte. Erst als er allmählich begriff, was sich soeben ereignet hatte, entspannte er sich und legte seine Hand auf die des Kranken.

»Das ist gut«, sagte John, drehte sich auf den Rücken und schloß die Augen. Als er anfing zu schnarchen, bedeutete uns Doktor Glazer, wir mögen ihm folgen.

Auf dem Rückweg sprach Fausto kein Wort. Er achtete nicht auf die Straße und nicht auf den Verkehr, und ich mußte ihn mehrmals darauf aufmerksam machen, daß wir auf der Standspur fuhren oder lieber ein bißchen Gas geben sollten. Wir fuhren durchschnittlich 35 Meilen pro Stunde und brauchten für die Rückkehr doppelt so lange wie auf der Hinfahrt. Bei Santa Cruz verpaßten wir die Abfahrt und mußten weiterfahren bis Soquel. Als Fausto endlich seinen Transporter auf dem Hof des Ladens abstellte, schlug es vom Kirchturm sechs, und ich war halb verhungert.

Ich bat Fausto, eine Büchse Bohnen und eine Flasche Scotch auf meine Rechnung zu setzen, und kaufte beim Fleischer ein T-Bone-Steak. Dann stieg ich auf mein Fahrrad und radelte bis Rainbow Point. Ich dachte an John Smith und jene undefinierbare Sache, die die Menschen Schicksal nennen. Es beißt sich wie eine Schlange in den Schwanz, dachte ich, und es ist glitschig wie ein Aal. Manchmal scheint es uns ein Zeichen zu geben und den Weg zu weisen, aber meistens findet es ein diebisches Vergnügen daran, einen zum Narren zu halten und sich dann lachend davonzustehlen, es hat seine Hintergedanken, aber nie ist es das, was man vermutet. Wir verbringen unser Leben damit, ihm hinterherzujagen, aber es ist immer etwas schneller. Letztendlich existiert es vielleicht gar nicht. Aber das ändert nichts. Es existiert anders als Freude, Traurigkeit oder Kopfschmerzen. Seit einigen Jahren tendiere ich dazu, es sein Leben leben zu lassen, und versuche nicht mehr, es zu erobern, ja ich glaube allmählich, es ist nur dazu da, damit man Geschichten erzählen kann.

Ich lehnte mein Fahrrad gegen einen Baum und stieg den Weg hinauf, während ich mit einem Haufen gegensätzlichster Empfindungen rang. Ich wollte mir einerseits mein Steak grillen und es auf der Terrasse essen, andererseits aber auch die Dielen weiter abschleifen, ein neues Gedicht über die Irren in Fort Maddock und den größten Tag in Faustos Leben schreiben, mit den Kätzchen spielen und nach Farrago zurückgehen, um Jo zu fragen, ob sie Nachrichten von Ophelia habe. Ich war glücklich und unglücklich zugleich. Ich hatte Hunger und war satt, ich hatte Lust, einen Berg zu besteigen und mich unter eine Decke zu verkriechen, ich wollte brüllen, singen, schweigen, wie ein Vogel fliegen, durch den Wald rennen, bis ich mich verliefe. Meine alten Sachen rochen nach Lavendel. Der Wald war voller Frühlingsdüfte. Ich würde einen Blumenstrauß pflücken, eine Hündin für Bone finden, damit er Nachkommen hätte, die Flasche Scotch leeren und im Freien schlafen. Ich lief über die Erde und sah, wie der Himmel dunkler wurde, kleine Zweige knackten unter meinen Stiefeln, und meine Seele enthielt die Welt.

»So viel Pracht«, flüsterte ich, dann schrie ich diese drei Worte und scheuchte damit ein Eichhörnchen und ein Wachtelpaar auf. Ich stand am Fuße des Turms und betrachtete das umgegrabene Beet, wo ich einige Tage zuvor Samen ausgestreut hatte. Sie werden nicht sterben, dachte ich, was auch immer der Herr darüber denken mag, sie werden nicht sterben, und wenn sie blühen, widme ich ihnen ein Gedicht, auf daß sie ewig weiterleben. Es blies ein heftiger Wind. Ich kam an die Tür, sie war offen. Ich hob den Blick. Auf der Terrasse stand Ophelia und beugte sich vor, als wolle sie gleich springen.

»Ophelia!«

Sie schenkte mir ein strahlendes Lächeln. Doch gleich darauf verdüsterte sich ihre Miene.

»Wo warst du?« fragte sie.

»Ich war hier!«

»Warum bist du mich nicht holen gekommen?«

»Ich weiß es nicht«, antwortete ich, »ich habe auf dich gewartet.«

»Wenn du mich lieben würdest, wärst du mich holen gekommen.«

»Aber ich liebe dich«, versicherte ich.

»Monk, dieser Scheißkerl, hat mich in eine Klinik gefahren, er wollte, daß ich abtreibe! Liebst du mich?«

»Ja, ich liebe dich!«

Ich sprang die Treppen hinauf, immer vier Stufen auf einmal nehmend. Als ich die Terrasse erreichte, war sie leer. Mit klopfendem Herzen lief ich ans Geländer.

»Ophelia?«

Ich beugte mich vor und schaute in die Tiefe. Doch da waren nur Staub und verbrannte Grashalme. Irgendwo im Wald wehklagte ein Uhu. Ich hob den Kopf und dachte an nichts mehr. In der Ferne, hinter den Hügeln, die blaue Linie des Ozeans. Dort war gerade die Sonne untergegangen und hinterließ eine lange orangerote Lache am Horizont. Da legten sich Ophelias Hände auf meine Augen.

Der Autor dankt Allan Lönnberg, Philippe Dabasse und Michael Haverty für ihre wertvollen Ratschläge.